Délit d'innocence

LYNN ERICKSON

Délit d'innocence

BEST SELLERS

HARLEQUIN

Cet ouvrage a été publié en langue anglaise sous le titre :
THE ELEVENTH HOUR

Traduction française de
KATIA NOVET

Ce roman a déjà été publié dans la même collection en septembre 1999.

HARLEQUIN ®
est une marque déposée du Groupe Harlequin
et Les Best-Sellers ® est une marque déposée d'Harlequin S.A.

Illustration de couverture
Balance © GETTYONE - PIX / BARRY ROSENTHAL

83-85, boulevard Vincent-Auriol, 75013 Paris — Tél. 01 42 16 63 63
ISBN 2-280-16580-5 — ISSN 1248-511X

Ce livre est dédié à Burton Baldridge,
avocat et architecte.

Prologue

Une petite pluie fine et crue se mit à tomber quelques minutes à peine après le début du service funèbre.

Jack Devlin leva les yeux vers le ciel de plomb et respira profondément. Nulle part ailleurs, songeait-il, l'air n'était aussi saturé d'humidité. Les paroles d'Allison lui revinrent soudain à la mémoire, celles qu'elle avait prononcées la première fois qu'ils étaient venus en visite dans cette région basse de la Caroline du Sud.

— Je déteste cet endroit. On s'y sent tout poisseux.

Le regard de Jack revint se poser sur le cercueil de merisier. Quelle sombre ironie qu'Allison soit ainsi enterrée dans le cimetière de Charleston en cette matinée étouffante du mois de mai. Au sein de sa famille.

« Le Seigneur est mon berger... », disait la voix du pasteur.

Mais Jack ne l'écoutait pas vraiment. A peine avait-il conscience que Ben Richards, le fils d'Allison, dépliait un parapluie au-dessus de leurs têtes, et que d'autres faisaient de même, tout autour d'eux. Il sentait le col de sa chemise coller à son cou.

« ... alors que je traverse la vallée de la mort, poursuivait la voix, je n'ai pas peur du mal, car Tu es avec moi... »

Des saules pleureurs étaient courbés sur les pierres tombales et la vapeur commençait à monter du chemin qui serpentait entre les concessions élégantes, soigneusement entretenues par les familles. Jack regarda d'étranges figures fantomatiques s'élever du pavé, telles des âmes conçues par un créateur d'effets spéciaux. L'âme d'Allison ?

La pluie dégoulinait maintenant de la mousse accrochée à un chêne centenaire, et Jack contempla ces lambeaux verts et gris, tandis qu'ils se détachaient et se dissolvaient dans l'air. Il avait la gorge et le cœur noués. Une partie de lui refusait encore d'accepter ce qui s'était passé. Inlassablement, la même question le tourmentait depuis plusieurs jours. Comment pareil drame avait-il pu se produire ? Qui avait fait ça ? Pourquoi ?

Une vague de nausée lui souleva l'estomac, suivie par une bouffée de colère froide. Et soudain, Jack prit une résolution inébranlable : le meurtre d'Allison serait vengé.

« Seigneur, nous te livrons l'âme d'Allison Wickwire Devlin... »

Allison Wickwire Devlin. Jusque dans la mort, elle demeurait une Wickwire, songea Jack. Elle n'avait jamais voulu se défaire complètement de son nom de jeune fille. Du temps où elle était la femme de John Richards, qu'elle avait épousé en premières noces, elle se faisait déjà appeler Allison Wickwire Richards. Et leur fils, qui avait aujourd'hui vingt-trois ans, se nommait lui-même Ben Wickwire Richards. On n'échappait pas à la grande et ancienne famille de Charleston. Pas même après la mort : quand Jack avait essayé de convaincre la mère d'Allison, Venetia, d'enterrer sa fille à Aspen, là où celle-ci avait choisi de vivre, il s'était vu répondre sur un ton sans appel :

— Mon enfant reposera avec le reste de la famille. Parmi les siens.

Et, avant que Jack ait pu argumenter, son interlocutrice avait raccroché.

A cet instant, il leva la tête vers les parents d'Allison. Trevor fixait le cercueil avec des yeux vitreux, mais le regard de Venetia était posé sur lui. Il était le gendre qu'elle n'avait jamais accepté, et l'expression de son visage trahissait une haine glacée.

A côté de lui, Ben étouffa un sanglot et Jack lui toucha doucement le bras, partageant sa douleur. Pas un son ne troublait les proches recueillis dans le vieux cimetière enveloppé de pluie ; pas un murmure ; pas même un soupir.

Finalement, le pasteur referma sa bible et alla d'un membre de la famille à l'autre, serrant des mains, touchant des épaules. En quelques secondes, un champ de parapluies avait jailli, recouvrant l'assemblée comme une multitude d'ailes de corbeaux.

— Rentre à la maison avec nous, Jack, dit Ben d'une voix tremblante. Je t'en prie.

Mais Jack ne pouvait pas. Il ne mettrait plus jamais les pieds dans le vaste manoir des Wickwire, et il n'en éprouvait aucun regret. Les rares fois où ils étaient venus rendre visite à la famille d'Allison, il s'était toujours senti affreusement mal à l'aise, et les Wickwire n'avaient jamais caché leur mépris à son égard. Pour eux, il n'était qu'un bâtard, un animal de race indéterminée, sans pedigree.

Les Wickwire, eux, se considéraient comme des aristocrates du vieux Sud, des sang bleu. Après la guerre de Sécession, ne voulant pas être mêlés aux bouleversements que connaissait le pays, ils s'étaient concentrés sur l'entreprise familiale de textile. L'entrée dans le XXe siècle avait vu s'épanouir leurs affaires et l'usine continuait de nourrir toute la famille. Rares étaient les Wickwire qui osaient braver la protection de la bonne société de Charleston. Allison comptait parmi ceux-là.

La voix de Ben le ramena dans le présent.

— Viens au moins passer une heure avec nous,

disait-il. Tu n'es pas forcé de parler à grand-mère, si tu n'en as pas envie.

Jack secoua la tête et posa une main sur l'épaule du jeune homme.

— Je ne peux pas, Ben. J'ai besoin de rester ici un moment, tout seul.

Le groupe commençait à regagner les voitures et les limousines qui attendaient, non loin de là. A l'exception de Ben, personne n'avait adressé la parole à Jack. Ce qui ne l'étonnait guère. Ils avaient tous dû entendre parler du divorce.

— D'accord, murmura Ben. Il faut que j'y aille. Tout le monde m'attend. Est-ce que je peux t'appeler à ton hôtel, ce soir ? Nous pourrions dîner ensemble.

Jack força un sourire sur ses lèvres.

— Bien sûr. Appelle-moi. Ça me fera plaisir.

Un moment plus tard, Ben disparaissait à l'intérieur de la voiture qui allait le ramener, avec ses grands-parents, dans la grande maison familiale.

Jack demeura seul, sous la pluie. L'espace de quelques instants, il regarda les longues automobiles noires défiler lentement avant de disparaître, l'une après l'autre, derrière le mur d'azalées et de magnolias qui séparait le cimetière de la route. Puis il se tourna de nouveau vers le cercueil, indifférent à ce qui l'entourait, à la pluie qui ruisselait de ses cheveux, imprégnait son costume noir, formait une flaque à ses pieds. Jack ne pensait qu'à Allison, allongée dans ce cercueil.

Une semaine plus tôt — non, moins que cela —, elle était encore si vivante. Il la revoyait dans leur maison d'Aspen, ou plutôt dans sa maison à elle. Vivante et furieuse. Il était passé, sur sa requête, afin de signer les papiers de leur divorce. Un divorce qu'elle avait demandé. En ce jour qui devait être le dernier de son existence, Allison l'avait blâmé pour l'échec de leur mariage — douze années de vie commune. Elle l'avait accusé de la négliger et de ne penser qu'à sa carrière d'architecte. La même sempiternelle dispute. Allison voulait qu'il prenne le temps de voyager, d'assister avec elle à toutes les réceptions des organismes de charité dont elle s'occupait. En fait, elle voulait qu'il se laisse entretenir, qu'il vive de sa fortune Et ça, Jack en était incapable.

— Merde, Allison ! s'était-il exclamé, debout dans le vaste living-room qu'il avait lui-même conçu. Oublions ce divorce ridicule. Cela peut encore marcher entre nous.

— Oh, bien sûr ! avait-elle riposté. Si seulement tu cessais d'accepter de nouveaux clients. Je ne connais personne qui travaille autant que toi.

— Il n'y a pas de mal à travailler dur, avait riposté Jack.

La dispute s'était envenimée et, pour la première fois depuis douze ans, le ton avait monté. Jack, toujours si posé, si maître de lui, s'était senti sur le point d'exploser de rage. Finalement, il avait tourné le dos et quitté la maison, passant devant le couple d'intendants au service d'Allison, tandis que celle-ci lui lançait une dernière menace désespérée.

— Va au diable, Jack ! Ne signe pas les papiers ! Ça ne m'empêchera pas de te rayer de mon testament !

Croyait-elle le toucher par cet argument ? Non, bien sûr. Hélas, ces mots étaient les derniers qu'il l'ait entendue prononcer.

L'employée de maison avait trouvé le corps d'Allison, le lendemain matin, tout près de l'endroit où Jack l'avait vue en vie, pour la dernière fois.

Il regarda fixement le cercueil et respira profondément.

— Je suis désolé, Allison, dit-il dans un souffle. Je suis tellement désolé.

Il ne savait pas combien de temps il était resté là, immobile, sous la pluie, lorsque les hommes s'approchèrent pour mettre le cercueil en terre. Il était trempé jusqu'aux os.

— On peut revenir, si vous voulez, proposa l'un d'eux.

Mais Jack secoua la tête.

Il s'éloigna, le cœur lourd. Désormais, il avait une mission, une mission plus importante que son travail, plus importante que tout ce qu'il avait fait jusqu'alors dans sa vie. Il devait retrouver le meurtrier d'Allison, afin que ce dernier comparaisse devant la justice. Encore une étrange ironie du sort, songea-t-il : Allison avait finalement réussi à l'éloigner de sa carrière.

Il pensa à Ben, espérant que ce dernier l'appellerait, comme convenu, pour qu'ils dînent ensemble. Mais il n'y croyait guère. Venetia insisterait probablement pour que son petit-fils reste avec eux. Jack leva la tête et, à travers le rideau de la pluie, il aperçut trois hommes près de l'endroit où il avait garé sa voiture de location. Ils avaient tous un air... officiel, songea-t-il distraitement, tandis qu'il avançait au milieu des pierres tombales et des monuments qui abritaient les dépouilles des membres les plus prestigieux de la communauté de Charleston. Allison était née parmi eux, mais elle avait rejeté cet héritage trop lourd à porter, préférant s'échapper vers les montagnes, à l'ouest, vers la liberté. A présent, elle était de retour parmi eux. De retour dans le clan, pour toujours.

Jack fut envahi par un sentiment de profonde tristesse. Allison n'aurait pas voulu cela.

Il coupa à travers la pelouse, en direction de sa voiture, et ses chaussures s'enfoncèrent dans l'herbe mouillée. L'air était si lourd qu'il avait du mal à respirer. A Hawaii, sur l'île de Mauï qui l'avait vu naître, l'humidité n'était jamais aussi étouffante. A moins que ce sentiment d'oppression ne vînt du fait qu'il ne s'était jamais senti le bienvenu à Charleston.

Jack déboucha sur la route et plongea la main dans sa poche pour y prendre ses clés de voiture. De nouveau, il remarqua la présence des trois hommes. Ceux-ci marchaient vers lui, à présent.

— Devlin ? Jack Devlin ? demanda l'un d'eux.

Jack hocha la tête.

— Oui, c'est moi.

Il vit l'homme sortir un portefeuille noir et découvrir un badge.

— Je suis l'inspecteur Wirth, de la police d'Aspen, dit-il. Et voici le lieutenant Fulton et le sergent Lowery, de Charleston.

Jack les regarda fixement. Que voulaient ces hommes ? Pourquoi un policier d'Aspen était-il venu jusqu'ici ?

— Oui ? fit-il, perplexe.

— Nous vous arrêtons pour le meurtre de votre épouse, Allison Devlin.

— Quoi ? s'exclama Jack avec stupéfaction, tandis qu'un rire brusque lui échappait.

— Vous avez le droit de garder le silence, poursuivit l'inspecteur d'Aspen. Vous avez le droit...

Un autre des policiers, Lowery peut-être, extirpa de sa poche une paire de menottes.

Jack fixait ses accusateurs. Il avait l'impression d'être brutalement sorti de son corps et d'observer la scène depuis un point indéterminé, dans le ciel. Il ne sentit même pas les bracelets d'acier se refermer sur ses poignets, ne s'aperçut même pas qu'on l'entraînait vers une autre voiture, garée un peu plus loin. Et lorsqu'il parla, ce fut à peine s'il reconnut sa propre voix.

— C'est une erreur. C'est de la folie.

— Oui, oui, dit l'un des hommes en ouvrant la portière arrière du véhicule.

Il posa la main sur l'épaule de Jack et le poussa à l'intérieur de l'habitacle.

— Je vous assure, reprit ce dernier. Vous vous trompez.

Il regarda la grille qui le séparait du chauffeur en uniforme, puis le revolver monté sur le tableau de bord.

« Seigneur, songea-t-il, c'est impossible. C'est un cauchemar. »

Il se tourna vers l'inspecteur Wirth, qui venait de s'installer à côté de lui.

— Ecoutez, je vous assure que vous vous trompez de personne. Vous feriez mieux de rechercher le vrai meurtrier. Ce n'est pas moi qui l'ai tuée. Je n'ai rien à voir là-dedans.

— Ouais, c'est ce qu'ils disent tous, répliqua Wirth.

Jack entendit claquer la portière, et ce fut comme si une muraille s'abattait entre le monde et lui. Il évoluait en plein cauchemar.

La question était de savoir combien de temps ce cauchemar allait durer...

PREMIÈRE PARTIE

L'avocat commis d'office

1.

— Je n'arrive toujours pas à y croire, dit Frank Iverson.

— Il faudra pourtant bien, lui répondit Jack Devlin. D'ailleurs, vous n'avez pas l'impression qu'on inverse un peu les rôles, là ?

Frank, un gros homme à la tête léonine dont le front se dégarnissait, poussa un soupir plein de dépit.

— Ecoutez, reprit Jack, je sais que vous êtes un bon avocat. Le meilleur, même. Mais personne ne peut contrôler les décisions des jurés. Au bout du compte, ce sont eux qui tranchent. Et c'est ce qu'ils ont fait, conclut-il en haussant les épaules.

Frank le considéra un instant, partagé entre la perplexité et l'agacement.

— Je ne sais pas comment vous faites pour être aussi magnanime. Ils vous ont tout de même déclaré coupable de meurtre au premier degré.

Il se leva, fit le tour du parloir minuscule de la prison de Pitkin County, et se rassit, non sans jeter un regard noir vers le pan de mur vitré qui les séparait du bureau par lequel il fallait passer et montrer patte blanche, avant de pouvoir pénétrer dans le quartier des prisonniers.

— Bon Dieu, qu'est-ce que je peux détester cette pièce ! marmonna-t-il entre ses dents.

— C'est ce que vous dites depuis un an, commenta Jack d'un ton sec.

Frank l'entendit à peine. Il frottait ses tempes du bout des doigts, combattant les prémices d'une migraine. Il ne se sentait pas bien. Etait-ce dû au verdict, ou bien couvait-il une grippe ?

— Tout n'est pas perdu, reprit-il. Nous allons inverser ce jugement, Jack. Croyez-moi. Et pour commencer, il faut préparer la phase pénale du procès. Nous avons quatre-vingt-dix jours devant nous, ce qui nous laisse jusqu'en septembre. J'ai conscience que c'est affreux de vous faire attendre aussi longtemps, mais malheureusement, ce sont les délais légaux.

— Cela ne change pas grand-chose, vous savez, murmura Jack. Après tout, quelle que soit l'issue du procès, je ne sortirai pas libre d'ici. Le mieux que je puis espérer, c'est la perpétuité.

D'un revers de main, Frank balaya ces propos.

— Je vous ai dit que nous allions inverser le jugement. Dans l'immédiat, nous avons trois mois pour trouver les arguments qui convaincront les juges que vous ne méritez pas la peine de mort. Après ça, nous aurons les coudées plus franches.

Comme Jack se contentait de hocher la tête, Frank poursuivit :

— Et cette fois, vous allez témoigner à la barre, Jack. Vous n'êtes pas intervenu, jusqu'à maintenant, parce que nous étions convenus de cette tactique. Peut-être ai-je eu tort...

Il secoua la tête.

— Je ne sais pas. Peut-être...

— Frank, il est trop tard, maintenant. Ça ne sert à rien de se lamenter.

— Peut-être. Il n'empêche que vous êtes encore coincé ici, et ça me rend malade.

— La prison Pitkin n'est pas si terrible. Il y a des endroits bien pires, sur terre.

— Evidemment ! Toutes les prisons du pays sont pires

que celle-ci. Pitkin est une espèce de country-club, comparée aux autres. Ça n'en reste pas moins une prison.

— J'avais remarqué, en effet, commenta Jack d'un ton neutre.

Frank le considéra un instant et hocha la tête, toujours aussi décontenancé par son attitude. Cela faisait un an qu'ils se connaissaient, un an que Frank avait accepté de défendre Jack Devlin, et il s'étonnait toujours autant du calme et de la lucidité de son client — que ce soit au cours du procès, ou lorsque le verdict avait été prononcé, le déclarant coupable du meurtre de sa femme.

— Nous devons trouver un angle d'approche qui nous permette de convaincre les juges de se montrer indulgents à votre égard, expliqua Frank. Après tout, vous êtes un citoyen exemplaire : aucun antécédent judiciaire, vous avez toujours payé vos impôts, vos contraventions... Mais je veux que vous compreniez bien une chose : il va falloir laisser votre fierté au vestiaire, Jack. Si je vous demande de supplier les juges qu'ils vous laissent la vie sauve, il faudra le faire, vous m'entendez ?

— Ça ne changera rien.

— C'est à moi d'en décider, d'accord ? Je ferai témoigner vos amis, vos employeurs, les clients dont vous avez conçu les maisons, votre mère...

— Pas ma mère ! intervint Jack avec force. Toute cette histoire a déjà presque tué mes parents. Vous allez les laisser tranquilles.

Frank le regarda droit dans les yeux.

— Ainsi que je viens de le dire, il va falloir laisser votre fierté au vestiaire, Jack. Votre fierté, votre dignité, votre pudeur, et tout autre principe hautement civilisé. C'est votre vie qui est en jeu.

— Précisément, rétorqua ce dernier. Il s'agit de ma vie.

— Et j'essaie de la sauver, espèce de tête de mule ! s'exclama Frank.

Jack Devlin le regarda fixement, sans ciller, et Frank aurait été bien incapable de déterminer si son client était en colère, ou s'il était bouleversé, effrayé, en proie à la panique, ou bien encore habité de tout autre sentiment... Ses yeux sombres ne trahissaient aucune émotion ; comme à l'accoutumée, l'expression de son visage était indéchiffrable.

Frank était considéré comme un des meilleurs avocats du pays — un des plus chers, aussi. Il avait défendu des centaines de clients, pour la plupart des célébrités, mais jamais, au cours de ces quarante années de carrière, il n'avait eu affaire à un homme doté d'une telle maîtrise de soi.

Réservé, presque introverti, Jack Devlin faisait toujours preuve de la plus parfaite courtoisie. Jamais il ne haussait le ton. Même sous la pression, il demeurait d'une politesse inébranlable. Et Frank ne pouvait s'empêcher d'admirer et même d'envier ces traits de caractère. C'était la première fois qu'il voyait un homme accusé de meurtre se conduire de la sorte.

Il ne savait pas grand-chose de sa vie passée, à part les quelques informations qu'il avait réussi à lui soutirer. Architecte de profession, âgé de quarante-trois ans, Jack Devlin était de mère hawaiienne — apparemment, son arrière-grand-mère avait été une des dernières reines de l'archipel. Son père, un ouvrier américain, avait élevé ses enfants à la dure. Jack avait quitté le foyer familial à quinze ans, flirtant durant un temps avec la délinquance ; très vite, toutefois, il avait repris le droit chemin. Il était retourné au collège, et avait ensuite travaillé pour payer ses études, accumulant les petits boulots, parfois jusqu'à trois en même temps. Il n'avait jamais rien accepté de personne. Il s'était fait tout seul. Aussi l'idée qu'il ait pu assassiner sa femme pour son argent était-elle parfaitement ridicule.

— Je n'arrive toujours pas à le croire, murmura encore Frank.

— Vous l'avez déjà dit.

— Parce que c'est une aberration. Le procureur a joué au quitte ou double. Meurtre au premier degré ! Il aurait pu envisager le deuxième degré, l'homicide par imprudence. Mais non, le premier degré ou rien. Et il a gagné, nom de Dieu !

— Nous sommes en période préélectorale, souligna Jack. Cette victoire représente un atout maître dans son jeu. Maintenant, il est pratiquement sûr d'être réélu.

— Moi qui croyais qu'Aspen était une ville libérale...

Jack haussa les épaules.

— Les gens sont peut-être las des crimes violents.

— Je pensais que leur préoccupation majeure était d'obtenir des réservations à dîner dans les restaurants à la mode.

— Je vous trouve amer.

— Je le suis ! Et vous devriez l'être aussi.

De nouveau, Jack haussa les épaules.

— Pourquoi gaspiller mon énergie ?

— Parce que ce qui s'est passé aujourd'hui est révoltant, voilà pourquoi ! Vous avez été jugé coupable sur la base de preuves indirectes.

— Il n'y a aucun autre suspect, Frank. Personne. Je suis le coupable évident. Idéal. Dois-je vous rappeler que vos détectives ont enquêté pendant des mois, en vain. Les soupçonnez-vous d'incompétence ?

Frank secoua la tête.

— J'ai engagé les meilleurs.

— Et ils n'ont rien découvert. La police a suivi la seule piste dont elle disposait, et cette piste menait directement à moi. Mes empreintes sur la statue africaine, mon briquet par terre, la dispute... Quant au mobile, il était tout trouvé : la menace d'Allison de changer son testament. Et pour finir, je n'avais pas d'alibi. Tout seul dans mon lit... Que voulez-vous, c'est une histoire de mauvais karma, voilà tout.

— Je ne crois pas au karma.

— Moi non plus, Frank, avoua Jack dans un soupir. Moi non plus.

— Je vous ferai sortir de là. Tôt ou tard.

Jack resta un instant silencieux, avant de reprendre :

— Il y a un autre problème. Je n'ai plus d'argent. Maintenant que j'ai été condamné, je ne peux plus hériter de la fortune d'Allison. Je m'en fiche éperdument, mais le fait est que je ne peux plus vous payer.

Frank balaya cet argument d'un geste de la main.

— Peu importe. Je vais tout de même vous représenter pendant la phase pénale. C'est mon cabinet, je n'ai de comptes à rendre à personne et j'ai bien assez d'argent. Je vous dois bien ça.

— Je ne peux pas accepter votre charité, Frank.

— Qui parle de charité ? Vous avez loué mes services pour un prix forfaitaire. Mes honoraires sont parmi les plus élevés de ce pays, et vous avez payé rubis sur l'ongle. Je suis donc votre avocat jusqu'au bout. Vous croyez peut-être que je vais vous laisser tomber après avoir perdu le procès ? Vous croyez peut-être que le verdict me satisfait ?

Jack ne répondit rien.

— Je considère votre silence comme un consentement, poursuivit Frank. Après tout, vous n'êtes pas le seul à avoir votre fierté. Vous m'avez engagé pour que je me batte et que je vous sauve la vie, et c'est ce que j'ai toujours l'intention de faire. C'est entendu ?

Jack le regarda longuement, avant d'incliner la tête.

— Entendu.

— Bien, fit Frank avec un soupir de soulagement. Nous avons beaucoup de travail devant nous. J'aurai besoin de tout ce qui concerne votre vie passée, vos bulletins trimestriels à l'école, votre assiduité au catéchisme... tout ! Même le nom de vos professeurs, de vos entraîneurs si vous avez eu des activités sportives, bref de toutes les personnes qui vous ont côtoyé à un moment ou à un autre.

— Vous voulez qu'ils témoignent de mon bon caractère ?

— Exactement.

— Vous n'allez tout de même pas déranger tous ces gens ? La plupart vivent à Hawaii !

— Et alors ? Je leur enverrai des billets d'avion. S'ils sont vos amis, ils viendront. Encore une fois, c'est votre vie qui est en jeu.

— Je sais. Vous n'arrêtez pas de me le répéter.

— Votre attitude est détestable, Devlin.

— C'est ma situation qui est détestable, Iverson !

Frank garda le silence quelques secondes.

— Tenez bon, mon vieux. Je reviendrai vous voir demain. En attendant, je vais commencer à passer des coups de fil, lancer la machine légale. Vous avez besoin de quelque chose ?

— Non. Mais merci de me le demander.

— Pas de problème.

Frank alla se planter devant la vitre et fit signe à la gardienne, afin qu'elle vienne lui ouvrir et le laisse sortir du « trou », comme il l'appelait.

— A demain, dit-il encore.

Un moment plus tard, il émergeait dans la chaleur ensoleillée de ce mois de juin, abandonnant la prison derrière lui — une prison de luxe où les prisonniers n'étaient enfermés dans des cellules que durant la nuit, et où ils passaient leurs journées dans une vaste pièce commune, avec télévision, magnétoscope, téléphone payant, un ordinateur et même une kitchenette.

Ici, on ne traitait pas les prisonniers en fonction de leur crime, mais plutôt de leur comportement. Ainsi, même Jack était autorisé à profiter de la pièce commune. C'était un « pensionnaire » exemplaire, et Frank soupçonnait même une des gardiennes d'avoir un petit faible pour lui.

Pourtant, luxueuse ou pas, Pitkin restait une prison. Frank se remettait difficilement de son échec ; il n'avait jamais perdu une seule affaire importante, et celle-ci représentait un mauvais point pour sa réputation. Il était prêt à tout pour l'effacer, même à travailler gratuitement. Que lui importait l'argent ? Il en avait plus qu'il n'en aurait jamais besoin. De plus, il aimait sa profession. Oui, d'une manière ou d'une autre, il devait sortir Jack de cette impasse. Et si les juges le condamnaient à la peine de mort, dans trois mois, Frank ferait appel ; s'il le fallait, il irait jusqu'à la cour suprême.

Il gravit la rue pentue qui séparait la prison de Main Street, passant devant le tribunal où avait eu lieu le procès de Jack. C'était une journée parfaite, avec un de ces ciels bleu saphir comme on n'en trouve que dans les états si secs de l'ouest des Etats-Unis. Les trembles étaient verts, leurs feuilles frissonnaient dans la brise légère, et la petite ville d'Aspen se dressait, pittoresque, avec ses jolis bâtiments de style victorien, à l'ombre de la montagne.

Inspirant profondément, Frank songea pour la énième fois depuis qu'il avait pris une suite à l'hôtel Jerome, six mois plus tôt, que l'altitude ne lui valait rien. Huit mille pieds ! Il y avait de quoi tuer un homme. Comme trop souvent, ces derniers temps, il songea qu'il devrait faire un peu d'exercice... avant de penser de nouveau à son client.

Quelle histoire, tout de même ! Décidément, dans la vie, il ne fallait jamais rien prendre pour argent comptant. Jack Devlin en était l'exemple criant. C'était un type bien, bel homme, architecte de renom à Aspen, *la* station de sports d'hiver à la mode, marié à une très belle femme issue d'une des plus vieilles familles du pays. D'une certaine manière, cet homme avait le monde à ses pieds.

Hélas ! le mariage avait tourné à l'aigre, les époux s'étaient séparés, et, un matin de mai, l'épouse avait été retrouvée morte, matraquée, encore et encore, avec une statue africaine de grande valeur. L'enquête n'avait révélé qu'un seul suspect logique : Jack, le mari.

Desserrant sa cravate, Frank défit le premier bouton de sa chemise. Il avait chaud et mal à l'estomac ; son déjeuner ne passait pas.

Il pensa au travail qu'il allait devoir abattre, avant le procès pénal. Il ne pouvait omettre aucun détail, et, cette fois, il lui faudrait fouiller dans le passé de son client.

Il éprouvait un terrible sentiment de culpabilité, vis-à-vis de lui. Il était fatigué, aussi. Vraiment fatigué. Le procès l'avait épuisé.

Il s'arrêta au coin de la rue, attendant que le feu passe au rouge, et il se dit qu'il avait besoin de repos. Un long repos. Mais ce n'était pas pour demain, songea-t-il encore en traversant. Et tandis qu'il se dirigeait vers l'entrée de l'hôtel Jerome, il continua de réfléchir, évaluant les chances d'une stratégie, puis d'une autre, se demandant quelle erreur il avait commise et comment il allait pouvoir inverser le verdict. Et comme tant de fois au cours de l'année qui venait de s'écouler, il se demanda qui diable avait bien pu tuer la femme de Devlin, si ce dernier était innocent...

2.

Jack recevait très peu de visites, à la prison. Depuis son arrestation, un an plus tôt, il était devenu une sorte de paria. La présomption d'innocence — principe selon lequel il était innocent jusqu'à ce que soit établie la preuve du contraire — n'avait jamais vraiment joué. Philosophe, il se disait qu'au moins, maintenant, il savait qui étaient ses vrais amis.

Au début, ses parents étaient venus le voir, depuis Hawaii — deux fois, en trois mois —, jusqu'à ce qu'il leur demande de cesser. C'était trop difficile pour eux, tant émotionnellement que financièrement. Alors, ils avaient laissé passer l'automne et l'hiver. Mais ils avaient été présents durant tout le procès, ainsi que sa sœur, Lorrie, qui vivait au Japon avec son époux et leurs deux fils. Si leur soutien muet avait ému Jack, bien sûr, il en avait aussi souffert. Il n'avait pas supporté de voir l'inquiétude dans leurs yeux, et leurs larmes, quand on avait donné lecture du verdict.

Maintenant que le jury populaire avait décidé qu'il était coupable, un jury composé de magistrats professionnels se devait de décider quelle serait sa peine. C'était la phase pénale du procès, qui devait avoir lieu dans trois mois. En septembre. Ses parents avaient promis de revenir, et Jack en concevait une angoisse terrible. Et s'il était condamné à la peine capitale ? Comment sa mère, son père et sa sœur prendraient-ils une nouvelle aussi horrible ?

Après le départ de Frank, Jack déjeuna sur le pouce, assis dans sa cellule, la porte ouverte sur la salle commune. Il ne tenait pas à se mêler aux autres, il ne voulait pas croiser le regard empli de crainte, de soupçon et de pitié des autres prisonniers. La grande majorité des vingt-cinq « pensionnaires » étaient incarcérés pour des délits ou des crimes mineurs : consommation de drogues, récidive de conduite en état d'ivresse... En comparaison, Jack se sentait frappé au sceau de l'infamie; d'ailleurs, les hommes qui s'étaient succédé, à Pitkin County, au cours des treize derniers mois, avaient tous gardé une certaine distance avec lui. Jack ne leur en tenait pas rancune. Après tout, pour ce qu'ils en savaient, il avait vraiment assassiné sa femme. Alors, il restait dans son coin, lisant, regardant les nouvelles à la télévision. Il avait même conçu plusieurs maisons virtuelles sur l'ordinateur, histoire de s'occuper. Un des prisonniers, l'hiver dernier, avait imprimé les plans de l'une d'elles, se déclarant prêt à payer, quand il sortirait. Jack avait décliné son offre.

— C'est offert par la maison, avait-il répondu en haussant les épaules.

Qu'importait l'argent ? Qu'importait qu'il en ait eu, et n'en ait pratiquement plus ? Son échelle de priorités avait été singulièrement bouleversée, depuis que sa vie était en jeu.

Plus tard, dans l'après-midi, il reçut la visite de son beau-fils, Ben. Ils avaient toujours été proches, même si Ben avait été élevé en grande partie par son père, John Richards, directeur de l'Aspen Mountain Ski Corporation. Ben n'avait que neuf ans, au moment du divorce de ses parents, et tout juste dix lorsque Jack avait rencontré Allison, alors en vacances sur l'île de Maui. Elle logeait chez des amis — dans une maison dont Jack avait conçu la majeure partie des plans — et elle l'avait aussitôt engagé pour qu'il lui construise sa demeure à Aspen, où elle avait décidé de s'installer. Ils s'étaient mariés la même année, alors que les travaux n'étaient pas encore terminés. Allison ayant des problèmes avec son fils, Ben était parti vivre chez son père. Mais, au fil des ans, lui et Jack étaient devenus très proches. Ils chassaient, pêchaient et skiaient ensemble, et Ben se confiait volontiers à son beau-père. Aujourd'hui, il était une des rares personnes à croire en l'innocence de Jack.

Quand il arriva, il le trouva allongé sur sa couchette, les yeux fixés au plafond.

— Hé ! lança-t-il depuis l'entrée de la cellule. Tu n'as pas l'air très joyeux.

— En effet, j'ai le moral à plat, admit Jack en se redressant. Mais ça finira bien par passer.

Les deux hommes allèrent s'installer dans un coin de la salle commune, un peu à l'écart, et, en chemin, Ben prit un soda au distributeur.

— Que va-t-il se produire, maintenant ? demanda-t-il sans préambule. Les journaux racontent des tas de trucs, sauf qu'on ne sait jamais quelle est la part de vrai, dans tout ça.

Jack haussa les épaules.

— Il faut se préparer pour la phase pénale.

— En septembre.

— C'est ça. Le procès dure trois ou quatre jours, et c'est un jury de trois magistrats qui décide de la peine. Pas de jury populaire, cette fois.

— Mais ils ne peuvent pas prononcer la... ?

— La peine de mort ? compléta Jack. Si, bien sûr qu'ils le peuvent.

Le ton de sa voix était presque nonchalant, comme s'il s'était résigné à cette éventualité. En vérité, un nœud s'était formé au fond de sa gorge. Mais il se refusait à ce que Ben, ou un autre, s'en rende compte.

— Merde, fit le jeune homme en secouant la tête. Merde, Jack !

C'était un beau garçon. Un peu moins grand que Jack, il était bien bâti, avec une certaine allure et un visage aux traits bien dessinés. Bien qu'il n'existât aucun lien de parenté entre eux, Ben aurait facilement pu passer pour le fils de Jack. Tous deux avaient des yeux sombres, des cheveux noirs coupés court et un teint assez pâle, quand ils restaient trop longtemps loin du soleil. En dehors des paupières légèrement bridées de Jack, et de ce quelque chose dans le tracé de ses pommettes qui rappelait ses origines orientales, ils avaient un indéniable air de famille. Une des tantes de Ben l'avait remarqué, un jour, en présence de Venetia Wickwire, laquelle avait réagi violemment, niant toute ressemblance entre son petit-fils et son gendre. Jack était convaincu que la mère d'Allison remerciait encore le ciel que sa fille n'ait pas eu d'enfant de son deuxième mariage. Jack en aurait bien voulu, lui, peut-être deux, mais Allison avait épuisé toutes ses réserves maternelles, avec Ben.

— Les enfants ! avait-elle l'habitude de dire, avec un soupir. J'adore les bébés, mais pourquoi faut-il qu'ils grandissent ?

Revenant dans le présent, Jack vit Ben soupirer profondément, lui aussi.

— Je vais demander à témoigner, la prochaine fois, déclara-t-il. Tu ne mérites vraiment pas ce qui est en train de t'arriver. Et puis, tu sais, j'ai parlé à un copain, l'autre jour, juste avant la remise des diplômes. Son père est capitaine de police et il connaît quelques bons détectives privés, à Denver. Il existe forcément un moyen de prouver...

— Ne gaspille pas ton argent, l'interrompit Jack en secouant la tête. Les hommes d'Iverson n'ont rien pu trouver.

— Mais enfin, Jack, quelqu'un a tué ma mère ! Il y a forcément un indice quelque part, une piste qui a été négligée.

— Oui, forcément, murmura Jack d'un ton pensif. Je crois bien que je me suis répété la même chose des milliers de fois.

Il se pencha en avant et donna une bourrade à son beau-fils.

— Mais on parlera de tout ça plus tard. Pour l'instant, je veux que tu me racontes ta remise de diplôme. Rends-toi compte que je n'ai même pas été fichu de me traîner jusqu'au drugstore du bout de la rue pour t'acheter une petite carte de félicitations.

— Très drôle, fit Ben.

— Alors, qui a prononcé le discours traditionnel ? Notre cher président ?

— Ha ha ! Non, mais on a tout de même eu le P.-D.G. de Chrysler. Il a dit des trucs bien. C'était assez stimulant.

— Et que vas-tu faire de ta vie, mon petit gars ?

Ben haussa les épaules. La vérité était que, jeune diplômé de l'université de Denver ou pas, il pouvait très bien ne jamais travailler — s'il n'en ressentait pas l'envie. Quand il n'était encore qu'un des héritiers de la fortune des Wickwire, il recevait chaque mois une somme d'argent en provenance d'un fonds en fidéicommis — une somme relativement modeste, qui se révélait toutefois suffisante pour vivre. Maintenant qu'il était le seul héritier de la fortune d'Allison, il n'avait plus aucune raison de s'inquiéter. D'autant que son père n'était pas pauvre, lui non plus, et qu'un jour ou l'autre, il hériterait aussi de lui.

Tout cela n'avait pas manqué d'attirer l'attention de Frank Iverson, qui s'était livré à une enquête approfondie sur Ben — au grand dam de Jack.

— Laissez tomber, Frank ! s'était-il exclamé quand l'avocat lui avait fait part de son intention de s'intéresser au jeune héritier. Ben est incapable de commettre un meurtre. Vous perdez votre temps.

Une équipe de détectives privés recrutés avec soin avait tout de même enquêté sur Ben, comme sur toutes les personnes ayant eu, un jour ou l'autre, accès à la maison d'Allison, sur Red Mountain. Selon Frank, en effet, soit le meurtrier connaissait le code permettant de neutraliser l'alarme, soit Allison le connaissait, lui, et elle l'avait laissé entrer.

Ainsi que Jack l'avait prédit, l'enquête sur Ben n'avait rien donné. On avait bien découvert une petite histoire de drogue et des dépenses inconsidérées portées sur une carte de crédit ; et le couple d'intendants qui s'occupait de la maison avait relaté des disputes entre le jeune homme et sa mère, toujours pour des histoires d'argent. Mais comme l'avait fait remarquer Jack, quel gamin ne s'était pas disputé avec ses parents, à ce sujet ? De plus, Ben avait un alibi en béton. Il était à Denver, dans son appartement, la nuit du meurtre. Terrassé par la grippe. Il avait des témoins.

— Alors, insista Jack en se laissant aller contre le dossier du canapé et en croisant les mains derrière sa tête, quels sont tes projets ?

— Je ne sais pas encore, répondit Ben. Vraiment, je n'en ai aucune idée. L'année qui vient de passer était si infernale...

Il leva les yeux, brusquement, l'air gêné.

— Je suis désolé, Jack. Je sais que ce que j'ai traversé n'est rien en comparaison de ce que tu as subi, toi — et de ce que tu continues de subir... Mais bon, il y a eu la perte de maman... Dans ces conditions horribles, il a fallu que je continue de suivre les cours. Et puis, il y a eu ce procès, le verdict... Tu n'as pas l'impression de devenir fou, au milieu de tout ça ?

Jack eut un sourire sans joie.

— Si, bien sûr. Je deviens complètement cinglé. Sauf que je ne peux pas le laisser paraître.

— Tu es un vrai dur.

— Je n'ai rien d'un dur, et tu le sais bien. Simplement, j'ai appris que tout se passe mieux, quand on arrive à dominer sa rage. Les gens pensent toujours que je suis un introverti. Peut-être. Ce qui est sûr, c'est que j'essaie de réfléchir, de peser le pour et le contre, plutôt que de réagir de façon impulsive. C'est ma nature, que veux-tu.

Ben se mit à rire.

— Ouais, je me rappelle de notre première rencontre. Tu m'as flanqué une peur bleue. Tu étais tellement silencieux. Et ce regard que tu as, quand les gens parlent et que tu les écoutes... A une époque, je m'entraînais à essayer de l'imiter, devant la glace.

Il rit de nouveau.

— J'y passais des heures. N'empêche, ajouta-t-il en secouant la tête, j'ai toujours souhaité que ce soit toi, mon père.

Jack le considéra un instant, un peu surpris par cet aveu.

— Nous sommes de la même famille, Ben, lui dit-il. Rien ne changera jamais cela.

Ben hocha la tête et soupira.

— Il faut que je te dise... j'ai l'intention de mettre la maison en vente.

— Ah.

— Tu comprends, après ce qui est arrivé à maman... c'est dur d'habiter là. Sarah et moi nous y sommes installés, pour l'instant, à cause du procès et tout ça. Mais vraiment, c'est dur.

— Comment va Sarah ? demanda Jack, essayant d'égayer un peu la conversation. Elle a toujours les plus belles jambes de l'Ouest ?

— Absolument ! Tu sais, elle a été vraiment merveilleuse, dans cette histoire. Solide comme un roc.

Jack aimait beaucoup la petite amie de Ben, Sarah Glick. Elle n'était pas seulement belle ; elle était aussi très intelligente. Ben l'avait rencontrée sur le campus de l'université de Denver, alors qu'ils étudiaient tous les deux le droit. La jeune femme était une étudiante brillante.

— On va sûrement continuer le droit ensemble, reprit Ben. Mais pas tout de suite. Après le procès pénal, en septembre... Enfin ! une fois qu'on y verra un peu plus clair, j'aimerais bien qu'on parte en voyage. En Europe, sans doute.

Jack approuva d'un hochement de tête.

— C'est bien. Les voyages sont une excellente chose. Mais cela ne doit pas t'empêcher de te fixer des objectifs. Surtout, n'attends pas trop pour commencer ton troisième cycle d'université. Et, pour l'amour du ciel, ne te marie pas trop vite. J'aime beaucoup Sarah, tu le sais. Néanmoins, prends ton temps. Il n'y a pas d'urgence. Si ta mère et moi nous ne nous étions pas pressés comme nous l'avons fait... Qui sait ? Nous aurions pu nous rendre compte que nous n'avions pas les mêmes aspirations.

— Maman ne voulait pas que tu travailles, se souvint Ben.

— Oui, et c'était un gros problème. La réussite m'était peut-être montée à la tête. Ta mère avait raison. J'acceptais trop de commandes. Je ne l'ai pas compris, à l'époque, mais le mariage exige qu'on y travaille, aussi. Beaucoup. Crois-moi, j'ai eu le temps d'y réfléchir.

Ben prit une profonde inspiration, comme pour se donner du courage.

— Jack, est-ce que... est-ce que tu l'aimais ? Je veux dire, même quand elle a demandé le divorce... ?

— Oui. Je crois qu'on s'aimait encore, tous les deux. Moi, en tout cas, je l'aimais toujours. Sauf que ça n'était plus pareil. Comment t'expliquer ? Il n'y avait pas que mon travail, qui nous séparait. Il y avait aussi la question des enfants, par exemple.

— Tu voulais des enfants ?

Jack confirma d'un mouvement de la tête.

— Je ne savais pas, murmura Ben.

— Moi non plus, au début. L'envie ne m'est venue qu'après le mariage. C'est pour cette raison que je te dis de prendre ton temps. Il faut bien se connaître et savoir ce qu'on désire vraiment, dans la vie, avant de s'engager avec quelqu'un d'autre. Ta mère t'avait, toi. Tu étais presque un adolescent quand nous nous sommes mariés. Elle n'avait pas envie de se lancer une nouvelle fois dans l'aventure de la maternité, de tout recommencer à zéro, et je ne lui en tenais pas grief. Je comprenais.

— Mais, enfin, elle..., elle avait une... liaison avec un autre homme ! Je l'ignorais, jusqu'au procès.

Jack émit un sifflement entre ses dents.

— Cette liaison a peut-être commencé après que je quitte la maison, Ben.

— Mais tu n'en es pas sûr.

— Non, en effet.

Il y eut un silence, et, d'un accord tacite, ils quittèrent ce terrain glissant pour revenir aux projets de carrière du jeune homme.

— Je ne sais pas trop, avoua celui-ci. J'envisage de me spécialiser dans le droit des sociétés, ou le droit fiscal. Sarah, elle, veut se lancer dans l'immobilier. Il y a beaucoup d'argent à gagner... Enfin, je verrai bien. Pour l'instant, comme je te le disais, j'ai surtout envie de voyager.

— Alors, pars. Du moment que tu n'oublies pas de penser à l'avenir.

— Je pourrais devenir un autre rentier d'Aspen, lança Ben en s'esclaffant.

— Génial ! fit Jack en levant les yeux au plafond.

Et ils éclatèrent de rire.

C'était l'heure de dîner, et les prisonniers sortirent un à un pour aller chercher leur plateau. La gardienne, Debby, se dirigea vers Jack et Ben.

— Il faut partir, maintenant, dit-elle à ce dernier.

Il se leva en même temps que Jack et le serra dans ses bras.

— Tiens bon, dit-il. Et je continue à vouloir engager ces détectives privés dont je t'ai parlé. Je pourrais même offrir une récompense...

— Ben ! l'interrompit Jack sur un ton sévère. Nous avons épuisé ce sujet. Je suis contre, et tu le sais. Ne me rends pas les choses plus difficiles qu'elles ne le sont déjà.

— C'est ton orgueil qui parle, répliqua Ben. Je suis peut-être encore un gosse, à tes yeux, mais je te connais. Ce n'est pas le moment de faire le fier.

Jack fronça les sourcils.

— Nous en reparlerons. Je te le promets. Pour l'instant, laisse Frank faire son travail. D'accord ?

Après un instant d'hésitaion, Ben hocha la tête.

— D'accord. Pour l'instant. Mais le sujet n'est pas clos.

— Ouais. Allez, dépêche-toi de sortir, maintenant, si tu ne veux pas qu'ils te gardent, toi aussi.

Après dîner, Jack reçut encore une autre visite. Brooke Goldsmith était une de ses anciennes clientes.

— Bonsoir, Jack, dit-elle sur un ton résolu, avant d'enchaîner, sans même reprendre son souffle : Vous devez vous demander ce que je fais là. Je n'en pouvais plus, figurez-vous. Il fallait que je vous parle. Il y a des mois que j'y pense, et...

Elle secoua la tête.

— Je ne sais pas si vous êtes coupable du meurtre de votre femme. J'ai du mal à l'imaginer, mais bon... Quoi qu'il en soit, il y a une chose que vous devez savoir.

— Je vous écoute.

— C'est au sujet des deux employés de maison d'Allison, Ray et Marnie Wade. Voyez-vous, ils ont travaillé pour moi, à une époque. Ils venaient d'arriver à Aspen. Cela remonte à six ou sept ans. En tout cas, un jour, une de mes bagues a disparu. Ma bague de fiançailles, figurez-vous. Bien que je n'aie jamais eu de preuves, je les ai toujours soupçonnés de me l'avoir volée. J'étais allée à une soirée, et j'avais un peu bu, je l'avoue...

Elle eut un rire léger.

— En tout cas, à mon réveil, le lendemain matin, la bague s'était volatilisée. Or, la maison était bouclée, et le système d'alarme enclenché. J'aurais pu la perdre à la soirée, me direz-vous, mais j'en doute. Toujours est-il que je les ai renvoyés. Même si je ne pouvais rien prouver, je n'avais plus confiance en eux. Vous comprenez?

— Bien sûr, assura Jack.

— Alors, voilà. Il y a des mois que j'y pense. J'aurais peut-être dû aller trouver votre avocat, mais... Et puis, quand j'ai lu le verdict, dans le journal...

Elle s'interrompit et secoua la tête.

— Je me dis que si vous n'avez pas tué Allison, alors forcément, quelqu'un d'autre l'a fait...

Visiblement gêné, elle se tut de nouveau, ne sachant quoi ajouter, et Jack se porta à son secours.

— Je vous remercie d'être venue, Brooke.

Celle-ci se leva, alors, et prit congé, soudain pressée de quitter les lieux.

Jack rumina l'information toute la soirée tandis que les autres prisonniers regardaient une vidéo dans la salle commune. Allongé sur sa couchette, il pensait à Ray et Marnie, le couple qu'Allison avait engagé pour s'occuper de la grande maison, une semaine environ après qu'il avait pris un appartement en ville. Avaient-ils volé un objet, des bijoux? Allison les avait-elle surpris? Les choses auraient pu mal tourner...

Il devait en parler à Frank.

Jack tournait et retournait ces pensées dans son esprit lorsque Debby, qui n'était normalement plus de service à cette heure, entra dans la cellule et ferma la porte derrière elle.

— J'ai quelque chose à vous dire, commença-t-elle sur un ton grave. J'ai hésité à attendre demain matin, et finalement, j'ai pensé qu'il était préférable de vous avertir le plus vite possible.

Jack se redressa, mais ne dit rien.

— Je ne sais pas comment vous annoncer ça, reprit la gardienne, visiblement très mal à l'aise. C'est au sujet de Frank Iverson. Il... il s'est écroulé, en fin de journée, alors qu'il s'était rendu au palais de justice. Infarctus.

— Oh, non ! s'exclama Jack d'une voix étranglée. Est-ce qu'il est... ?

— Il est vivant, reprit Debby. On l'a transporté à Denver en hélicoptère, tout à l'heure. Les médecins ne se prononcent pas encore.

Elle secoua la tête.

— Je suis vraiment désolée, Jack. Aucun de nous ne voulait vous l'annoncer. On a tiré à la courte paille.

— Et vous avez perdu.

— Oui.

— Ça n'a pas dû être... facile, bredouila Jack, sous le choc.

3.

Tous ceux qui connaissaient ou côtoyaient Eve Marchand, avocate au bureau de l'aide judiciaire de Denver, savaient qu'elle était une militante ; certains l'admiraient, d'autres la prenaient pour une folle. Mais tout le monde s'accordait pour admettre qu'elle excellait dans son travail, à savoir la défense des causes perdues et des laissés-pour-compte de la société. Habitée par de fortes convictions, elle n'hésitait pas à froisser ou contrarier les juges et les procureurs qui se dressaient contre elle, chaque fois que le besoin s'en faisait sentir.

A cause de son petit visage encadré d'un nuage de boucles folles, couleur de miel, et de son allure d'enfant espiègle, beaucoup de gens estimaient qu'elle n'avait pas le physique de l'emploi. Dans le travail, toutefois, Eve tirait ses cheveux vers l'arrière et chaussait des lunettes de vue, et lorsqu'elle se trouvait face à un juge ou à un avocat général, il émanait d'elle une véritable impression de force, de pouvoir et comme un air de légitimité.

En ce chaud après-midi du mois de juin, à Denver, le ciel était d'un bleu profond et, à l'ouest de la ville, la crête des montagnes Rocheuses dressait sa ligne déchiquetée. Eve s'apprêtait à quitter la salle de tribunal n° 19 en compagnie de Howie Bernhard, l'autre avocat commis d'office qui l'avait secondée dans l'affaire qu'elle venait de défendre. Au moment de franchir les portes, ils échangèrent un regard, inspirèrent profondément et plaquèrent un sourire sur leurs visages, se préparant à affronter ce qui les attendait, de l'autre côté. La seconde d'après, ils se frayaient un chemin au milieu de la horde de journalistes et de cameramen de télévision qui se bousculaient, dans le vestibule du palais de justice, ignorant les micros et les questions qui fusaient. Eve se contenta de déclarer, d'une voix aimable mais ferme :

— Nous allons faire une déclaration, dehors, dans quelques minutes.

Malgré son épuisement, il lui fallait maintenir la façade encore un moment. C'était à peine si elle avait assez d'énergie pour goûter leur victoire.

Ils se retrouvèrent sur les larges marches de l'édifice abritant la Neuvième Cour Fédérale de grande instance, et Eve prit quelques instants pour rassembler ses idées. Quand elle leva la main, le silence se fit aussitôt autour d'eux.

— Aujourd'hui, commença-t-elle, la justice a triomphé. Un homme qui était en danger de se voir « légalement assassiner »...

Comme un murmure s'élevait parmi les journalistes, elle attendit qu'il retombe.

— Cet homme, donc, reprit-elle, a été sauvé. Vous savez tous à quel point nous sommes, mes collègues du bureau de l'aide judiciaire et moi-même, opposés à la peine de mort. Il y a tant de raisons pour expliquer cette position que je n'aurai jamais le temps de vous les exposer toutes aujourd'hui. Mais je peux vous dire au moins ceci : la peine de mort est utilisée de manière accablante contre les pauvres et les minorités, elle est imposée de façon totalement arbitraire et appliquée si rarement qu'on ne peut pas la considérer comme un élément dissuasif ou préventif. Enfin, et surtout, elle nous semble parfaitement inacceptable dans une société avancée. M. Bernhard et moi-même sommes très heureux que le tribunal ait décidé de condamner Joseph Lardner à la perpétuité, plutôt qu'à la mort. Nous pensons que la justice a fait son travail, et nous vous remercions tous.

Aussitôt, les questions habituelles fusèrent. Eve les avait toutes entendues des dizaines de fois. Il faisait chaud, et elle sentait un filet de sueur couler sous ses bras et entre ses seins. A côté d'elle, Howie transpirait aussi.

— Qu'avez-vous à dire aux familles des victimes ? interrogea un journaliste de Channel 9.

Ce fut Howie qui répondit.

— Nous éprouvons une immense tristesse pour ces familles, mais une mort de plus ne leur ramènera pas ceux qu'elles ont perdus. Au moins, cette décision permet de boucler la boucle.

Eve, qui titubait de fatigue, n'entendit que la fin d'une autre question, qui lui était adressée directement.

— Assiste-t-on à l'émergence d'un nouveau courant d'opinion contre la peine de mort ? répéta-t-elle en s'efforçant de garder l'esprit clair. Je ne le pense pas, malheureusement. Les sondages effectués à l'échelle nationale prouvent qu'une majorité de gens est encore favorable à la peine capitale. En revanche, je pense sincèrement que si le public était mieux informé, cela changerait. En attendant, je continuerai simplement à faire mon travail du mieux que je le pourrai. Et maintenant, si vous voulez bien m'excuser...

— Mademoiselle Marchand ! Mademoiselle Marchand, est-il vrai que vous allez quitter le bureau d'aide judiciaire pour entrer dans un cabinet privé ?

Eve se tourna vers le journaliste qui venait de lancer cette question. Comment diable l'information était-elle parvenue à ses oreilles ?

— Je n'ai pour le moment aucun commentaire à faire sur ce sujet, répondit-elle.

Howie prit la question suivante : y aurait-il une exécution, prochainement, dans l'Etat du Colorado ? Eve entendit à peine la réponse de son confrère.

— Mademoiselle Marchand, lui demanda-t-on encore, pouvez-vous nous dire ce que vous ressentez, personnellement, après la victoire que vous venez de remporter ? Vous devez savoir qu'on vous a surnommée la nouvelle « Reine du Délai » ?

Eve sourit.

— Je prends cela comme un véritable compliment, mais je crois que ce titre appartient à Mme Holdman, en Floride.

Charlotte Holdman était une de ses héroïnes — une femme impétueuse et passionnée qui combattait la peine de mort depuis des années. Une telle comparaison ne pouvait que la flatter.

— Et en ce qui concerne la première partie de votre question, je suis très satisfaite de la décision du juge Caspari. C'était la meilleure qu'il pouvait prendre.

— Quelle sera votre prochaine affaire ?

— Je n'en ai aucune en vue pour le moment. Je vais prendre des vacances.

— Où cela ?

— Ça, c'est une information confidentielle.

Quelques minutes plus tard, Howie et elle parvinrent enfin à s'échapper, regagnant l'intérieur du bâtiment. Eve embrassa son confrère sur la joue.

— Bon travail, Howie.

— Ouais, on s'est bien débrouillés, pas vrai ? Tu as été très bien, avec ces requins de journalistes.

— Toi aussi.

— On se revoit quand, alors ? Dans deux semaines ?

— Oui, à mon retour. Tu n'imagines pas à quel point j'attends ces vacances. Je suis au bout du rouleau, Howie.

Ce dernier la considéra d'un air grave.

— Tu as vraiment l'intention d'entrer dans le privé ?

— Je ne sais pas, murmura Eve en baissant les yeux. J'y pense. Mais rien n'est décidé.

— Ne nous laisse pas tomber, Eve. On a besoin de toi.

Et tous ces pauvres types, en prison, dans le quartier de haute sécurité... ils ont besoin de toi, eux aussi.

— Je t'en prie, Howie, ne me fais pas ce coup-là. Je le sais bien.

— Bon, bon, je me tais. Surtout, repose-toi bien et profite de tes vacances.

— Ça, tu peux compter sur moi.

Eve consulta sa montre.

— Zut ! il faut que je me sauve. Gary m'attend, et je suis déjà en retard. A bientôt.

Elle prit son attaché-case et s'éloigna vivement en direction d'une des sorties latérales, ses escarpins claquant sur le sol de marbre. Elle était fatiguée — moralement et physiquement épuisée. Hélas ! il y avait ce barbecue chez Matt Nolan, ce soir. Impossible d'y échapper. Gary s'en faisait une vraie fête, et elle ne pouvait pas le décevoir encore une fois.

Alors qu'elle venait de quitter le bâtiment, elle aperçut aussitôt la voiture de son compagnon, garée au coin de la rue. Elle accéléra le pas, se demandant pourquoi elle s'investissait tant dans son travail. Ne pouvait-elle pas vivre comme tout le monde, faire ce qu'elle avait à faire et rentrer tranquillement chez elle, avoir une vie personnelle ?

Autant de questions que Gary lui avait posées nombre de fois, sans que jamais elle puisse se résoudre à lui répondre, sinon de manière évasive. Car la vérité était trop difficile, trop douloureuse à partager. Eve l'avait enfouie dans les profondeurs de sa mémoire.

Cela remontait à l'époque où, fraîche émoulue de la fac de droit, elle faisait ses armes d'avocate dans le sud des Etats-Unis, dans cette région appelée la « Ceinture de la Mort » à cause des nombreuses exécutions qui y étaient pratiquées. Son tout premier client était accusé d'un meurtre pour lequel il avait été condamné à la peine capitale ; commise d'office à sa défense, Eve n'avait pu empêcher l'exécution. Et deux semaines plus tard, le véritable meurtrier avait avoué son forfait. L'Etat avait tué un innocent.

A la suite de cette affaire, Eve avait quitté le Sud pour retourner vivre dans le Colorado, où elle était née. Bien que terriblement éprouvée par l'expérience qu'elle venait de connaître, elle avait cherché du travail au bureau d'aide judiciaire, se jurant bien de ne plus jamais laisser un innocent finir sur la chaise électrique.

La défense des condamnés à la peine capitale était devenue sa passion, une véritable mission. Sa réputation avait grandi, et, bientôt, elle avait reçu des appels d'un peu partout dans le pays. On se disputait son expérience, sa connaissance encyclopédique de la jurisprudence, des procédures d'appel, des droits constitutionnels des prisonniers, ainsi que celle des tactiques à adopter pendant le procès.

Depuis lors, elle n'avait pas perdu un seul client.

Mais elle n'avait jamais parlé de ce premier dossier ni à ses parents, ni à ses amis, ni même à Gary. C'était son fardeau secret. Sa souffrance à elle.

Arrivée devant la Lexus de Gary, elle ouvrit la portière et s'engouffra à l'intérieur.

— Bonsoir, chéri, dit-elle, avant de se pencher pour l'embrasser. Désolée d'être en retard. Encore une fois.

— Oh ! j'ai l'habitude.

— Je sais. Mais je suis libre pendant deux semaines, maintenant. Ne l'oublie pas.

— Libre ! Et pendant deux semaines ! Vraiment, je ne sais pas si je peux me laisser aller à le croire.

Gary Kapochek était très bel homme, grand et mince, bien bâti, avec une mâchoire volontaire. Quelques années plus tôt, il était promis à une superbe carrière de footballeur, dans l'équipe des Broncos de Denver. Il venait même de signer un nouveau contrat de trois ans pour une somme astronomique, lorsqu'il avait commencé à souffrir de problèmes de vision et d'étourdissements. Les médecins avaient diagnostiqué une sclérose en plaques.

Gary avait alors 30 ans. Il était au sommet de sa carrière.

Les journaux avaient couvert l'histoire sous tous les angles, suivant l'idole sportive pendant des mois, et même des années. Et quand il avait décroché un poste d'entraîneur adjoint, pour les Broncos, tout le monde avait salué avec enthousiasme cette victoire sur le destin.

— Fatiguée ? demanda-t-il en démarrant le moteur de sa voiture, contrôlée par des manettes.

— Morte, répondit Eve, qui se laissa aller contre l'appuie-tête.

— Si tu ne veux pas y aller, ce soir...

— Non, non, j'ai promis que je viendrais, et je viendrai. Tu as les billets d'avion ?

— Absolument. Tout est prêt. Il ne te reste plus qu'à faire ta valise.

— Mm.

Ils partaient dans le Maine, pêcher, faire du bateau et se promener au bord de la mer. Deux semaines de détente complète. Gary pouvait marcher sur près de deux kilomètres, maintenant, en ne s'aidant que d'une canne. Son dernier traitement lui réussissait si bien qu'il avait pu jeter ses béquilles. Les périodes d'intense faiblesse et de fatigue n'étaient plus qu'un mauvais souvenir, et les médecins avaient bon espoir de le voir guérir totalement.

Gary tapota la jambe d'Eve et sourit.

— Tu ne peux pas savoir à quel point je suis impatient de partir. Tu te rends compte que c'est notre premier voyage ensemble ?

— Nous sommes allés à Durango, une fois...

— Uniquement parce que tu devais y interroger un témoin !

Eve eut un léger sourire. Elle aimait la manière dont Gary abordait la vie, son sens de l'humour, sa patience avec elle, et son optimisme résolu, même dans les circonstances les plus éprouvantes. Il avait supporté sa maladie sans jamais s'apitoyer sur lui-même, avec une attitude positive qui forçait l'admiration.

Mais tandis qu'ils roulaient en direction de chez elle, Eve se demandait aussi si elle ne devait pas lui parler de ses incertitudes concernant la possibilité pour elle de se diriger vers le privé. S'il avait réussi à la convaincre, au terme d'une longue discussion, elle sentait de nouveau les doutes l'assaillir.

Gary avait tellement insisté, refusant pour une fois d'accepter ses excuses et leur opposant une volonté inébranlable. Il voulait, il exigeait pratiquement qu'elle entre dans un cabinet privé.

— Ainsi, on pourrait enfin commencer à avoir une vraie vie, avait-il déclaré.

— Ta vie, tu veux dire, avait répliqué Eve.

— Pas du tout. Tu as droit à ta vie, toi aussi, et à ta carrière. A tout ce que tu veux. Mais en ce moment, tu n'as rien que ton obsession. Cela frôle la pathologie, je t'assure.

— Il y a tant à faire ! avait-elle protesté.

— Eh bien, laisse les autres s'en charger.

Tentée de répondre que personne ne pouvait s'en charger aussi bien qu'elle, Eve s'était abstenue à temps. Son comportement frisait l'obsession, Gary avait raison.

A cet instant, il s'était penché pour prendre ses mains dans les siennes.

— Ecoute, nous sommes fiancés, n'est-ce pas ? Nous allons nous marier. D'abord, tu dois prendre un peu de temps pour toi-même, pour nous. Te rends-tu compte qu'avec tous ces dossiers tu ne peux même pas fixer une date de mariage ! Voilà quatre ans que nous sommes ensemble, quatre ans que je suis patient. Cela ne peut plus durer.

— Mais ils ont besoin de moi...

— C'est moi qui ai besoin de toi, ma chérie.

Eve avait fini par céder, et promis de tâter le terrain, de se renseigner pour voir si les cabinets juridiques de la ville cherchaient un avocat.

Or, de nouveau, elle n'était plus si sûre.

Elle coula un regard vers son compagnon, considérant son profil, la ligne carrée de sa mâchoire, son cou musclé. C'était un homme bien, et il méritait une épouse qui aurait du temps pour lui.

Ils avaient souvent évoqué l'avenir, ensemble. Bien sûr, lors de ces conversations, ils avaient aussi parlé de la maladie de Gary, de l'éventualité d'une rechute, de ce qui arriverait si son état physique se détériorait de nouveau, s'il ne pouvait pas garder son travail, s'il ne pouvait plus faire l'amour à Eve, s'il était condamné à rester dans une chaise roulante...

— Je t'aimerais toujours, répondait-elle avec ferveur. Cela ne changerait rien à mes sentiments.

Peu à peu, Gary l'avait crue. Et peu à peu, il avait commencé d'aller mieux. Eve en était si heureuse ! Leur mariage serait un vrai partenariat, une relation basée sur l'amour et la compréhension. Hélas ! les enfants étaient hors de question. Gary ne voulait pas transmettre sa maladie — ou plutôt le risque de l'attraper.

Si Eve en avait conçu une profonde tristesse, elle comprenait sa position, et, même, elle abondait dans son sens. Elle était d'ailleurs bien trop occupée pour songer à fonder une famille.

Mais elle devait lui parler des sentiments mitigés qu'elle éprouvait au sujet du travail. Ils n'avaient pas de secret l'un pour l'autre.

Dans le même temps, elle craignait de gâcher leurs vacances. Car ils se disputeraient, fatalement... Donc, elle allait attendre. Ils auraient bien le temps d'en discuter plus tard. Et puis, Eve n'était même pas sûre de ce qu'elle allait faire. Il s'agissait d'une décision importante, et elle ne voulait rien précipiter.

— Tu as faim ? demanda Gary, rompant le silence qui s'était établi.

— Pas encore.

— Il va y avoir trois tonnes de nourriture. Matt a invité toute l'équipe, les entraîneurs, leurs femmes, les gosses. Ça va être le grand jeu, avec le barbecue géant, l'orchestre de country, une chanteuse. Tu le connais : il ne fait jamais les choses à moitié.

— Je suis sûre que ce sera très sympa.

— Tu pourrais peut-être faire une petite sieste en arrivant à la maison.

Eve se mit à rire.

— J'aimerais bien.

— Tu es en train d'épuiser toutes les réserves de ton système, Eve. Tu as encore maigri, tu ne fais pas de sport...

— Gary, mon chéri, tu te répètes. Nous avons deux grandes semaines devant nous. Deux semaines à ne rien faire.

— Il était temps.

— Je ne te le fais pas dire.

Eve ôta ses lunettes et les rangea dans leur étui. Puis, elle retira les épingles qui retenaient son chignon et secoua la tête, glissant les doigts à travers ses boucles emmêlées.

— Voilà qui est mieux, commenta Gary en lui offrant son sourire irrésistible.

Matt Nolan, le patron des Broncos, donnait chaque année au mois de juin une grande fête dans sa vaste demeure, au sud de Denver. C'était l'événement que chacun attendait avec joie et impatience.

L'atmosphère était détendue, tout le monde était habillé d'un short et d'un T-shirt, et, comme chaque été, Faye Nolan priait pour qu'aucun orage ne vienne déranger les festivités.

Eve fit de son mieux pour cacher sa fatigue, sachant combien Gary serait peiné si elle laissait trop paraître combien elle aurait préféré rester chez elle, à se reposer. Elle salua les épouses des uns et des autres, fut soulevée par les paires de bras solides de plusieurs joueurs, et fit la connaissance de deux nouvelles recrues. Elle sourit, hocha la tête, bavarda ici et là, et sirota sa bière jusqu'à ce qu'elle soit tiède. Une merveilleuse odeur de viande grillée flottait dans l'air, et Gary souriait, appuyé sur sa canne, l'air heureux.

L'orchestre commença à jouer après le dîner. On avait dressé une estrade de bois, sur laquelle les couples se mirent à danser tandis que les enfants couraient entre leurs jambes.

— M'accorderez-vous ce slow ? demanda Gary en accompagnant ses paroles d'un petit salut.

Eve leva les yeux vers lui. Ils n'avaient encore jamais dansé ensemble. Gary ne pouvait pas, pensait-elle.

— Allons ! insista-t-il en souriant. Cela te fait peur ?

Prenant la main qu'il lui tendait, elle l'accompagna sur la piste de danse. L'orchestre jouait une ballade au refrain lancinant, et Gary bougea doucement, en rythme, avec une aisance qui stupéfia Eve.

— Tu es un bon cavalier, remarqua-t-elle.

— Je ne te l'avais jamais dit ?

— Non. Jamais.

— Eh bien, voilà, tu le sais, maintenant. Il faut dire qu'il y avait longtemps... Je ne m'en tire pas trop mal, n'est-ce pas ?

— Tu t'en tires même très bien.

— Toi aussi, ma chérie.

Vers 22 heures, Eve décida de rentrer. Elle tenait à peine debout. Elle convainquit Gary, qui s'amusait comme un fou, de rester et de se faire raccompagner en voiture par un de ses amis, plus tard.

A peine avait-elle franchi le seuil de sa maison, qu'elle

se mit à ôter ses vêtements, les abandonnant là même où ils tombaient. Puis elle se brossa les dents et se coucha. Elle alluma la télévision et tomba sur la fin des informations : elle était là, sur l'écran, avec Howie, entourée d'une nuée de journalistes et de micros.

Elle écouta ses réponses et jugea qu'elle ne s'en était pas trop mal tirée. En revanche, elle avait une mine épouvantable : elle était pâle, trop maigre, avec des valises sous les yeux. Gary avait raison : ce travail allait avoir raison de sa santé.

Après un nouveau bâillement, elle blottit sa tête contre l'oreiller et sentit son corps se détendre petit à petit. Dans le Maine, elle mangerait beaucoup, se musclerait un peu et reprendrait des couleurs. Ils feraient l'amour sans arrêt, Gary et elle, et ils parleraient de l'avenir.

Une image se forma dans sa tête : la petite auberge pittoresque, l'air frais et humide, l'océan, les mouettes, la côte sauvage. Du homard. Et Gary...

Quand Gary rentra, la télévision était encore allumée, et l'écran envoyait des lueurs sur le lit dans lequel Eve dormait profondément. Gary l'éteignit, se déshabilla, posa sa canne contre un fauteuil et se coucha. Il avait bu quelques bières de trop, ce qui n'était pas très malin compte tenu de ses difficultés de coordination. Mais bon, il s'était vraiment bien amusé. Se penchant sur la jeune femme, il lui déposa un baiser léger sur la joue.

Elle gémit et battit des paupières.

— Bonne nuit, ma chérie, chuchota-t-il.

— Mm, fit-elle sans vraiment se réveiller.

Le lendemain matin, Gary, qui était toujours au lit, observait Eve, les bras croisés derrière la tête. On était samedi, il leur restait une journée avant de prendre l'avion pour le Maine, et la jeune femme préparait sa valise.

— Crois-tu que j'aurai besoin de ma parka ? demanda-t-elle. Ou bien un coupe-vent suffira-t-il ? Est-ce qu'il fait vraiment froid, là-bas, ou juste frais ?

— Frais, répondit Gary. Mais il peut aussi bien faire chaud.

— Voilà qui m'aide beaucoup.

— Si tu n'as pas les vêtements appropriés au climat, on en trouvera sur place. Ils ont des magasins dans le Maine, tu sais.

— Mmm.

— J'ai faim.

— Il y a du café, si tu en veux, dit Eve en fouillant dans un tiroir. Oh ! mon Dieu, regarde ce maillot de bain. Il est affreux !

— Achètes-en un neuf.

Gary se leva et prit sa canne, se demandant s'il en avait vraiment besoin. Mais il lui arrivait encore de perdre l'équilibre.

— Je vais nous préparer quelque chose à manger, dit-il. Que préfères-tu : des pancakes ou des œufs ?

— Comme tu voudras, répondit Eve en soulevant un T-shirt. Je n'ai que des tailleurs, des chemisiers et des escarpins à talons. Aucun vêtement pour des vacances au bord de la mer.

— Forcément ! s'exclama Gary. Tu ne prends jamais de vacances.

Il enfila un polo, un short, et se rendit dans la cuisine, qu'il connaissait aussi bien que la sienne. Ils laissaient tous deux des vêtements de rechange et des affaires de toilette l'un chez l'autre, et passaient ainsi souvent la nuit ensemble.

Gary faisait frire du bacon, lorsque la sonnette de la porte d'entrée retentit. Il consulta sa montre, machinalement, et fronça les sourcils. Une visite ? A 10 heures du matin ? Un samedi ?

— Eve ? Tu attends quelqu'un ? cria-t-il.

Elle ne parut pas l'entendre, et il reprit sa canne pour aller ouvrir la porte. Aussitôt, son cœur chavira. C'était le patron de la jeune femme, Bob Calpin.

— Bonjour, Gary, dit celui-ci. Je suis vraiment désolé de vous déranger, mais il faut que je parle à Eve.

— Bob, on est samedi, quand même !

— Je sais.

— Nous partons pour le Maine demain matin, insista Gary d'un ton ferme.

— Il paraît.

— Vous ne pouviez pas téléphoner ?

— J'ai préféré me déplacer et m'adresser à Eve de vive voix, répondit Bob sans se départir de son calme.

Au même moment, la jeune femme déboucha dans le vestibule, ses cheveux flottant en désordre autour de son visage.

— Bob ? s'exclama-t-elle avec surprise. Que se passe-t-il ?

— Bonjour, Eve. Bravo pour hier. Tu as fait du joli travail.

— Merci.

Comme elle ne disait rien de plus, un silence de plomb tomba sur eux. Finalement, Bob s'éclaircit la gorge.

— Ecoute, reprit-il, on m'a apporté une nouvelle affaire, hier. Marty Cohen, de Glenwood Springs.

Marty était avocat, tout comme Eve, et il travaillait pour le bureau d'aide judiciaire qui couvrait trois comtés de l'ouest du Colorado.

— On lui a demandé de se charger de la phase pénale du procès Devlin, à Aspen.

— Devlin ? fit Eve. C'est Iverson qui le représente, non ?

— C'était. Frank Iverson vient d'avoir une crise cardiaque.

— Oh !

— Or, Devlin n'a plus un sou. Iverson était prêt à le défendre gratuitement. Tu n'es pas sans savoir que le procureur veut la peine de mort. « A cause de la nature particulièrement haineuse du crime » — je cite de mémoire. Bref, c'est du sur mesure, pour toi.

Gary, qui n'avait pas bougé et observait la scène, vit la réaction d'Eve, en entendant ces mots, et son cœur se serra.

— Marty Cohen veut que tu prennes l'affaire, Eve, poursuivit Bob Calpin. La Neuvième Cour Fédérale de grande instance aussi, ainsi que le juge qui présidera les débats. Tous veulent que Devlin ait la meilleure défense possible. Il ne faudrait pas qu'il aille se plaindre d'avoir été mal représenté.

— Attends un peu, Bob..., intervint la jeune femme.

— J'ai déjà reporté tous tes dossiers pour les trois mois à venir. Ce ne sera pas un problème.

— Tu oublies juste un petit détail : je pars en vacances demain. Je suis épuisée, Bob. J'ai besoin d'une pause.

— Je sais.

Eve regarda Gary, comme pour le supplier de se porter à son secours, mais il demeura impassible, les mains posées sur sa canne, les yeux fixés sur elle.

— Je ne peux pas, Bob, reprit-elle enfin. Il va falloir que tu trouves quelqu'un d'autre. Pourquoi pas Howie ? Moi, je ne peux pas. Non, je ne peux pas, répéta-t-elle avec fermeté.

4.

Ce même samedi, Jack reçut dans l'après-midi la visite de Marty Cohen, l'avocat du bureau d'aide judiciaire à Glenwood Springs.

Jack le connaissait pour l'avoir vu à l'œuvre, quelques années plus tôt, lors d'un procès où lui-même était juré ; Marty défendait le prévenu, accusé de vol.

C'était un homme mince et nerveux d'une quarantaine d'années, avec des cheveux gris souris et des lunettes aux verres épais. Excellent orateur, il était sûr de lui et visiblement passionné par son métier. Le juge s'était emporté contre lui à plusieurs reprises, lui conseillant de ne pas pousser sa chance, mais Cohen ne s'était pas laissé impressionner ; et au bout du compte, il avait convaincu le jury, Jack y compris, en démontrant que les policiers avaient non seulement allègrement piétiné les droits fondamentaux de l'accusé, mais avaient aussi saboté des preuves et perdu un élement crucial du dossier à la faveur d'une panne d'ordinateur. Quoique probablement coupable du vol, l'homme avait été relâché.

Comme il se levait pour serrer la main de l'avocat, Jack se demanda si ce dernier allait se charger de lui. Défendre un pauvre type qui avait volé une paire de skis et un portefeuille était une chose ; éviter à un autre la peine de mort en était une autre, sans grand rapport.

— Vous n'étiez pas membre d'un jury... il y a environ deux ans ? lui demanda Cohen.

Jack hocha la tête et s'installa sur le banc en plastique, contre le mur.

— En effet. Vous aviez obtenu la libération du prévenu. C'était du beau travail.

D'un geste de la main, Marty balaya le compliment.

— Dans cette vallée, cela ne représente pas grand-chose. Le crime ne fait pas partie des mœurs, et personne n'a envie d'envoyer en prison un homme qui a des chances d'être réhabilité. D'un autre côté, poursuivit l'avocat en s'asseyant à son tour devant la petite table du parloir, nous sommes à la veille d'élections importantes pour notre procureur. Vous devez le savoir. Or, il a perdu plusieurs grosses affaires, ces derniers temps. Il est inquiet, et vous représentez une de ses dernières chances de succès, l'atout caché dans sa manche.

De nouveau, Jack hocha la tête.

— Je ne vais pas vous raconter d'histoires, reprit Marty. Il veut votre peau. Quant au jury de magistrats qui présidera la phase pénale...

Il fit la grimace, avant de conclure :

— Tout ce que je peux vous dire, c'est que nous avons du pain sur la planche.

— Alors, vous êtes chargé de l'affaire ?

Marty regarda Jack et se mit à rire.

— J'ai oublié de le mentionner ?

— Oui.

— Evidemment. C'est un peu la pagaille, dans mon bureau, depuis qu'Iverson a eu cette crise cardiaque. Le téléphone n'arrête pas de sonner. Ils sont devenus fous, à la Neuvième Cour Fédérale. Je crois bien qu'ils ont passé des coups de fil à travers tout l'Etat...

— Je ne comprends pas.

— L'Etat ne veut surtout pas que vous interjetiez appel sous prétexte que vous n'auriez pas bénéficié d'une bonne défense.

— Je ne comprends toujours pas. Vous allez me représenter, oui ou...

— Jack, je peux me charger des petits dossiers à l'échelle locale. Mais un procès pour meurtre au premier degré, et qui va sans doute être suivi par tout le pays, qui plus est...

— Donc, vous n'allez pas me représenter.

— Je vais travailler sur le dossier, précisa Marty avec un sourire rassurant. Avec toute une équipe d'avocats commis d'office. En fait, vous aurez peut-être la meilleure recrue du bureau de Denver. Elle est formidable.

Jack cilla plusieurs fois, avant de pencher la tête sur le côté.

— Elle ?

Sa surprise amusa visiblement Marty.

— Oui. Eve Marchand. Elle a plus d'expérience que n'importe qui dans le Colorado en matière d'affaires comme la vôtre.

Se penchant vers l'attaché-case qu'il avait posé près de lui, sur le sol, il en tira la dernière édition du *Denver Post*. Il tendit le journal à Jack et lui désigna la photo, en première page.

— C'est elle. Elle vient juste de gagner un gros procès, à Denver. Jolie femme, hein ?

— Hein ? Euh, oui, répondit Jack d'un ton distrait.

Il était beaucoup plus intéressé par la légende de la photo et l'article qui l'accompagnait, que par le physique de l'avocate.

— Mais vous avez dit : « peut-être ». Elle va se charger de mon dossier, oui ou non ?

Marty poussa un soupir.

— Elle n'a pas encore donné de réponse définitive. D'après ce que j'ai entendu dire, elle s'apprêtait à partir en vacances.

— Oh !

— Mais son patron est passé la voir, ce matin. Il lui a expliqué la situation. Nous espérons tous qu'elle va différer son voyage.

— Je vois.

— Quoi qu'il en soit, je vais travailler pour vous, Jack. Et puis, Eve n'est pas le seul avocat commis d'office, dans cet Etat, à pouvoir vous défendre.

— Elle est juste la meilleure.

— En effet, concéda Marty. En tout cas, je vous avertirai à la seconde où elle donnera sa réponse définitive.

Il referma son attaché-case.

— Nous avons déjà demandé le dossier complet du procès, ainsi que toutes les notes prises par Iverson. Nous devrions les recevoir en fin d'après-midi. Nous avons quatre-vingt-dix jours. S'il nous en faut davantage, compte tenu des circonstances, nous obtiendrons un ajournement.

Jack hocha la tête, ne sachant pas s'il voulait voir la procédure se prolonger ou si, au contraire, il ne valait pas mieux être fixé une fois pour toutes : la peine de mort ou la prison à perpétuité. En même temps, l'injustice dont il était victime le rendait fou, et il se demandait où il allait trouver le courage de supporter un autre procès — sachant que, cette fois, sa vie serait littéralement en jeu.

— On a des nouvelles de Frank? demanda-t-il soudain, pour changer le cours de ses pensées.

— Il est encore en réanimation, et les médecins ne se prononcent pas. On parle de procéder à un pontage, mais je crois qu'ils attendent de voir comment il réagit aux médicaments.

Jack inclina la tête, lentement, et Marty se leva.

— Je vous tiens au courant, dit-il. En ce qui concerne la décision d'Eve, nous devrions être fixés sous quarante-huit heures maximum.

Il eut un sourire.

— Croisons les doigts.

— Oui, murmura Jack.

Après le départ de Marty, Jack retourna dans sa cellule; allongé sur sa couchette, les yeux fixés au plafond, il essaya de lutter contre un terrible sentiment de frustration. Tout le monde parlait de lui et du sort qui l'attendait. La presse locale et nationale couvrait l'affaire, quotidiennement. La mort par injection ou bien la prison à perpétuité ? Et pendant que tout le monde spéculait, il était coincé dans cette prison, incapable de faire quoi que ce soit pour essayer de retrouver le vrai meurtrier d'Allison.

Des mois plus tôt, Frank avait engagé une équipe de détectives privés, mais ils n'avaient rien trouvé. Jack les soupçonnait de n'avoir pas cherché très loin, sans doute parce qu'ils le jugeaient de toute façon coupable. Et le fait était que si lui-même ne se savait pas innocent, il se serait peut-être jugé coupable... Il y avait tant d'éléments accablants contre lui !

L'année qui venait de s'écouler avait été un enfer. Le plus dur à supporter n'était pas tant le fait d'être enfermé, d'avoir perdu sa liberté et sa carrière, que la colère, la souffrance et la frustration qui l'habitaient à l'idée que, dehors, un homme coupable du meurtre de sa femme allait et venait tranquillement, sans être inquiété. Cette pensée le rendait fou, et il avait dû faire appel à toute sa volonté, à toute sa force intérieure, pour ne pas craquer. Surtout, il avait dû se répéter, encore et encore, que bientôt, un jour prochain, ce cauchemar prendrait fin.

Il faisait beaucoup d'exercice, passant chaque jour un long moment dans la salle de sport de la prison. Il se tenait au courant de l'actualité et n'avait jamais cessé de concevoir des plans de maisons, sur l'ordinateur. Enfin, il avait lu des douzaines de livres de droit. Il en savait bien plus, dans ce domaine, qu'il ne l'avait jamais souhaité.

Pour ce que cela lui avait servi ! songea-t-il avec amertume.

Et voilà que Frank était victime d'une crise cardiaque. La nouvelle l'avait atteint plus brutalement qu'il n'avait voulu le reconnaître et le laisser paraître. Une fois de plus, il avait dû ravaler le sentiment de panique qui menaçait de le submerger. Et de nouveau, il lui fallait attendre, abandonner son sort aux mains des uns et des autres. Quelqu'un allait remplacer Frank. Mais qui ? Cette femme, dont Marty Cohen avait dit qu'elle était la meilleure dans sa spécialité ? Peut-être. Si elle acceptait de remettre ses vacances à plus tard. Il fallait attendre sa décision. Toujours attendre...

Poussant un long soupir, Jack ferma les yeux. Par moments, il était la proie de bouffées de désespoir — un désespoir si profond qu'il en venait à se demander pourquoi il continuait de lutter. A quoi bon toute cette souffrance, toute cette angoisse ? Qu'importait, au bout du compte, qui le défendrait dans cette nouvelle phase du procès ? Les jeux n'étaient-ils pas faits d'avance ? Que pouvait-il, lui, avec toutes les preuves qui l'accablaient, face à un système qui voulait sa peau ?

Dimanche après-midi, Eve prit sa voiture et se rendit à Glenwood Springs. La journée était magnifique et elle roulait vite, comme toujours. Sur sa droite, la puissante rivière du Colorado serpentait en contrebas. Des millions d'années plus tôt, le cours d'eau avait commencé de sculpter la roche des murs du canyon ; ces parois hautes de plusieurs centaines de mètres se dressaient, maintenant, de chaque côté du fleuve, masses rouges aux formes imprévisibles qui se détachaient sur le bleu du ciel. La plupart étaient inaccessibles à l'homme. Trop escarpées. Trop dangereuses. Mais, ici et là, un filet d'eau s'échappait de la roche et quelques sapins rachitiques poussaient, adoucissant la physionomie austère des falaises.

Un moment plus tard, Eve s'engouffra dans le tunnel qui courait au-dessus de la rivière, et dont la construction avait été achevée récemment. Aussitôt, elle leva le pied de la pédale d'accélérateur, sachant qu'on avait installé des caméras, à l'intérieur, afin de contrôler la vitesse des automobiles. Ça n'était pas le moment de recevoir une contravention.

Sa décision de se rendre à Aspen pour rencontrer Devlin n'avait pas été facile à prendre. Elle était fatiguée, au bout du rouleau ; et, surtout, la perspective de devoir renoncer à ses vacances avec Gary...

Ce dernier n'était pas content. La veille, avant de partir, Bob avait tout de même réussi à la convaincre d'aller jeter un coup d'œil au dossier. Elle avait fini par accepter et, à l'instant où la porte s'était fermée sur son patron, Gary avait laissé exploser sa colère.

— Connais-tu la signification du mot « non » ? avait-il demandé, hors de lui. Il n'est pas plus difficile à prononcer que le mot « oui », tu sais. Si encore on t'avait manipulée pour que tu acceptes, je pourrais peut-être comprendre. Mais quand je vois avec quelle facilité tu as cédé ! Franchement, je suis écœuré ! Quelle est ta motivation, dans tout ça ? La publicité ?

— Tu n'es pas juste, avait-elle protesté. Ce n'est tout de même pas ma faute si le juge me demande de reprendre l'affaire, ou si Iverson a fait une crise cardiaque, ou encore si Devlin n'a plus un sou. Et cela n'a rien à voir avec la publicité. Comment peux-tu dire une chose pareille ? Ce n'est pas moi qui ai demandé à Bob de venir à la maison pour contrarier nos projets. Et je n'ai pas dit que j'acceptais de prendre l'affaire — simplement que j'allais jeter un coup d'œil au dossier. Nous pouvons changer la date de notre départ, prendre l'avion en début de semaine, au lieu de demain matin. Ce n'est pas la fin du monde.

— Tu me prends pour un idiot ? Tu ferais tout le trajet jusqu'à Aspen uniquement pour revenir et annoncer que tu ne vas pas défendre ce type ?

— Gary, je ne...

— A présent, j'aimerais bien savoir où en sont tes

démarches pour entrer dans le privé. On a dû te faire des offres. As-tu répondu ? Attends, laisse-moi deviner : tu n'as pas eu le temps...

— Je vais m'en occuper, avait murmuré Eve, d'une toute petite voix.

Ils s'étaient encore disputés, et Gary était parti, furieux. Ils ne s'étaient plus parlé, depuis. Elle lui avait laissé un message sur son répondeur, lui annonçant qu'elle se rendait à Aspen et que, d'ici à lundi, elle aurait pris une décision.

— Nous pouvons encore prendre l'avion pour le Maine mardi matin, avait-elle poursuivi, avant d'ajouter après une pause : Je t'aime, Gary. Je t'en prie, ne sois pas fâché. Je t'appellerai dès mon arrivée à Aspen.

Quelques kilomètres après le tunnel ultramoderne de Glenwood Canyon, Eve s'engouffra dans un autre, et elle déboucha dans la ville de Glenwood Springs, qui marquait l'entrée de la vallée. Aussitôt, elle fut assaillie par la forte odeur de soufre qui s'élevait des sources chaudes et bouillonnantes. Les eaux de la région étaient connues pour leurs vertus thérapeutiques et attiraient un grand nombre de touristes, tout au long de l'année.

Marty Cohen habitait au sud de la ville. Grâce aux indications qu'il lui avait données au téléphone, Eve trouva sa maison sans difficulté. Il était en train de tondre la pelouse devant chez lui, quand elle arriva. Dès qu'il l'aperçut, il coupa le moteur de l'engin et se dirigea vers elle, le visage illuminé d'un grand sourire. Eve l'avait rencontré une seule fois, l'année précédente, à l'occasion du Salon de l'avocat, à Denver.

Il lui serra la main avec chaleur, avant de s'excuser pour sa tenue.

— Je suis content de vous revoir, poursuivit-il. Vous ne pouvez pas imaginer à quel point tout le monde admire votre travail, dans mon bureau. Tout est prêt, enchaîna-t-il en se tournant pour aller chercher un carton devant la porte du garage. Voilà, vous avez là-dedans le dossier Devlin au grand complet. Les rapports de police, des laboratoires, les dépositions, le compte rendu du procès. Il ne manque que les notes de Franck Iverson. Je devrais les recevoir d'ici à mardi...

Eve hocha la tête.

— Ecoutez, je tiens à être très claire. Je suis tout à fait disposée à examiner les dossiers et à jeter un coup d'œil sur l'affaire. Je vous donnerai mon opinion et tous les conseils dont vous pourriez avoir besoin, durant les trois prochains mois. Mais je devais partir pour le Maine, ce matin, et si j'ai accepté de différer mes vacances, c'est uniquement parce que mon patron me l'a expressément demandé. Je ne vous promets donc rien. Je vais rencontrer Devlin, et, à partir de là, je verrai comment je peux vous être utile. Néanmoins...

— Je comprends tout à fait, l'interrompit Marty. J'imagine à quel point vous êtes fatiguée. Toute aide de votre part sera bienvenue. Je n'ai jamais été chargé de la phase pénale d'un procès. Et même si je sais que le bureau de Denver sera là, prêt à travailler avec moi...

Il haussa les épaules.

— ... c'est vous la meilleure, conclut-il.

— Merci pour le compliment, répliqua Eve en riant. Mais, en ce moment, c'est à peine si j'arrive à me rappeler quel jour nous sommes. J'ai vraiment besoin de vacances.

— Evidemment.

Il l'aida à mettre le carton dans le coffre de la voiture, et Eve se glissa de nouveau au volant.

— Au fait ! s'exclama Marty, je vous ai réservé une chambre à Aspen, sur Main Street. L'établissement s'appelle le Christmas Inn. Vous ne pouvez pas le manquer. Le bâtiment est rouge et vert. Sur la gauche, juste avant d'arriver dans le centre-ville. C'est à quelques pâtés de maisons de la prison. J'ai demandé une suite.

— Comment ? railla Eve. Je n'ai pas droit au Carlton ?

— Pas sur le budget de l'Etat, répliqua Marty.

Recouvrant son sérieux, il ajouta :

— Je sais que vous n'avez pas encore pris de décision, et vraiment, au risque de me répéter, je le comprends. Je vous demande seulement d'attendre d'avoir rencontré Jack Devlin. Il est...

Il s'interrompit et secoua la tête.

— Il n'est vraiment pas comme les autres.

Souriant encore, il conclut :

— Enfin ! vous verrez vous-même.

— Mmm, fit Eve dans un murmure.

En vérité, elle avait rencontré tant de meurtriers jugés coupables, au cours des dernières années, que leurs visages commençaient à se mélanger dans son esprit. Devlin n'en serait qu'un de plus, à ajouter à une série déjà longue...

« J'ai besoin d'une pause, songea-t-elle en s'éloignant sur la route. Oui, j'ai vraiment besoin de vacances. »

Aspen était situé à une soixantaine de kilomètres de Glenwood Springs. Eve s'était rendue dans la station plusieurs fois, quand elle était enfant, puis adolescente. A l'époque, il y avait juste quelques chalets au milieu des fermes et des terres cultivées. Depuis, les maisons particulières et les centres commerciaux avaient poussé comme des champignons après la pluie. Et les prix de l'immobilier grimpaient au fur et à mesure que l'on prenait de l'altitude. Plus on approchait d'Aspen, plus on remarquait des chalets et des demeures magnifiques, accrochés aux flancs des collines. Songeant que Devlin en avait sans doute conçu plusieurs, Eve se rappela les paroles de Marty au sujet de l'architecte : « Il n'est vraiment pas comme les autres. »

Elle-même n'avait aucune idée *a priori* en ce qui le concernait. Jack Devlin n'était qu'un autre prévenu, empêtré dans une sale situation. Il avait peut-être été l'architecte à la mode que le beau monde s'arrachait, mais aujourd'hui, il était comme tous les autres : fauché et désespéré.

Comme elle entrait dans Aspen, elle éprouva aussitôt un sentiment de familiarité. Si les environs de la station avaient changé, la petite ville demeurait telle qu'elle l'avait connue : jolie et pittoresque, avec ses maisons peintes et ses lampadaires vieux d'un siècle.

Eve s'engagea sur le parking adjacent au Christmas Inn et leva les yeux vers la montagne Aspen, géant vert, massif, qui s'élevait au-dessus de la ville et paraissait la protéger du reste du monde. Cela n'avait pas changé non plus.

A la réception, elle prit la clé de sa suite et monta s'installer, avec son sac de voyage et le carton que lui avait confié Marty.

Dès qu'elle eut fermé la porte, elle abandonna son sac de voyage dans un fauteuil, le carton sur la table basse qui se trouvait devant le canapé, et entreprit de trier et de classer les dossiers. Puis, elle se débarrassa de ses chaussures, mit ses lunettes, s'installa en tailleur, et ouvrit une chemise en carton.

Il était 15 heures, et elle se promit d'appeler Gary à 17 heures. Mais quand elle leva de nouveau les yeux pour consulter sa montre, il était 19 heures passées.

Elle décrocha aussitôt le téléphone, composa le numéro de son fiancé et se frotta les yeux, avant de se lever pour s'étirer.

Gary répondit à la première sonnerie. Il attendait son appel depuis des heures, lui annonça-t-il.

— Je suis désolée, dit Eve. J'ai voulu jeter un rapide coup d'œil sur ces dossiers, et... je n'ai pas vu le temps passer.

— Comme d'habitude, marmonna Gary.

— Ecoute, j'ai été très claire avec Marty. Je lui ai

expliqué que je voulais juste prendre connaissance des faits, afin de leur donner des conseils et de les aider à se préparer pour la phase pénale. Rien de plus.

— C'est drôle, mais j'ai vraiment du mal à te croire.

— Voyons, Gary ! J'ai autant que toi envie de partir en vacances, tu sais ? Je vais rencontrer Devlin, et je devrais en avoir terminé demain après-midi. Je te promets en tout cas de faire tout mon possible.

— Et si les choses sont plus compliquées que tu ne l'as prévu ?

— Je me pencherai sur cette question au moment où elle se présentera.

— Autrement dit, tu ne peux pas me promettre que nous allons partir mardi matin.

— Nous en reparlerons demain.

Il y eut un silence, à l'autre bout de la ligne. Finalement, Gary poussa un soupir et demanda :

— Quand comptes-tu voir Devlin ?

— Tout à l'heure. Je vais d'abord manger un peu, après quoi je me rendrai à la prison.

— Tu n'as pas encore déjeuné ?

— Euh... j'ai acheté des chips en route, quand j'ai fait le plein.

— Eve !

— Je sais... il faut que je mange. Bon, j'y vais de ce pas.

— Et tu vas bien dormir ?

— Ça, tu peux compter sur moi ! Je n'attends que le moment de me glisser entre les draps.

— Bon. Tu m'appelles demain ?

— Sans faute.

Eve raccrocha et se rendit dans la salle de bains, pour se laver le visage et les mains et se brosser les cheveux. En temps normal, elle aurait emprisonné ses boucles folles dans un chignon, remis ses lunettes et enfilé un de ses tailleurs sévères. Mais on était dimanche, et à Aspen, de surcroît. Personne, ici, ne portait autre chose que des jeans ou des shorts. Elle glissa tout de même plusieurs dossiers dans sa serviette de cuir, ainsi que des crayons, des stylos et des blocs-notes. Puis, elle jeta un dernier coup d'œil à la photo de Devlin, sur la table basse, et au cliché de la scène du meurtre, posé juste à côté. Il y avait du sang partout — sur le cadavre, le tapis, les meubles, les murs et la baie vitrée.

Fronçant les sourcils, Eve posa de nouveau les yeux sur la photo de Devlin.

Comme le portrait ne révélait rien, elle se demanda comment il se comporterait devant le jury de magistrats, et lorsque son avocat plaiderait pour sa vie. Certains prévenus adoptaient une attitude de défi. D'autres, généralement des inadaptés sociaux, gardaient leur sang-froid et se contentaient de prononcer les paroles qu'on attendait d'eux, sans y croire. La majorité craquaient, la peur devenant plus forte que le peu de fierté qui leur restait. Parfois, Eve pouvait deviner, rien qu'en regardant leur photo, la manière dont ils allaient réagir. Devlin, quant à lui, demeurait un mystère.

Pour le moment. Elle en saurait bientôt davantage.

Elle quitta son hôtel et se dirigea vers l'est, sur Main Street. Elle s'arrêta à un petit café et s'installa à une table, dehors, commandant un sandwich et un thé glacé. Tandis qu'elle mangeait, elle regarda passer les gens qui flânaient dans les rues, à pied, ou passaient sur de luxueux vélos tout-terrain.

C'était vraiment un bijou de petite ville, songea-t-elle en sirotant son thé glacé. La lumière était en train de changer doucement, passant du doré au mauve ; dans une rue adjacente, des étudiants du conservatoire d'été jouaient un morceau de musique de chambre. Il régnait une atmosphère douce et paisible.

Se laissant aller contre le dossier de sa chaise, Eve ferma les yeux, un moment, et respira l'air pur et sec de la montagne.

Puis, sa visite à la prison s'imposa à elle et elle écourta sa pause. Elle paya sa consommation, se leva, et traversa Main Street en direction du tribunal et de la nouvelle prison, située juste derrière.

C'était un bâtiment de plain-pied, tout en brique, et construit à flanc de colline, avec des parterres de fleurs à l'entrée.

Eve entra dans le hall vide, sous l'œil d'une caméra de surveillance fixée dans un coin. Elle décrocha le combiné téléphonique accroché au mur et déclina son identité. Tandis qu'elle attendait d'être admise à l'intérieur, elle remarqua l'affiche accrochée au mur. Sur un fond rouge vif, elle livrait cette citation de Dostoïevsky : « On peut juger du degré de civilisation d'une société en entrant dans ses prisons. »

Puis, la porte s'ouvrit et elle longea une série de pièces, parmi lesquelles elle reconnut celle où l'on remisait tous les merveilleux objets indispensables à la police — les chaînes pour les bras et les jambes, les menottes, ainsi que les liens qui entravent les jambes des prisonniers et qu'on dissimule sous leurs vêtements, afin de les empêcher de s'évader pendant leur procès.

La gardienne de service, ce soir-là, était une femme répondant au nom de Debby.

— Il est très tard, dit-elle en venant au-devant d'Eve.

— Je suis Eve Marchand.

— Marty Cohen nous a prévenus de l'éventualité de votre venue. Mais à cette heure... les prisonniers ne sont plus autorisés à recevoir des visites.

— Je comprends, affirma Eve en souriant. Toutefois, je viens de Denver, et je me permets de vous rappeler qu'il s'agit d'une question de vie ou de mort. Jack Devlin n'est pas un prisonnier ordinaire, et nous ne disposons que de quatre-vingt-dix jours pour organiser sa défense. Si vous voulez, vous pouvez appeler le juge du district et lui demander son accord...

— Vous voulez que j'appelle le juge? s'exclama la gardienne. Un dimanche soir?

— C'est à vous de choisir. Soit vous téléphonez au juge, soit vous faites venir M. Devlin. Je vous assure que le juge ne s'opposera pas à ce que M. Devlin rencontre son avocat, et cela à n'importe quel moment. Encore une fois, c'est une question de vie ou de mort.

Un instant, Debby la regarda fixement, avant de hocher la tête.

— Je vais chercher Jack.

Elle ouvrit la porte du minuscule parloir et s'éloigna d'un pas vif et silencieux.

Dès qu'elle eut disparu, Eve s'installa à la table de la petite pièce et sortit ses dossiers. Puis elle attendit son fameux client, esquissant un léger sourire en songeant à la manière familière et protectrice dont Debby avait prononcé le prénom de Jack.

5.

Jack Devlin ne ressemblait pas du tout à l'idée qu'Eve s'était faite de lui — même si elle aurait été bien incapable d'expliquer à quoi elle s'attendait exactement.

— Soyez la bienvenue dans mon humble demeure, mademoiselle Marchand, lui dit-il en entrant dans le parloir.

— Monsieur Devlin, murmura-t-elle, un peu décontenancée.

Sa poignée de main était chaude et ferme. Quant à l'homme, il était extrêmement séduisant, ainsi que les journaux l'avaient tous fait remarquer durant le procès. Mais il était aussi bien plus que cela.

— Je ne m'attendais pas à vous voir ce soir, reprit-il. Un dimanche...

Eve hocha la tête.

— Les circonstances sont un peu particulières, expliqua-t-elle. Des problèmes de... planning personnel ; c'est pourquoi j'ai préféré venir aussi vite que possible.

— On m'a dit que vous deviez partir en vacances. Je suis navré qu'on ait ainsi dérangé vos plans. Le moment n'est pas très bien choisi.

Un sourire aux lèvres, Eve repoussa une mèche de cheveux derrière son oreille.

— Dans ce genre d'histoire, le moment n'est jamais bien choisi.

— En effet.

Il était vraiment très beau, songea encore Eve, admirant la finesse des traits de son visage, ainsi que la subtile pointe d'exotisme dans l'étirement des paupières vers les tempes, le dessin des pommettes. Pourtant, plus que tout, elle était impressionnée par son attitude, par ses manières. On sentait chez cet homme une grande dignité ; l'uniforme orange de la prison n'ôtait rien à sa distinction, à sa classe naturelle.

— Asseyez-vous, je vous en prie, dit-il, avec une courtoisie singulièrement attendrissante.

Eve reprit son siège, et il s'installa sur le banc, en face d'elle.

— Je peux demander à Debby de vous apporter à boire, si vous voulez, proposa-t-il aimablement.

— Non, merci. Je viens juste de prendre quelque chose.

— Vous devez être épuisée, remarqua-t-il encore, tout en l'enveloppant d'un long regard pénétrant.

— Je suis ici pour discuter de votre situation, monsieur Devlin.

— Jack. Je vous en prie, appelez-moi Jack.

— D'accord. Bien, j'ai lu une partie de votre dossier.

— Déjà ?

— Oui. Comme vous le savez sans doute, nous sommes confrontés à des contraintes de temps, alors...

— Allez-vous me défendre, mademoiselle Marchand ?

Eve baissa les yeux.

— Je n'ai pas encore pris ma décision.

— Je vois.

Ces deux mots, si simples, prononcés sur un ton neutre, plongèrent dans le cœur d'Eve comme la lame d'un poignard acéré, et un affreux sentiment de culpabilité l'envahit. Soudain, elle eut la certitude que cette affaire n'était pas comme les autres — que cet homme non plus n'était pas comme les autres. On le sentait respectueux des convenances, plein de solennité, aussi, et cela contrastait avec la charge qui pesait sur lui. En même temps, il était impossible de deviner ce qui se cachait derrière son attitude courtoise. Il était impénétrable.

— Je ne peux pas encore m'engager, reprit-elle un peu trop vivement.

— Je comprends très bien. On vous a balancé ça dans les bras à un moment où vous aviez d'autres projets. Vous devez vous sentir prise entre deux feux.

C'était exactement ce qu'elle ressentait, reconnut Eve. Marty Cohen ne pouvait pas se charger de l'affaire ; elle seule avait l'expérience nécessaire.

Toutefois, Gary allait l'étrangler si jamais elle acceptait.

— Il ne faut pas vous inquiéter, vous savez, reprit-elle. Quelle que soit la personne qui vous représentera, ce sera la meilleure dans son domaine.

Jack Devlin la considéra un instant en silence, et sa bouche se tordit légèrement.

— Je croyais que c'était vous, la meilleure.

Eve ne put soutenir son regard.

— Je fais du bon travail, je l'admets, mais il y en a d'autres, à notre bureau de Denver, qui sont tout aussi compétents et expérimentés.

— Dans ce cas, je vous serai infiniment reconnaissant de m'en recommander un ou deux.

— Certainement. Mais je tiens d'abord à lire votre dossier en entier.

— Bien sûr.

De nouveau, Eve essaya de déchiffrer l'expression de son visage. En vain.

— Je suis désolée, à propos de ce qui est arrivé à Frank Iverson, reprit-elle.

— Oui, moi aussi. Mais je vais être franc avec vous : il était si bouleversé par le verdict que je me demande s'il aurait été très efficace...

— Il était bouleversé ? s'exclama Eve. Pas vous ?

— Je m'y étais préparé.

— Pourquoi ?

Jack haussa les épaules.

— Il n'y a aucun autre suspect. Personne qui ait un mobile. Tout a l'air si simple, si évident.

— Jack, je vais vous poser une question et j'ai besoin que vous y répondiez avec une franchise absolue.

Il riva ses yeux aux siens et attendit.

— Pensez-vous que Frank Iverson vous a représenté de façon compétente ? demanda alors Eve.

— Absolument, répondit Jack sans la moindre hésitation.

— J'ai besoin de le savoir, car c'est une des premières raisons que l'on peut invoquer au moment d'interjeter appel. Cela arrive malheureusement bien trop souvent.

— Pas en ce qui me concerne. Frank a fait de son mieux.

— Je serai plus à même de juger quand j'aurai lu les comptes rendus du procès.

— Vous ne trouverez rien, affirma Jack avec ce calme que rien ne semblait devoir ébranler.

— Soit.

Eve tripota un dossier, éprouvant soudain le besoin de faire quelque chose de ses mains. Le parloir était étouffant, et si exigu que ses genoux touchaient presque ceux de Devlin. Elle changea de position.

— Je suis désolé... pour cette pièce, dit-il en remarquant son geste. Iverson l'appelle « le trou ». Si vous étiez venue plus tôt dans la journée, nous aurions pu nous installer dans la salle commune, qui est plus confortable. Mais à cette heure, tous les gars sont plantés devant la télévision.

— Bien sûr, murmura Eve.

Elle se leva brusquement et alla s'appuyer contre le mur de béton, croisant les bras. Les yeux fixés sur Devlin, elle se lança dans le discours qu'elle avait l'habitude de prononcer la première fois qu'elle rencontrait un éventuel client.

— Si jamais je vous représente durant la phase pénale, vous devrez m'accorder toute votre confiance. Il faudra faire tout ce que je vous dirai de faire. La tâche est immense, quelle que soit la personne qui se chargera de votre dossier ; et franchement, compte tenu du climat qui règne dans le pays, ces temps-ci, sans parler des inquiétudes électorales du procureur... Comment s'appelle-t-il, déjà... ?

— Bill Makelky.

— C'est ça, Makelky. Son cheval de bataille est le respect de l'ordre et de la loi, et vous représentez une de ses meilleures chances de s'assurer des voix. Autrement dit — je préfère être honnête avec vous —, il va tout faire pour que vous écopiez de la peine maximale. Malgré tout, même si les juges décident de vous condamner à mort, il ne faudra pas céder à la panique. Votre avocat devra simplement passer à l'étape suivante, c'est-à-dire à la procédure des appels.

Jack hocha la tête.

— Frank m'a expliqué.

— Bon, fit Eve. Bon...

Elle inspira profondément, avant d'enchaîner :

— Le Colorado compte six hommes enfermés dans le quartier de haute sécurité réservé aux condamnés à mort, mais il n'y a pas eu d'exécution depuis 1967. Dieu merci, notre Etat ne fait pas partie de la « Ceinture de la Mort ».

— Je suis au courant du débat sur la peine de mort, murmura Jack. J'ai lu plusieurs livres sur le sujet.

— La phase pénale du procès aura lieu dans trois mois. Elle devrait durer trois jours environ. Nous nous retrouverons face à un jury de magistrats professionnels, et non un jury populaire. Ça aussi, vous devez le savoir.

Jack hocha la tête.

— Votre avocat ne pourra aborder qu'une seule question, durant cette phase du procès : celle de savoir si, oui ou non, vous allez recevoir la peine capitale. Cette question sera abordée de deux façons. La première concernera le caractère immoral de la peine de mort, de manière générale, et la deuxième, son caractère inapproprié, dans votre cas particulier.

Sans quitter Eve des yeux, Jack inclina de nouveau la tête.

— Maintenant, poursuivit-elle, si la décision des juges est contre nous... euh, contre vous... la loi prévoit deux façons de l'attaquer. La première est la procédure d'appel. C'est la plus évidente. Mais il en existe une seconde : par exemple, si nous découvrons des preuves de votre innocence. Dans ce cas, conclut Eve, votre avocat peut exiger l'ouverture d'un nouveau procès.

— J'ai lu le code de procédure criminelle du Colorado, révéla Jack. Il s'agit de l'article 35(c)(2)(V), n'est-ce pas ? « S'il existe des preuves de faits matériels qui ne pouvaient être connus, etc. »

— Exactement, confirma Eve en essayant de dissimuler sa stupéfaction.

— C'est au tribunal de décider si ces faits ne pouvaient pas être connus lors du premier procès, précisa Jack. Et je suppose que le juge a un pouvoir discrétionnaire, en la matière.

— Plus ou moins, en effet. Mais le travail de l'avocat commis d'office est de s'assurer que le tribunal est convaincu.

— Il paraît que vous êtes la meilleure, dans ce domaine.

Comme Eve ne répondait rien, il enchaîna :

— J'ai lu, dans le journal, qu'on vous avait surnommée la nouvelle Reine du Délai.

Cette fois, Eve sentit son visage s'embraser.

— La presse, vous savez..., murmura-t-elle en haussant les épaules.

— Oui, je connais la presse, marmonna Jack. Mais sérieusement, que veulent-ils dire par là ?

— Nous sommes en train de parler de vous, Jack.

— Répondez au moins à cette question. Pour me faire plaisir..., insista-t-il avec une esquisse de sourire.

De nouveau, Eve haussa les épaules.

— On a donné ce surnom à une femme, en Floride, parce qu'elle a réussi à empêcher de nombreuses exécutions. Elle était assez connue, en tout cas dans la profession.

— Je vois. Et vous êtes connue, vous aussi.

— Pas du tout.

— Vous le serez si vous réussissez à me faire libérer.

— Je ne peux pas vous « faire libérer », Jack. Je peux seulement m'occuper de la nature de votre condamnation, pour le moment. Si toutefois j'accepte de me charger de l'affaire, ajouta-t-elle vivement.

— Mais le cas échéant, vous pourriez essayer de me faire libérer, une fois que la phase pénale du procès sera terminée.

— C'est une possibilité. Cela dépendra toutefois d'un certain nombre de facteurs — le facteur temps, le budget dont dispose notre bureau, etc.

— Ou encore du fait de savoir si vous, ou la personne qui me défendra, croyez en mon innocence.

Eve ne dit rien. Elle attendit les protestations habituelles d'innocence, les commentaires aigres sur l'attitude partiale du juge, du jury. Comme Jack n'ajoutait rien, elle reprit :

— La seule chose que je sais, pour le moment, c'est qu'il va falloir tout reprendre depuis le début. Nous aurons besoin de votre entière coopération. On va fouiller dans votre passé, appeler des gens à la barre et vous poser beaucoup de questions. Vous n'aurez plus de vie privée.

Pour la première fois depuis le début de l'entretien, le masque d'impassibilité de Jack parut se fissurer; son visage se plissa, ses épaules s'affaissèrent.

— Pas ma mère, dit-il à voix basse.

— Je ne peux pas aborder le sujet des témoins avec vous pour le moment, répondit Eve.

Levant brusquement la tête, Jack la foudroya du regard.

— Pas ma mère, répéta-t-il sur un ton dur. Pas mon père. Pas ma sœur.

Eve le considéra un instant en silence. Ainsi, l'homme était capable de passion ; elle était profondément enfouie en lui, mais elle existait. Le feu sous la glace... Voilà qui était intéressant.

— Ainsi que je viens de vous le dire..., commença-t-elle.

— Oui, oui, je vous ai entendue, l'interrompit-il sur un ton las. Excusez-moi. Mais je ne peux pas supporter l'idée qu'on les torture davantage.

— Je comprends votre réaction.

Retournant s'asseoir, Eve ouvrit une des chemises en carton qu'elle avait posées sur la table.

— J'aimerais vous poser quelques questions, reprit-elle.

Elle considéra les notes qu'elle avait prises, avant de lever les yeux vers Jack.

— Vous n'avez pas la moindre idée de qui a pu entrer dans votre maison et tuer votre femme ?

— Non.

— Personne n'avait un mobile ?

— Personne. A part moi.

— A cause de son argent, c'est ça ? En cas de divorce, vous n'aviez pas droit au moindre dollar de l'héritage ?

— En effet. Mais, comme je l'ai expliqué à Frank et à tous ceux qui voulaient bien m'écouter, je n'ai jamais voulu de l'argent d'Allison. Certes, la maison dans laquelle nous vivions lui appartenait, mais, en dehors de cela, j'avais une totale indépendance financière.

— Autrement dit, vous n'aviez pas de mobile ?

— Non.

— La jalousie ?

Jack poussa un soupir.

— Je savais qu'elle avait une liaison, c'est vrai. Nous étions séparés depuis six mois. Je n'en étais pas heureux, mais je ne l'aurais pas tuée pour autant.

— Vous vous êtes bien disputé avec elle, l'après-midi du... voyons...

Elle chercha dans ses notes, avant de conclure :

— Du 16 mai.

— Oui. J'ai refusé de signer les papiers du divorce. Je suis parti en claquant la porte. De toute façon, je les aurais signés tôt ou tard. Je ne pouvais pas la forcer à rester mariée avec moi.

— Où étiez-vous, quand elle a été tuée, dans les premières heures du 17 mai ?

— Tout est consigné là-dedans, indiqua Jack avec un geste de la main.

— Je sais, mais il est parfois utile de l'entendre de la bouche même de l'intéressé. Je suis désolée, si cela vous agace.

— Non, c'est bon. Où étais-je, ce soir-là ? Dans l'appartement que j'avais loué après notre séparation. J'écoutais de la musique et je travaillais sur les plans d'une maison. Et au moment où elle a été tuée, je dormais.

— Vous étiez seul.

— Oui. Pas d'alibi. Je n'ai parlé à personne, cette nuit-là. Je n'ai vu personne et personne ne m'a vu.

Il avait répondu à toutes les questions de manière directe, succincte, sans se perdre dans des explications interminables.

— Pourquoi Frank ne vous a-t-il pas appelé à la barre ? interrogea Eve. Je trouve ça étonnant. Vous êtes très convaincant.

— Il avait peur que je m'énerve et que je gâche tout. Il

craignait aussi que les jurés me trouvent arrogant. Il a même fait venir ici un psychologue, afin qu'il me pose des questions. Apparemment, je n'ai pas réussi l'examen.

— Je vois... Il avait peut-être raison.

— Et vous, que pensez-vous de tout cela ?

— Moi ? Mon opinion n'a aucune valeur. Je fais un travail et je dois demeurer impartiale, objective.

— Oui, bien sûr.

— Ecoutez, peu importe ce que moi ou les autres pensons. La justice se doit d'être aveugle, d'une certaine manière.

— Vraiment ? Eh bien, dans mon cas, on dirait que Mme la justice a triché et regardé au travers de son bandeau. Certaines preuves indirectes me désignent du doigt, et elle n'a pas regardé plus loin.

Eve sourit.

— Même si vous avez peut-être cette impression, je vous assure que vous vous trompez.

— N'utilisez pas ce ton condescendant avec moi, mademoiselle Marchand.

Le sourire d'Eve s'évanouit aussitôt.

— Je suis désolée si je vous ai donné l'impression que...

— Ne vous excusez pas, murmura Jack en secouant la tête d'un air las. Mais ne me sous-estimez pas non plus, s'il vous plaît. Et pardonnez mon emportement. Après tout, ce n'est pas votre faute si je suis coincé ici.

Eve hocha la tête, avant de déclarer :

— Si j'accepte de me charger de cette affaire et de vous défendre, sachez que je travaillerai très dur pour vous. Et si ce n'est pas moi, la personne qui assurera le suivi de votre dossier fera preuve de la même assiduité. Nous avons tous une foi inébranlable dans notre mission, Jack, sans quoi nous n'aurions pas choisi de travailler au bureau de l'aide judiciaire. Nous reverrons chaque seconde de votre procès, chaque témoignage ; nous cher-

cherons le plus petit détail, la moindre faiblesse qui ait pu influencer le jury. Nous trouverons des témoins pour parler de vous, et comme je vous l'ai dit tout à l'heure, nous fouillerons dans votre passé. Vous n'avez pas de casier judiciaire, aucune arrestation antérieure. Nous ferons notre possible pour convaincre les juges que vous ne représentez pas un danger pour la société. Nous nous livrerons à des évaluations psychologiques. Croyez-moi, rien ne sera laissé au hasard.

Réunissant les dossiers, Eve les glissa dans sa sacoche.

— Le conseil que je donnerais également à votre avocat serait de s'exposer à la colère des juges ou aux amendes en racontant dans les moindres détails ce qui se passe dans le quartier des condamnés à mort et en insistant lourdement sur le caractère barbare des exécutions. Je produirais des statistiques prouvant combien de personnes innocentes ont été mises à mort. Je citerais la Bible, s'il le faut. Je l'ai déjà fait.

— Vous êtes impressionnante, quand vous grimpez sur vos grands chevaux.

— C'est mon travail, déclara Eve, avant de se lever et de tendre la main. Je vous appellerai.

Se levant à son tour, Jack lui serra la main, brièvement. Leurs regards se croisèrent et, à ce moment précis, alors qu'elle plongeait les yeux dans ceux de Jack, Eve fut frappée par une certitude absolue : Jack était innocent du meurtre dont on l'accusait. Soudain, elle n'avait plus le moindre doute à ce sujet.

Très vite, elle quitta la prison, le cœur battant à se rompre, tandis que le souvenir de sa première affaire revenait s'abattre lourdement sur elle.

Ross Grafton, le gardien de prison qui était de service jusqu'au couvre-feu, à 23 h 30, aimait jouer au gin-rami.

Jack le laissait gagner la moitié du temps, depuis maintenant treize mois.

Ross était un ancien agent de police, un marginal des années 60 issu d'une « bonne » famille de Long Island, un de ces esprits libres qui avaient convergé vers Aspen avant que la station ne devienne à la mode. Il était intelligent, cultivé et régalait Jack d'amusantes anecdotes de la grande époque d'Aspen, quand tout le monde était défoncé la plupart du temps. S'il faisait un agréable conteur, c'était un joueur de cartes pitoyable.

Jack se défaussa et Ross étudia le cinq de cœur d'un air méfiant. Il plissa les yeux, les sourcils froncés, et prit la carte.

— Alors, comme ça, tu as un nouvel avocat, déclara-t-il en réorganisant sa main.

— Pas encore. Elle n'a pas encore décidé si elle acceptait de se charger de mon dossier ou pas.

— Oh ! elle va le faire.

— Qu'en sais-tu ?

— Elle ne pourra pas résister. C'est dans leurs gènes, à tous. Les avocats commis d'office ne peuvent pas s'empêcher de défendre les causes perdues. Ils travailleraient dans le privé, sinon.

— Et je suis une cause perdue, d'après toi ?

— Bah !

Derrière eux, un groupe de prisonniers regardait un match de boxe à la télévision. L'un d'eux cria quelque chose à l'écran, et ses propos furent accueillis par un éclat de rire général et quelques remarques colorées.

— Hé, baissez le ton, là-bas ! s'exclama Ross depuis l'autre bout de la pièce. J'essaie de me concentrer.

Se tournant de nouveau vers Jack, il secoua la tête.

— On se croirait dans un dortoir de collège.

— Je n'ai pas du tout l'impression d'être au collège, murmura Jack.

— Attends d'être envoyé à Super Max, et tu verras.

Tu te souviendras de cette prison comme d'un country club. D'ailleurs, c'est un country club !

— Merde, Ross ! Tu veux bien laisser tomber le sujet, d'accord ?

— Pardon.

— Gin, fit Jack en abattant sa main avec une bouffée de satisfaction infantile.

Parfois, il se demandait si son cerveau ne se transformait pas en bouillie, ici.

— Nom de Dieu ! marmonna Ross.

— C'est à ton tour de distribuer, indiqua Jack.

Ross prit les cartes et les mélangea.

— Elle est drôlement mignonne, en tout cas, remarqua-t-il. Toutes ces boucles blondes... Je crois bien que je suis amoureux.

— On a du mal à imaginer qu'elle passe son temps à travailler sur des affaires de peine de mort.

— Et elle est connue. J'ai lu un article sur elle, dans le journal. Et hier soir, elle est passée à la télé. Elle n'avait pas du tout la même tête, d'ailleurs. C'est à peine si je l'ai reconnue, tout à l'heure.

— C'est à ton tour d'abattre une carte, dit Jack en guise de réponse.

Plus tard, enfermé dans sa cellule et allongé sur sa couchette, dans le noir, Jack se repassa le film de son entrevue avec Eve Marchand.

La jeune femme lui avait fait une excellente impression. Elle était intelligente et connaissait manifestement son métier. Il n'avait décelé aucun sentiment de pitié en elle, aucune émotion, aucune réaction vis-à-vis de lui. Il était un client, voilà tout. Mais n'était-ce pas normal ? Elle ne pouvait pas s'impliquer trop, sous peine de devenir folle.

La Reine du Délai...

Elle avait des yeux noisette et une belle chevelure aux boucles folles, d'un joli blond de miel. En chair et en os, elle paraissait beaucoup plus jeune que sur la photo du journal, avec ses lunettes et cette coiffure sévère. Quel âge pouvait-elle avoir ? Entre trente et trente-cinq ans, peut-être.

Un instant, Jack se demanda si elle avait vraiment besoin de lunettes de vue, ou s'il s'agissait d'un accessoire pour se donner une contenance. Il se demanda encore d'où elle venait, de quel milieu elle était issue, et comment elle avait atterri au bureau d'aide judiciaire du Colorado. Si elle était aussi douée qu'on le disait, pourquoi diable ne travaillait-elle pas dans un cabinet privé ? Ainsi que Ross l'avait remarqué très justement, elle gagnerait beaucoup plus d'argent.

Jack, qui n'avait pas la moindre idée de ce qu'elle avait pensé de lui, s'avisa soudain qu'il désirait ardemment lui avoir fait bonne impression ; surtout, il voulait qu'elle croie en son innocence. Il n'ignorait pas, pourtant, que les avocats de la défense se moquaient bien d'un tel détail, et surtout qu'ils n'étaient pas censés se préoccuper de savoir si leur client était coupable ou non. Ils ne posaient pas la question et demeuraient impassibles chaque fois que l'inculpé ou le prévenu qu'ils défendaient protestait de son innocence ou confessait son crime. Leur travail consistait simplement à faire respecter le droit constitutionnel qu'il avait d'être représenté et défendu.

Frank Iverson ne lui avait jamais demandé s'il avait tué sa femme ; et à ce jour, Jack ignorait s'il le croyait coupable ou non du meurtre d'Allison.

Poussant un soupir, il repensa à Eve Marchand. Il revit les traits fins de son visage, cette façon qu'elle avait eue, à plusieurs reprises, d'écarter une mèche de son front pour la coincer derrière son oreille. Et il repensa aux vacances qu'elle devait prendre. Où avait-elle prévu d'aller ? Et avec qui ?

Il imagina la jeune femme dans une jolie chambre d'hôtel, ou en train de dîner dans un restaurant. Ou encore en train de se promener dans les rues d'Aspen. A moins qu'elle ne soit allée au cinéma, à un concert...

Il pensait à tout cela, allongé sur sa couchette, les mains croisées derrière la tête, les yeux fixés sur ce plafond qu'il connaissait si bien ; et soudain, il se redressa, les mâchoires crispées, tâchant de combattre les bouffées de frustration et de désespoir qui l'assaillaient, s'efforçant de repousser, d'étouffer toute émotion, faisant appel à toute sa force mentale pour essayer de recouvrer un semblant de calme.

Après une longue année de pratique, on aurait pu s'attendre à ce qu'il ait acquis une telle maîtrise de lui-même, qui aurait dû lui venir aisément. Il n'en était rien.

Pour se distraire, il essaya de créer mentalement les plans d'une maison. Une maison pour Eve Marchand, par exemple. Il faudrait un espace aéré, avec beaucoup de lumière ; rien de lourd ou de formel. Il construisit la demeure dans son esprit, avec plusieurs niveaux, des bois blonds, de grandes fenêtres et un escalier en colimaçon dans le vestibule d'entrée. Au sol, du carrelage. Et des plafonds voûtés, avec des poutres apparentes. Il installa Eve dans le salon, assise dans un long canapé de cuir cannelle. Il faudrait un jardin d'hiver, aussi, juste à la sortie de ce grand salon, avec une profusion de plantes vertes. Il imagina la jeune femme en train de se pencher sur des fleurs et de respirer leur parfum.

Allison avait été une très belle femme, mais dans un style plus flamboyant, avec d'immenses yeux sombres et des cheveux noirs qui lui tombaient dans le dos.

Bien que différente, Eve nourrissait elle aussi un feu intérieur — moins visible et spectaculaire que celui d'Allison. Celle-ci avait une soif d'aventure et de passion, d'expériences nouvelles. La flamme d'Eve était plus discrète ; c'était celle des combattants, des militants voués à la défense d'une cause en laquelle ils croient. Elle avait un but.

Jack tenta d'effacer ces images, de vider son esprit, afin de pouvoir s'endormir... Mais le sommeil semblait vouloir l'éviter. Il ne cessa de tourner, en proie à une multitude de pensées. Dire que certains prisonniers dormaient la majeure partie du temps !

Shakespeare avait appelé le sommeil « la fausse mort ». Peut-être était-ce la raison pour laquelle Jack dormait si peu. Peut-être éprouvait-il le besoin de rester éveillé, de vivre le temps qui passait, ce temps qui risquait de lui être volé avant l'heure — bientôt. Trop tôt.

Qu'est-ce qui pourrait lui sauver la vie ? Et qui ? Eve Marchand en était-elle capable ? Existait-il seulement une personne, sur cette terre, qui en fût capable ?

6.

Gary Kapochek n'était pas le seul à penser qu'il avait une chance inouïe d'être fiancé avec Eve Marchand. Tout le monde la trouvait jolie, intelligente. Elle avait une vraie personnalité, attachante et piquante à la fois, et les gens qui la rencontraient avaient toujours, très vite, envie de la connaître mieux.

Justement, Eve était le sujet d'une conversation que Gary avait avec son meilleur ami, Nelson Rourke, un des chasseurs de talents de l'équipe des Broncos.

Les deux hommes se trouvaient dans le bureau de Nelson, au centre d'entraînement de Greeley. Ils avaient fini d'examiner les résultats des dernières recrues, et Nelson s'était levé pour aller prendre deux bières dans le mini-réfrigérateur.

— Alors, vous en êtes où de vos plans de vacances ? demanda-t-il en tirant sur la languette de sa boîte. Vous ne deviez pas aller dans le Maine avant la reprise de l'entraînement ?

Gary avala une gorgée et se cala confortablement dans son fauteuil.

— On aurait dû partir hier matin, confirma-t-il.

— Que s'est-il passé ? Ne me dis pas qu'Eve a un nouveau dossier.

— Eh bien si, peut-être ! Je ne sais pas encore. Elle est partie à Aspen...

— Aspen ? C'est l'affaire Devlin ? Elle va s'occuper de lui ?

— Rien n'est sûr. Elle n'a pas encore pris de décision. J'espère qu'elle va refuser.

— C'est un dossier en or, non ? Un truc comme elle n'en a jamais eu...

— Sans doute. Mais entre nous, ça m'est complètement égal. J'en ai un peu marre de passer toujours après son travail, tu comprends ? Nous n'avons jamais de temps pour nous.

— Ouais, c'est pas facile, commenta Nelson.

Il marqua une pause.

— Et vos projets de mariage ? Vous n'avez toujours pas fixé de date ? Si tu veux toujours que je sois ton témoin, il faudra que tu me préviennes un peu à l'avance.

— Je te le dirai dès qu'on aura pris notre décision, promit Gary. Si cela arrive un jour, ajouta-t-il en grommelant. Eve devait abandonner le public pour entrer dans un cabinet privé ; elle m'avait juré qu'elle allait faire des démarches dans ce sens. Tous les avocats de Denver la veulent. Tu penses bien ! Sauf qu'elle n'a jamais le temps de s'en occuper. Et tant qu'elle ne le prendra pas, ce temps, je ne vois pas comment nous pourrions fixer une date de mariage.

Nelson hocha la tête.

— Ne t'inquiète pas, va, elle finira bien par y aller, dans le privé. Tout le monde dit que c'est moins fatigant. Et puis, surtout, on gagne beaucoup plus d'argent.

— J'espère que le ciel t'entend, murmura Gary.

Il quitta Greeley vers 17 heures et rentra chez lui, à Boulder. Il utilisait encore les manettes de contrôle, dans sa voiture, mais il espérait pouvoir les éliminer dans les mois à venir et conduire de nouveau normalement, en utilisant les pédales comme tout le monde. D'ici à la fin de la saison de football, il pourrait peut-être même débarrasser son garage de la chaise roulante et du déambulateur, autant d'appareils qui lui rappelaient les mois et les années de déclin physique.

Il avait tant de projets ! Encore fallait-il qu'Eve consente à mettre un peu d'ordre dans sa vie. Certes, Gary était lui aussi très occupé, avec son équipe. Mais les Broncos n'étaient vraiment actifs que de la moitié du mois de juin jusqu'en janvier — et encore, uniquement s'ils allaient en finale de championnat. Le reste du temps, il était libre.

Tant que la maladie avait dominé et même contrôlé sa vie, il ne se souciait guère de la façon dont il pouvait occuper au mieux son temps. A présent que le nouveau traitement qu'on lui avait prescrit se révélait un véritable succès, et qu'il sentait chaque semaine de nouveaux progrès, il ne pouvait résister au besoin de se projeter dans l'avenir. Il se voyait en compagnie d'Eve, naviguant sur des mers lointaines, ou bien gravissant des sommets encore vierges. Le destin lui avait joué un tour terrible : la maladie avait fauché sa carrière, en plein élan ; elle avait brisé tous ses rêves. Maintenant, il retrouvait l'espoir et voyait se dessiner un avenir heureux, au côté de la femme idéale.

Il traversa la petite ville de Boulder, qui abritait l'université du Colorado. Il n'y avait pas beaucoup de circulation, ce qui n'avait rien d'étonnant puisqu'on était en plein été et que les cours étaient terminés.

Passant devant le stade — son vieux stade —, Gary sourit en songeant combien la vie était belle, à l'époque. Il était la star de football du collège, ses résultats scolaires étaient bons, et des douzaines de filles le pourchassaient. Et puis, il avait été appelé par la Ligue américaine de football, et s'était retrouvé à Houston. Il avait passé deux années au Texas, jusqu'à ce que les Broncos demandent son transfert : il avait pu rentrer au Colorado, là où il avait toujours rêvé d'être. Il avait connu trois belles années, avec les Broncos ; l'équipe s'était même qualifiée pour le Pro Bowl, à Hawaii. Jusqu'au jour où le diagnostic était tombé...

Quatre kilomètres après la sortie de Boulder, il s'engagea sur une petite route qui menait au pied des montagnes. Il avait acheté sa maison un an plus tôt, en prévision de son mariage, et chaque jour il se félicitait de l'excellent investissement qu'il avait fait.

En arrivant devant chez lui, il vit une voiture garée dans l'allée du garage et sourit de plaisir. Eve était là. Elle avait dû décider de refuser le dossier qu'on voulait lui confier. Ils allaient pouvoir partir en vacances.

Il s'aida de sa canne pour descendre de voiture ; chaque fois qu'il restait assis un peu trop longtemps, ses jambes trahissaient encore un peu de faiblesse.

Eve se trouvait dans la cuisine, où flottait une merveilleuse odeur d'ail, d'oignons, de basilic et de tomates.

— Bonsoir, lança Gary en s'immobilisant dans l'entrée.

Eve tourna la tête et lui sourit. Elle avait enfilé un chemisier blanc, sans manches, et un jean qui moulait joliment ses fesses parfaites. Ses cheveux étaient détachés, et elle les repoussa de son visage, avec le poignet.

Marchant vers elle, Gary l'embrassa et la serra contre lui. Il aurait voulu lui faire l'amour là, tout de suite, sur le comptoir de la cuisine, mais elle le repoussa.

— Plus tard, dit-elle. J'ai les mains sales.

Il la relâcha, à contrecœur, et secoua la tête.

— Je ne t'attendais pas, ce soir. En fait, je craignais de ne plus te voir pendant environ trois mois.

— Mmm, fit-elle.

Elle s'était retournée vers le comptoir et coupait des légumes.

— Dois-je en déduire que nous partons demain pour le Maine ? interrogea Gary en allant prendre une boîte de Coca-Cola dans le réfrigérateur. Il faudra que je rappelle la compagnie aérienne, et aussi l'auberge, à Boothbay Harbor...

— Je crois qu'il vaut mieux attendre un peu, dit Eve.

Gary étouffa un juron.

Il y eut un long silence, et, finalement, Eve posa son couteau et se tourna de nouveau vers lui. Elle s'appuya contre l'évier, croisant les bras sur sa poitrine.

— Je vais accepter le dossier Devlin, annonça-t-elle.

Gary la regarda sans un mot, la boîte de Coca-Cola toujours fermée dans sa main.

— Je sais ce que tu penses, poursuivit Eve. Avant que tu ne parles, je voudrais t'expliquer. Je ne le fais pas pour obéir à mon patron. Je ne le fais pas pour la publicité, non plus. Bien sûr, je ne suis pas folle : je sais très bien que cette affaire sera la plus importante de ma carrière, que je gagne ou que je perde.

— Tu vas perdre, marmonna Gary.

— Peut-être. Mais là n'est pas la question. Je me battrai comme un diable, de toute façon.

— Et tu te retrouveras dans un lit d'hôpital.

— Mais non !

— Tu ne seras même pas à Denver !

— Je sais. Je suis rentrée chez moi, ce matin, et j'ai fait mes valises.

— Tu ne seras pas là pour le match d'ouverture de la saison, souligna encore Gary.

— Bien sûr que si. Je rentrerai pour l'occasion. C'est dans deux mois, et...

— Arrête ! Tu te racontes des histoires... Merde, Eve, tu es en train de gâcher nos vacances et notre voyage ! Il y a des mois qu'on en parle...

— Je suis désolée, Gary, murmura Eve en secouant la tête. Que puis-je dire d'autre ?

— Eh bien, que tu vas appeler ton patron et lui annoncer que tu as changé d'avis. Tu pourrais aussi me dire que tu as toujours la ferme intention d'entrer dans un cabinet privé.

Eve ferma les yeux un moment.

— Je ne peux pas penser à cela tant que ce procès ne sera pas terminé, déclara-t-elle en les rouvrant.

— Et après, tu trouveras encore une autre excuse pour faire traîner les choses.

— Gary, tu exagères.

— Vraiment ? s'exclama Gary avec une colère grandissante. C'est moi qui exagère, maintenant ?

Il eut un geste furieux de la main.

— Je ne comprends pas ! Quand on s'est rencontrés, c'est toi qui m'as encouragé à sortir de ma coquille. Et tu avais raison. J'avais envie d'avoir une vraie vie. J'avais besoin de toi, Eve — j'ai toujours besoin de toi. Mais j'ai aussi besoin que tu commences à te comporter et à penser comme ma femme... ma compagne ! On ne peut pas continuer à vivre des vies séparées. Et tant pis si ce sont des propos de macho. C'est ce que je ressens et j'en ai assez de me taire.

— Je n'ai jamais dit que tu étais un macho. Et tu as tout à fait raison, Gary. Nous allons avoir cette vie commune. Et nous ferons en sorte que ça marche, je te le promets. Mais ce dossier Devlin m'est tombé dessus, et...

S'interrompant, elle secoua la tête.

— Je ne sais pas comment t'expliquer... En fait, cette affaire ne ressemble à aucune de toutes celles que j'ai eu à traiter jusqu'à maintenant.

Gary poussa une exclamation de dédain, et Eve enchaîna :

— Je comprends que tu aies du mal à me croire. Et pourtant, je t'assure que ce type, Devlin, il est... différent.

— Différent ?

— Il n'a rien d'un criminel. Il est bien élevé, intelligent... Surtout, il aborde toute cette histoire en essayant de raisonner, et avec un courage extraordinaire ! Je t'assure que je n'avais encore jamais vu ça. C'est bizarre, mais...

S'interrompant, elle le regarda droit dans les yeux.

— Gary, je ne pense pas qu'il ait tué sa femme.
— Ouais.
— Non, vraiment. Jamais je n'avais eu une telle intuition au sujet d'un client. Je suis toujours restée impartiale. C'est préférable. Cette fois, même si je ne suis pas fichue de t'expliquer comment ni pourquoi, je sais qu'il n'est pas coupable du meurtre de sa femme. Il est innocent.

Un long moment, Gary demeura silencieux. Il ne savait plus quoi dire. Eve aimait ce qu'elle faisait ; un peu trop à son goût, d'ailleurs. Pourtant, il ne l'avait jamais vue manifester un tel enthousiasme, une telle ferveur. Elle n'était plus l'avocate épuisée, au bout du rouleau, qui, seulement la veille, s'était rendue à Aspen. Elle était transformée, comme si une puissance invisible lui avait insufflé une nouvelle dose d'énergie pour son travail.

— Gary ? appela-t-elle sur un ton hésitant, alors que le silence entre eux se prolongeait.
— Je ne sais pas quoi te dire, murmura-t-il. Et je ne suis pas sûr de saisir ce que tu essaies de me dire, toi. Tu veux représenter ce type parce qu'il a fait vibrer ta corde sensible, c'est ça ?
— Gary...
— Bon, bon, laisse-moi formuler ma phrase autrement. Tu veux le représenter parce que tu penses qu'il est innocent.

Eve hocha la tête.

— Je ne peux pas le laisser condamner à mort.
— Pourtant, si j'en crois ce que j'ai lu dans la presse, c'est ce qui risque d'arriver. On ne lui donne pas beaucoup de chances de s'en tirer.
— Peut-être. Et c'est ce que je ne supporte pas : savoir qu'il a été jugé coupable alors qu'il ne l'est pas et qu'il risque de finir dans le quartier de haute sécurité des condamnés à mort, à Super Max. Cette pensée m'est intolérable, Gary.

S'interrompant, Eve prit une profonde inspiration.

— S'il te plaît, essaie de me comprendre et de me soutenir. J'ai conscience de t'avoir déçu, je sais que tu te faisais une vraie fête à l'idée de partir en vacances. Mais Aspen est un endroit merveilleux, et tu pourrais peut-être me rejoindre le week-end. Il y a un festival de musique, de très belles promenades ; et je serai déjà logée.

Elle l'implora du regard.

— Tu viendras ?

Gary la considéra un instant, si douce, si innocente, si jolie, et il ne put s'empêcher de rire.

— D'accord, tu as gagné. Mais dès que cette affaire sera bouclée...

Il ne termina pas sa phrase. Eve s'était approchée de lui, avait passé les bras autour de son cou, et, déjà, elle l'embrassait.

Ils dînèrent sur la terrasse, dans la douce chaleur de cette soirée de juin. Derrière eux, les montagnes dressaient leurs sommets rougeoyants vers le ciel. C'était un moment paisible, si agréable que Gary se demanda brusquement quand il s'était ainsi retrouvé pour la dernière fois seul avec Eve. Il ne put se le rappeler. Il voulut lui demander de rester à Denver, d'oublier Aspen et l'affaire Devlin. Il voulut lui dire de venir s'installer avec lui et de quitter enfin le quartier de Capitol Hill, où elle habitait. Tout le monde savait que c'était une des zones les plus dangereuses de Denver, même si sa rue était plus sûre que le reste du voisinage.

Les yeux fixés sur ses boucles blondes, que soulevait une brise légère, il voulut aussi lui demander de fixer une date pour leur mariage... Il avait tant de choses à lui dire, mais il sentit combien elle était préoccupée par son nouveau dossier. C'était inutile. Elle ne l'entendrait pas. Mieux valait attendre la fin du procès.

Ils restèrent sur la terrasse jusqu'à la nuit tombée, lorsque les orages nocturnes commencèrent à se développer, au-dessus des montagnes, et à filer en direction des vastes prairies, à l'est. Des éclairs zébrèrent le ciel, au nord, et des bourrasques de vent froid firent pencher les peupliers.

Une fois qu'ils eurent débarrassé le couvert et rempli le lave-vaisselle, ils allèrent regarder les informations à la télévision. Il s'agissait là d'activités quotidiennes et banales, qui revêtaient toutefois aux yeux de Gary une importance capitale. Car la maladie lui avait appris combien la vie était imprévisible, et comme il fallait chérir chaque instant qui passait, le savourer et lui chercher une signification.

Ils se couchèrent vers 23 heures. Eve, qui avait pris une douche, revint dans la chambre vêtue d'une petite chemise de nuit.

— Mmm, ça fait du bien ! lança-t-elle en se séchant les cheveux avec une serviette.

Gary la contempla depuis le lit où il était allongé, nu à l'exception de son caleçon, et il sentit une bouffée de désir l'envahir en devinant les seins de la jeune femme, sous le tissu léger et soyeux.

— Oublie un peu tes cheveux et viens ici.

Eve sourit et lui obéit, allant se glisser près de lui.

Gary se rappelait la première fois qu'ils avaient fait l'amour. C'était des mois après leur premier rendez-vous. Il était tellement malade, sur le déclin, quand ils s'étaient rencontrés ; il avait la volonté de guérir, et surtout celle d'aimer, de satisfaire sa compagne, mais son corps refusait de coopérer, et, pendant près de sept mois, il avait été incapable de maintenir une érection. Eve avait été merveilleuse, et incroyablement compréhensive. Et puis, on avait commencé les nouveaux traitements, et, peu à peu, ils avaient pu renouer avec une vie sexuelle normale. Maintenant, c'était le plus souvent Eve qui était trop fatiguée ou bien préoccupée.

Elle bougea contre lui, et ils s'embrassèrent longuement tandis que Gary la débarrassait de sa chemise de nuit. Puis il la caressa, doucement, et se pencha sur ses seins, prenant une pointe entre ses lèvres.

Elle sentait le savon et sa peau était encore chaude et souple, après la douche.

— Oh, Gary ! fit-elle dans un souffle, alors qu'il glissait une main entre ses cuisses.

Pourtant, il sentit comme une tension en elle, comme si elle n'était pas vraiment là.

Il posa les lèvres au creux de ses seins et insinua ses doigts en elle mais, encore une fois, il fit l'expérience de cette barrière, de cette tension.

Aussitôt, il leva la tête.

— Ça va ? demanda-t-il avec douceur.

Elle inspira profondément et laissa échapper un rire léger.

— Oui. Peut-être un peu tendue...

— Tu veux qu'on parle un peu, d'abord ? proposa Gary en lui posant une main sur la hanche.

— Non, non.

— J'ai l'impression que tu n'es pas avec moi, Eve.

— Je suis désolée, murmura-t-elle. Tu as raison. Mais je vais essayer. C'est... c'est ce nouveau dossier.

Gary se redressa et reprit sa place, appuyé contre la tête du lit.

— Parlons. Je t'écoute.

— Non, je..., commença Eve.

Puis, elle s'interrompit et enchaîna :

— Oh ! tu as raison : je n'arrive pas à penser à autre chose ! Comment t'expliquer ? Il y a des années que je n'avais pas éprouvé une telle énergie. Chaque affaire est une telle bataille ! J'ai toujours l'impression de nager à contre-courant. Je parviens généralement au but que je me suis fixé, mais quand j'arrive, je suis lessivée, vidée, au bout du rouleau. Cette fois, c'est différent : j'ai vraiment l'impression de relever un défi. Est-ce que tu comprends ?

— Bien sûr.

Et c'était vrai. Gary était heureux pour Eve, heureux de retrouver en elle cette étincelle, cet enthousiasme. Tant pis si, pendant les quelques mois qui allaient suivre, elle serait tout le temps occupée et pratiquement invisible. Dans un sens, il était rassuré de retrouver la jeune femme qu'il avait connue, au début.

— Tu sais, tu pourrais venir me voir, ce week-end, reprit-elle en se blottissant contre lui. Je prendrais des places pour le concert du samedi soir. Tu n'aurais qu'à arriver dans la matinée.

— Pourquoi pas ? C'est une bonne idée. Je te retrouverai à ton hôtel, à midi.

— Super !

Eve se redressa sur un coude et le regarda.

— Je suis désolée, pour tout à l'heure, chuchota-t-elle. Mon esprit vagabondait.

— Ça arrive. Le corps est là, mais la tête est ailleurs.

— Je t'aime, murmura Eve, avant de se serrer de nouveau contre lui.

7.

Dès l'instant où Eve acceptait de prendre un dossier, plus rien ne comptait sinon l'intérêt de son client. Elle devenait plus tenace qu'un bouledogue et s'autorisait tous les coups, du moment qu'ils permettaient d'atteindre l'objectif qu'elle s'était fixé.

Ce fut le cas avec l'affaire Devlin, dans laquelle elle se lança corps et âme. Pas une ligne qui ne fût lue et relue, pas un détail qui fût omis, oublié, ou laissé de côté. Elle chargea Marty Cohen de se pencher sur les précédents légaux et de mener des interrogatoires périphériques. Elle demanda aussi à Hank Thurgood de la rejoindre à Aspen.

Hank était un des détectives qui travaillaient pour le bureau d'aide judiciaire de Denver, et Eve le considérait comme le meilleur de sa spécialité. Son flair était légendaire et, à 70 ans passés, Hank ne se sentait pas du tout prêt pour la retraite. Eve et lui entretenaient une véritable complicité basée sur le respect et la confiance, à laquelle s'ajoutait pour Hank une affection presque paternelle. Bien souvent, Eve l'accompagnait sur le terrain, quand il s'agissait d'aller interroger tel ou tel témoin. Ils faisaient équipe, échangeant les rôles comme deux flics. Lorsqu'elle se montrait douce et patiente, il jouait les durs ; s'il optait pour une attitude compréhensive, elle se faisait menaçante.

Le jeudi suivant, ils se rendirent dans le cabinet

d'architectes qui employait Jack Devlin, avant son arrestation, afin de s'entretenir avec le directeur. Les bureaux étaient situés dans un superbe bâtiment, en plein cœur d'Aspen.

— Je serais curieux de connaître le montant des loyers, ici, remarqua Hank, comme ils gravissaient les marches d'un spectaculaire escalier.

— Bien plus que ce que nous gagnons, toi et moi, répondit Eve en haussant les épaules.

— Devlin devait être doué. D'après les dossiers, il n'est arrivé à Aspen qu'il y a douze ans. Or, j'ai dans l'idée que la compétition doit être rude, dans le coin.

Parvenu au palier du premier étage, Hank s'arrêta et s'efforça de reprendre son souffle.

— Pff ! fit-il. Tu savais que cette fichue ville est à plus de 2 400 mètres ?

— La cigarette n'aide pas, Hank.

— Oh, ça va ! maugréa le vieil homme.

Eve réprima un sourire et secoua la tête, songeant que Hank ne se contentait pas de fumer ; il avait aussi un faible pour l'alcool. Il était grand, efflanqué, et un peu voûté avec l'âge ; son visage, étroit et long, rappelait vaguement la tête d'un basset. Quant à son style vestimentaire... Eve ne l'avait jamais vu porter autre chose que de vieilles vestes en tweed, un large pantalon gris et des chaussures de marche de cuir orange.

Ils longèrent un couloir, côte à côte, et s'arrêtèrent devant une porte et la plaque de cuivre qui l'ornait : « Young & Fitzsimmons, Architectes ». C'était Sid Young qui dirigeait l'affaire, lui dont on disait qu'il était l'architecte numéro un sur tout le versant ouest du Colorado, avec un territoire incluant Aspen, Vail, Crested Butte et Telluride. Ses honoraires s'élevaient à vingt-cinq pour cent du coût du projet — ce qui représentait de belles sommes quand on savait que les maisons qu'il construisait coûtaient généralement plusieurs millions de dollars.

Sid Young les accueillit dans le hall de réception, avant de le précéder dans son bureau, qui jouissait d'une vue magnifique sur la ville.

Eve jeta un coup d'œil autour d'elle.

— C'est superbe, dit-elle.

— Merci, répondit Young en tirant des chaises pour eux vers la longue table de travail qui lui servait de bureau.

Où qu'Eve regardât, s'élevaient des piles de plans, de dossiers ; elle remarqua aussi des maquettes de demeures élégantes et, sur les murs, des dessins représentant les bâtiments conçus par Young.

— N'est-ce pas le nouveau conservatoire de musique ? demanda-t-elle en désignant l'un d'eux.

— En effet, répondit l'architecte.

Les bras croisés, il la regardait bien en face.

C'était un bel homme d'une cinquantaine d'années, grand et mince, élégant, avec d'épais cheveux gris, une moustache taillée avec soin et le hâle de rigueur à Aspen. Il avait des yeux très bleus.

— Pourrions-nous jeter un coup d'œil dans l'ancien bureau de Jack Devlin, quand nous aurons terminé ? commença Eve en chaussant ses lunettes et en tirant un stylo et un bloc-notes de sa serviette de cuir. Je suppose qu'il a été remplacé, mais si ce n'est pas trop...

— Aucun problème, répondit Young.

— Cela m'amène à ma seconde question, poursuivit Eve avec un sourire. Qui a remplacé Jack Devlin ?

— Je vous demande pardon ?

— Qui a remplacé Jack au sein de la firme ?

Hank se renversa sur son fauteuil et regarda l'architecte fixement. Ce dernier s'éclaircit la gorge.

— Eh bien, il s'appelle David. David Webster.

— M. Webster travaillait-il déjà pour vous, avant l'arrestation de Jack ? demanda Eve en notant le nom.

— Oui.

— Quelle était sa position, à l'époque ?

— Eh bien...

Sid Young pencha la tête de côté.

— Seigneur ! Est-ce que, par hasard, vous...

Hank se pencha en avant.

— La vie d'un homme est en jeu, monsieur Young, coupa-t-il d'un ton froid. Mlle Marchand ne peut pas se permettre de passer à côté du moindre détail.

— David Webster a-t-il été promu, après l'arrestation de Jack Devlin ? insista Eve.

— Oui, répondit Young, dont le regard allait de l'un à l'autre. Mais croyez-moi, vous ferez fausse route en allant enquêter du côté de David.

— Vraiment ? fit Eve en ôtant ses lunettes.

— Laissez-moi vous expliquer. Jack était sans doute un des éléments les plus appréciés de notre cabinet. Il n'était pas prétentieux pour deux sous et ne craignait jamais de demander l'avis des autres. C'est lui qui a engagé David — lequel lui en est reconnaissant, croyez-moi. Il était encore débutant. S'il faut bien reconnaître que ce qui est arrivé à Jack lui a permis de sauter quelques étapes, c'est un excellent élément qui se serait fait sa place dans notre profession de toute façon.

— Je vois, commenta Eve. J'aimerais avoir une liste des clients de Jack Devlin. Est-ce possible ?

— Sans problème.

— Devlin n'avait pas d'ennemis, dans la profession ? demanda Hank.

Young se mit à rire.

— Bien sûr que si ! Je n'ai jamais rencontré un architecte qui n'ait pas d'ennemis. Dans la plupart des cas, il s'agit de conflits et de procès avec les entrepreneurs. Et presque toujours pour des questions d'orgueil mal placé. Tel entrepreneur, par exemple, n'aime pas un élément d'architecture, et il décide de le changer à sa manière, sur place. Parfois, ces changements entraînent des problèmes d'ingénierie, qui eux-mêmes entraînent des coups supplémentaires pour le propriétaire de la maison. Forcément, il s'ensuit des procès intentés de tous côtés.

Hank hocha la tête.

— Donc, Devlin avait des ennemis.

— Sans doute. Comme nous tous.

— Pourriez-vous me donner quelques noms ? intervint Eve.

— Non. C'est plutôt à Jack, que vous devriez demander cela.

Soudain, Young fronça les sourcils.

— Vous permettez que je vous pose une question, à mon tour ?

— Je vous en prie.

— J'ai peur d'être très ignorant en matière de droit, mais si Jack a déjà été jugé coupable, quelle est l'utilité de cette enquête ?

Eve se laissa aller contre le dossier de sa chaise.

— Si nous voulons lui sauver la vie, il faut tout reprendre depuis le début. Pour l'instant, nous essayons de trouver quelque chose, n'importe quoi, susceptible de faire naître le doute dans l'esprit des magistrats qui présideront la phase pénale du procès.

— D'après ce que j'ai lu, aucune nouvelle preuve ne sera présentée. La question débattue consistera seulement à savoir si la peine infligée sera la perpétuité ou la peine de mort.

— En effet, confirma Eve. Mais même si la justice est censée rester aveugle, il arrive qu'elle soulève un peu le bandeau qui lui cache les yeux pour jeter un coup d'œil sur les faits.

Young réfléchit un moment à cette image, puis sourit.

— Je crois comprendre. Vous trouvez quelque chose qui n'est pas très catholique, et vous vous débrouillez pour que la presse s'en empare... Les juges sont humains, après tout. Et ils lisent les journaux, comme tout le monde. Vous voulez les influencer, les inciter à soulever ce bandeau dont vous venez de parler.

— C'est une possibilité. Néanmoins, nous nous préparons aussi pour la procédure d'appel. Frank Iverson, l'avocat de Jack Devlin...

— Je l'ai rencontré.

— Evidemment. Il a passé beaucoup de temps à chercher des erreurs que la police aurait pu commettre, au cours de l'enquête — escamotage de preuves, ou que sais-je encore... En vain. Il n'a pas réussi à convaincre le jury que le dossier de Jack avait été mal traité. Nous avons décidé d'adopter une tactique différente et de chercher ce qui pourrait nous permettre de demander l'ouverture d'un nouveau procès.

— Comme de trouver le vrai meurtrier, par exemple ?

— Ce serait bien, en effet.

Young fronça les sourcils.

— Les journaux disent tous que Jack va être condamné à la peine de mort. C'est vrai ?

— C'est possible, répondit Eve. Même si notre travail consiste précisément à éviter cela.

Après cet échange, Hank passa quelques minutes à essayer d'apprendre les noms des entrepreneurs avec lesquels Jack avait eu des différends. Mais Young demeura prudent ; il devait encore travailler avec ces gens. Eve ne s'en formalisa pas, sachant qu'elle obtiendrait ces informations par l'intermédiaire de Jack.

— Une dernière question, lança Eve. Vous connaissiez bien Allison Devlin ?

Young pinça les lèvres, avant de soupirer.

— Oui, je connaissais Allison. C'était une bonne amie de ma femme. Elles jouaient au golf ensemble, au tennis, ce genre de choses.

— Comment était-elle ?

— Allison ? Je dirais que c'était une forte tête. Une femme flamboyante, obstinée, avec des côtés un peu extravagants.

— Etait-elle... gentille ?

— Gentille ? Ce n'est pas le qualificatif que j'emploierais. Elle était drôle, et on ne s'ennuyait jamais en sa compagnie. Elle s'occupait de nombreux organismes de charité. A côté de cela, elle pouvait se montrer très dure si elle avait l'impression qu'on lui marchait sur les pieds. Non, gentille n'est pas le terme qui convient. Honnête, très directe, oui. Et c'était une amie loyale.

— Et vous connaissiez son fils, Ben Richards ?

— Bien sûr. Il était dans la classe de mon fils aîné, quand il allait au lycée ici.

— Et ?

— Je l'aime bien. Il ressemble beaucoup à sa mère — en plus têtu, je dirais.

— Vous pourriez préciser votre pensée ?

Young réfléchit un instant.

— Eh bien, il y a eu cette histoire de moto. Il voulait absolument une Harley Davidson. Mais Allison a refusé de façon catégorique. Ben l'a achetée quand même — à crédit. Je me rappelle qu'il s'était acquitté des premiers remboursements en travaillant le soir dans un restaurant. Et puis, il a démissionné. Je crois qu'il a dû revendre la moto peu de temps après.

Eve sourit et se leva.

— Merci beaucoup, monsieur Young, dit-elle en serrant la main de l'architecte. Je vous demanderai sans doute de témoigner, au procès pénal.

— Témoigner ?

— Je vous poserai juste des questions sur la personnalité de Jack.

— Frank Iverson ne m'a jamais parlé de...

— Il l'aurait fait, croyez-moi. S'il n'avait pas été terrassé par cette crise cardiaque, il vous aurait demandé de témoigner cette fois.

— Dans ce cas, je serai heureux de vous aider, affirma Young avant de raccompagner Hank et Eve dans le hall de réception.

Il demanda à une jeune femme de leur montrer l'ancien bureau de Jack et de leur donner une liste de ses clients.

Dix minutes plus tard, ils étaient de nouveau dans la rue.

— Je vais commencer à creuser du côté de ces gens, déclara le détective en désignant la feuille de papier qu'il tenait à la main. Et puis, je rendrai visite au premier mari d'Allison, le père du gamin. Richards. Il a un gros poste dans la société qui exploite le domaine skiable de la région, je crois ?

— Oui.

— Et qu'est-ce qu'on fait pour Mochlin, le joueur de tennis professionnel ?

— L'amant d'Allison, murmura Eve.

— Ouais, fit Hank en allumant une cigarette. A ton avis, il vaut mieux que je le cuisine, ou tu préfères t'en charger ? On pourrait y aller ensemble, aussi.

Eve secoua la tête.

— Non, je vais m'occuper de lui. Si tu viens, cela risque de l'inquiéter. Il paraît que c'est un coureur de jupons et qu'il s'intéressait de très près à l'argent d'Allison. Il devait piaffer d'impatience en attendant le divorce...

— Ouais, répéta Hank avant d'être pris d'une quinte de toux.

Il jeta sa cigarette par terre et l'écrasa avec son talon.

— Tu as vu la remarque qu'Iverson a soulignée, dans ses notes, au sujet de Mochlin et du fait qu'il se serait vanté de devenir bientôt le mari numéro trois ? Ils se sont peut-être disputés, Allison et lui. Il a peut-être senti que le joli magot était sur le point de lui passer sous le nez.

Hank toussa de nouveau et secoua la tête.

— Merde, je devrais arrêter de fumer ces saloperies ! En tout cas, je pense qu'on a intérêt à examiner de plus près son alibi, la nuit du meurtre. Apparemment, Iverson a jugé qu'il était solide, mais si j'en crois mon expérience, les alibis en béton n'existent que dans les polars, ou au cinéma.

— Je vais essayer de lui parler cet après-midi, promit Eve. D'abord, je veux voir Jack. Je n'arrive pas à me faire une idée de ce qu'il a éprouvé quand il a appris que sa femme avait une liaison. Il ne dit presque rien, et cela ne me facilite pas la tâche.

— J'imagine. Bon, on se retrouve pour dîner? On pourra faire le point.

— D'accord.

Eve se rendit jusqu'à la prison à pied, tout en se demandant comment elle allait amener son client à s'ouvrir un peu, à baisser sa garde. Il devait lui faire confiance. C'était absolument crucial.

La sirène de midi sonna à l'instant même où elle franchissait le seuil du bâtiment. Elle était en train de devenir une visiteuse régulière — elle avait revu Jack trois fois depuis leur premier entretien — même si ses horaires restaient pour le moins anarchiques.

Elle le retrouva dans la salle commune. Il était assis à une table, dans un coin, en train de déjeuner et de lire le journal.

Eve s'installa en face de lui, posa sa serviette de cuir et, sans réfléchir, se saisit de la deuxième moitié du sandwich qu'il venait d'entamer et mordit dedans. Aussitôt, elle réalisa ce qu'elle venait de faire et écarquilla les yeux, avant de s'étrangler.

— Mon Dieu! Je... je ne sais pas ce qui m'a pris! s'exclama-t-elle en riant.

Jack se laissa aller contre le dossier de sa chaise et la regarda fixement, un début de sourire sur les lèvres.

— Allez-y, dit-il. De toute évidence, vous avez faim.

— Sans doute.

— Est-ce qu'il vous arrive de vous asseoir un instant pour prendre un repas?

— Parfois. Je m'y efforce. Mais ces derniers temps...

Elle haussa les épaules.

— J'ai besoin que vous m'apportiez quelques réponses bien précises. Et je suis très sérieuse, Jack. C'est important. Je vais voir George Mochlin, cet après-midi.

Elle s'interrompit, espérant, sans vraiment y croire, une réaction de la part de Jack — laquelle ne vint évidemment pas.

Alors, elle prit une autre bouchée du sandwich, sortit son bloc-notes et chaussa ses lunettes.

Jack lui tendit une serviette en papier.

— Merci, lui dit-elle. Bon, avant de parler de Mochlin, j'aurais besoin que vous me donniez une liste de toutes les personnes avec lesquelles vous avez eu maille à partir, en ville. Je viens de rencontrer Sid Young, et il a mentionné quelques procès et des différends portant sur certaines maisons que vous avez conçues.

Jack hocha la tête.

— Vous pouvez me donner des noms ?

— Sans doute. Je vais avoir besoin d'y réfléchir.

— D'accord. Autre chose : David Webster. L'homme qui a chaussé vos pantoufles, au cabinet d'architectes.

— Vous n'allez pas...

— Jack, coupa Eve, il va falloir vous y habituer : je ne fais confiance à personne. Personne sauf vous, puisque vous êtes mon client. Mais tous les autres, et je dis bien tous, sans exception, sont des suspects éventuels. Vous comprenez ?

Visiblement à contrecœur, Jack hocha la tête.

— Bon. Je me doute bien que les entrepreneurs avec lesquels vous vous êtes disputés, et même ceux avec qui vous êtes en procès, ont peu de chances d'avoir assassiné votre femme dans le but de vous faire porter le chapeau. Même chose en ce qui concerne David Webster. Il n'empêche qu'on a vu se produire des choses plus invraisemblables encore, et je n'ai pas l'intention de négliger la moindre piste.

Eve marqua une pause, avant de reprendre :

— George Mochlin, maintenant. J'ai lu le témoignage qu'il a fait lors du procès, et j'ai revu les notes d'Iverson. Ce type me fait l'effet d'être un vrai salopard. Qu'en pensez-vous ?

Jack croisa les jambes et les bras, mais ne dit rien.

— Alors ? insista Eve.

— Je ne le connais pas.

— Allons, Jack ! Cessez un peu de jouer les sphinx et aidez-moi. Alors que votre divorce n'était pas prononcé, Mochlin sautait votre femme ! Vous n'allez pas me faire croire que vous n'avez pas cherché à en savoir plus sur lui ? Vous avez bien dû poser quelques questions !

— Quelle importance ?

— Mochlin est un suspect. Iverson se posait beaucoup de questions à son sujet, aussi.

— Je sais. N'oubliez pas que j'ai assisté au procès.

— Alors ? Est-ce que Mochlin a menti ?

— A quel sujet ?

— Vous continuez à esquiver, Jack. A la barre, Mochlin a déclaré qu'il ne s'intéressait absolument pas à l'argent d'Allison. Or, l'enquête d'Iverson a révélé que le bruit courait, en ville, que Mochlin n'attendait que le moment où le divorce serait prononcé pour demander à Allison de l'épouser. C'était un beau parti.

— Dans ce cas, expliquez-moi pourquoi il l'aurait tuée.

— Je n'en sais rien. Je ne peux me livrer qu'à des conjectures, mais, en admettant qu'il soit coupable, Allison pourrait avoir eu vent de ces rumeurs et l'avoir affronté. Ils se seraient disputés, les choses auraient mal tourné, et...

— Soit, murmura Jack, l'air vague.

— Ah non ! s'exclama Eve en se penchant en avant. Ne faites pas comme si cela n'avait aucune importance. Je vous signale que je cherche désespérément un élément, le détail le plus infime, que je puisse livrer à la presse. Il s'agit de planter le germe du doute dans l'esprit des juges. Parce que, croyez-moi, ajouta-t-elle dans un chuchotement féroce, si je ne trouve rien, tous les témoignages affirmant que vous êtes un chic type ne suffiront pas à vous tirer d'affaire. Alors, aidez-moi un peu, merde à la fin !

Un long moment, Jack la regarda fixement sans rien dire. Finalement, il se pencha en avant, lui aussi, de telle sorte que leurs visages se trouvèrent tout près l'un de l'autre.

— Très bien, dit-il. La moitié des gens que nous connaissions, Allison et moi, sont venus me rapporter que Mochlin se vantait auprès de qui voulait l'entendre qu'il serait bientôt l'époux numéro trois.

— Qu'avez-vous ressenti ?

— J'ai dit à Allison de ne pas faire l'idiote.

— Vous étiez déjà séparés ?

— Evidemment. Allison ne le voyait pas, avant.

Eve n'en aurait pas mis sa main au feu, mais elle n'insista pas.

— Est-ce que vous vous êtes disputés à ce sujet ?

— Avec Allison ? Oui.

— Etes-vous devenu... violent ?

— Vous voulez savoir si je l'ai frappée ? Grand Dieu, non !

— Je vous crois. Maintenant, dites-moi vos sentiments vis-à-vis de Mochlin.

— Cela n'a rien à voir avec l'affaire.

— Jack, j'ai besoin que vous soyez honnête avec moi. J'ai besoin que vous sortiez de votre coquille.

Il étouffa un juron.

— Parlez-moi ! insista encore Eve.

— J'avais envie de le briser, de casser tous les os de son corps ! lança soudain Jack. Là, vous êtes contente ?

Eve se renversa sur sa chaise et sourit.

— Oui, Jack, je suis contente. C'est la première fois que vous m'apparaissez comme quelqu'un d'humain.

Otant ses lunettes, elle les glissa dans sa serviette de cuir.

— Cela vous agace, n'est-ce pas, que je sois une femme ? demanda-t-elle brusquement. Frank Iverson ne vous a sans doute jamais posé des questions pareilles.

— Non, en effet. Il n'en avait pas besoin.

— Parce qu'il est un homme.

Pour toute réponse, Jack haussa les épaules.

— Eh bien, moi, je ne suis pas un homme, reprit Eve. Et c'est comme ça que je travaille. Si la mère d'un de mes clients avait l'habitude de le tabasser quand il était enfant, je veux connaître tous les détails, jusqu'aux plus sordides. S'il a été victime d'abus sexuels, je ferai en sorte qu'il me le dise. Je me bats pour vous garder la vie sauve, Jack, et, pour atteindre ce but, je suis prête à me servir de tous les arguments possibles et imaginables. Mais pour ça, j'ai besoin de votre aide. Ne perdez jamais de vue qu'ils veulent votre peau. Nous sommes en pleine période préélectorale, et votre affaire est couverte par la presse de tout le pays. Vous ne vous en tirerez pas tout seul. Vous ne pouvez pas continuer à vous cacher derrière cette façade de fierté et d'orgueil. Vous avez besoin de moi. Et mon travail consiste à chercher et trouver ce petit quelque chose qui convaincra les juges de vous donner la perpétuité, plutôt que la peine de mort. Pour y arriver, j'ai besoin de vous connaître.

Elle se leva.

— Et maintenant, je vais aller rencontrer ce George Mochlin et essayer de le titiller comme je pourrai. Ensuite, j'essaierai de voir votre beau-fils, Ben.

— Il n'est pas en ville.

— Ah bon ? Savez-vous quand il va revenir ?

— Samedi, je crois. Mais... Ecoutez, Ben a déjà tellement souffert. Si vous pouviez...

Comme Eve secouait la tête, Jack laissa sa phrase en suspens.

— J'ai idée de ce que Ben a pu endurer, affirma-t-elle avec douceur. Il a perdu sa mère. C'est une véritable tragédie. Mais vous aussi, vous avez souffert, Jack. Et vous continuez de souffrir, chaque jour. J'ai besoin de m'entretenir avec ce jeune homme ; et s'il est votre ami, ainsi que vous le dites, non seulement il le comprendra, mais il n'aura d'autre désir que de vous aider.

Jack ne répondit rien, se contentant de hocher la tête.

— Je reviendrai vous voir très bientôt, lui promit Eve.

Elle s'éloignait déjà, lorsque Jack se leva et l'arrêta. Comme elle se tournait vers lui, il hésita.

— Je ne voudrais pas que vous vous mépreniez sur mon compte, commença-t-il enfin. Je n'ai rien d'un phallocrate. Et je suis sincèrement heureux que vous ayez accepté de me représenter. Je suis conscient de la chance que j'ai, et vous n'imaginez pas à quel point j'aimerais pouvoir vous payer pour votre peine. Simplement, je ne suis pas habitué à cette manière de travailler — l'approche féminine, si vous voulez.

— Elle vous met mal à l'aise, commenta Eve.

Jack se mit à rire — de ce rire réservé, si difficile à déchiffrer.

— Mal à l'aise n'est pas l'expression qui convient, en l'occurrence. Je dirais plutôt qu'elle me déconcerte.

Un instant, Eve garda le silence.

— Il va falloir que je réfléchisse à ça. Parfois, j'ai l'impression d'être transparente. Peut-être suis-je un peu trop passionnée dès qu'il s'agit de mon travail — mais ce n'est pas vraiment étonnant, dans ma spécialité.

— Ce n'est pas votre passion qui me trouble, Eve. Il s'agit d'autre chose.

— Quoi donc ?

— Je n'en sais rien. Quand j'aurai mis le doigt dessus, je vous le dirai.

— C'est promis ?

— Oui, oui, répondit-il.

Eve ne le crut pas. Le sourire aux lèvres, elle secoua la tête et prit congé.

Pourtant, les propos de Jack continuèrent de tourner dans son esprit tandis qu'elle roulait en direction du club de tennis.

Qu'avait-il voulu dire ?

Elle essaya de réfléchir à sa motivation profonde, et peu à peu, une évidence nouvelle lui apparut. Jamais encore, elle n'avait eu affaire à un homme qui lui résistait — ainsi que Jack était en train de le faire. Son père était comme un livre ouvert, pour elle. De même que Gary. Et tous les clients qu'elle avait défendus, au fil des années, ne demandaient pas mieux que de parler d'eux. Mais Jack n'était pas comme les autres ; il refusait de se confier, et sa réserve était en train de la rendre folle. Cela devenait une obsession : elle devait lui ouvrir la tête et le cœur, afin de voir ce qu'il avait au fond de lui.

Elle arriva bientôt au Castle Creek Golf and Tennis Club, à l'ouest de la ville, et se présenta à la réception, déclarant avec aplomb qu'elle avait rendez-vous avec George Mochlin. On lui indiqua comment se rendre jusqu'au petit bureau du joueur de tennis. Quand elle se présenta devant lui, elle feignit la surprise.

— Comment ! s'exclama-t-elle. Ma secrétaire a donc oublié de téléphoner ? Comme c'est ennuyeux ! J'ai fait tout le chemin jusqu'ici...

Mochlin eut une moue vaguement excédée.

— Je peux vous accorder quelques minutes, dit-il. Mais guère plus ; je donne un cours à 13 h 30.

— Très bien, répondit Eve.

S'installant dans le fauteuil, en face de lui, elle sortit son bloc-notes et ses lunettes.

Mochlin était blond, hâlé, avec des yeux très verts et un regard perçant. Un début de barbe ombrait ses joues, et Eve se dit qu'il devait l'entretenir avec grand soin. De haute taille, il avait un corps athlétique et de longues jambes musclées.

— Alors comme ça, c'est vous ! déclara-t-il en se laissant aller contre le dossier de son fauteuil.

— Moi ? fit Eve avec un sourire amical.

— Oui, la star des avocats commis d'office. J'ai vu votre photo dans le journal.

— Je vais prendre cela comme un compliment, monsieur Mochlin.

— Appelez-moi George, je vous en prie.

— Très bien. Dans ce cas, George, appelez-moi Eve.

— Vous savez, vous êtes beaucoup plus jolie dans la réalité.

Eve chaussa ses lunettes.

— Merci. Et maintenant, si vous le permettez, j'aimerais vous poser quelques questions.

— Pas de problème. Mais si vous espérez m'entendre dire quoi que ce soit en faveur de Devlin, vous vous trompez de bonhomme. Ce meurtrier mérite la peine de mort, voilà tout.

— Je vois. Vous avez le droit d'avoir votre opinion, bien sûr. Mais je ne suis pas venue pour discuter de Jack et de la peine de mort. J'aimerais avoir des détails sur votre relation avec Allison Wickwire Devlin.

L'air confus, Mochlin haussa les sourcils.

— Je croyais... J'ai déjà parlé à la police, à des douzaines d'avocats et de détectives privés. J'ai même été appelé à témoigner au tribunal. Je croyais que tout cela était réglé.

— Rien n'est réglé — loin s'en faut. Nous préparons maintenant la phase pénale du procès. Après quoi, quelle que soit la décision du jury, nous entamerons la procédure d'appel. On recommence tout depuis le début, George.

— Seigneur, mais cela ne finira donc jamais ?

— C'est l'impression que cela donne, parfois, concéda Eve. Alors, on y va ?

— Oui, oui.

Eve écrivit la date et l'heure sur son bloc-notes. Puis elle leva les yeux et croisa le regard de son interlocuteur.

— Quand avez-vous commencé à voir Allison ? Avant ou après que Jack quitte le foyer conjugal ?

— Après. Je l'ai déjà dit des centaines de fois. Notre histoire a commencé après leur séparation.

— Et combien de temps avez-vous fréquenté Allison avant sa mort ?

— Son meurtre, vous voulez dire.

Il marqua une pause.

— Quatre ou cinq mois, je crois.

Eve prit des notes, puis leva la tête. Mochlin avait les yeux fixés sur ses jambes.

— Vous connaissiez le code du système d'alarme de sa maison ?

— Evidemment. Mais je n'y étais jamais sans elle. Soit elle m'ouvrait la porte, soit elle me retrouvait dehors.

— Et en ce qui concerne votre emploi du temps, la nuit du meurtre ?

— Je commence vraiment à me lasser de tout ça.

— Je comprends. Pourtant, vous devez vous montrer patient avec moi.

Mochlin leva les yeux au plafond et poussa un soupir exaspéré.

— J'étais avec une ancienne copine. Nous avons passé la soirée au J-Bar.

— Le J-Bar ?

— C'est le bar de l'hôtel Jerome.

— Vous voyiez toujours cette ancienne copine ?

— Bien sûr que non. Mais elle ne voulait pas accepter le fait que c'était fini.

— Vous aviez pitié d'elle, en somme. Et vous avez bu un verre ou deux ?

— C'est ça, oui. Hé ! Melinda a témoigné au tribunal, elle aussi ! Vous n'avez qu'à lire le compte rendu de la séance.

— Je l'ai lu. Il n'empêche que je préfère toujours entendre les faits de la bouche même des personnes concernées. Ainsi, entre 23 heures et 2 heures du matin, moment où Allison a été tuée, vous étiez au J-Bar ?

— Oui, répondit Mochlin en affectant un profond ennui. Le barman a témoigné, lui aussi.

— En effet — sans être très sûr de l'heure.

— C'est son problème.

— Non, George, rétorqua Eve. C'est votre problème.

Mochlin haussa un sourcil.

— Vous êtes une dure, hein ?

— En effet. Donc, Melinda Hearst a déclaré qu'elle avait quitté le bar juste avant la fermeture. Vous étiez toujours avec elle ?

— Oui.

— Vous aviez encore le temps de prendre votre voiture et de vous rendre jusqu'à la maison d'Allison, à Red Mountain...

— Pour ça, il aurait fallu que je sois venu en voiture, remarqua George en ricanant. Or, j'habite à quelques pâtés de maisons de l'hôtel. Je fais toujours le trajet à pied.

— Dans ce cas, vous auriez eu le temps de rentrer chez vous, de monter dans votre voiture et d'aller chez Allison. Mettons qu'elle vous ait laissé entrer. Vous auriez pu vous disputer...

— Attendez un peu ! J'aimais Allison ! Nous espérions même nous marier.

— Ça, c'est ce que vous dites. Allison n'a jamais parlé de ça à personne.

— Forcément. Elle avait peur que son mari l'apprenne et qu'il exige une somme d'argent astronomique pour consentir au divorce.

— Pourquoi racontiez-vous à qui voulait l'entendre que vous aviez l'intention de devenir l'époux numéro trois, alors ?

— Ce sont des mensonges.

— Pas du tout. Frank Iverson a recueilli les témoignages de plusieurs personnes allant dans ce sens.

— Et pourquoi ces personnes n'ont-elles pas témoigné au tribunal ?

— Parce que Frank vous avait apparemment éliminé de la liste des suspects. Je ne suis pas aussi sûre que lui. Personnellement, je pense que vous aviez de nombreuses raisons de vouloir tuer Allison.

George écarquilla les yeux, l'air stupéfait.

— Des raisons ? Mais enfin, qu'est-ce que j'aurais gagné ?

— Je crois que c'est plutôt une question de colère. Allison a pu apprendre que vous vous vantiez de l'épouser bientôt. Or, elle n'avait aucune intention de se marier avec vous. Quand vous êtes venu chez elle, vous vous êtes disputés, elle vous a tourné le dos et...

Mochlin se leva d'un bond.

— Voilà la plus belle suite de conneries que j'aie jamais entendue ! C'est Jack Devlin qui l'a tuée. Tout le monde savait qu'elle allait le rayer de son testament, aussitôt après le divorce. Le jury l'a déclaré coupable. Il faut que vous soyez aux abois pour venir m'importuner de la sorte. En tout cas, je refuse de vous dire un mot de plus. Sortez de mon bureau immédiatement. Vous êtes peut-être jolie à regarder, mais vous êtes aussi une salope de premier ordre.

Eve ôta ses lunettes et sourit.

— Ça aussi, je vais le prendre comme un compliment.

— Je me fiche de ce que vous pensez ! Surtout, ne revenez pas. Si vous voulez me parler, adressez-vous à mon avocat.

— Ne vous énervez pas, déclara Eve en se levant.

Vous êtes trop jeune pour succomber à une crise cardiaque.

— Vous allez débarrasser le plancher, oui ? tonna George, une veine battant follement à son cou.

En sortant, Eve croisa une femme qui venait sans doute chercher son professeur de tennis en retard. Elle avait peut-être cinquante ans, une mise en plis impeccable, une jupette et des chaussures de tennis immaculées — et elle avait dû surprendre une partie de la conversation, car elle dévisagea Eve d'un air interloqué.

Celle-ci lui offrit un large sourire.

— Désolée de l'avoir ainsi retenu, dit-elle. Je crains que George ait un peu de mal à se concentrer, aujourd'hui.

Puis elle s'éloigna d'un pas dansant en direction de sa voiture.

8.

Quand Melinda Hearst ouvrit la porte de sa maison de Moutain Valley, perchée sur le flanc est d'Aspen, un chien s'élança aussitôt vers elle, la queue frétillante. Puis, voyant que sa maîtresse n'était pas seule, il poussa un petit aboiement de surprise et renifla le bas du jean de George Mochlin.

— Salut, Maggie, lança George en se penchant pour lui ébouriffer les oreilles. Il y avait longtemps.

— Tu veux boire quelque chose ? proposa Melinda.

— Avec plaisir, répondit George.

Ils laissèrent la chienne dehors, pour qu'elle aille faire ses besoins et s'aère un peu ; elle était enfermée depuis 17 heures, et il était plus de 2 heures du matin.

Melinda alluma les lumières et s'approcha du bar aménagé dans le salon. Elle sortit une bouteille de Grand Marnier et remplit deux petits verres à liqueur, avant d'en tendre un à George.

— Ça a drôlement changé, ici, remarqua-t-il en regardant autour de lui.

— Oui, j'ai refait toutes les peintures, il y a... oh ! deux ou trois mois.

George l'observa tandis qu'il portait son verre à ses lèvres, et elle renchérit en butant un peu sur les mots — ils avaient fait la tournée des bars, ce soir, et Melinda était passablement éméchée :

— Tu le saurais déjà si tu ne m'avais pas plaquée.

— On ne va pas recommencer ! commenta George.

Melinda fit coulisser la baie vitrée et sortit sur l'immense balcon. Une brise fraîche l'enveloppa, qui lui arracha un soupir d'aise.

— Mmm, regarde ces étoiles, comme c'est beau !

Elle tira deux chaises longues, s'installa dans l'une et tapota la seconde.

— Viens t'asseoir et admire la vue.

George lui obéit, et il contempla le ciel, puis la ville, à leurs pieds. C'était splendide. Toutes les maisons de Mountain Valley jouissaient d'une vue fabuleuse sur la vallée ; pourtant les prix de l'immobilier y étaient relativement bon marché, comparés au reste d'Aspen. George ignorait cela, quand il avait rencontré Melinda pour la première fois, deux ans plus tôt. Ils avaient lié connaissance dans une boîte de nuit, et elle lui avait évoqué sa maison, à flanc de montagne, et les travaux de décoration qu'elle s'apprêtait à effectuer. George, qui venait d'arriver à Aspen, avait cru qu'elle parlait des quartiers cossus de Red Mountain ou Starwood. Quelle n'avait été sa déception en découvrant que la zone de Mountain Valley, même si elle restait assez chère, l'était largement moins que le reste d'Aspen, du fait de sa localisation à l'est de la ville ; c'était là que les travailleurs locaux et les familles s'installaient — le seul endroit où ils pouvaient s'offrir leur petite part de rêve.

George avait quand même continué à sortir avec Melinda. Elle avait un corps magnifique et c'était le meilleur coup qu'il ait jamais connu — et il en avait connu beaucoup. Puis, environ un an plus tard, il avait donné une leçon de tennis à Allison Devlin. Allison Wickwire Devlin. Le reste appartenait à l'histoire.

Melinda posa son verre par terre et ôta son chandail, le faisant passer par-dessus sa tête et le laissant tomber sur le sol de bois du balcon. Dessous, elle portait juste un caraco de dentelle.

— Tu sais, dit-elle en inclinant au maximum sa chaise longue, tu ne m'as jamais complimentée sur la manière dont je me suis débrouillée à la barre, pendant le procès.

George pencha la tête de côté, faisant mine de ne pas comprendre ce qu'elle insinuait.

Melinda se débarrassa de son caraco et frissonna légèrement.

— Brr. Il fait frisquet ce soir.

Elle sourit et entreprit d'ôter son jean, soulevant ses hanches pour le faire glisser sur ses longues jambes.

George avait les yeux fixés sur ses seins nus, dans la pénombre. Ils étaient fabuleux. Et réels.

— Tu as dit la vérité, voilà tout, déclara-t-il d'une voix légèrement enrouée.

— La vérité, c'est que j'étais complètement soûle, la nuit où cette salope s'est fait trucider. Je n'ai pas la moindre idée de l'heure à laquelle j'ai quitté le bar.

— Peut-être, mais le barman s'en souvient parfaitement, répondit George en regardant le pantalon et le petit slip noir disparaître à leur tour. Et j'étais encore là, ne l'oublie pas.

— Si tu le dis.

La jeune femme s'étira voluptueusement, levant une jambe et posant une cheville sur l'autre genou. George, qui n'avait jamais rien vu d'aussi sexy, sentit son sexe se durcir. Il tendit la main et toucha la cuisse de Melinda.

— Ce n'est pas terminé, tu sais, dit-il en faisant rouler ses doigts sur la peau soyeuse de son ventre.

— Quoi donc ?

— Devlin a un nouvel avocat qui pose des tas de questions.

— Mais je croyais...

— Moi aussi, je croyais. Apparemment, on se trompait. Cela importe peu, de toute façon. Si on vient te parler, tu n'auras qu'à répéter ce que tu as dit à la barre des témoins.

— Merde !

— Ne t'inquiète pas, dit George.

Il se leva, défit sa ceinture et le bouton de son jean.

— C'est pour ça que tu m'as appelée, ce soir, pas vrai ? demanda Melinda.

— Ça non, alors, répondit George en s'agenouillant près d'elle.

— Menteur.

Il se mit à rire.

— Tu vas me dire que tu n'en as pas envie ? lança-t-il en prenant entre ses doigts la pointe dressée d'un sein.

Il leva la tête vers elle.

— Dis-moi que tu n'en as pas envie, et j'arrête tout de suite.

Comme il prenait le petit bouton de chair entre ses lèvres, Melinda poussa un soupir et se cambra pour aller à sa rencontre.

— Je dirai tout ce que tu voudras, murmura-t-elle.

Vendredi après-midi, Hank Thurgood et Marty Cohen retrouvèrent Eve dans sa suite du Christmas Inn pour faire le point. Marty était venu de Glenwood Springs avec la pile de notes qu'il avait prises en consultant la jurisprudence et les précédents légaux relatifs aux crimes passionnels et à la peine de mort. Malheureusement, il n'avait rien trouvé qui pût se révéler d'un grand secours, dans le cas de Devlin. Hank non plus n'avait rien découvert qui fût susceptible d'instiller le doute dans l'esprit du jury de magistrats qui allait présider la phase pénale du procès.

— On n'a pourtant pas besoin de grand-chose, se lamenta Eve, assise en tailleur sur le canapé. Juste un détail, un petit élément que nous soufflerions discrètement à la presse.

— On pourrait essayer de creuser l'alibi de Mochlin,

suggéra Hank. Ce matin, j'ai parlé à son ex-copine, Melinda Hearst, et je ne lui ai pas trouvé l'air tranquille. Elle était nerveuse, et plutôt évasive en ce qui concerne l'heure à laquelle elle a quitté le J-Bar, la nuit du meurtre. Et le barman n'est pas complètement sûr que Mochlin était encore là à 2 heures, au moment de la fermeture.

Eve secoua la tête.

— Nous n'avons pas assez d'éléments contre lui. Mais cela n'empêche pas de continuer à chercher.

— Et la liste des clients de Devlin n'a rien donné, renchérit le détective. Tous ont l'air de bien l'aimer. On pourrait toujours demander à quelques-uns de venir témoigner en faveur de notre homme.

— Et Richards, le premier mari d'Allison ? intervint Marty.

— Il n'est pas en ville, indiqua Hank. Je n'ai pas réussi à le joindre. Tu as pu parler à David Webster, celui qui a remplacé Devlin au cabinet d'architectes ? demanda-t-il à Eve.

— Oui. Il m'a donné l'impression d'être sincèrement bouleversé par ce qui est arrivé à Jack. C'est un homme charmant et jeune, à peine trente ans. Je ne le vois pas du tout assassiner Allison et se débrouiller pour que Jack porte le chapeau, tout ça dans le seul but de faire avancer sa carrière. Du reste, il était à New York, chez ses parents, quand le meurtre a eu lieu. Il aurait fallu qu'il engage quelqu'un pour faire le travail à sa place. C'est assez peu vraisemblable.

— Est-ce que Devlin t'a donné la liste des entrepreneurs qui lui ont cherché des noises ? voulut savoir Hank.

— Oui.

Un instant, Eve fourragea dans ses papiers.

— La voilà. Jack me l'a donnée ce matin.

— Je doute que l'un d'eux soit allé jusqu'à commettre un meurtre juste parce qu'il avait eu maille à partir avec un architecte, mais je vais tout de même fouiner de ce côté. On ne sait jamais.

— Et le fils d'Allison ? Ben ? demanda Marty.

— Il n'est pas en ville non plus, révéla Eve. Mais il rentre demain. Je vais m'en occuper. Comme il s'est installé dans la maison de sa mère, j'en profiterai pour jeter un œil au lieu du crime.

— Bien, fit Hank. Et n'oublions pas son alibi : sa petite amie.

— Sarah Glick.

— Ouais. Je m'en charge.

— Elle vit à Long Beach, en Californie, remarqua Marty.

— Et alors ? C'est un gros procès. Je suis sûr que le bureau de Denver paiera le billet d'avion. En classe économique, bien sûr.

— J'appuierai ta demande, promit Eve. J'aimerais bien que tu te rendes à Hawaii, aussi. Fouiller un peu dans le passé de Jack.

Hank eut une moue dubitative.

— Je ne vois pas bien ce que cela peut nous apporter.

— Moi non plus, admit Eve, mais j'y tiens.

Même si Hank avait raison, elle voulait en apprendre autant que possible sur Jack. Sans trop savoir comment ni pourquoi, elle avait l'intuition que cela finirait par lui servir.

— Alors, au boulot ! lança Hank en se redressant. Je vais m'atteler à cette liste d'ennemis. Cela devrait m'occuper un moment.

— Et moi, je vais continuer à plancher sur la jurisprudence, indiqua Marty.

Eve se leva à son tour.

— Quant à moi, je vais traîner un peu en ville et essayer de glaner des informations sur Mochlin. Je n'aime pas son attitude.

Hank hocha la tête.

— Et le fils ? Tu es sûre de vouloir le rencontrer toute seule ?

— Oui.

— Dans ce cas, je m'en vais, annonça Hank en se dirigeant vers la porte. J'irai peut-être traîner mes guêtres dans un des restaurants de la ville à la mode, ce soir, histoire de me fondre un peu avec le beau monde. Vous m'accompagnez, Marty ?

Ce dernier secoua la tête.

— Non, merci. Je suis trop vieux pour ce genre de choses.

— On n'est jamais trop vieux, mon ami. Jamais trop vieux. Allez, à plus tard.

Et il sortit.

Marty secoua la tête et sourit, l'air amusé.

— C'est un drôle de numéro, votre détective, commenta-t-il dès que la porte se fut fermée. Où l'avez-vous déniché ?

Samedi matin, Eve réussit à joindre Ben Richards, et ils décidèrent de se rencontrer chez Allison — chez lui, désormais — le même jour, à 17 heures. En attendant, Eve prit sa voiture pour aller visiter la vallée, et, surtout, découvrir les maisons et les bâtiments que Jack avait conçus — ce qu'elle n'avait pas encore eu le temps de faire depuis son arrivée. Elle avait obtenu les adresses à partir de la liste que Sid Young lui avait fournie.

Peu à peu, au fil de la journée, elle put ainsi se faire une meilleure idée de la personnalité de l'architecte à travers ses œuvres. C'était un véritable artiste. Chaque construction, à sa manière, et de façon discrète, paraissait se fondre dans le paysage montagneux, devenant presque elle-même un élément de la nature. Il y avait de petites retraites pouvant abriter une famille aussi bien que des demeures immenses, en bordure de falaise.

Jack utilisait beaucoup la pierre, le bois et le verre, accordant toujours une importance prépondérante à la vue, au paysage. Bon nombre des maisons avaient un toit très en pente, ce qui permettait de faire monter les fenêtres ou les baies vitrées très haut sur les murs ; ainsi, même en se tenant debout au milieu du salon, on jouissait d'une vue totale sur les montagnes. Et chacune de ces bâtisses dégageait une impression réelle de calme et d'immobilité.

Ses œuvres reflétaient-elles la personnalité profonde de l'architecte ? se demanda Eve à plusieurs reprises. Jack était-il, à l'intérieur, un homme en paix avec lui-même, et avec la vie ?

Il était presque 17 heures, lorsqu'elle reprit le chemin du centre-ville. Elle passa devant son hôtel, sans s'arrêter, et fila vers Red Mountain, au nord.

Avant la construction de Starwood, avant que toutes les anciennes maisons victoriennes du prestigieux quartier de West End ne soient restaurées, Red Mountain était l'endroit où il fallait vivre quand on était riche. La route y montait directement, depuis le lit de la rivière, et les demeures gigantesques étaient cachées sur les versants, nichées au milieu des trembles et des armoises.

Le panorama était extraordinaire, les propriétés époustouflantes. Eve passa devant une demeure dont la surface habitable devait se chiffrer en milliers de mètres carrés. Un garde en surveillait l'entrée. La résidence Devlin se dressait juste après cette énorme pile de pierres, avec son toit en cuivre. C'était en tout cas ce qu'indiquait une plaque scellée sur une des deux colonnes de l'entrée. Eve s'engouffra dans la propriété et suivit l'allée goudronnée, à flanc de montagne, songeant que ni Allison ni Ben n'avaient changé la plaque. En tout cas, pas encore.

La maison apparut soudain, au tournant du chemin, blottie au milieu des arbres et entourée de jardins en terrasses.

La bâtisse était ravissante. Simple. Et, bien sûr, elle se fondait parfaitement dans le paysage.

Un coupé Saab rouge était garé devant l'entrée.

Etait-ce la voiture de Ben ? La vie ne devait pas être trop dure pour lui, dans ce cas. D'autant qu'il y avait sans doute une ou deux Range Rover dans le garage. Tout le monde paraissait se déplacer en Range Rover, à Aspen.

Eve arrêta sa voiture, descendit et gravit les quelques marches de pierre, larges et plates, qui menaient à la porte d'entrée. A sa gauche, sous la sonnette, elle remarqua le clavier du système d'alarme. Combien de personnes en connaissaient-elles la combinaison ? Le détail importait, car il était clairement établi qu'Allison ne s'était pas débattue avant de mourir. Le rapport du médecin légiste affirmait qu'elle avait été frappée plusieurs fois, par-derrière. Soit elle connaissait son meurtrier, et elle avait suffisamment confiance en lui pour lui tourner le dos ; soit l'assassin s'était introduit dans la maison à son insu — ce qui signifiait qu'il avait le code — et l'avait attaquée par surprise. Eve, tout comme Frank Iverson avant elle, avait néanmoins la conviction qu'Allison avait laissé entrer son assassin.

Elle sonna, et une grande et jolie femme, vint lui ouvrir la porte. Elle portait un débardeur blanc qui moulait une poitrine assez forte, ainsi qu'un short kaki. Elle arborait un hâle parfait, et ses cheveux châtains étaient tirés vers l'arrière. Elle dit s'appeler Marnie Wade, et Eve se souvint qu'il s'agissait de l'intendante. Elle remarqua simplement que Marnie avait plus l'air d'une invitée que d'une employée de maison.

— Ben est en train de se changer, enchaîna-t-elle. Il m'a demandé de vous accompagner jusqu'à son bureau. Il vous rejoindra dans un instant.

— D'accord, dit Eve en suivant la jeune femme au-delà d'un vaste escalier de bois blond.

Comme elles passaient devant le salon, Eve demanda :

— Vous permettez que je reste ici un moment ?

— Bien sûr, répondit Marnie, qui changea de direction

et descendit les quelques marches de pierre qui menaient au vaste salon. C'est ici...

Elle hésita.

— C'est ici qu'Allison a été...

— ... assassinée, compléta Eve. Oui. J'ai vu les photos de la police. A cet endroit précis, n'est-ce pas ? ajouta-t-elle en se dirigeant vers l'extrémité de la pièce.

Elle passa devant deux énormes canapés blancs, des fauteuils, la cheminée de pierre, et s'arrêta devant un piano à queue. C'était sous ce piano qu'on avait retrouvé le briquet de Jack — à un mètre du cadavre d'Allison.

Eve se posta près de l'endroit où la victime était tombée, là où elle avait rendu son dernier souffle. Elle portait cette nuit-là un déshabillé de satin mauve.

Immobile, les yeux fixés sur le parquet, Eve se rappela qu'il y avait eu un tapis navajo, à cet endroit. Mais, bien sûr, il avait disparu depuis longtemps.

Allison devait se tenir ici même, et le meurtrier, un droitier, l'avait frappée, encore et encore, avec une lourde statue d'ébène de soixante centimètres — une déesse de la fertilité provenant d'une tribu de Côte-d'Ivoire. Le crâne fracassé, la victime était morte d'une hémorragie cérébrale. L'assassin, car Eve était sûre qu'il s'agissait d'un homme, avait ensuite reposé la statue. La police avait relevé les empreintes, bien entendu. On avait retrouvé celles d'Allison, celles de Jack et celles de Marnie Wade.

Le regard toujours fixé sur le parquet, Eve crut apercevoir des traces de sang dans les rainures du bois.

Elle leva les yeux vers la baie vitrée et la vue magnifique qu'elle offrait sur la montagne Aspen, avec la ville en contrebas. Un tel tableau se payait très cher. Et Jack avait construit cette maison pour la femme qu'il aimait. Pour Allison. Allison Wickwire Richards Devlin, héritière et grande mondaine de la jet-set — une femme brune et belle, que l'on disait pleine de fougue et obstinée.

Eve reporta son attention sur la baie vitrée. Sur les photos de la police, elle était éclaboussée de sang. Comme le tapis, le parquet, les pieds du piano. Il y avait du sang partout. Le meurtrier avait frappé au moins cinq ou six fois, sous le coup d'une rage incontrôlable. Un acte de haine pure.

L'espace d'un instant, Eve ferma les yeux, sans cesser de penser à Jack et Allison, ensemble dans cette maison. Soudain, toutefois, le sentiment d'une présence la ramena dans le présent. Rouvrant les yeux, elle surprit un mouvement dans la baie vitrée...

Elle pivota sur ses talons, le cœur battant à se rompre, le cerveau en ébullition. Allison avait forcément vu le reflet de son meurtrier dans la baie vitrée. Il faisait nuit, et les lumières du salon devaient être allumées... Elle l'avait forcément vu s'approcher d'elle !

— Je vous présente Ray, mon mari, dit Marnie Wade.

Eve leva les yeux vers l'homme qui venait de s'arrêter devant elle. C'était son reflet qu'elle avait aperçu un peu plus tôt.

— Eve Marchand, répondit-elle en tendant la main, le souffle un peu court.

Ray avait une carrure d'athlète et une abondante chevelure, prématurément grisonnante. C'était un bel homme, dans le style des surfeurs californiens. Comme sa femme, il portait un short et un T-shirt.

Ils échangèrent quelques banalités, puis Eve entra dans le vif du sujet.

— Je me pose des questions au sujet des empreintes retrouvées sur la statue africaine, expliqua-t-elle en se tournant vers Marnie. La police a relevé celles d'Allison, celles de Jack et les vôtres. Et puis quelques autres, inconnues.

— Et alors ? répliqua Marnie, le poing sur la hanche. Jack avait acheté cette statue pour Allison. Il est donc normal qu'il l'ait touchée. Il n'est pas le seul, d'ailleurs. Ces empreintes étaient peut-être là depuis des années.

— Vous ne l'avez jamais nettoyée ou époussetée ?

— Qu'essayez-vous d'insinuer, au juste ? Que je fais mal mon travail ? Forcément que je l'ai époussetée, mais ce n'est pas ça qui efface des empreintes. Et vous savez très bien que deux hypothèses ont été retenues durant le procès : soit il portait des gants, soit il a nettoyé la base de la statue après...

— Il ? coupa Eve.

— Jack Devlin, intervint Ray.

— Oh ! Et le briquet de Jack. Comment se fait-il qu'on l'ait laissé traîner...

Marnie la regarda fixement, bouche bée.

— On ne l'a pas laissé traîner, reprit Ray avec colère. C'est lui qui l'a laissé tomber, cette nuit-là.

— Comme c'est pratique..., commenta Eve.

Un sourire aux lèvres, elle se tourna vers Marnie.

— Comment étaient vos rapports avec Allison ?

Alors que Marnie allait parler, Ray la devança.

— Ne réponds pas, dit-il. Nous ne sommes pas au procès. Et pour le cas où Mlle Marchand l'aurait oublié, Devlin a été reconnu coupable du meurtre. D'ailleurs, nous savons très bien que c'est lui l'assassin.

— Je vois.

Au même moment, Ben Richards apparut en haut des marches de l'escalier de pierre. Il sortait de la douche et ses cheveux, aussi noirs que ceux de sa mère, étaient encore mouillés et plaqués vers l'arrière. Il portait un polo couleur lavande et un jean délavé, et comme il s'approchait d'elle, Eve reconnut les effluves d'une eau de toilette Ralph Lauren. Bien qu'il fût un peu plus petit que Jack, il aurait aisément pu passer pour son fils. Il avait les traits fins, une bouche sensuelle, le nez droit, masculin. Mais ses yeux n'étaient pas légèrement bridés, comme ceux de Jack. Surtout, il ne donnait pas la même impression de calme que son beau-père.

Il tint la main d'Eve dans la sienne, un peu plus longtemps que nécessaire, et dit :

— Vous ne pouvez pas imaginer à quel point je suis heureux de vous rencontrer. J'ai essayé de convaincre Jack de me laisser engager un avocat pour lui, après la crise cardiaque de Frank, mais il n'a rien voulu entendre. Il refuse que je dépense un seul dollar. Et puis, j'ai appris que vous repreniez l'affaire... Je suis vraiment content pour lui.

Eve hocha la tête.

— Je ne fais que mon travail.

Le jeune homme la précéda dans un petit salon, après lui avoir expliqué qu'il ne supportait pas de rester dans la pièce où sa mère avait été assassinée. Il annonça aussi qu'il mettrait la maison en vente dès l'instant où le sort de Jack aurait été définitivement fixé.

— C'est trop dur de vivre ici, conclut-il en désignant à Eve un fauteuil de cuir.

— Je comprends.

Tandis qu'elle sortait ses lunettes, son bloc-notes et plusieurs dossiers de sa serviette de cuir, Ben s'installa derrière un bureau.

Il avait une manière agréable de se comporter, apparemment pleine de maturité, mais son regard trahissait une réelle nervosité. Peut-être, en s'asseyant derrière cet imposant bureau plutôt que dans le fauteuil, à côté d'Eve, avait-il l'impression de mieux contrôler la situation.

— Que ferez-vous lorsque vous aurez vendu la maison ? lui demanda-t-elle.

Ben haussa les épaules.

— Je ne sais pas. Je voyagerai.

— Vous n'avez pas l'intention de vous lancer dans les affaires familiales ?

— Le textile ? Peut-être. Un jour. Je voudrais d'abord faire une pause, et puis, pourquoi pas, un troisième cycle de droit. Ma petite amie...

— Sarah, c'est ça ?

— Oui. Elle et moi aimerions finir nos études ensemble.

— Evitez le bureau d'aide judiciaire. C'est exténuant.

— Je l'ai entendu dire, en effet.

Puis ils parlèrent de Jack et de ce qui lui arrivait — un sort injuste, d'après Ben.

— Jack est innocent de ce dont on l'accuse, conclut-il. Toute cette histoire est absurde : il aimait ma mère. Bien sûr, ils avaient leurs différends, mais...

— Leurs différends ?

— Oui. Par exemple, maman voulait que Jack soit disponible pour voyager avec elle. Mais il était toujours occupé — je dis bien : toujours. Il était sur le point de devenir un des architectes les plus recherchés de la vallée. En tout cas, c'est ce que tout le monde répétait. Et maman n'arrêtait pas de le harceler pour qu'il ralentisse la cadence, qu'il accepte moins de commandes.

— En vous écoutant, j'ai l'impression que vous vous rangez du côté de Jack.

— Bien sûr. Quand maman a demandé le divorce, j'ai été très choqué. Elle avait la manie de vouloir contrôler tout et tout le monde, et elle se servait de son argent pour essayer de manipuler les gens.

Eve le considéra un instant.

— Quels étaient vos rapports avec votre mère ?

— Ils étaient bons. Evidemment, elle essayait bien de me contrôler, moi aussi, mais j'étais loin d'elle la plupart du temps.

— Vous avez vécu avec votre père durant la plus grande partie de votre adolescence, n'est-ce pas ?

— Mon vrai père, oui. Mais je passais beaucoup de temps ici, aussi. Jack et moi faisions beaucoup de choses ensemble. A l'époque, il n'était pas aussi demandé ; il venait juste de lancer sa carrière, par ici, et nous nous voyions très souvent.

— Pour skier ? Camper ?

— Entre autres, oui.

— Je suppose que votre vrai père était très occupé.
— Il l'est toujours.
— Pourquoi être allé vivre avec lui, dans ce cas ?
Ben poussa un soupir.
— Je n'en sais rien. Maman était toujours partie à droite à gauche — du moins, avant qu'elle et Jack ne construisent cette maison. Alors que papa ne bouge pas beaucoup d'Aspen. Et puis, maman ne voulait pas que je manque l'école.
Eve hocha la tête. Ben ne lui disait pas tout. Les détectives privés engagés par Frank Iverson avaient découvert que sa mère et lui étaient à couteaux tirés depuis qu'il était entré dans l'adolescence. Et ils s'étaient toujours disputés pour des questions d'argent, apparemment jusqu'au dernier moment.
Maintenant que Jack avait été reconnu coupable du meurtre de sa femme, Ben avait hérité de la maison, du fonds en fidéicommis d'Allison, et il continuait à recevoir des versements mensuels en provenance de celui de la famille Wickwire. Autant de bonnes raisons de commettre un meurtre, songea Eve. D'un autre côté, tous les enfants se disputaient avec leurs parents pour des questions d'argent. Sans compter que Ben recevait déjà une jolie somme, chaque mois, et qu'il aurait, de toute façon, hérité un jour ou l'autre de la fortune de sa mère.
— Ben, reprit-elle, j'aimerais vous poser encore quelques questions à propos de la nuit du meurtre. D'après votre témoignage, vous vous trouviez à Denver au moment des faits.
Il confirma d'un hochement de tête.
— Vous étiez malade ?
— C'est le moins qu'on puisse dire. J'étais pratiquement coincé dans la salle de bains. Une vilaine grippe.
— C'est cela. Et Sarah est venue vous voir.
— Oui. Nous avions prévu d'aller au cinéma.
— J'ai les heures quelque part dans ces notes, mur-

mura Eve en feuilletant ses papiers. Les voilà ! Sarah est arrivée chez vous à 18 h 45. Le film commençait à 19 heures. Mais vous étiez malade... Puis, elle vous a rappelé vers 22 heures.

— Non, corrigea Ben. C'est moi qui l'ai appelée.

— Oh ! fit Eve, qui le savait déjà.

Frank Iverson avait vérifié auprès de la compagnie de téléphone.

— Et pourquoi lui avez-vous téléphoné ?

— Je crois que j'avais promis de le faire avant de me coucher. Elle était inquiète. J'avais beaucoup de fièvre. Il y avait une épidémie de grippe, sur le campus, depuis quelques semaines, et deux étudiants avaient même été hospitalisés.

— Donc, vous avez appelé Sarah et vous vous êtes couché.

— C'est ça.

— Puis, le lendemain matin, Jack est allé vous voir à Denver pour vous annoncer la nouvelle de la mort de votre mère.

L'air grave, Ben hocha la tête.

— Oui. Je ne sais pas l'heure qu'il était. Sarah était déjà là. Je me souviens qu'elle est arrivée vers 7 ou 8 heures. Mais pour ce qui est du moment où Jack est arrivé... Je ne me rappelle plus.

— Le choc a dû être terrible.

Le jeune homme poussa un long soupir.

— Oui. Il m'arrive encore souvent de ne pas y croire, vous savez.

Eve laissa passer quelques secondes avant de parler de nouveau.

— Ben, qui pourrait avoir fait une chose pareille ? demanda-t-elle avec douceur. Vous avez dû y réfléchir beaucoup.

— Dites plutôt que je n'arrête pas d'y penser !

Il secoua la tête.

— Je n'ai aucune idée, vraiment. Ce n'est pas un cambrioleur, puisque rien n'a été volé. Et maman n'avait pas d'ennemis. Elle s'occupait d'un tas d'œuvres charitables, vous savez.

— Et George Mochlin ? Son... ami ? reprit Eve avec circonspection.

— Ce petit con ? C'est un vrai gigolo, un coureur de dot. Je me suis pas mal interrogé à son sujet. Le problème, c'est que je ne vois pas bien ce qu'il pouvait gagner en tuant ma mère.

— Peut-être rien. Il pourrait s'agir d'une sorte d'accident. Il serait venu la voir, ils se seraient disputés, et les choses auraient dégénéré.

— Possible, murmura Ben. Maman pouvait être très dure, quand elle le voulait. Mais même si c'est lui, pourra-t-on jamais le prouver ?

— Pour l'instant, je m'efforce d'examiner toutes les pistes, de n'en négliger aucune.

— Y compris celle qui mène à moi, commenta le jeune homme sur un ton posé. Je sais bien que j'ai été considéré comme un suspect, moi aussi.

— Cela vous a mis en colère ?

— Evidemment. Maman et moi, nous nous disputions très souvent, mais de là à... à l'assassiner !

— Cela a dû être très dur pour vous.

— Plus dur que personne ne pourra jamais le comprendre.

Eve feuilleta encore ses papiers, avant de lever la tête.

— Dites-moi, comment votre mère s'entendait-elle avec le couple d'employés de maison ?

— Bien, j'imagine. Je n'étais pas souvent là, vous savez. Et il n'y avait pas si longtemps qu'elle les avait engagés.

— A votre connaissance, il n'y a jamais eu de problèmes, de désaccords ou de réprimandes ?

Ben secoua la tête.

— Maman était très dure avec le personnel de maison. Soit ils filaient doux, soit elle les renvoyait. Je suppose que les Wade faisaient l'affaire.

— Et avec vous, cela se passe bien ?

— Oui. Je ne suis pas difficile à contenter.

— Aucun problème ? insista Eve.

Ben se mordit la lèvre et parut réfléchir.

— Pas vraiment. Marnie peut se montrer têtue, parfois même un peu trop ironique, mais bon...

— Et Ray ?

— On ne sait jamais ce qu'il pense. Il est plus effacé.

— Rien n'a disparu, dans la maison, depuis qu'ils ont été engagés ?

— Pas à ma connaissance.

Ils évoquèrent ensuite la procédure concernant la phase pénale du procès de Jack, ainsi que ses suites.

— Dès l'instant où le jury de magistrats décidera de la peine, nous interjetterons appel, expliqua Eve. Notre but est d'amener l'ouverture d'un autre procès — mais, pour cela, la défense aura besoin de nouvelles preuves.

— Ecoutez, fit Ben en croisant son regard, je tiens à vous aider. Je peux payer pour beaucoup de choses. Vous n'avez qu'à demander. J'ai fait la même offre à Jack, qui bien sûr ne veut rien entendre.

— J'imagine, commenta Eve avec un rire léger. Mais pour l'instant, la meilleure façon d'aider Jack est de témoigner devant les juges. Vous êtes notre témoin le plus important.

— Vous pouvez compter sur moi.

— Bien.

— Est-ce qu'il va témoigner, lui aussi ?

— Bien sûr. Il va falloir qu'il sorte de sa coquille et qu'il plaide pour sa vie.

— Le pauvre ! C'est sans doute la chose la plus difficile qu'on puisse lui demander. A cause de ce côté à la fois secret et macho qu'il a. Cela vient sûrement de son éducation. Son père était très strict. Jack a pris l'habitude de tout garder pour lui.

— Oui, j'ai remarqué. Mais il va devoir baisser sa garde, cette fois. Sinon...

— ... il sera condamné à mort, conclut Ben d'un air sombre.

Eve se contenta de hocher la tête en silence.

Elle prit congé quelques minutes plus tard, promettant à Ben de l'aider à se préparer pour son témoignage.

Tandis qu'elle regagnait Aspen en voiture, elle ne cessa pas un instant de réfléchir. Il y avait encore tant de travail à accomplir, et si peu de temps. Et elle n'avait toujours pas trouvé le petit détail qu'elle pourrait jeter en pâture à la presse.

Il était 19 h 3, quand elle ouvrit la porte de sa suite. Elle entra, posa sa serviette dans un fauteuil et ôta ses chaussures. Ce fut seulement alors qu'elle vit Gary. Assis près de la fenêtre, immobile, il avait les yeux fixés sur elle.

— Mon Dieu ! s'écria-t-elle en portant sa main à son cœur.

— Midi, fit Gary. Je t'avais dit que j'arriverais à midi.

— On est samedi ! s'exclama-t-elle encore. Mon Dieu, on est samedi. Gary... je... je suis désolée.

Puis elle remarqua la photo qu'il tenait. Un des clichés du dossier de la police, qu'elle avait laissé sur la table basse.

Gary leva le bras pour la lui montrer. C'était un portrait de Jack, en noir et blanc, tiré sur papier brillant. Au bout d'un moment, il retourna la photo et la regarda de nouveau.

— Il est bel homme, n'est-ce pas ? dit-il sur un ton neutre.

⁂

Marnie Wade se tenait devant l'évier de la cuisine, les bras noués autour du corps, essayant de lutter contre ses larmes.

— Cette Eve Marchand ! dit-elle dans un sanglot. Elle va creuser, creuser et creuser, jusqu'à ce qu'elle découvre que nous avons été renvoyés par Brooke Goldsmith.

— Mais non, lui répondit Ray, appuyé contre le comptoir. Si Frank Iverson ne l'a pas découvert, elle ne le découvrira pas non plus.

— Mais si elle y arrive ? Que se passera-t-il si Brooke lui dit qu'elle nous a virés.

— Et alors ?

Marnie pivota sur ses talons.

— Alors ? Je vais te dire ce qui se passera, alors. Elle pensera que nous avons été renvoyés parce que nous avions vraiment volé cette bague. Puis elle se dira que nous avions dû aussi voler quelque chose, ici, et qu'Allison s'apprêtait à nous renvoyer à son tour. Tu ne sais donc pas comment ces gens raisonnent !

— Nous n'avons rien volé. Brooke Goldsmith cherchait juste une excuse.

— Peut-être, mais ça fait mauvais effet. Imagine, en plus, que quelqu'un soit au courant de la dispute que nous avons eue avec Allison ? Elle a pu en parler.

— Arrête de te torturer inutilement. Cela n'a pas d'importance. Allison a appris que nous avions été congédiés, et elle a tenu à nous le faire savoir. Vous vous êtes crêpé le chignon ? La belle affaire ! Nous n'avons pas volé cette fichue bague, chez Brooke, et nous n'avons rien volé ici non plus.

— Mais s'ils découvrent la vérité, insista Marnie, ils penseront peut-être que nous avions une raison, un mobile !

— Pour tuer Allison ? Allons, arrête de délirer, Marnie !

C'était plus fort qu'elle. Car il y avait tant de choses

que Ray ignorait — au sujet de la bague de Brooke Goldsmith, par exemple, et de la personne qui l'avait vraiment volée. Marnie avait aussi eu plus d'une dispute avec Allison, quand celle-ci avait découvert qu'ils lui avaient menti au moment d'être engagés. Leur dernier affrontement, surtout, avait été terrible. Ray n'était pas là ; il était sorti faire des courses en ville. Allison avait alors annoncé qu'elle allait chercher de nouveaux employés.

Marnie tourna le robinet de l'évier, les doigts tremblants. Qu'arriverait-il si Ray apprenait qu'elle avait volé la bague de Brooke ? Et si c'était cette avocate qui le découvrait ? Et si jamais quelqu'un était au courant de l'horrible dispute qui l'avait opposée à Allison ? Ce serait d'autant plus grave qu'elle avait eu lieu le matin même où Allison avait été tuée...

9.

Le dimanche matin, la prison de Pitkin County vivait au ralenti. Les prisonniers faisaient la grasse matinée, parcouraient les journaux du week-end et rangeaient leur cellule en prévision des visites qu'ils recevraient, plus tard dans la journée. L'un d'eux avait aussi pris l'habitude de s'installer devant son puzzle de mille pièces — il en avait complété plusieurs dizaines depuis son incarcération.

Vers 10 heures, ce dimanche, Jack sirotait un café en lisant le *Denver Post* lorsqu'il entendit la sonnette de la porte. Il leva les yeux et vit Eve, qui entrait dans la pièce commune.

Ses cheveux étaient détachés et flottaient sur ses épaules en un véritable nuage de boucles dorées, et elle portait une petite robe d'été dans un tissu imprimé. Elle n'avait pas de lunettes.

Tous les regards convergèrent vers elle.

La jeune femme passa devant le gardien, assis derrière un bureau, adressa un petit signe de la main à deux prisonniers et s'approcha de Jack.

— Bonjour, lança-t-elle avec naturel, comme si rien n'était plus normal pour un avocat que de rendre visite à son client le dimanche matin.

— Bonjour, répondit Jack. Il est arrivé quelque chose ?

— Non. Je voulais juste aborder une ou deux questions avec vous.

Elle était comme un courant d'air frais dans cette prison étouffante, un nuage que rosissait le soleil couchant, un rayon de soleil aussi doré que...

— Vous n'avez besoin de rien? demanda-t-elle, comme elle le faisait presque toujours en arrivant.

Jack secoua la tête.

— Non, merci.

— Vous savez que vous pourriez vous faire livrer certains de vos repas? J'ai entendu dire qu'une princesse indonésienne commandait les siens dans les meilleurs restaurants de la ville, tout le temps qu'elle est restée ici.

— Vous plaisantez? s'exclama Jack en riant.

— Non.

— J'y penserai. Mais je ne crois pas en avoir les moyens.

Eve s'installa dans le fauteuil, en face de lui.

— J'interromps votre lecture, remarqua-t-elle en désignant le journal qu'il avait posé devant lui.

— Ce n'est pas bien grave. Vous ne prenez donc jamais de jour de congé?

— Non, répliqua-t-elle. Vous en prenez, vous?

Jack esquissa un sourire grimaçant.

— Certaines personnes ont moins de possibilités de choix que les autres.

— Il faut croire que j'ai fait le mien, dans ce cas.

— On dirait, en effet. La question, maintenant, est de savoir pourquoi.

— Cela n'a aucun rapport avec votre affaire, Jack.

— Bien sûr, murmura-t-il.

Mais en la voyant baisser la tête et fourrager dans sa serviette de cuir, il ne put s'empêcher de penser qu'elle lui cachait quelque chose — et que, contrairement à ce qu'elle affirmait, ce quelque chose avait un rapport direct avec l'affaire.

Finalement, elle leva les yeux.

— J'ai rencontré votre beau-fils, Ben. C'est un jeune homme plein d'assurance.

— Je ne pense pas, non. Mais son éducation à la manière Wickwire lui a appris à faire semblant de manière convaincante.

— Une façade, autrement dit.

— Un peu.

Eve hocha la tête et le considéra avec attention.

— Et je suppose que vous savez mieux que personne identifier une façade trompeuse.

— Que voulez-vous dire ?

— Que vous-même êtes passé maître dans l'art de la dissimulation.

Jack se pencha en avant.

— Ecoutez, maître, je suis en prison et je m'efforce de gérer la situation du mieux que je le peux. Je n'ai pas besoin de psychanalyse.

— Pardonnez-moi si je vous ai offensé, répondit Eve avec un geste de la main. Ce n'était pas mon intention.

Elle marqua une pause, avant de reprendre :

— En fait, je voulais vous demander ce que vous pensez de la petite amie de Ben, Sarah. A votre avis, représente-t-elle un alibi digne de confiance ?

— Sarah est une fille intelligente. Si elle dit que Ben était à Denver, c'est qu'il y était.

— Je vais envoyer un détective à Long Beach, afin qu'il l'interroge.

— Encore ! Vous ne croyez pas qu'elle a eu son compte de questions ?

— Dans la mesure où c'est votre vie qui est en jeu, non, je ne le pense pas.

Jack pinça les lèvres. Sa vie était en jeu, en effet. Et l'avocate semblait ne pas vouloir manquer une seule occasion de le lui rappeler.

— Je suis aussi allée voir George Mochlin, enchaîna-t-elle. Il est bel homme, n'est-ce pas ?

— Est-il nécessaire que vous enfonciez le clou ? grommela Jack.

— Oh ! vous n'êtes pas mal non plus. Allison avait bon goût.

— Mademoiselle Marchand, vous frisez la vulgarité !

Elle sourit.

— Vous avez sans doute raison. Je vous demande pardon, dit-elle sans paraître le moins du monde désolée. Toujours est-il que j'ai un petit problème en ce qui concerne le possible mobile de Mochlin, enchaîna-t-elle sans transition. Il m'apparaît comme quelqu'un de trop égoïste pour être capable de commettre un crime passionnel. Qu'en pensez-vous ?

— La même chose que vous. La police est de cet avis, aussi. Pas de mobile.

— Oui, murmura Eve. Il a pu avoir l'opportunité de le faire, mais il n'a pas de mobile. A moins, bien sûr, qu'il nous manque certains éléments de l'histoire.

Jack haussa les sourcils.

— Les choses n'étaient peut-être pas si roses que cela entre eux, poursuivit la jeune femme. Allison aurait pu l'entendre alors qu'il se vantait en évoquant leur prochain mariage et le fait qu'il allait devenir riche. Elle lui aurait demandé de s'expliquer, ils se seraient disputés... Vous voyez ce que je veux dire ?

Jack baissa la tête et laissa échapper un long soupir.

— Oui, je suppose que tout est possible.

— A part ça, j'aimerais que vous me parliez de Ray et Marnie Wade, poursuivit Eve. Les employés de maison.

Jack lui raconta notamment la visite de Brooke Goldsmith et l'histoire de la disparition de sa bague, à l'époque où elle employait les Wade.

— Brooke a tout de même admis qu'elle était passablement éméchée, ce soir-là, et qu'elle pouvait très bien avoir perdu la bague, conclut-il. Je ne sais pas quelle importance on doit accorder à cette histoire.

— J'en tiendrai compte, dit Eve, qui avait pris des notes. Voyez-vous, ce qui me gêne le plus là-dedans, ce sont toutes ces preuves qu'on a trouvées contre vous. Le briquet, par exemple. C'est un peu trop pratique.

Alors qu'elle continuait de griffonner sur le bloc-notes, Jack put la regarder à loisir. Elle était très belle. Ou bien était-il à ce point privé de la présence d'une femme que n'importe laquelle aurait réussi à le troubler ? Non, c'était bien elle, avec son physique plein de douceur et de féminité, tellement à l'opposé de son attitude professionnelle, dure, intransigeante. En plus, aujourd'hui, elle était particulièrement élégante.

— Vous êtes habillée comme pour sortir, remarqua-t-il.

— En effet, dit-elle simplement.

Jack aurait voulu lui demander où elle se rendait, mais il n'osa pas. D'ailleurs, elle ne lui répondrait sans doute pas.

La jeune femme se pencha vers sa serviette de cuir et en tira une chemise en carton dans laquelle elle avait glissé ses notes personnelles. Jack ne put s'empêcher de remarquer la manière dont ses cheveux bouclés se séparaient, sur la nuque ; il vit aussi qu'elle portait sous sa petite robe d'été un de ces caracos en tissu soyeux, blanc cassé. Il devinait la rondeur de ses seins, sous l'étoffe. Sa peau était blanche. Elle n'avait sans doute pas de marque de bronzage. Tout son corps devait être de la même couleur laiteuse...

— Un concert ? lança-t-il brusquement, déviant ainsi le cours de ses pensées.

— Pardon ?

— Euh, je me demandais si vous vous rendiez au concert du dimanche.

Eve le considéra un instant, avant d'incliner la tête.

— En effet, admit-elle. Je vais entendre *Carmina burana*, avec un ami.

— Voilà une chose qui me manque beaucoup, avoua Jack. Les concerts. Avec des amis.

— Bien sûr, murmura-t-elle en rangeant ses lunettes dans leur étui.

Elle paraissait hésiter.

— Je me suis promenée dans la vallée, Jack, dit-elle finalement. Je voulais voir les maisons que vous avez construites. Elles sont très belles.

— Merci.

— Vraiment, je suis sincère.

Il haussa les épaules.

— C'est... enfin, c'était mon travail.

— Oh ! je crois que c'était un peu plus que ça.

— Comme votre carrière, n'est-ce pas ? remarqua Jack en la scrutant intensément. Un peu plus qu'un boulot.

— Peut-être.

Elle boucla sa serviette et se leva.

— Je vous laisse. Je repasserai vous voir bientôt.

— D'accord. Bon concert, lança Jack sur un ton parfaitement neutre.

Pourtant, il passa le reste de la matinée à penser à elle, à se demander qui était cet ami avec lequel elle allait écouter *Carmina burana*, à se rappeler chacun de ses gestes, chacune des expressions de son visage. S'il avait honte de le reconnaître, il ne pouvait nier plus longtemps qu'Eve Marchand le troublait. Qu'elle l'attirait. Lui, prisonnier reconnu coupable de meurtre, lui qu'on transférerait bientôt à Super Max, Canon City, soit dans le quartier de haute sécurité des condamnés à mort en attendant une injection mortelle, soit dans celui des condamnés à perpétuité, lui, pauvre type au teint de craie affublé d'un uniforme orange, il avait le béguin pour son avocate ! Comme si elle pouvait le considérer autrement que comme une autre de ses croisades... Ils devaient être nombreux ceux qui, avant lui, dans la même situation, étaient tombés amoureux d'elle — et il y en aurait encore beaucoup d'autres après. Quel crétin !

Malgré tout, il ne pouvait s'empêcher de penser à elle,

de se poser des questions à son sujet. Qui était-elle véritablement ? Qu'est-ce qui la poussait à vouloir passer un dimanche matin en prison, plutôt que de rester au lit avec son petit ami ? Et surtout — de toutes les questions, celle qui le rendait fou de frustration et de jalousie — qui diable était cet homme ?

Même à Aspen, Gary n'était un inconnu pour personne. Il s'était acquis une célébrité à l'époque où il jouait dans l'équipe des Broncos, mais aussi à cause de sa maladie et de la manière exemplaire dont il avait surmonté cette terrible épreuve. Dès le moment où les médecins avaient diagnostiqué qu'il était atteint d'une sclérose en plaques, il s'était battu pour parler partout de ce mal inconnu, dissipant les malentendus et répondant patiemment aux questions des journalistes au cours d'innombrables émissions de télévision.

Ses béquilles qu'il détestait tant, et maintenant la canne dont il se servait pour marcher, étaient comme des médailles honorifiques, des symboles de sa lutte, de sa survie et de sa victoire.

D'une certaine manière, tout le monde — hommes, femmes et enfants — avait l'impression de posséder une part de Gary Kapochek, de lui être lié intimement. Et pourtant, il demeurait lui-même, en aucun cas affecté par la possessivité émotionnelle du public. Eve était très fière de lui, et parfaitement heureuse de rester dans son ombre.

La serveuse qui s'occupait d'eux, au restaurant, était si agitée à l'idée de se trouver en présence de cette légende vivante, qu'elle riait avec nervosité chaque fois qu'elle s'approchait d'eux. Un homme, à une table voisine, se pencha vers Gary et lui demanda son avis au sujet de la dernière recrue des Broncos.

— Est-il assez fort ? Est-ce qu'il peut tacler ?

Gary lui répondit avec une telle amabilité que l'homme, pensa Eve, resterait un fan à vie de leur équipe.

Dans la rue, une vieille dame les aborda pour leur confier que sa sœur, aussi, souffrait d'une sclérose en plaques, et qu'elle avait été inspirée par le courage de Gary. Elle avait commencé un programme d'exercices et se sentait beaucoup mieux.

— C'est merveilleux, lui dit Gary avec un grand sourire. Surtout, dites-lui de ne jamais désespérer.

— Je n'y manquerai pas, répondit la vieille dame, tout émue. Merci.

Eve secoua la tête et rit doucement.

— C'est fou comme ils t'adorent ! Et c'est un peu effrayant, aussi. Tu vas finir par attraper la grosse tête. Tu vas devenir insupportable.

— Mais non, répondit-il. Tu es jalouse, voilà tout.

— Moi, jalouse ?

— Parfaitement. Tu aimerais qu'ils te reconnaissent, toi.

— Dieu m'en garde ! lança Eve en serrant la main de Gary dans la sienne.

C'était une journée superbe, qu'ils allaient tout entière passer ensemble. Ils avaient des billets pour assister à un des concerts du célèbre festival de musique d'Aspen. Puis, ils avaient réservé une table chez Pinons, un restaurant dont la réputation dépassait largement les frontières de l'Etat.

Durant l'après-midi, ils envisagèrent de prendre le téléphérique qui faisait la navette entre le centre de la ville et le sommet de la montagne Aspen, mais ils préférèrent déambuler tranquillement dans les petites rues ensoleillées d'Aspen, avant de s'asseoir sur un banc pour regarder passer les gens.

Vers 16 heures, ils rentrèrent au Christmas Inn. Eve, qui avait commencé de détecter des signes de fatigue chez Gary, lui conseilla de s'allonger un moment et de faire une « sieste revigorante » — ainsi qu'il disait lui-même.

Il ne se fit pas prier, et il se retira dans la chambre tandis qu'elle s'asseyait sur le canapé, chaussait ses lunettes et prenait son bloc-notes. Elle entreprit d'établir plusieurs listes. A commencer par celle des proches de la victime.

George Mochlin — mobile ?

Melinda Hearst — alibi fiable ?

Ray et Marnie Wade — des voleurs ?

Elle fit une liste des ennemis de Jack, avec les noms des entrepreneurs qui lui avaient intenté des procès. Mais aucun ne lui paraissait susceptible d'entrer dans la catégorie des suspects. Elle ajouta aussi le nom du père de Ben, bien que le premier mari d'Allison n'ait aucune raison apparente d'avoir tué son ex-femme — on n'éliminait jamais l'ancien amant ou l'ancien mari de la liste des suspects. Hank avait d'ailleurs rendez-vous avec lui, le lendemain matin, et elle en saurait très vite un peu plus sur son compte.

Sous la liste des noms, elle écrivit : « statue — empreintes ». Puis : « briquet ». Le briquet en or, extra plat, avec les initiales de Jack, était un cadeau que lui avait fait Allison au début de leur relation. Jack avait cessé de fumer, quelques années plus tard, mais il avait toujours gardé le briquet — par sentimentalisme, ainsi qu'il l'avait expliqué à Eve.

Comment l'objet avait-il atterri sur le lieu du crime ? Eve avait le sentiment qu'Iverson ne s'était pas assez penché sur cette question. Jack croyait l'avoir perdu quelques mois avant le meurtre, sans en être toutefois certain. Pour le procureur Makelky, il ne faisait aucun doute que le briquet était tombé de la poche de Jack, alors qu'il assassinait sa femme. Si ce n'était pas le cas, comment l'objet s'était-il retrouvé à quelques mètres du cadavre d'Allison, sur le tapis navajo, à côté du pied du piano ?

Partant du principe que son client était innocent, Eve était fatalement amenée à en conclure que le meurtrier avait placé le briquet là, de façon délibérée, dans le but d'incriminer le mari d'Allison.

Elle se laissa aller contre le dossier du canapé et ôta ses lunettes, songeant une fois de plus à son client. Elle ne l'avait pas percé à jour — loin s'en fallait. S'il se comportait toujours en parfait gentleman, ne se départant à aucun moment de son attitude courtoise et posée, Eve sentait gronder un volcan sous cette impassibilité de surface. Elle en concevait une intense curiosité à l'égard de Jack — bien plus qu'elle n'était prête à se l'avouer.

Dehors, des oiseaux chantaient dans la douceur de cet après-midi gorgé de soleil, et une petite brise entrait par la fenêtre ouverte. A cause de l'altitude, il ne faisait jamais trop chaud à Aspen, contrairement à ce qui se passait à Denver, où les étés étaient suffocants.

Les yeux perdus dans le bleu du ciel, Eve se dit qu'elle allait assister à un concert avec Gary, ce soir. Après quoi, ils dîneraient dans un bon restaurant...

L'instant d'après, ses pensées retournèrent du côté de Jack Devlin.

Que savait-elle vraiment, de lui ? Il avait fait une belle carrière d'architecte et s'était marié avec une femme d'une classe largement supérieure à la sienne — selon sa propre formule. « Allison s'est encanaillée, cette année-là », avait-il commenté avec un sourire amer. Quand Eve lui avait demandé s'il en concevait un complexe, il avait répondu par la négative. Ni lui ni Allison n'y avaient attaché la moindre importance, contrairement à la famille de la jeune femme. Exception faite de Ben, aucun Wickwire n'avait approuvé ce mariage.

Quoi d'autre ?

Il avait travaillé durant toute la durée de ses études, qu'il avait ainsi financées seul. Il était brillant, sexy et tout lui réussissait. Pourtant, sa femme avait demandé le divorce, pris un amant, et, une nuit, elle avait été sauvagement assassinée.

Eve secoua la tête. Quelque chose ne tournait pas rond dans ce scénario. Etait-ce la faute de Jack ? Cachait-il quelque abominable secret, ou un tragique défaut de caractère ?

Elle allait devoir fouiller plus profondément dans la vie et la personnalité de son client. Elle avait déjà commencé, petit à petit, notamment en lui rendant des visites comme celles de ce matin. Elle manœuvrait par petites feintes, sans avoir l'air de rien, et il lui semblait qu'ils étaient en train de parvenir à une sorte d'entente tacite. Certes, Jack résistait, il ruait dans les brancards. Toutefois, loin de s'en inquiéter, Eve s'en félicitait. Il fallait bien qu'il exprime ses émotions, de temps en temps.

Fronçant les sourcils, elle se demanda si elle n'était pas en train de se raconter des histoires. N'essayait-elle pas de rationaliser son comportement ? Etait-il possible qu'elle n'aspirât qu'à le provoquer, à provoquer une réaction chez lui ? Une réaction vis-à-vis d'elle !

Mince ! Jamais, jusqu'alors, elle ne s'était posé toutes ces questions. Ses clients étaient toujours faciles à déchiffrer, à comprendre, et elle les approchait avec objectivité, faisait de son mieux pour les défendre, tout en restant bien à l'intérieur des limites fixées par la loi. Mais Jack Devlin n'était pas comme les autres. Et il lui importait de connaître l'opinion qu'il avait d'elle, pas seulement comme avocate, mais aussi comme personne. Comme femme.

Elle pensa aux différentes facettes de la vie et de la personnalité de Jack, du moins à celles qu'elle connaissait : l'architecte qui avait créé cette magnifique demeure de pierre et de verre pour sa femme ; le prisonnier ; l'homme interrogé par la police ; celui qui transparaissait dans les notes prises par Iverson ou dans les témoignages effectués durant le procés ; enfin, celui qui avait patiemment répondu à toutes les questions qu'elle lui posait. Autant de facettes qui, aux yeux d'Eve, ne formaient pas un tout. Elle n'arrivait pas à se faire une opinion de cet homme, et elle en concevait de l'irritation, de l'impatience, et surtout, une intense curiosité.

Elle avait une certitude, en revanche, et cela depuis leur première rencontre : Jack était innocent du meurtre de sa femme. Or, elle s'était juré, solennellement, de ne plus jamais permettre qu'on exécute un innocent.

— Quelque chose ne va pas ?

Eve sursauta en entendant la voix de Gary.

— Hein ? Non, non, je réfléchissais.

— Tu as l'air de quelqu'un au pied d'un mur de pierre.

— Seulement un mur légal, répondit Eve en se levant. Ça va ?

— Oui, en pleine forme. Ce petit somme m'a remis sur pied.

— Donne-moi cinq minutes, et on y va.

Le concert avait lieu à l'intérieur d'une immense tente, sous les arbres ; et lorsque les premières mesures s'élevèrent sous le chapiteau, il ne restait plus une seule place de libre. A l'entracte, ils ne quittèrent pas leurs sièges, Gary n'aimant pas beaucoup se mouvoir dans la foule — il avait toujours peur de perdre l'équilibre.

Ils bavardèrent tranquillement, dans la lumière qui perçait à travers le toit de toile. On apercevait l'ombre d'une pie, perchée sur une des colonnes soutenant la tente, et la voix de l'oiseau dominait le murmure des spectateurs. Gary le désigna du doigt en riant.

— Tu connais beaucoup d'endroits où les oiseaux se mesurent à un orchestre ?

Eve sourit, sans cesser de s'éventer avec le programme.

Après le concert, en attendant le dîner, ils décidèrent de se rendre à Ashcroft, une petite ville minière restaurée située à une vingtaine de kilomètres. Le trajet était splendide. Certains versants de la montagne étaient recouverts d'un tapis verdoyant tandis que d'autres étaient parsemés d'arbres arrachés, de rochers et de terre.

— Les avalanches, expliqua Gary.

Ashcroft était une ancienne colonie de mineurs, où l'on extrayait autrefois de l'argent. Les façades de certains bâtiments avaient été restaurées et se blottissaient au sein d'une large clairière entourée de sommets montagneux dont certains étaient encore enneigés en ce début d'été. L'air était frais, et une rivière, étroite en cet endroit, emportait des flots de neige fondue vers le fond de la vallée, où elle rejoignait le puissant fleuve Colorado.

— Comme c'est beau, murmura Eve en regardant autour d'elle.

— Ça, là-bas, c'était un bordel, dit Gary en pointant sa canne en direction d'une maison.

— Comment le sais-tu ?

— Un homme sait toujours ce genre de choses.

— Oh ! bien sûr..., commenta Eve en riant.

— Tu es heureuse ? lui demanda Gary.

— Totalement, répondit-elle.

— Tu devrais faire ça plus souvent, tu sais. Sortir de tes livres de droit, profiter de la vie. Tu es complètement différente.

Eve baissa la tête.

— Non, je ne suis pas différente.

— Bon, disons que tu es d'humeur différente.

Il lui prit la main.

— Merci de me permettre de défendre ce dossier, lui glissa Eve d'une voix douce.

— Comme si je pouvais t'en empêcher !

— Et merci de ne pas m'en avoir voulu pour mon retard, hier.

— Peut-être que je t'en veux, mais que je ne le montre pas.

— Je t'aime, murmura-t-elle simplement.

Ils s'embrassèrent, sans se soucier du regard des autres touristes qui déambulaient alentour. Puis ils retournèrent vers la voiture, main dans la main.

Le restaurant Pinons était situé à l'étage d'une maison

du centre d'Aspen. Le décor était élégant, dans le style du Sud-Ouest américain, et le menu appétissant et original.

— Les *quesadillos* de faisan en entrée, cela te tente? proposa Gary.

— Il y a aussi la salade de champignons portobello, suggéra Eve.

— Commandons les deux.

— Les prix sont très élevés...

— Ne t'inquiète pas. Je n'ai pas à survivre avec un maigre salaire d'avocat commis d'office, moi.

— Voilà ce que j'appelle un coup bas.

— Oui, tu as raison. Mais cela fait du bien, de temps en temps.

Le repas fut délicieux, le service impeccable.

— Merci, murmura Eve en fin de dîner, alors qu'ils finissaient de siroter leur vin.

— Je t'en prie. S'il ne tenait qu'à moi, nous ferions cela au moins une fois par semaine. Combien de fois t'ai-je proposé de sortir, le soir? Mais tu es toujours trop...

— ... occupée, compléta Eve. Je sais.

— Et je n'insisterai pas, conclut Gary.

Dehors, l'air de la nuit s'était considérablement rafraîchi. Les étoiles brillaient dans le ciel, et la lune, énorme disque d'argent, semblait régner au milieu de cette multitude.

— Comme c'est beau, dit Eve dans un soupir.

— Toi aussi, tu es belle.

— Tu me flattes...

— Et comment!

Ils regagnèrent le Christmas Inn et, une fois à l'intérieur de la suite, ils se déshabillèrent lentement, avec des gestes langoureux, tout en s'embrassant.

— J'espère que nous aurons encore beaucoup de soirées comme celle-ci, chuchota Gary à l'oreille d'Eve.

— Nous en aurons.

— C'est promis ?

— Oui.

Avec douceur, il l'allongea sur le lit et se mit à tracer des dessins imaginaires sur sa peau.

— Tu sais, murmura-t-il, j'espère de tout mon cœur que tu ne vas pas devenir complètement obsédée, avec cette affaire Devlin.

— J'essaierai. Mais ce dossier est si... étrange. Il ne ressemble à rien de ce que j'ai fait jusqu'à maintenant. Pour commencer, je suis convaincue que Jack est innocent. Il n'a rien dit, mais je le sens et...

— Tu veux bien te taire ? lui ordonna Gary.

— Pardon.

Il se pencha sur elle et l'embrassa avec tendresse. Eve se pressa contre lui, savourant la sensation si familière du corps de son amant contre le sien. Elle prit sa tête entre ses mains et lui rendit son baiser.

— Voilà qui est mieux, dit-il.

— Il te plairait, tu sais, reprit-elle en regardant Gary dans les yeux. J'aimerais tant que tu le rencontres. Ce sera peut-être possible, un jour...

Elle s'interrompit en sentant Gary se raidir. Elle aurait voulu ravaler ses dernières paroles, mais il était trop tard. Comme il roulait sur le côté, elle éprouva une brusque sensation de froid, à l'endroit où le corps de Gary la réchauffait un instant plus tôt.

— Nom de Dieu, Eve ! s'exclama-t-il avec fureur.

— Je te demande pardon. Je ne voulais pas... Gary, je t'en prie, reviens. S'il te plaît...

Elle posa une main sur son épaule, mais il la repoussa et donna un coup de poing dans son oreiller.

— Gary..., insista-t-elle encore.

La réponse claqua dans la pénombre, vibrante de colère et de frustration.

— Désolé, Eve, mais j'ai une horrible migraine, ce soir.

⁂

Lundi matin, Hank Thurgood pénétra dans le bureau de John Richards à l'heure précise convenue pour leur rendez-vous. La secrétaire le fit entrer, et le détective embrassa la pièce d'un regard auquel rien n'échappait. Mais le décor était on ne peut plus neutre.

John Richards, en revanche, ne l'était pas. Comme il se levait et serrait vigoureusement la main de Hank, celui-ci l'observa : c'était un homme de haute taille, avec une forte carrure, et un visage aux traits agréables, très masculin. Le type d'homme que les femmes devaient trouver sexy. De toute évidence, c'était un animal de société, dispensant sans compter des sourires et une chaleur superficiels. Comme Jack Devlin, il était brun, avec des yeux noirs.

— Bonjour, monsieur Thurgood, dit-il. Quelle belle journée, n'est-ce pas? Même si, personnellement, j'attends avec impatience la fin de l'été. Ce sera l'annonce de la saison de ski, vous comprenez.

— Oh ! commenta Hank en clignant des yeux.

Pour lui, le ski était un sport suicidaire, et il concevait avec peine qu'on puisse en attendre la saison avec un tel enthousiasme.

— Asseyez-vous, reprit Richards. Et bombardez-moi de questions. Je n'ai pas de rendez-vous avant 10 heures. Nous avons largement le temps.

Hank crut sentir comme de l'agacement, sous la façade amicale de son interlocuteur.

— Eh bien, allons-y, monsieur Richards, commença-t-il. Vous savez sans doute que nous préparons la phase pénale du procès de Jack Devlin. A cet effet, nous interrogeons toutes les personnes mêlées de près ou de loin à l'affaire. Je sais que la police vous a déjà harcelé, ainsi que les détectives engagés par Frank Iverson, mais la vie d'un homme est en jeu, et nous ne pouvons négliger aucun détail.

— Bien sûr, je comprends tout à fait.
— Ainsi, vous étiez divorcé d'Allison Wickwire Devlin. Depuis longtemps ?
— Voyons voir... cela doit remonter à une quinzaine d'années, maintenant.
— Un divorce à l'amiable ?
— Pas vraiment, avoua Richards avec un large sourire. J'avais eu une liaison, et elle aussi. Nous nous détestions carrément. Un cas somme toute assez classique.
— Je vois. Vous avez obtenu de l'argent de sa part ?
— Pas un dollar. Et pourtant j'aurais dû, quand on songe à tout ce que j'ai supporté...
— Vous lui avez demandé de l'argent ?
— Seigneur, quelle question ! Non. La seule clause du divorce était qu'elle devait assumer la charge financière de l'éducation de Ben. Elle en avait les moyens, croyez-moi.
— Et elle a reçu la garde de l'enfant ?
— Oui, mais il a habité avec moi pendant un moment. Il n'était pas facile, pendant ses années de lycée. Des problèmes d'adolescent.
— J'ai cru comprendre qu'il était proche de Jack Devlin.
— Possible. Je suppose qu'ils s'entendaient bien.
— Quelle était votre opinion, au sujet de Devlin ?
Richards haussa ses larges épaules.
— J'avais pitié de lui. Je savais ce qui l'attendait. En tout cas, jusqu'à ce qu'il la tue. Maintenant, c'est différent. Encore que...
Il se pencha en avant.
— Je peux presque le comprendre. Elle avait vraiment le don de vous rendre fou.
— Vous êtes donc convaincu que Devlin est coupable.
— Evidemment. Pas vous ?
— Vous étiez à Las Vegas, la nuit du meurtre.
— En effet. Vous avez dû avoir connaisance de mon témoignage.

— Oui. Mais, parfois, on peut engager quelqu'un pour faire le sale boulot à sa place. C'est une éventualité qu'il nous faut envisager.

Hank attendit la réaction de son interlocuteur, et celle-ci ne se fit pas attendre : Richards partit d'un grand éclat de rire, franc et tonitruant.

— Moi ? Engager quelqu'un pour qu'il tue Allison ? Enfin, mon ami, nous étions divorcés depuis des années. Si j'avais voulu l'assassiner, je l'aurais fait quand je l'ai trouvée au lit avec le jardinier !

Hank hocha la tête.

— Je vous remercie, monsieur Richards. Ce sera tout pour aujourd'hui.

— Alors, je suis considéré comme un suspect ? demanda Richards sur un ton vaguement belliqueux.

— Ça, je ne saurais pas vous le dire, répondit Hank en haussant les épaules. Je ne suis qu'un modeste détective. Je pose les questions et je rapporte les réponses à mes employeurs.

— Ouais, c'est ça, marmonna Richards.

10.

L'écoulement du temps était une épreuve toujours plus difficile à suporter pour Jack, et les visites d'Eve représentaient de véritables oasis de fraîcheur dans la traversée du désert que constituait sa vie de prisonnier.

Alors que les semaines du mois d'août se traînaient en longueur, il se surprenait de plus en plus à attendre et espérer le moment où la jeune femme apparaîtrait à la porte de la salle commune. Cependant, une partie de lui continuait d'appréhender ces entretiens.

Car elle se montrait impitoyable dans ses efforts pour l'amener à s'ouvrir un peu et à sortir de sa coquille. Jack avait grandi au sein d'une famille sévère, et plus tard, devenu adulte, il avait pris l'habitude de garder ses émotions sous clé. Même durant son mariage avec Allison, il avait continué de cultiver son jardin secret, sans doute en grande partie à cause du mauvais accueil que lui avait réservé la famille Wickwire. Mais Eve Marchand ne lui laissait pas de répit, et son besoin de savoir, son insistance le forçaient non seulement à baisser sa garde, mais elles l'amenaient aussi, pour la première fois de sa vie, à se poser certaines questions, à essayer de comprendre le pourquoi du comment.

Combien de fois lui avait-il demandé : « Mais enfin, quelle utilité pour vous de savoir tout cela ? »

La réponse d'Eve était toujours la même : « C'est ainsi

que je travaille. Je cherche un détail, un angle d'approche, n'importe quoi que je puisse utiliser devant les juges. Alors, aidez-moi, Jack. »

Et il essayait. Vraiment. Mais c'était dur.

Il pensait souvent à ce besoin de l'avocate de « tout savoir ». Etait-ce uniquement pour les raisons qu'elle invoquait ? N'était-elle pas aussi un peu curieuse à son sujet ? Il avait la faiblesse de vouloir le croire.

Lors d'une visite de la jeune femme, vers la fin du mois d'août, il se laissa enfin aller à lui parler un peu de sa jeunesse.

— J'ai quitté le lycée à 16 ans, lui révéla-t-il.

— Pourquoi ? demanda-t-elle aussitôt.

Jack haussa les épaules.

— Je m'ennuyais. Et je traînais beaucoup avec une bande de copains. On faisait un peu les quatre cents coups.

— Un gang ?

— Pas vraiment — même si on aurait pu évoluer dans cette direction.

— Vous aviez des problèmes, chez vous ?

— Pas à proprement parler. Je me suis toujours plutôt bien entendu avec ma mère. Je ne peux pas vraiment en dire autant au sujet de mon père. C'est un dur, persuadé que la vie ne l'a pas gâté. Ses parents étaient très pauvres. Son père était pasteur dans une petite paroisse de Mauï. Il venait de l'Ohio ; et il croyait sans doute qu'il convertissait encore les indigènes. En tout cas, mon père a dû travailler très jeune, à 14 ou 15 ans. Toute sa jeunesse, il a accumulé des petits boulots mal payés, principalement dans l'industrie du tourisme — les restaurants, les hôtels. Un jour, il est devenu homme d'entretien. Il l'est toujours.

— Alors, vous avez abandonné le lycée, vous aussi.

— Tel père, tel fils.

— Mais vous avez repris vos études. Vous avez même décroché un diplôme d'université.

— Oui, confirma Jack en hochant la tête. Ça n'a pas été facile. Tout le temps qu'ont duré mes études, j'ai eu deux boulots, parfois trois. Et je n'ai pas eu de « chez moi » à proprement parler avant l'âge de 26 ans.
— Vous êtes devenu architecte. Qu'est-ce qui vous a poussé à choisir cette voie plutôt qu'une autre ?
— C'est plutôt elle qui m'a choisi. J'étais doué pour le dessin. Je griffonnais toujours des petites bandes dessinées sur mes cahiers. J'ai commencé par faire du graphisme, et, de là, je me suis orienté vers l'architecture.
— Dans ses notes, Iverson a écrit que vos débuts n'avaient pas été faciles.
— Je travaillais dur. J'ai commencé tout en bas de l'échelle.
— Vous avez tout de même percé assez vite.
— J'ai eu de la chance. J'étais assistant dans un cabinet de Honolulu, et l'un des architectes était responsable d'un gros projet sur l'île de Mauï : une maison qui dominait le Pacifique. Le projet était en cours, lorsqu'on lui a proposé de concevoir les plans d'un énorme complexe hôtelier. Il s'est entendu avec ses clients de Mauï et m'a recommandé pour que je finisse les plans de leur maison. Ma carrière était lancée.
— C'est à cette époque que vous avez rencontré Allison, n'est-ce pas ?
Jack poussa un soupir.
— Oui.
— Vous voulez me raconter ?
— Eve, cela n'a aucun rapport avec l'affaire.
— Tout a un rapport avec l'affaire, Jack. Le moindre détail de votre vie. Allons, faites-moi confiance. Nous en étions à votre rencontre avec Allison.

Penchant la tête en avant, il soupira de nouveau. Avant de reprendre son récit.
— Le propriétaire de la maison, sur Mauï, avait organisé une pendaison de crémaillère. Allison le connaissait,

pour l'avoir rencontré à Aspen, et elle était invitée. La première fois qu'on s'est parlé, c'était sous la véranda.

Jack fit un bond dans le passé et, soudain, il se retrouva dans le décor de cette soirée chaude et sensuelle. La véranda courait tout autour du bâtiment et dominait des rochers sur lesquels s'écrasaient les vagues. L'air portait la morsure du sel, il tremblait presque sous la caresse humide et douce du parfum des fleurs tropicales qui plongeaient en cascade depuis la balustrade de pierre. La lumière dorée scintillait à la surface de l'eau, alors même que le soleil s'apprêtait à plonger dans la mer. Allison, elle, portait une robe longue couleur émeraude, et la brise s'engouffrait dans ses longs cheveux noirs, qui tombaient sur ses épaules hâlées.

Jack arborait un smoking blanc — de location, bien sûr. Il était si jeune, encore. Jeune et terriblement intimidé — c'était son premier smoking, son premier gros projet, sa première réception. Il se revoyait encore, tel qu'il était à l'époque, avec ses cheveux un peu trop longs, la peau lisse et toujours bronzée.

Beaucoup plus tard, Allison lui avait dit qu'il ressemblait à un bouddha en vêtements de soirée — une sorte d'ascète, spirituel et lointain. Il avait ri et l'avait embrassée.

Mais quelle nuit merveilleuse ! Tous ces gens si riches avaient été merveilleux avec lui, le traitant comme s'il était un des leurs.

Et Allison Richards...

Ils avaient l'un et l'autre déambulé au milieu des invités en sirotant du champagne. Après avoir entendu tant et tant de compliments sur la maison, Jack flottait sur un nuage. Allison était en vacances ; l'encre sur les papiers de son divorce était à peine sèche. Alors qu'en ce mois d'avril on était en pleine saison basse à Aspen, elle avait décidé de s'offrir un petit voyage au soleil avec une amie. Ben était chez son père.

Jack et Allison s'étaient rencontrés sous la véranda. Leurs regards s'étaient croisés et ils s'étaient rapprochés l'un de l'autre, peu à peu, avant de se retrouver au milieu des palmiers et des torchères qui éclairaient le jardin. Le coup de foudre.

— C'est romantique, commenta Eve en interrompant le fil de ses souvenirs.

— Peut-être, répondit Jack. A l'époque, j'avais surtout l'impression d'avoir de la chance.

Il marqua une pause.

— En fait, j'étais surtout très naïf.

— Vous éprouvez de l'amertume ?

— Non. Vous allez vraiment me prendre pour un crétin.

— Pourquoi ? fit Eve en secouant la tête. Au contraire. Je comprends très bien pourquoi Allison a été attirée par vous. Vous deviez être très différent de ce à quoi elle était habituée.

— Amen ! marmonna Jack, qui se sentait tout à coup épuisé.

Eve ne se lassait visiblement pas de l'entendre parler de son mariage. Elle voulait tout savoir, connaître tous les détails. Pour Jack, c'était le plus dur. Parler d'Allison lui faisait mal. Cela réveillait toutes les souffrances liées à leur séparation, à la trahison d'Allison, tous ces souvenirs qu'il avait essayé d'enfouir dans un coin reculé de sa mémoire. En même temps, il était submergé par des sentiments de colère et de frustration à la seule idée qu'il était coincé en prison, alors que le vrai coupable, le meurtrier, continuait de se promener en liberté sans être inquiété.

Un jour, au début du mois de septembre, il en parla à Eve.

— Plus longtemps je reste ici, plus les chances de retrouver ce salaud diminuent. Par moments, cela me rend fou.

— Je comprends, lui répondit-elle. Et nous retrouverons ce meurtrier. Je vous le promets. Mais d'abord, il y a la phase pénale.

L'espace d'un instant, Jack crut qu'elle allait tendre la main et lui toucher le bras. Elle parut hésiter, avant de se mettre à griffonner quelque chose sur son bloc-notes. Jack n'en fut pas dupe pour autant, et il ne cessa pas de penser par la suite à ce geste avorté, et à l'expression de compassion, de tendresse, presque, qu'il avait surprise dans le regard de la jeune femme. Il y pensait jour et nuit.

Vers la fin de la première semaine de septembre, Eve vint le voir en compagnie de Hank Thurgood. Jack ne l'avait encore jamais rencontré, bien que l'avocate lui ait beaucoup parlé de lui.

— Hank, fit le grand homme en lui tendant une main noueuse.

— Heureux de faire votre connaissance, répondit Jack.

Il ne put s'empêcher de remarquer le visage qui s'affaissait, les vêtements douteux, et l'odeur de cigarette qui collait au détective comme une seconde peau. Eve dut s'en rendre compte, car elle lui dit avec un léger sourire :

— Ne vous fiez pas à l'apparence de Hank. Il a une drôle d'allure, mais ce qui compte, c'est sa matière grise ; et de ce côté-là, tout fonctionne parfaitement.

— Merci, grommela le vieil homme, avant de s'adresser à Jack : Cette femme possède à fond l'art de faire des compliments, vous ne trouvez pas ?

Jack sourit. Eve, elle, avait déjà recouvré son sérieux.

— Hank a du nouveau, commença-t-elle. Ce n'est pas aussi fracassant que je l'aurais souhaité, mais c'est mieux que rien. Je voulais vous en parler et savoir ce que vous en pensez, avant d'aller souffler cela du côté de la presse...

Jack hocha la tête, pour indiquer qu'il était tout ouïe, et Hank se lança :

— Vous vous rappelez la nana qui a servi d'alibi à

George Mochlin ? Celle qui était avec lui au J-Bar, la nuit où votre femme a été tuée ?

— Oui, bien sûr, répondit Jack. Melinda Hearst.

— C'est ça. Eh bien, je lui ai parlé deux fois, et apparemment, le procureur a beaucoup insisté pour qu'elle témoigne qu'elle se trouvait avec Mochlin jusqu'à 2 heures du matin.

— Je me souviens de son témoignage.

— Le problème, c'est qu'elle n'est plus aussi sûre d'elle, maintenant. En fait, elle ne l'a jamais été. Mais entre Mochlin et le barman, sans parler du procureur qui faisait pression sur elle, elle a préféré nager avec le courant et affirmer qu'elle était restée jusqu'à la fermeture du bar.

— Je vois, murmura Jack, qui sentait le regard d'Eve fixé sur lui.

— Du coup, je suis allé trouver le barman et j'ai découvert qu'il avait appelé un taxi pour elle. Vous savez, c'est ce service créé par la mairie et la police, afin que les gens qui ont un peu abusé de l'alcool ne prennent pas le volant pour rentrer chez eux. Le chauffeur, pour être remboursé, doit établir une facture avec le montant de la course, mais aussi l'heure et l'endroit où il a pris son passager, et l'adresse où il l'a déposé. J'ai retrouvé cette facture, et elle indique clairement que le taxi est passé prendre cette jeune personne un peu avant minuit, devant le bar, et qu'il l'a ensuite déposée devant chez elle, à Mountain Valley. J'ai moi-même effectué ce trajet : il ne prend pas plus d'une petite quinzaine de minutes. Quoi qu'il en soit, le chauffeur s'appelle Bradley et il est prêt à jurer que Melinda était complètement imbibée de ce que vous appelez ici l'Agent Orange...

— Le Grand Marnier, précisa Jack avec un sourire.

— C'est ça. Bref, Bradley dit qu'elle puait l'alcool à dix mètres et qu'elle n'était pas du tout en état de savoir l'heure qu'il était.

Jack hocha la tête.

— Cela signifie qu'en théorie, Mochlin aurait eu largement le temps de prendre sa voiture et de se rendre à Red Mountain.

— Exactement, intervint Eve. Ce n'est pas suffisant pour que j'aille voir le juge et que j'exige un nouveau procès. Néanmoins, je suis sûre que la presse serait ravie de publier une telle information, et si un ou plusieurs des juges de la phase pénale lisent l'article...

Elle haussa les épaules.

— Eh bien, cela ne pourra pas nous faire de mal.

Elle marqua une pause.

— Qu'en pensez-vous ?

— Melinda Hearst va avoir l'air d'une idiote, souligna Jack. D'un autre côté, il est clair que Mochlin a menti. On peut se demander pourquoi. Est-ce qu'il essayait de couvrir ses traces ?

Il secoua la tête et poussa un soupir. Il ne voulait pas entraîner un innocent dans cette histoire. Mais... et si Mochlin était l'assassin ?

— Merde ! jura-t-il entre ses dents. Je ne sais pas. Tout ça m'a quand même l'air bien maigre.

— Cela fera l'affaire pour le moment, reprit Eve. C'est tout ce qu'on a pu trouver.

— Ouais, renchérit Hank. J'ai rencontré John Richards, aussi. Il sait y faire, celui-là. C'est le genre très amical. Mais je l'ai bien flairé, et mon nez me dit qu'il n'est pas mêlé à tout ça. Mon nez ne me ment jamais...

— Il a carrément admis qu'Allison et lui se détestaient, enchaîna Eve. Mais leur séparation remonte à une quinzaine d'années. Après tout ce temps, il n'avait plus aucune raison, aucun mobile de la tuer.

— Ouais, aucun mobile, répéta Hank. D'ailleurs, une douzaine de personnes l'ont vu à Las Vegas durant la nuit du meurtre.

Jack se contenta de hocher la tête, sans rien dire.

— En ce qui concerne les journaux, reprit Eve en le regardant dans les yeux, je n'ai pas besoin à proprement parler de votre permission. Il n'empêche que j'aimerais l'avoir.

— Très bien, concéda Jack avec un soupir. Allez-y.

Eve sourit.

— Je m'en occupe dès aujourd'hui.

George donna de grands coups sur la porte de Melinda, à tel point que la chienne, d'ordinaire si douce, se mit à grogner et aboyer.

— Melinda ! hurla-t-il à travers le battant. Ouvre-moi cette foutue porte, nom de Dieu !

Il se passa encore quelques longues secondes, le temps que la jeune femme calme le chien et tire le verrou. Elle ouvrit la porte, clignant des paupières et se frottant les yeux.

— Qu'est-ce qui te prend ? demanda-t-elle comme George entrait chez elle en la poussant. Il est 7 heures du matin. Tu es fou ?

George fit volte-face et brandit la dernière édition du *Aspen Times*, qu'il agita sous le nez de Melinda.

— Lis ça. Et après, tu auras intérêt à t'expliquer, espèce de salope !

Il la regarda serrer les pans de son peignoir contre elle et se diriger vers le canapé. Elle s'y laissa choir, alluma une lampe et parcourut l'article qui se trouvait en première page.

Quand elle leva les yeux, George marcha vers elle et lui arracha le journal des mains, avant de la frapper avec sur la tête, plusieurs fois. Il était fou de rage.

— Pourquoi es-tu allée raconter toutes ces conneries à cette fouille-merde d'avocate ?

— Je... je n'ai jamais dit des choses pareilles, affirma Melinda en se recroquevillant vers le fond du canapé. Et je n'ai jamais parlé à Eve Marchand. Je te jure. La seule personne que j'ai vue, c'était un vieux type sapé comme l'as de pique.

— Qui ?

— Un détective privé, je crois. Mais, George, je t'assure que le journal raconte tout de travers. J'ai seulement dit que je n'étais pas absolument certaine de l'heure à laquelle je suis rentrée. C'est tout. Je n'ai jamais parlé de minuit.

— Ce n'était pas la peine ! Ce détective a tiré ses conclusions lui-même. Résultat : le barman est en train de changer son histoire, et le chauffeur affirme qu'il t'a déposée chez toi aux environs de minuit. A quoi tu joues, excatement ? Tu veux que je me fasse arrêter ?

Une larme coula sur la joue de Melinda. Elle l'essuya d'un revers de main et se redressa, essayant visiblement de recouvrer son sang-froid.

— Ils ne peuvent pas t'arrêter pour un acte que tu n'as pas commis, remarqua-t-elle.

George la foudroya du regard.

— Ce que tu peux être conne, parfois ! lâcha-t-il entre ses dents.

Melinda renifla.

— Quoi ? Tu ne l'as quand même pas fait, si ?

— Fait quoi ?

— Tu sais bien... tué Allison, répondit-elle dans un chuchotement.

Il la regarda fixement. Puis, au bout d'un long moment, il pivota sur ses talons et sortit en claquant violemment la porte.

Il neigeait abondamment, le jour où Eve retourna à la prison. C'était une de ces tempêtes qui, au début de l'automne, balayent souvent les Etats des montagnes Rocheuses et déversent sur la terre de gros flocons mouillés. Nul ne s'y trompait, toutefois. L'hiver était encore loin et l'été indien allait revenir, avec ses couleurs flamboyantes et ses températures si douces.

Cependant, les cheveux et les épaules de la jeune femme étaient trempés, et ses joues rougies par le froid, lorsqu'elle entra dans la salle commune. Avec ses boucles folles et ce teint coloré, elle avait l'air d'une petite fille.

— Brrr ! fit-elle en ôtant sa veste.

Comme elle passait les mains dans ses cheveux, le regard de Jack s'attacha à la courbe ronde de ses seins, sous le chandail. Il fut pris du désir soudain d'ancrer ses doigts dans la masse de ses boucles blondes et étouffa un juron.

— Oui, ça n'a pas l'air joli, dehors, dit-il. Mais cela devrait passer.

— La météo annonce des éclaircies pour la semaine prochaine, renchérit Eve en s'installant en face de lui. Je ne pense pas que le mauvais temps empêchera les gens de monter jusqu'à Aspen.

« Pour le procès pénal », compléta Jack en lui-même. Le procès qui allait décider de son sort.

Eve le regardait ; comme si elle avait deviné le cours de ses pensées, elle dit avec douceur :

— L'heure approche, n'est-ce pas ?

Puis elle se pencha vers sa serviette de cuir et sortit son bloc-notes et ses lunettes, avant d'enchaîner :

— Raison de plus pour ne pas perdre de temps.

Jack hocha la tête.

— Quel est le sujet du jour, mon cher maître ?

— Il y en a plusieurs. Et d'abord, avez-vous lu les journaux ?

— Oui.

— Dans ce cas, vous avez vu les articles concernant le témoignage de Melinda Hearst. Le *Denver Post* a même publié une photo de la facture du taxi ! Voilà qui devrait faire naître certains doutes... Si un témoin a menti, d'autres ont pu en faire de même.

— Peut-être. Mais est-ce que cela suffira à influencer l'opinion des juges ?

Eve poussa un soupir.

— Difficile à dire. D'après les informations que j'ai pu glaner, il s'agit d'un jury sévère ; et avec le débat sur la peine de mort, les élections en novembre... Qui peut dire ?

— Ouais, murmura Jack, qui ne parvenait pas à imaginer une autre issue que la peine capitale.

— A part ça, Hank est revenu de son voyage en Californie et à Hawaii.

— Hawaii ? s'exclama Jack. Vous m'aviez parlé de Long Beach, pas de Hawaii.

— Allons, allons, ne vous énervez pas. Il est allé interroger vos anciens collègues, des amis d'université, des...

— N'oubliez pas mes parents.

— Je ne les oublie pas, Jack.

— Je vous ai pourtant dit que je voulais qu'on les laisse tranquilles. Ils ont déjà trop souffert. Et rien de ce qu'ils pourront raconter ne changera quoi que ce soit.

— Jack, vous ne pouvez pas empêcher votre mère et votre père de vouloir vous aider. Ce n'est pas à vous de décider, mais à eux. Alors, ne perdons plus de temps sur cette question, d'accord ?

— Non, je ne suis pas d'accord ! riposta Jack, les lèvres serrées.

Il se leva brusquement et se mit à faire les cent pas. Mais il lui fallut bien se rendre à la raison et retourner s'asseoir au bout d'un moment. Quand Eve lui proposa de partir et de revenir plus tard, il ne put réprimer une bouffée de honte et se força à la regarder.

— Non, c'est bon. Ce qui est fait est fait. Je n'en suis pas content, mais il faudra bien que j'apprenne à vivre avec.

Ils passèrent le reste de l'après-midi à revoir chaque détail de la dispute qui avait opposé Jack à Allison le jour du meurtre — une dispute au sujet de laquelle les Wade avaient longuement témoigné, lors du procès. Comme toujours, Jack avait du mal à en parler. Il ne pouvait accepter le fait que les derniers mots qu'il avait adressés à sa femme étaient des paroles de colère. Surtout, il n'était d'aucune aide à l'avocate : il était absolument incapable de se rappeler quoi que ce soit, en dehors de ce qu'il avait déjà dit.

Vers 16 heures, ils furent interrompus par Ben, qui arriva avec un sachet de cookies, de la neige encore fraîche sur son blouson de cuir.

— Oh ! désolé, fit le jeune homme. On aurait dû m'avertir que tu étais avec Mlle Marchand.

— Eve, intervint celle-ci. Appelez-moi Eve. Nous avons encore beaucoup de travail, Ben.

— Pas de problème, déclara celui-ci. Je reviendrai plus tard. Gardez-moi un cookie, ajouta-t-il en posant le sachet sur la table.

Et il repartit. Jack le regarda franchir la porte, songeant à l'époque où il était, lui aussi, libre d'aller et venir comme bon lui semblait. Dire que, pendant des années, il avait considéré ce luxe comme allant de soi !

Ils mangèrent quelques cookies, et Eve reprit le fil de son entretien. Jack, qui avait déjà passé des heures et des heures à répondre à ces mêmes questions, sentait les signes annonciateurs d'une migraine...

— A quelle heure la police a-t-elle frappé à votre porte, ce matin-là ? lui demanda-t-elle.

— 4 heures, 4 h 15. Je ne sais pas exactement.

— Vous n'avez pas jeté un coup d'œil à votre radio-réveil, ou à votre montre, quand ils vous ont réveillé ?

— Pour l'amour du ciel ! marmonna-t-il. Vous avez toutes ces réponses dans les notes que vous avez prises, il y a un mois. Et ce sont les mêmes que celles que j'avais données à Iverson — dont vous connaissez, semble-t-il, les archives par cœur.

— Jack !

— Bon, bon... J'ai regardé mon réveil. Mais je n'ai pas été fichu par la suite de me rappeler ce qu'il disait. Quand les flics m'ont annoncé qu'Allison était morte, j'étais tellement choqué que je n'ai jamais pu me souvenir de l'heure qu'il était. D'accord ?

Eve hocha la tête, sans cesser d'écrire.

— La police s'est entretenue avec vous pendant combien de temps ? Quinze, vingt minutes ?

— Environ.

— Vous ont-ils demandé où vous étiez et ce que vous faisiez au moment où Allison est morte ?

— Ils ne connaissaient pas encore l'heure exacte du meurtre.

— Mais ils devaient bien avoir une petite idée. Rappelez-vous que les Wade pensent avoir entendu un moteur de voiture démarrer autour de 1 h 30 du matin.

— Personne ne m'a demandé de fournir un alibi, à ce moment-là.

— Bon. Vous êtes aussitôt parti pour Denver, afin d'annoncer la nouvelle à Ben. Quelle heure était-il, à peu près ?

— 5 heures.

— Et vous avez emprunté le col de l'Indépendance ?

— Nom de Dieu, vous savez très bien que cette route n'était pas encore ouverte à cette époque de l'année ! Il y avait trop de neige. J'ai dû prendre le chemin le plus long.

— Je voulais juste m'assurer que vous êtes attentif, répondit Eve d'un air dégagé. Donc, vous êtes arrivé chez Ben autour de 8 h 30 ?

— C'est ça. Il n'y avait pas de circulation, pas de verglas sur la route. Sarah était déjà là. Je m'en tire comment ? demanda Jack avec froideur.

— Pas mal, répondit la jeune femme en ignorant le sarcasme. Comment avez-vous trouvé Ben ? Quelle mine avait-il ?

— Avant ou après que je lui annonce que sa mère avait été tuée par un fou furieux qui lui avait défoncé le crâne à grands coups de statue africaine ?

Posant son stylo, Eve ôta ses lunettes et lui jeta un regard noir.

— Est-ce que je suis censé avoir envie de rentrer sous terre, maître Marchand ? s'enquit Jack sur un ton posé. Si c'est le cas, vous allez être déçue. J'en ai par-dessus la tête de vos questions. Vous perdez votre temps. Ce qu'il faut, c'est que je sorte d'ici. Chaque minute que je passe dans cette prison me sépare davantage du meurtrier d'Allison. Voilà, selon moi, l'essentiel.

Eve réunit ses affaires et se leva.

— Demain, quand vous serez moins fatigué, nous parlerons de l'état de vos finances au moment de la mort de votre femme. Le procureur semble persuadé que l'argent est le mobile parfait pour commettre un meurtre. Je ne suis pas de son avis — du moins en ce qui vous concerne. Et je veux que vous me convainquiez, de nouveau, du fait que l'argent d'Allison ne vous a jamais intéressé. En attendant, je vous souhaite une bonne soirée.

Elle commença de s'éloigner, puis se retourna soudain.

— Moi aussi, je suis fatiguée, Jack. Vraiment fatiguée. Mais je ne peux pas me permettre de le montrer. Vous non plus, d'ailleurs.

Ces paroles claquèrent au visage de Jack avec la violence d'une gifle. Il prit une profonde inspiration et se leva.

— Je vous demande pardon. Je sais que vous faites tout ce qui est en votre pouvoir pour me sauver la vie. Je me comporte comme un crétin. Et je n'ai aucune excuse. Si vous voulez qu'on continue...

— Non.

Elle secoua la tête.

— Demain. Quand nous aurons les idées plus claires.

Jack baissa les yeux. Puis, sans qu'il puisse la retenir, une question fusa de ses lèvres.

— Comment s'est passé votre week-end à Denver? Vous avez pu vous reposer un peu?

Eve ne lui répondit pas tout de suite, comme si elle hésitait. Puis, elle haussa les épaules.

— Pas vraiment. J'ai assisté au match d'ouverture des Broncos.

— Ils ont gagné.

— En effet.

Jack la regarda droit dans les yeux.

— Vous y êtes allée avec votre ami? demanda-t-il, avant de regretter sur-le-champ cette nouvelle question.

L'air pensif, Eve le considéra un instant en silence.

— Oui, finit-elle par répondre.

— Qui est-ce?

— Ce n'est pas important, Jack.

— Mettez cela sur le compte de la curiosité, répliqua-t-il d'une voix crispée.

Eve poussa un soupir.

— Gary Kapochek.

— Vous voulez dire... Gary Kapochek?

— Oui.

— Je vois. C'est un véritable héros. Une légende du football.

— Oui, c'est un homme merveilleux.

— J'espère qu'il est conscient de sa chance.

Eve eut un rire gêné.

— Avec tout le travail que j'ai en ce moment, je ne suis pas sûre qu'il partage votre opinion.

Sur ce, elle fit volte-face et sortit.

Jack ne ferma pas l'œil, cette nuit-là. Allongé sur le lit étroit, il garda les yeux rivés au plafond tandis que des images d'Eve et de Kapochek se bousculaient dans son esprit. Il les voyait ensemble, partout. Surtout, il les imaginait en train de faire l'amour, et il avait beau essayer de chasser ces visions, elles persistaient à réapparaître et à s'imposer. C'était comme s'il connaissait intimement le corps de la jeune femme, chaque courbe, chaque creux, le grain de sa peau et la sensation de ses cheveux soyeux sous les doigts. Le goût qu'elle avait, aussi. Et pourtant, ils ne s'étaient touchés qu'une seule fois, le premier jour. Une simple poignée de main.

Les minutes passèrent avec une lenteur insupportable, et, mille fois, il se maudit de n'avoir pas su tenir sa langue. Quel besoin avait-il eu de lui poser cette question sur son ami ? Il ne voulait pas savoir. Il n'avait pas à savoir. Cela rendait la situation encore plus pénible, l'emplissait d'un terrible sentiment de désespoir. Hélas ! il avait commis l'erreur de baisser sa garde, et la jeune femme s'était insinuée comme la lame d'une épée jusqu'à son cœur.

DEUXIÈME PARTIE

La sentence

11.

Le jour du début du procès pénal, juste avant l'audience, Eve put rencontrer Jack afin de lui donner ses dernières recommandations. C'était la première fois qu'elle le voyait habillé autrement qu'avec l'uniforme de la prison, et il lui parut si différent qu'elle en cligna des yeux, à plusieurs reprises. Vêtu d'un complet croisé gris anthracite, avec une chemise blanche et une cravate de soie rouge et bleu — que Marty Cohen avait choisis chez Ben, où tous les effets de Jack avaient été entreposés —, il était superbe. Elégant. L'image même d'un homme à la fleur de l'âge, qui avait réussi et était arrivé au sommet d'une profession honorable.

Seules les menottes gâchaient un peu ce bel effet.

— Nous les enlèverons dès que nous serons à l'intérieur du tribunal, promit Debby en leur ouvrant le parloir.

Dès qu'ils furent seuls, Eve livra à Jack ses ultimes instructions.

— Essayez d'avoir l'air intéressé par ce qui se passe, d'accord ? Il ne faut surtout pas que vous donniez l'impression de penser à autre chose.

Il hocha la tête.

— Cela ne devrait pas durer plus de trois jours. Votre mère sera la dernière à témoigner.

Jack pinça les lèvres.

— Je sais ce que vous pensez, poursuivit Eve, mais la

chose est entendue. Vous ne pouvez pas l'empêcher d'intervenir en faveur de son fils, tout de même !

Elle eut un sourire rassurant.

— Prêt ? Vous êtes superbe !

— Vous aussi, répondit-il.

— Mon uniforme pour les procès.

Se levant, Eve lissa la jupe de son tailleur gris perle avec le plat de la main.

— Bon, je vous retrouve dans la salle. Au fait, je ne vous apprendrai sans doute rien en vous disant que les médias ont plus que répondu à l'appel. Le palais de justice est littéralement cerné par les camionnettes de la télévision.

— Il fallait s'y attendre, murmura Jack

— Bon, je me sauve. A tout de suite.

La salle de tribunal, aux murs lambrissés de chêne, était située au troisième étage du grand bâtiment de style victorien et éclairée par de hautes fenêtres. Tous les bancs étaient occupés.

Eve et Marty s'installèrent à leur place, sortirent leurs notes et échangèrent quelques propos. Eve sentait l'adrénaline monter en elle, mélange d'excitation et de trac, comme chaque fois qu'elle était sur le point de défendre un client. Elle aimait le défi qu'il y avait à affronter le procureur et le jury de magistrats, même si elle mesurait la gravité et l'ampleur de sa responsabilité : elle était là pour défendre la vie d'un homme — la vie de Jack.

Ce dernier arriva, encadré par deux shérifs adjoints. Il n'avait plus ses menottes, ainsi que Debby l'avait promis, et il tira le fauteuil de bois qu'on lui désignait, avant de s'asseoir. Autour d'eux, un murmure s'éleva, et les crayons se mirent à glisser sur les carnets de croquis des portraitistes — les caméras et appareils photo n'étant pas autorisés à l'intérieur de cette salle.

Eve se tourna vers Jack et lui sourit.

En découvrant l'expression stoïque plaquée sur son

visage, elle sentit son cœur se serrer ; elle imaginait quelle pouvait être sa souffrance, lui qui était si farouchement discret.

Spontanément, elle tendit la main et serra la sienne, comme pour lui donner du courage.

Quelle erreur ! Un courant d'électricité parut circuler des doigts de Jack aux siens, d'une telle violence qu'Eve se dégagea, un peu trop vite. Il avait dû éprouver la même impression, car il lui jeta un drôle de regard.

Prenant une profonde inspiration, elle s'appuya contre le dossier de son fauteuil et jeta un discret coup d'œil autour d'elle, comme pour s'assurer que personne n'avait remarqué l'incident. Ce fut ainsi qu'elle remarqua la présence de Gary, au fond de la salle.

Gary ? Jamais encore il n'était venu assister à un procès. Pourquoi aujourd'hui ?

Elle n'eut pas le temps de s'attarder sur cette question car, déjà, l'huissier annonçait l'entrée des juges. Tout le monde, dans la salle, se leva.

— Tu as les statistiques que je t'ai faxées ? lui demanda Marty Cohen dans un chuchotement.

— Oui, répondit-elle sur le même ton. Elles sont excellentes. Je vais m'en servir.

Eve fut la première à parler, et elle prononça sa déclaration préliminaire, nourrie de tous les arguments qu'elle avait peaufinés au fil des années. Ses propos persuadaient rarement les partisans farouches de la peine de mort, mais plus d'une fois, ils avaient fait basculer les incertains.

— Dans notre pays, dit-elle en regardant les juges, les lois concernant la peine de mort défient toute définition légale. Elles s'efforcent de cerner une sorte de nuage sombre et nébuleux et ne s'appuient sur rien de rationnel. Surtout, les juges des tribunaux peuvent les interpréter de manière totalement subjective. Ces interprétations sont comme un chien enragé qui mordrait tous ceux qu'il peut toucher ; elles condamnent des hommes à la mort, par hasard, à l'aveuglette. En résumé, la peine de mort est une véritable honte pour notre système légal, et je me prononcerai toujours contre son utilisation, dans n'importe quel cas, par principe, parce qu'elle est inacceptable dans une société moderne et éclairée. Mais je me prononcerai aussi contre la peine de mort, dans le cas particulier de mon client, Jack Devlin.

Elle marqua une pause, avant de reprendre, d'une voix claire et forte :

— Jack Devlin a déjà été reconnu coupable d'un crime capital et risque d'être exécuté par l'Etat. En soi, c'est déjà inacceptable, pour les raisons que je viens d'invoquer. Mais dans le cas de Jack Devlin, cela devient carrément intolérable, puisqu'il est...

Elle se tourna vers son client et le regarda un instant, avant de continuer :

— ... totalement innocent du crime dont on l'accuse, et victime d'un procès que je qualifierais de mascarade...

— Objection ! s'exclama le procureur.

— Accordée, déclara le juge qui présidait le jury. Maître Marchand, nous ne sommes pas ici pour refaire le procès de M. Devlin. Cette phase est terminée. Tenez-vous-en au problème qui nous préoccupe aujourd'hui, s'il vous plaît.

— Je vous demande pardon, Votre Honneur, mais c'est précisément le problème.

— Poursuivez, maître Marchand, reprit le juge sur un ton sec.

— Et veuillez tenir compte du fait que nous ne sommes pas ici pour débattre du caractère constitutionnel de la peine de mort, renchérit un autre magistrat. Cela a déjà été fait. Poursuivez.

— Pardon, monsieur le juge, mais je crains de devoir vous contredire. Nous sommes bel et bien en train de débattre de la peine de mort. Chaque fois qu'un homme risque la peine capitale, il est indispensable que nous cherchions dans nos cœurs et dans nos âmes...

— Poursuivez, maître Marchand !

— Je n'ai rien à ajouter pour le moment.

La journée se déroula plutôt bien pour Eve, à l'exception de la déclaration préliminaire du procureur. Ce dernier présenta l'affaire en faisant passer les photos sanglantes de la scène du crime et en lisant le rapport du médecin légiste qui décrivait toutes les blessures qu'avait subies Allison. Mais il fallait s'y attendre.

Puis, il présenta sa théorie selon laquelle Jack avait épousé Allison uniquement pour son argent.

— C'était un jeune homme séduisant, issu d'une famille de travailleurs très modestes. Allison Wickwire était riche, plus vieille que lui de deux ans, et elle représentait une chance inouïe de sortir de la grisaille. Il n'a pas laissé passer cette chance, et il n'a eu qu'à s'en féliciter : il a vécu dans le luxe, joui des meilleures choses. Jusqu'au moment où le mariage a commencé à battre de l'aile. Sa femme a demandé le divorce. Les papiers étaient prêts ; elle allait léguer sa fortune à quelqu'un d'autre, Jack Devlin ne recevrait même pas une rente, pas un dollar.

Makelky eut un sourire lugubre.

— Vous devinez la suite...

— Objection ! intervint Eve.

— Oui, maître Marchand ? demanda un des juges.

— Jack Devlin n'a jamais accepté la moindre somme d'argent de sa femme. Je peux le prouver. Le mobile invoqué n'est pas valable.

— Rejetée. Vous pouvez continuer, monsieur Makelky.

Eve se rassit et offrit un sourire rassurant à Jack. Mais le visage de ce dernier était figé, comme fermé à double tour.

Le procureur appela à la barre son premier témoin, un psychiatre qui avait analysé le caractère de Jack. Il affirma que ce dernier était effectivement un criminel dangereux et qu'il devrait être exécuté. Il n'y avait aucun espoir de le voir se réformer.

L'air satisfait, Makelky retourna s'asseoir. C'était le tour d'Eve. Elle se leva, s'approcha lentement du témoin et ôta ses lunettes.

— Dites-moi, docteur Weiss, combien de temps avez-vous suivi M. Devlin ? lui demanda-t-elle.

— Euh, à la vérité, je ne l'ai jamais rencontré, répondit le psychiatre.

— Je vous demande pardon ? Vous venez d'affirmer qu'il représente un danger pour la société, qu'il faut absolument le mettre à mort, comme un chien enragé, et vous ne lui avez jamais parlé ?

— J'avais son dossier. Un psychologue s'est entretenu avec lui, à la prison et...

— Et vous avez rendu ce jugement, ce jugement professionnel qui condamne un homme à la mort, en vous fondant sur le rapport d'un autre psychologue ?

— Objection, Votre Honneur ! prostesta le procureur. Il s'agit d'une procédure établie. Maître Marchand cherche à intimider le témoin.

— Objection admise. Continuez, maître Marchand.

Eve posa encore quelques questions inoffensives au psychiatre, très agité, et elle retourna s'asseoir. Au moins, avait-elle fait sa remarque et plus ou moins discrédité le témoignage du Dr Weiss.

Puis les autres témoins se succédèrent...

Tout le temps qu'Eve demeura assise à la table de la défense, ou chaque fois qu'elle se leva, posa des questions et s'efforça de déstabiliser des témoins de l'accusation, elle sentit le regard de Jack sur elle, qui semblait brûler le tissu de son tailleur et lui rappeler ainsi le fardeau qui pesait sur ses épaules, sa responsabilité vis-à-vis de lui. Son besoin de prouver son innocence n'en devenait que plus désespéré.

Finalement, le procureur se leva et prononça son réquisitoire. Eve l'écouta en prenant des notes. Puis le moment vint pour elle d'appeler son premier témoin. Samuel Thomas était un des gardiens qui travaillaient au quartier de haute sécurité des condamnés à mort du Colorado, et Eve avait appris à le connaître, lors de ses nombreuses visites à la prison. Noir, de haute taille, avec un corps massif et une voix incroyablement douce, il présentait l'avantage de connaître à fond tous les rouages de l'établissement dans lequel il travaillait.

Elle lui posa les questions qu'elle avait soigneusement préparées, et qui devaient lui permettre de soulever les points sur lesquels elle souhaitait attirer l'attention des magistrats.

— Avez-vous jamais pensé au fait que des innocents sont emprisonnés dans le quartier réservé aux condamnés à mort ?

— Si, madame, j'y ai déjà pensé, répondit le gardien, offrant ainsi à Eve le tremplin dont elle avait besoin pour lancer son discours.

— Savez-vous qu'entre 1970 et 1993, quarante-huit personnes, à travers le pays, ont été libérées de ces quartiers de haute sécurité, parce qu'on avait suffisamment de raisons de croire à leur innocence ? Ces chiffres sont issus d'une étude commandée par le Congrès, messieurs les juges. Il est question d'hommes innocents qu'on avait condamnés à mourir. On estime qu'au cours de ce siècle, quatre cent dix-sept hommes ont été condamnés à mort alors qu'ils étaient sans doute innocents. Sur ces quatre cent dix-sept personnes, vingt-trois furent exécutées. Des innocents assassinés par notre pays. Combien d'autres sont morts par pendaison, par asphyxie ou sur la chaise électrique, dont nous ne connaissons pas l'histoire ? Au début de 1995, un homme a été exécuté, alors que c'était sa sœur qui avait pressé la détente. Elle a été condamnée à dix ans de prison, et lui, il est mort. Je tiens également à souligner que les criminels endurcis arrêtés pour un crime capital plaident presque toujours coupables. Pourquoi ? C'est simple : ils savent qu'ils obtiendront ainsi l'indulgence du jury, alors qu'autrement, ils risquent d'être condamnés à mort. Quelle est la conséquence de cet état de fait ? Eh bien, nous avons dans ce pays une population carcérale composée des pires criminels tandis que ceux qui sont plus naïfs, moins bien représentés, ou véritablement innocents, finissent sur la chaise électrique ou sont exécutés par injection.

— Objection ! Cela n'a rien à voir avec le sujet.

— Pardon, fit Eve, mais cela concerne directement mon client, et je me dois donc de le souligner.

— Maître, on vous a déjà demandé de ne pas refaire le procès de M. Devlin, intervint le juge principal avec un regard sévère.

Et la lutte se poursuivit, Eve tâchant de gagner du terrain à tous les niveaux. Sam avait déjà témoigné plusieurs fois pour elle, en tant qu'expert, et il connaissait bien la routine. Il travaillait dans le quartier des condamnés à mort par conviction, parce qu'il pensait sincèrement que ces hommes restaient avant tout des êtres humains. Il était tout aussi opposé qu'Eve à la peine capitale, et ils formaient ensemble une bonne équipe.

Depuis son fauteuil, derrière la table réservée à la défense, Eve pencha la tête de côté et s'adressa directement au jury de magistrats, d'une voix douce et posée.

— Si vous le permettez, je voudrais demander à M. Thomas de nous décrire tous les stades d'une exécution capitale, afin que la cour comprenne clairement à quoi elle s'apprête peut-être à condamner mon client.

— Objection ! protesta le procureur.

— Est-ce vraiment nécessaire ? demanda un des magistrats.

— Absolument, monsieur le juge.

Celui-ci poussa un soupir, mais n'ajouta rien.

Alors Eve se leva, passa de l'autre côté de la table et

s'y appuya, avant d'ôter ses lunettes et de fixer son témoin droit dans les yeux. De nouveau, elle sentit le regard de Jack sur elle. Approuvait-il sa stratégie ? Que pensait-il d'elle, maintenant qu'il l'avait vue à l'œuvre dans un tribunal ? Etait-il nerveux, effrayé ? Souffrait-il ?

Elle prit une profonde inspiration et dit :

— Monsieur Thomas, veuillez, s'il vous plaît, nous décrire les différentes étapes d'une exécution.

De sa voix douce et calme, Samuel entreprit de raconter les dernières heures de la vie d'un condamné à mort : le repas ; l'attente désespérée de la grâce du gouverneur ; les hommes qui venaient le chercher pour l'emmener, enchaîné, jusqu'à la petite pièce carrelée de blanc ; la table sur laquelle on l'attachait, à l'aide de sangles ; l'atmosphère d'hôpital ; la fenêtre par laquelle les spectateurs pouvaient assister à l'exécution ; les fioles contenant les trois liquides qui allaient être injectés dans le bras du condamné.

— Quels sont ces produits, monsieur Thomas ? demanda Eve. Quel effet pro...

— Objection ! s'écria Makelky en se levant d'un bond. Maître Marchand est en train d'influencer le témoin.

— Veuillez formuler votre question différemment, s'il vous plaît, maître, ordonna un des juges.

— D'accord, répondit-elle, avant de se tourner de nouveau vers Samuel. Voulez-vous nous donner les noms et la composition des produits utilisés dans la chambre d'exécution, monsieur Thomas ?

— Eh bien, il y a du pentothal sodium. C'est le premier parce qu'il cause une perte de connaissance, de sorte que la personne ne sent pas le bromure de pancuronium. Ça, c'est ce qui paralyse le diaphragme et provoque un arrêt de la respiration. Ensuite, vient le chlorure de potassium, qui cause un arrêt du cœur. Une crise cardiaque, autrement dit.

— Merci, monsieur Thomas.

Eve se tourna vers les juges.

— Voilà ce que notre société qualifie de mort humaine ! Cette mise en scène barbare...

— Objection !

— Maître !

— Je vous demande pardon, monsieur le juge.

Mais Eve avait encore une question à poser à Samuel.

— Monsieur Thomas, voulez-vous décrire la manière dont on place l'aiguille intraveineuse ? Qui le fait ? Un des gardiens ?

— Oh, non ! C'est une infirmière. Elle arrive une fois que le condamné a été attaché avec les sangles ; elle nettoie son bras avec un coton imprégné d'alcool...

— Pourquoi nettoie-t-elle le bras du condamné à mort, monsieur Thomas ?

— Mais... pour éviter l'infection, bien sûr !

Aussitôt, un murmure s'éleva dans la salle, et Eve entendit plusieurs « Mon Dieu ! », ainsi que des grognements étouffés. Deux des juges pâlirent et tressaillirent, avant d'abattre leur marteau.

Elle éprouva une immense satisfaction et remercia Samuel Thomas avec un sourire.

— Objection ! criait encore Makelky. Objection !

Mais un vent de révolte s'était abattu sur le tribunal.

— Silence ! cria le juge principal. Silence, ou j'évacue la salle !

Aussitôt, les murmures cessèrent, et le juge ajouta d'une voix sévère :

— Les débats sont suspendus jusqu'à demain. Maître Marchand, veuillez nous retrouver dans la chambre du conseil. Immédiatement.

Eve tourna le dos aux juges et adressa un petit signe de victoire à Jack. « A plus tard », articula-t-elle, avant de faire de nouveau face aux juges. Aucun des trois hommes ne l'intimidait. Elle s'était déjà trouvée dans des situations similaires, et l'expérience se reproduirait sans doute. Impassible, elle redressa les épaules et s'en fut affronter la tempête.

— Il est amoureux de toi, dit Gary à Eve, ce soir-là, alors qu'ils dînaient dans un petit restaurant mexicain.

Eve se mit à rire.

— Ne sois pas ridicule ! Tu sais bien que c'est ce qui se passe chaque fois. On appelle ça le phénomène du transfert. N'importe quel psychanalyste te le confirmera.

Mais Gary secoua la tête.

— Cette fois c'est différent. J'ai vu la manière dont il te regardait...

— Il est impossible de lire quoi que ce soit sur le visage de Jack Devlin, Gary. Il est impénétrable.

— Pour toi, peut-être. Pas pour moi.

— Rappelle-toi aussi que je suis la seule femme qu'il ait vue depuis plus d'un an.

— Ah bon ? Et la gardienne, à la prison, celle dont tu me dis qu'elle a un faible pour lui... Debby, c'est ça ? Il la regarde de la même façon ?

— Comment le saurais-je ?

— Tu refuses d'admettre l'évidence, déclara Gary.

— Dépêche-toi plutôt de finir ton assiette. J'ai encore du travail, ce soir, répliqua Eve.

Ils mangèrent un instant en silence, puis Eve, désireuse de détendre l'atmosphère, reprit la conversation.

— J'ai rencontré les parents de Jack, aujourd'hui. Ils venaient d'atterrir. Sa mère a dû être très belle, quand elle était jeune. Quant à son père, c'est un de ces cols bleus américains, durs et impitoyables. Je comprends, maintenant, de qui Jack tient son caractère introverti.

Gary posa sa fourchette.

— Qu'essaies-tu de faire, exactement ? Tu veux me distraire en me parlant de ton affaire ?

— Excuse-moi...

— Ecoute, si ce que tu dis est vrai, je suis sincèrement désolé pour Devlin. Mais ma vie ne tourne pas autour de ce type. Ma parole, je vais finir par croire que tu as le béguin pour lui, toi aussi. Vous feriez un beau couple, tous les deux. Je peux savoir à quoi je sers, moi, dans tout ça ?

— Gary ! Tu sais bien que mon comportement frise l'obsession, quand je suis en procès. C'est une nécessité.

— Je peux concevoir que tu sois obsédée par le procès, mais pas par l'accusé.

— Je ne suis pas obsédée par Jack Devlin.

— Bah voyons !

La fin du dîner fut un fiasco, et ce fut à peine s'ils échangèrent quelques paroles en rentrant au Christmas Inn. Gary eut la bonne grâce d'embrasser Eve, avant d'aller se coucher dans la chambre voisine, et elle s'installa devant sa table de travail. Elle voulait revoir sa stratégie pour le lendemain.

Elle éprouva les pires difficultés à se concentrer, hantée par les paroles de Gary : « Il est amoureux de toi. » Gary avait-il senti quelque chose qui lui avait échappé, à elle ? Jack, amoureux d'elle ? Non, c'était ridicule ! Il éprouvait certainement du respect pour elle, peut-être aussi une certaine admiration. Mais de l'amour ?

Pourtant, quand Gary avait prononcé ces mots, Eve avait senti son cœur bondir dans sa poitrine ; à présent, elle avait honte de cette réaction.

Elle sentit son visage s'embraser en entendant la respiration régulière de son amant, juste à côté. Il était venu de Boulder spécialement pour la voir et, une fois de plus, elle avait tout gâché. Il était très occupé avec l'équipe des Broncos, ces temps-ci ; ils se déplaçaient une semaine sur deux ; il y avait les entraînements quotidiens. Et, malgré cela, il avait pris le temps de venir la voir.

« Ma parole, avait-il dit, je crois bien que tu as le béguin pour lui, toi aussi. »

Non ! Gary se comportait comme un enfant. Il savait bien qu'elle l'aimait. N'allaient-ils pas se marier, d'ailleurs ? Eve essaya de s'imaginer dans le rôle de l'épouse de Gary, vivant dans sa maison de Boulder — à moins qu'ils n'en achètent une autre, ensemble. Mais elle avait beau essayer, elle ne se voyait pas en train de faire les choses que font les épouses, en général.

Fermant les yeux, elle sentit une bouffée de panique glacée l'envahir. Allons ! c'était impossible ; elle était l'avocate de Jack. Son rôle était de l'innocenter. Rien de plus.

Qu'est-ce que Gary avait vu, exactement ? Se comportait-elle bizarrement, quand elle était en présence de Jack ? Prenait-elle des poses, souriait-elle bêtement ? Se penchait-elle trop vers lui, le touchait-elle trop souvent ? Absolument pas.

Elle se leva et alla se poster devant la fenêtre, poussant les rideaux afin de contempler la nuit, au-dehors.

Elle était toujours comme ça, au milieu d'une affaire. Elle devenait obsédée. Ça n'était pas nouveau. Alors, qu'y avait-il de si différent, cette fois ?

Elle aimait bien Jack. Plus elle apprenait à le connaître, plus elle l'admirait. C'était un homme profondément intègre, qui disait toujours la vérité, et qui essayait vraiment de lutter contre sa difficulté, sa réticence à parler de lui-même. Eve ne l'en respectait que davantage. Pourtant, une part de lui continuait de lui échapper. Etait-ce là ce que Gary avait perçu ? La curiosité intense qu'elle éprouvait pour son client ?

Trois mois avaient passé, depuis le jour où elle avait accepté de se charger de ce dossier, trois mois durant lesquels elle n'avait pratiquement pas vu Gary. C'était ridicule. Elle passait beaucoup plus de temps en compagnie de Jack qu'avec l'homme qu'elle était censée épouser.

Soudain, elle se rappela la sensation qu'elle avait éprouvée, dans la matinée, lorsque leurs mains s'étaient touchées. Le contact de la peau douce et chaude de Jack lui avait envoyé une décharge électrique dans tout le corps.

Etait-elle un peu amoureuse de Jack ?

Peut-être. Jamais, en effet, elle ne s'était fait une telle joie d'aller voir un client. Jamais elle n'avait fouillé aussi méticuleusement, avec un tel acharnement, dans le passé de ses clients. Cependant, elle n'avait jamais non plus éprouvé une telle certitude que l'homme qu'elle défendait était innocent. De là à parler d'amour...

De l'amitié, sans doute. De la curiosité. La peur de décevoir, de laisser tomber un client, de ne pas être à la hauteur. Mais pas de l'amour.

Elle se remémora une conversation qu'ils avaient eue à l'occasion d'une de ses premières visites à la prison. Ils étaient assis dans la salle commune, et Jack répondait aux questions qu'Eve lui posait au sujet d'Allison et de leur arrangement financier, lorsque, soudain, il s'était penché en avant et lui avait demandé :

— Pourquoi faites-vous ça ?

— Quoi donc ? avait-elle répliqué, prise au dépourvu.

— Ça. Venir dans des prisons. Défendre des criminels.

Eve avait posé son stylo et ôté ses lunettes.

— Pourquoi me posez-vous cette question ? Quelle importance ?

— C'est très important. J'ai besoin de comprendre votre motivation.

Eve se rappelait qu'elle avait souri.

— J'ai l'impression d'accomplir une tâche indispensable. La Constitution garantit le droit pour chaque personne de pouvoir compter sur une représentation légale compétente. Il faut bien que quelqu'un se charge de ce travail, et je suis douée.

— Mais pourquoi ? Pourquoi ne travaillez-vous pas dans le privé ? Pourquoi avoir choisi la défense, et pas le ministère public ?

— Vous êtes drôlement curieux !

S'adossant à sa chaise, Eve avait réfléchi un instant, avant de répondre :

— Voyons... je dirais que j'ai choisi la défense en constatant que notre système manque d'équité. Vous savez ce qu'on dit, Jack : il n'y a pas d'hommes riches, chez les condamnés à mort. Malheureusement, c'est la vérité. Et je trouve ça intolérable. Il y a beaucoup d'excellents procureurs, mais les meilleurs avocats de la défense ne travaillent que pour des gens qui peuvent se payer leurs services. Où est la justice, là-dedans ?

— Vous êtes une idéaliste.

— Peut-être.

Elle avait ri.

— Mais attendez de m'avoir vue au tribunal. J'ai recours à toutes les tactiques, même les plus affreuses. Tous les moyens sont bons, du moment qu'ils sont légaux. Et je suis très efficace. Vous changerez peut-être d'avis à mon sujet...

Il l'avait regardée, longuement, jusqu'à la mettre mal à l'aise. Puis, il avait paru se secouer et avait murmuré, comme s'il se parlait à lui-même :

— Je ne savais pas que des gens comme vous existaient.

— Nous sommes pourtant nombreux. Seulement, il faut entrer dans le système judiciaire pour nous rencontrer, ce qui n'est pas le cas de tout le monde.

Elle avait chaussé ses lunettes et repris son stylo, avant de remarquer sur un ton léger :

— Tant pis pour eux. Pas vrai, Jack ?

Ce dernier avait reçu cette pointe avec un petit sourire, mais il n'avait rien répondu. Eve se demandait, maintenant, ce qu'il pouvait bien penser ce jour-là. Elle se souvenait aussi qu'elle avait alors ressenti, pour la toute première fois, et sans trop comprendre pourquoi, le désir de lui raconter sa première affaire...

Elle poussa un soupir et secoua la tête, comme pour chasser toutes ces réflexions. Elle devait travailler, se préparer pour le lendemain. Si elle ne faisait pas son maximum, si elle ne prévoyait pas tous les stratagèmes auxquels Makelky aurait peut-être recours, elle risquait de perdre l'affaire — ce qui était inconcevable. La perspective de savoir Jack condamné à gâcher de longues années dans le quartier de haute sécurité des condamnés à mort, livré à la brutalité du système carcéral, était pour elle une véritable torture. Elle en faisait des cauchemars. Sans parler de son exécution — l'aiguille enfoncée dans son bras, la vie qu'on lui arrachait en trois injections, les gens assistant à cette barbarie... Non, elle ne pouvait permettre une telle abomination !

Et si elle perdait la phase pénale, elle continuerait la lutte. D'une manière ou d'une autre, elle trouverait les preuves qui lui permettraient d'innocenter Jack. Cela prendrait des années, il y aurait des appels, l'un après l'autre, mais elle finirait par obtenir l'infirmation du verdict condamnant Jack. Elle réussirait !

Elle se rassit à la table sur laquelle s'empilaient des dossiers et des feuilles noircies de notes, et elle s'efforça de lire une déposition. En vain. Elle ne cessait d'imaginer Jack dans l'atmosphère confinée de sa cellule du quartier des condamnés à mort, seul, dans l'attente, en proie au désespoir.

Décidément, elle faisait preuve du même comportement compulsif qu'à l'accoutumée. Ou plutôt non ; cette fois, c'était pire, car son client était un homme remarquable, un homme qui avait beaucoup à offrir au monde. Un homme de valeur. Un innocent.

Ses sentiments n'étaient pas sans rappeler, de façon lointaine, ceux qu'elle avait éprouvés vis-à-vis de Gary à l'époque où ils s'étaient rencontrés. Terriblement affaibli et diminué par la maladie, il avait besoin d'elle. Eve était assez lucide pour avoir compris que cet état de faiblesse, le fait qu'elle pouvait aimer, choyer et aider cet homme, avait beaucoup contribué à le rendre attirant à ses yeux.

Jack aussi avait besoin d'elle. Bien plus que Gary, qui allait tellement mieux et parlait de vacances et d'aventure, de mariage et de toute une vie à deux. Avec elle.

Mais comment pouvait-elle penser abandonner son travail, sa mission, ou même prendre des congés, alors que tant d'hommes avaient besoin de son expérience et de sa compétence ? Comment pouvait-elle leur tourner le dos ?

Décidément, Gary avait peut-être raison : elle était malade.

Otant de nouveau ses lunettes, elle les posa sur une pile de dossiers. Elle n'arriverait pas à se concentrer, ce soir.

Elle se leva et marcha jusqu'à la chambre, où elle passa un moment à observer Gary, endormi. Puis, elle se déshabilla et se brossa les dents en se demandant si Gary la comprenait, s'il comprenait ses besoins.

Jack, oui. Les questions qu'il lui posait le prouvaient.

Après s'être glissée dans le lit, à côté de son compagnon, Eve tenta de se détendre. Au moment où elle allait sombrer lentement dans le sommeil, elle eut une dernière pensée : était-elle vaguement amoureuse de Jack Devlin parce qu'il dépendait entièrement d'elle ? Et si les circonstances de leur rencontre avaient été différentes ? Qu'éprouverait-elle pour lui, alors ?

12.

Le deuxième jour de la phase pénale fut éprouvant. Makelky fit comparaître les parents d'Allison. Non seulement Venetia Wickwire délivra un témoignage impérieux et chargé de haine contre Jack, mais le procureur réussit en plus à lui arracher des larmes. Eve fut elle-même forcée d'admettre qu'il s'était surpassé. Quant à Trevor Wickwire, il parla très peu, sinon pour supplier les magistrats de trancher pour la peine de mort.

— Afin que l'homme qui a tué ma fille ne marche plus sur cette terre, conclut-il d'une voix tremblante.

Eve contre-attaqua avec un ami du grand-père de Jack, un ancien pasteur aux cheveux blancs, qui parla de l'accusé en termes chaleureux et élogieux. Puis, il y eut un ancien professeur de dessin, son compagnon de chambre à l'université, et une architecte avec qui il avait travaillé, à Hawaii. Eve avait jugé nécessaire de faire comparaître une femme.

A tous, elle posa des questions sur la personnalité de Jack, et chacun évoqua longuement son caractère égal et son honnêteté. Eve mit encore l'accent sur le passé sans tache de son client — pas même une contravention, aucun problème avec la drogue, l'alcool ou le jeu. Elle fit aussi témoigner un banquier de la région, lequel put affirmer que le compte de Jack était séparé de celui de sa femme et qu'il n'avait jamais reçu aucun virement de la part de la victime. Etc.

Et chaque fois qu'elle le pouvait, Eve glissait une remarque sur le manque de preuves réelles contre son client ; il n'y avait aucun témoin, pas de mobile, l'alibi de Mochlin était branlant... Les juges la réprimandaient, le procureur bondissait régulièrement de sa chaise, mais elle ne se laissait pas démonter.

La mère de Jack devait témoigner en dernier, juste avant Jack lui-même. Eve avait répété avec lui le petit discours qu'il prononcerait — quelque chose de simple et de digne, venant du cœur, qu'elle avait elle-même rédigé. Toutefois, elle se demandait encore quelle impression il produirait sur les juges, ou ce qu'il dirait exactement. Elle comprenait maintenant pourquoi Iverson ne l'avait pas appelé à la barre, lors du premier procès.

Ben Richards allait témoigner, lui aussi. Eve comptait le faire passer juste avant la mère de Jack. Le propre fils de la femme assassinée qui venait défendre son beau-père, cela ne pouvait que jouer en leur faveur.

Elle ne cessait de jeter des coups d'œil du côté de son client, afin de guetter ses réactions. Etre obligé d'écouter les divers membres de la famille de la victime, leur souffrance, leur rage, leur besoin désespéré d'un châtiment, représentait toujours une épreuve pour l'accusé. Mais Jack n'avait pas tué Allison. On l'accusait d'un crime qu'il n'avait pas commis.

Comme à l'accoutumée, son visage ne trahissait aucune émotion. Il était assis, très droit, les mains croisées sur la table, devant lui. Eve savait qu'il s'était retranché quelque part au fond de lui-même ; émotionnellement, il n'était pas dans la salle de tribunal. Du coup, elle craignait que le public et les juges le perçoivent comme un individu froid et distant, indifférent. Elle avait peur d'être la seule, ici, à savoir et à comprendre combien il souffrait.

Après la suspension d'audience, à l'heure du déjeuner, Eve fut étonnée de reconnaître Frank Iverson, assis au fond du tribunal. Il était pâle et amaigri, mais il était venu. Elle signala sa présence à Jack et à Marty Cohen.

— Je l'ai vu, répondit le premier sur un ton neutre.

— C'est excellent pour vous, souligna Eve. Cela prouve qu'il se sent concerné.

Jack détourna les yeux.

— Je suis flatté.

Eve tressaillit, piquée au vif par la douleur que contenait ce sarcasme.

L'audience s'acheva assez tôt dans l'après-midi, après le témoignage du chauffeur de taxi qui avait reconduit Melinda Hearst chez elle, la nuit du meurtre.

— Il était un peu plus de minuit lorsqu'il l'a déposée chez elle, déclara Eve. Autrement dit, voilà l'alibi de George Mochlin remis en cause. Il a eu largement le temps de...

— Objection ! s'écria le procureur.

— Accordée, renchérit le juge principal. Maître Marchand, le tribunal vous donne une amende de cinq cents dollars. Que cela vous serve d'avertissement ; à l'avenir, veuillez vous en tenir au problème qui nous préoccupe.

Et il abattit son marteau.

— Les débats sont suspendus jusqu'à demain matin 10 heures, annonça-t-il d'une voix pleine de colère.

— Cette fois, tu les as vraiment montés contre nous, chuchota Marty Cohen.

— Tant pis, répondit-elle en réunissant ses papiers. Au moins, ai-je fait passer le message. Demain, je serai sage, c'est promis.

— Mochlin n'a pas le cran suffisant pour tuer qui que ce soit, remarqua Jack.

— J'essaie simplement d'instiller le doute dans l'esprit des juges. C'est mon boulot.

— Je comprends.

Les adjoints du shérif approchèrent pour raccompagner Jack à la prison.

— A demain, dit Eve. Vous avez votre discours ? Enfin, pas votre discours, votre...

— Mon appel à la clémence, compléta Jack d'une voix tendue.

Elle croisa son regard.

— C'est cela.

— Je l'ai.

— Veillez à avoir l'air éminemment respectable. Comme d'habitude. Avez-vous besoin de quoi que ce soit ? Vous avez vu vos parents ?

— Je les ai vus.

— Nous leur avons pris une chambre à l'hôtel Jerome. Ils sont très bien installés.

— Je n'en doute pas un instant.

— Jack...

— Je dois m'en aller, répondit-il avant de s'éloigner entre les deux policiers.

Eve secoua la tête et finit de ranger ses affaires dans sa serviette de cuir.

— Il est coriace, n'est-ce pas ? fit soudain remarquer une voix derrière elle.

Se tournant, elle reconnut Frank Iverson, qui s'était approché de la table de la défense.

— C'est formidable, que vous ayez pu venir aujourd'hui, maître Iverson. Comment vous sentez-vous ?

— Mal. Il ne faut pas lui en vouloir, vous savez. Il est en train de vivre un véritable calvaire.

— J'en ai conscience.

— En tout cas, vous accomplissez un travail remarquable. Je n'aurais pas pu faire mieux. Vous êtes un vrai trublion, ma chère. J'aime ça, chez une femme.

Eve se mit à rire.

— La flatterie ouvre toutes les portes...

— J'ai échoué, au procès de Jack, reprit l'avocat d'un ton grave. J'en éprouve de la culpabilité. Si je peux vous être utile, de quelque façon que ce soit, n'hésitez pas à me le faire savoir.

— Merci. Mais il ne nous reste plus que demain matin.

— Vous avez l'intention d'appeler Jack à la barre ?

— Il le faut.

— Oui, je sais. Le malheur est qu'il ne convaincra personne. Il est trop fier pour supplier.

— Je le crains aussi, avoua Eve. Espérons que nous nous trompons tous les deux.

Ben sentit la main de sa petite amie, Sarah, se glisser dans la sienne, au moment où ils arrivaient devant le palais de justice, le lendemain matin.

— Ne leur parle pas, lui murmura-t-elle à l'oreille. Evite leur regard. Je t'en prie !

Mais c'était une véritable meute de journalistes qui les attendait, et avant même qu'ils n'aient gravi la première marche, Ben et Sarah durent affronter un barrage de micros. Aussitôt, deux policiers se frayèrent un chemin jusqu'à eux, afin de leur ouvrir un passage jusqu'à l'entrée du tribunal. Il en fallait toutefois davantage pour décourager les journalistes, et il s'ensuivit une bousculade tandis que des questions fusaient de toute part.

Un filet de sueur s'écoula dans le dos de Ben. Son cœur battait à tout rompre. Il était au bord de la crise de nerfs.

— Laissez-le tranquille ! plaida Sarah. Vous n'avez donc aucune décence ?

Ben parvint à garder le silence jusqu'à la moitié des marches. Mais soudain, il craqua.

— Vous voulez une déclaration ? s'écria-t-il d'une voix qui se brisait. Je vais vous en faire une. Cela fait un an, maintenant, que vous crucifiez mon beau-père. Mais vous n'avez rien compris. Pourquoi ? Parce que vous vous foutez éperdument de la vérité !

— Et merde ! maugréa un reporter, sachant qu'un tel discours ne passerait jamais.

Ben, lui, s'en moquait bien.

— Jack Devlin est innocent, et pourtant, pas un seul de vous ne lui a jamais laissé le bénéfice du doute. Où est la justice, dans tout ça ? Est-ce qu'un homme, dans notre système, n'est pas supposé être innocent jusqu'à ce que la preuve de sa culpabilité soit faite ? Eh bien, les coupables, c'est vous ! Vous tous ! Et...

— Ben ! s'écria Sarah en lui tirant le bras. Arrête ! Tu n'es pas en train de l'aider.

Finalement, il se tut. Sa chemise lui collait dans le dos à cause de la sueur ruisselant de son cou, et même lorsqu'il fut à l'intérieur de la salle du tribunal, il continua d'éprouver les pires difficultés à respirer. Il avait l'impression que les murs se fermaient sur lui.

— Tu dois te calmer, lui chuchota Sarah. C'est le seul moyen d'aider Jack.

Ben hocha la tête.

— Je sais, répondit-il. Je sais. C'est juste que personne, ici, ne le connaît comme moi. Il n'a pas pu faire une chose pareille, Sarah ! Et pourtant, ils vont le condamner à mort. Je le sens.

Au même moment, son père se glissa près de lui, sur le banc.

— Papa ! s'exclama Ben avec surpris.

— Il fallait que je vienne assister à ce cirque, commenta John Richards. Bonjour, Sarah.

— Bonjour, monsieur Richards. Pourriez-vous dire à Ben de se calmer ? Il est dans tous ses états.

— Je ne peux pas dire que je ne le comprends pas.

— Que va-t-il se passer, s'ils le condamnent à mort ? demanda Ben.

— Quoi qu'il arrive, ce ne sera pas ta faute. En témoignant, tu agis selon ta conscience.

— Mais tu trouves ça bien ?

— Mon garçon, j'ai peur de ne pas pouvoir t'aider, dans tout ça. Je ne connais pas ce type. En revanche, j'ai bien connu ta mère, et franchement...

— Papa !

Au même moment, l'huissier demanda à tout le monde de se lever, et les trois juges entrèrent dans la salle.

Ben fut le premier à témoigner.

— Bonjour, Ben, lui dit Eve avec un sourire rassurant.

Puis elle commença de lui poser ses questions.

Au bout de quelques minutes, elle en vint aux relations que Ben entretenait avec son beau-père.

— Quelle était la nature de vos rapports avec Jack Devlin durant votre adolescence ? Diriez-vous que vous étiez proches l'un de l'autre ?

— Oh ! oui, répondit Ben. Très proches. Mon vrai père était accaparé par son travail, et Jack n'avait pas encore l'importante clientèle qu'il s'est acquise plus tard, au cours de sa carrière. Nous avions le temps de faire des tas de choses, ensemble.

Eve lui demanda de donner des exemples, puis enchaîna :

— Avant que Jack ne devienne un architecte réputé et recherché, dans la région, l'avez-vous jamais vu accepter de l'argent de votre mère ?

— Jamais. Il...

— Objection, monsieur le juge ! intervint le procureur avec lassitude. Une fois de plus, cela n'a aucun rapport avec ce qui nous préoccupe. En outre, il s'agit de ouï-dire.

Les juges échangèrent rapidement quelques mots, et l'un d'eux déclara :

— Nous allons donner un peu de latitude à maître Marchand. Mais je vous en prie, maître, n'abusez pas de la patience de la cour.

— Oui, Votre Honneur, répondit Eve avant de poser des questions comparables.

Lorsque Bill Makelky se leva de nouveau, Eve dit à Ben :

— Peu importe. Nous allons poursuivre. Avez-vous jamais été témoin de disputes entre Jack et votre mère ?

Une nouvelle fois, le procureur fit objection. Et, là encore, les juges autorisèrent la défense à poursuivre.

— Est-ce qu'il vous est arrivé, à vous, de vous disputer avec votre mère ? demanda Eve un peu plus tard.

— Bien sûr.

— A quel sujet ?

— Eh bien, j'étais à l'université, et j'avais parfois du mal à joindre les deux bouts.

— Mais vous n'avez jamais entendu Jack se disputer avec votre mère pour des questions d'argent.

Makelky se leva d'un bond.

— Messieurs les juges, quel rapport...

— Asseyez-vous, monsieur Makelky ! lui dit le juge principal. Maître Marchand, la cour a entendu votre message. Finissons-en, s'il vous paît.

— Oui, Votre Honneur.

Elle se tourna de nouveau vers Ben.

— Avez-vous jamais entendu votre mère et Jack se disputer pour des questions d'argent ?

— Si.

Un murmure parcourut la salle.

— Continuez.

— Maman voulait que Jack vive de sa fortune à elle.

— Et ?

— Jack ne voulait rien entendre. Il refusait d'accepter un seul dollar venant d'elle.

— Je vois. Autrement dit, dans votre opinion, l'assertion selon laquelle Jack a assassiné votre mère parce qu'elle s'apprêtait à le rayer de son testament est totalement ridicule et...

— Cela suffit, maître Marchand ! s'emporta le juge principal, avant même que Bill Makelky n'ait eu le temps d'intervenir. La cour a fait preuve de suffisamment de patience, compte tenu de la gravité de...

Ben entendit à peine le reste de l'échange. Une vague de soulagement l'avait envahi. Il avait réussi à dire ce qu'il voulait. Les juges ne pouvaient pas ignorer son témoignage. Après ça, ils ne pouvaient plus condamner Jack à la peine capitale.

Comme il retournait s'asseoir à sa place, Sarah lui serra la main, avant de lui glisser à l'oreille :

— Tu as été super.

Il exhala un long soupir.

— Je l'espère, répondit-il sur le même ton. Pour l'amour de Jack, je l'espère.

Eve appela la mère de Jack à la barre des témoins au terme de la première suspension d'audience, vers la fin de la matinée. Jo Ann Devlin fut parfaite ; incapable de retenir ses larmes, elle implora la cour d'épargner la vie de son fils.

Ce fut durant ce témoignage que Jack, pour la toute première fois, trahit quelque émotion. Il posa un coude sur la table, courba les épaules, et se couvrit les yeux de sa main. Eve sentit son cœur saigner pour lui, mais elle poursuivit son interrogatoire. Il le fallait.

— Merci, madame Devlin, conclut-elle, alors que la pauvre femme ne pouvait plus parler tant elle sanglotait.

Se tournant vers les juges, elle ajouta :

— Je voudrais demander à la cour de nous accorder une suspension d'audience. Mme Devlin...

— Il n'est pas utile de suspendre l'audience, déclara une voix derrière elle.

Surprise, Eve pivota sur ses talons. C'était Jack. Il s'était levé, le visage livide, ravagé.

— Monsieur Devlin, s'il vous plaît..., intervint Marty Cohen en lui posant une main sur le bras.

Mais Jack se dégagea.

— J'ai bien le droit de parler, non ? fit-il en s'adressant aux juges.

— Oui, monsieur Devlin, vous en avez le droit, répondit l'un d'eux.

— Jack ! fit Eve sur un ton d'avertissement.

Il l'ignora.

— Désirez-vous venir à la barre, monsieur Devlin ? demanda le juge, le front plissé.

— Non. Je vais juste dire ce que j'ai à dire, qu'on en finisse avec cette farce.

Il se tenait très droit, la tête haute, et il regarda les juges l'un après l'autre. L'expression de son visage était indéchiffrable. Il était redevenu parfaitement maître de lui-même.

Le cœur battant à se rompre, Eve attendit la suite avec angoisse. Elle souffrait pour lui, et elle était terrifiée à l'idée de ce qu'il allait dire, à l'idée qu'il risquait de se condamner lui-même.

— Je suis innocent, déclara-t-il d'une voix forte et claire. Je n'ai pas tué ma femme, Allison. Et si vous me mettez en prison à perpétuité, ou si vous me faites exécuter, vous n'aurez pas rendu la justice, car le véritable meurtrier est encore dehors. Libre.

Puis il se rassit et croisa ses mains sur la table, devant lui, avant de se transformer de nouveau en statue.

Une vague de murmures déferla dans la salle, qui alla en s'amplifiant, et les juges firent cogner leurs marteaux.

— Silence ! Silence dans la salle !

La phase pénale était terminée.

En fin d'après-midi, Eve et Marty allèrent voir Jack à la prison, s'efforçant tous deux d'arborer des sourires confiants.

— Combien de temps leur faudra-t-il ? demanda Jack.

— Jusqu'à demain, au moins, répondit Marty. Plus c'est long, mieux c'est. Cela signifie que la décision n'est pas facile.

— Inutile de rester à attendre avec moi. Ils vous préviendront dès qu'ils en auront terminé, n'est-ce pas ?

— Ils nous diront à quelle heure nous devons retourner au tribunal pour entendre le verdict, expliqua Eve. Je vous appellerai aussitôt.

Jack hocha la tête. En le voyant ainsi résigné, Eve se demanda si elle ne préférait pas plutôt sa colère, ses sarcasmes.

— Ils ne peuvent pas ne pas tenir compte de votre passé, assura Marty. Ils ne...

— Bien sûr que si, ils le peuvent ! l'interrompit Jack.

— Nous avons tous bon espoir, intervint Eve. Frank Iverson, aussi.

— Ne me racontez pas d'histoires.

Marty prit congé pour aller chercher une chambre d'hôtel. Il ne voulait pas rentrer à Glenwood Springs, ce soir, sachant que l'appel des juges pouvait survenir à tout instant. Eve resta donc seule avec Jack. Elle ne savait que dire ; elle aurait voulu lui prendre la main, essayer de le réconforter d'une manière ou d'une autre, mais elle n'osait pas.

Les autres prisonniers paraissaient éprouver une sorte de malaise, eux aussi. En tout cas, ils restaient soigneusement à distance.

— Je vous remercie d'avoir travaillé aussi dur pour moi, déclara Jack.

— Quoi qu'il arrive, la bataille n'est pas terminée. Il reste la procédure d'appel. Cela prend des années, que vous soyez condamné à la prison à perpétuité ou à la peine de mort. Et je vous jure que je continuerai à me battre. Nous trouverons de nouvelles preuves, nous ferons inverser le jugement. Ne perdez pas espoir, Jack.

— Qui est ce « nous » ?

— Moi, le bureau de l'aide judiciaire, nous tous. Marty, Hank...

— Vraiment ? Votre budget annuel vous permet-il cela, Eve ?

— La procédure d'appel, oui. Pour le reste... Ne vous

inquiétez pas. Nous nous débrouillerons, d'une manière ou d'une autre.

Jack eut un sourire.

— Votre engagement est impressionnant, maître Marchand. Si je devais vous affronter dans une cour de justice, je crois bien que j'aurais peur.

— Merci, répondit-elle d'un ton moqueur.

— Allez, ne restez pas ici. Sortez, allez dîner... J'ai vu votre ami, au tribunal.

— Hmm. Je ne savais pas qu'il viendrait.

— Il vous attend, n'est-ce pas ? Allez donc le rejoindre. D'ailleurs, mes parents vont venir dîner avec moi. Ils ont obtenu une permission spéciale.

— C'est bien.

— Oui. Un vrai pique-nique.

— Jack, ne..., commença Eve, le cœur serré.

— Allez-vous-en ! coupa-t-il d'une voix dure en se levant. Fichez-moi le camp d'ici !

Eve sortit donc avec Gary, son téléphone cellulaire dans son sac au cas où l'huissier appellerait pour annoncer que les juges avaient tranché. Mais il était déjà tard, et elle doutait qu'ils aient une réponse avant demain. L'attente allait donc se prolonger encore plusieurs heures. Et Jack qui était coincé dans cette prison, à se demander quel serait son sort. Comment pouvait-il supporter un tel supplice ?

— Tu es vraiment impressionnante, dans un tribunal, lui confia Gary. C'est à peine si je te reconnais. Tu fais peur.

— C'est exactement ce que Jack m'a dit, murmura Eve.

— Qui a préparé sa déclaration, à la fin, au sujet du meurtrier qui est toujours en liberté ? Toi ?

— Non, répondit-elle, la gorge nouée.

— C'était bien, mais je n'ai pas eu l'impression qu'il était en train de supplier la cour de lui laisser la vie sauve, hein ?

— En effet.
— Tu penses qu'il va être condamné à mort ?
Eve le regarda, et ses yeux s'emplirent de larmes.
— Oui.
Aussitôt, Gary se pencha en avant pour lui prendre la main.
— Ce ne sera pas ta faute, ma chérie. Tu as été merveilleuse. Tu te tues au travail depuis trois mois, et tu as fait tout ton possible. Personne ne gagne à tous les coups, tu sais.
— Je n'ai pas été assez bien. J'aurais dû...
— Arrête ! l'interrompit Gary.
Il sourit.
— Essaie de manger.
Eve baissa les yeux sur son assiette.
— Je ne peux pas, chuchota-t-elle.
— Merde, Eve ! Je dois rentrer à Denver tout à l'heure ! Est-ce que tu ne te soucies pas un petit peu de ce que je ressens ?
— Tu n'es pas en prison, Gary ! Tu ne risques pas d'être exécuté pour un meurtre que tu n'as pas commis !
— Décidément, tu es obsédée par cette affaire. Je me demande pourquoi je me suis donné la peine de monter jusqu'ici.
— Je suis désolée, Gary. Mais je suis vraiment préoccupée. L'enjeu est énorme.
— Oui, ta carrière, commenta-t-il d'un ton amer en jetant quelques billets sur la table. Allez, fichons le camp d'ici.
Il faisait froid, dehors. Avec l'automne, les températures nocturnes avaient baissé, même si les journées restaient chaudes. Aspen était plus calme, aussi ; après l'intense activité touristique estivale, ses rues paraissaient presque vides.
Un moment, ils marchèrent en silence.
— Bon, je crois qu'on a assez tourné autour du pot, déclara soudain Gary. Que se passe-t-il, exactement ?

— Rien, répondit Eve. Il y a ce dossier, mon travail — la même chose que d'habitude.

— Non, ça n'est pas comme d'habitude.

— Gary, cette affaire est vraiment importante. Et puis, Jack est innocent.

Brusquement, elle s'arrêta et regarda autour d'elle, cherchant à se repérer.

— Attends, c'est la mauvaise direction !

— Pas du tout, l'hôtel est par là.

— Mais je retourne à la prison. Il faut que je le voie.

— Mais je rêve ! Tu vas passer toute la nuit à attendre en lui tenant la main, c'est ça ?

— Non. Il faut simplement que j'y retourne un moment.

Gary poussa un soupir.

— Je vais t'accompagner. Après, il faudra que je rentre.

— C'est vraiment gentil de ta part d'être venu. Je suis désolée de n'avoir pas eu plus de temps à te consacrer.

— Pas autant que moi. Mais le plus important, c'est que tout soit fini, maintenant. Quel que soit le verdict, ta tâche est accomplie.

Eve ne répondit pas, et il renchérit :

— Ecoute, lorsque la saison de football prendra fin, en février, je veux que nous partions en voyage, tous les deux. En Asie. Un mois. Le Japon, Hong Kong, la Thaïlande...

— En février ? répéta Eve, qui avait très bien compris.

— Oui. Pendant un mois. Je me suis renseigné : on sera là-bas juste avant la saison des pluies, et il ne fera pas trop chaud. D'ici là, tu seras dans le privé, et tu pourras plus facilement prendre un congé. Il te reste cinq mois pour tout préparer.

Eve eut l'impression que son cœur se logeait dans sa gorge et l'empêchait de parler, lui donnant la nausée. Elle ne pouvait rien dire ; il n'y avait rien à dire.

— Tu seras bien dans le privé d'ici là, n'est-ce pas ? insista Gary, d'une voix dure.

Elle demeura silencieuse.

— Eve ?

Finalement, elle s'arrêta et leva vers lui des yeux brillants de larmes.

— Je vois, murmura-t-il.

— Gary, parvint-elle enfin à articuler, je ne peux pas parler de ça maintenant. Je t'en prie.

— Il faudra pourtant bien qu'on en parle. Et vite.

— C'est promis, répondit-elle. Quand tout sera terminé, ici, et que je serai rentrée à Denver. Pour l'instant, je ne peux pas réfléchir à... je ne peux pas.

— C'est bon, j'ai compris. Voilà la prison, de toute façon. Ton endroit préféré, n'est-ce pas ? Je te laisse. Il faut que je rentre chez moi.

— Sois prudent, sur la route. Il y a peut-être du verglas, dans les cols.

— Oui.

Comme elle posait la tête sur son épaule, elle sentit les bras de Gary l'enlacer, lentement, comme s'il agissait à contrecœur.

— Je t'appellerai demain, reprit-elle. Dès que nous connaîtrons le verdict.

— D'accord.

Il lui donna un rapide baiser. Mais Eve ne pensait qu'à Jack. Dans quel état d'esprit allait-elle le trouver ? Que devait-elle lui dire ?

— Au revoir, chéri, murmura-t-elle encore.

— Au revoir, lui répondit Gary.

Eve l'observa tandis qu'il s'éloignait. Il marchait avec l'aide de sa canne, une jambe traînant légèrement — mais il allait tellement mieux que lorsqu'elle l'avait rencontré ! Elle éprouva une bouffée de tendresse pour lui. Puis elle se tourna vers la prison.

Lorsqu'on lui ouvrit la porte, quelques secondes plus tard, elle avait complètement oublié Gary, le mois de février, et ce voyage qu'il avait prévu pour eux.

Jack l'attendait.

⁂

Jack fut surpris de voir revenir Eve si vite. En fait, il ne s'attendait pas à la revoir.

— Il est trop tard pour que les juges convoquent le tribunal, lui dit-elle. Mais on ne sait jamais.

Elle sentait l'air frais et ses joues étaient roses. Jack remarqua qu'elle semblait éviter son regard.

— Il fait froid, dehors ? demanda-t-il.

— Oui.

Ils s'installèrent sur le canapé qui se trouvait tout au bout de la salle commune — un endroit qu'on leur laissait maintenant tacitement. Il y avait longtemps qu'ils ne se voyaient plus dans le minuscule parloir.

— Vous n'avez pas à être ici, fit Jack.

Elle ignora sa remarque.

— Vous avez passé un bon moment avec vos parents ?

— Super, oui. Papa a prononcé exactement deux mots, et maman n'a pas arrêté de pleurer.

— Je suis désolée.

— Je ne voulais pas que vous les mêliez à tout ça.

— Je sais, mais c'était indispensable.

— Allons ! Ça n'a servi strictement à rien !

— Il est trop tôt pour affirmer une chose pareille, répliqua Eve en se frottant les yeux. On ne sait jamais à l'avance. J'ai été surprise plus d'une fois...

Et pourtant, elle était anxieuse. Jack le voyait bien. Il connaissait chaque nuance de son visage, chaque expression. Et ce soir, elle était fatiguée, éreintée, sans rien de commun avec cette boule d'énergie qui l'avait représenté devant les juges. Les procès devaient produire cet effet sur elle : ils la vidaient de toutes ses forces, de son énergie. Même son procès à lui l'avait mise dans cet état, songea-t-il en éprouvant un brusque sentiment d'impuissance et de fureur. Il était là, enfermé dans cette prison, reconnu coupable de meurtre, sur le point d'être condamné à...

— Plus les délibérations durent, plus c'est bon signe pour nous, dit-elle tout à coup, interrompant le cours de ses pensées.

Elle consulta sa montre.

— Cela fait six heures qu'ils se sont retirés, maintenant.

Jack se demanda où était Gary Kapochek. L'attendait-il à l'hôtel ? Etait-il sorti avec des amis ? A sa place, songea-t-il encore, il ne quitterait pas Eve des yeux, ne fût-ce qu'un instant. Aussitôt, il se dit qu'il était fou : Eve n'accepterait jamais d'être la propriété d'aucun homme.

Appuyée contre le dossier du canapé, elle avait fermé les yeux, et il en profita pour étudier la ligne de son profil, de son cou. Il aurait tellement voulu la toucher, faire courir ses doigts sur sa peau ; le désir était si violent qu'il en éprouvait une douleur au creux du ventre. Il dut se forcer à détourner les yeux. Ses mains tremblaient.

Se doutait-elle seulement de l'effet qu'elle avait sur lui ?

Il se demanda si elle affectait Kapochek de la même façon. Forcément. En fait, il brûlait de lui poser des questions sur leur relation, mais il n'osait pas. D'autant qu'elle ne lui répondrait sans doute pas.

— Je suis épuisée, dit-elle tout à coup en rouvrant les yeux.

— Rentrez à votre hôtel et dormez.

— Je vais attendre encore un peu, répondit-elle en repoussant ses cheveux derrière ses oreilles.

Au tribunal, elle portait toujours un chignon sévère et ses lunettes, qui lui donnaient une apparence professionnelle, un rien intimidante. Mais ce soir, ses boucles flottaient en toute liberté sur ses épaules et elle était vêtue d'un chandail gris perle et d'un pantalon cigarette. Ainsi, elle était totalement différente.

— Je ne pourrais pas dormir, de toute façon, ajouta-t-elle. Je suis trop anxieuse.

— C'est moi qui suis concerné avant tout, Eve.

— C'est mon dossier.

Jack étendit les jambes devant lui.

— A votre avis, quelles sont mes chances ? Et ne me racontez pas d'histoires.

Elle le considéra un long moment, avant de répondre :

— Cinquante-cinquante.

— J'aurais dit soixante-quarante. A mon détriment.

— Peut-être. Quoi qu'il en soit, ne cédez pas à la panique. Même s'ils fixent une date. Cela ne voudra rien dire...

— Cela voudra dire qu'ils ont décidé de m'exécuter, coupa Jack d'un ton posé.

— Temporairement.

— Oui. Une mort temporaire.

— Jack, nous infirmerons le jugement. Je vous le jure.

— Bien sûr.

Ils observèrent un nouveau moment de silence.

— De toute façon, ils vont me transférer à Canon City, reprit enfin Jack.

Eve baissa la tête.

— Il paraît que c'est l'enfer, là-bas, poursuivit-il. Pas du tout comme ici.

— Nous ferons notre possible, murmura la jeune femme.

— Cela peut prendre des années.

— Arrêtez !

— Le pire, c'est que, pendant que je pourris en prison, le meurtrier d'Allison est libre d'aller et venir comme bon lui semble.

— Nous le trouverons. Je vous ai dit qu'on le retrouverait. Et vous aurez droit à un nouveau procès. Si les preuves sont flagrantes, vous serez peut-être même libéré sur-le-champ.

A 21 h 30, le gardien vint leur annoncer que les juges avaient interrompu les délibérations pour aller se coucher ; ils les reprendraient le lendemain matin. Eve se leva pour partir.

— Je vous vois demain, dit-elle.

Elle avait l'air si fatiguée, si inquiète, si jeune aussi, qu'il aurait voulu la réconforter. Lui, le prisonnier, en train de consoler son avocate... Décidément, c'était le monde à l'envers !

— Gary vous attend ? demanda-t-il brusquement, sans avoir eu la possibilité de ravaler ses paroles.

— Non, répondit Eve en secouant la tête. Il est rentré à Denver.

A 13 heures, le lendemain, alors que Marty et Eve se trouvaient à la prison avec Jack, on les avertit que les juges avaient pris leur décision. La cour allait se réunir dans une demi-heure.

Jack regagna sa cellule pour enfiler son costume tandis que Marty allait chercher les parents du prisonnier, à l'hôtel. Eve, elle, se rendit aux toilettes, où elle se passa de l'eau froide sur le visage. Sa bouche était sèche comme du coton.

Elle rejoignit le tribunal en compagnie de Jack et de deux gardiens. Au bas des marches, Ross ôta les menottes du prisonnier.

— Bonne chance, mon vieux, lui dit-il. Je vais regretter nos parties de cartes.

— Je te laissais gagner, tu sais ? répondit Jack en lui offrant un de ses rares sourires.

— Evidemment que je le sais ! Tu me prends pour un idiot ?

Un moment plus tard, ils avaient repris leur place à la table de la défense, et Bill Makelky et ses assistants s'étaient installés à celle du ministère public. La salle était pleine. Les parents de Jack étaient assis juste derrière leur fils ; Jo Ann avait les yeux rouges et le visage ravagé d'avoir trop pleuré.

De nouveau, l'huissier leur demanda de se lever et les juges entrèrent, vêtus de leurs robes noires. Pas un seul n'accorda un regard à Eve, Marty ou Jack — pas le moindre coup d'œil.

Aussitôt, Eve sut.

Elle sentit son cœur se serrer dans sa poitrine, sa gorge se nouer et des larmes brûler le fond de ses yeux. Sans réfléchir, elle prit la main de Jack et la serra très fort, se moquant bien qu'on les vît. Il était trop tard pour cela. Elle s'accrocha à cette main durant tout le temps que dura l'abominable énoncé de la sentence. Le juge principal lut le document d'une voix atone, avant de conclure que « la sentence de mort de Jack T. Devlin serait exécutée le 2 janvier de l'année suivante, dans le quartier de haute sécurité du pénitencier de l'Etat du Colorado, par injection ». En attendant ce moment, le prisonnier serait à la charge dudit pénitencier. La date de son départ de la prison de Pitkin County était laissée à la discrétion du shérif, lequel devrait prendre sa décision aussi vite que possible. Le marteau s'abattit sur le socle, ponctuant de façon tragique ces terribles paroles.

Eve serrait la main de Jack si fort que ses jointures avaient blanchi. Elle leva les yeux vers lui, mais il ne la regardait pas.

Au fond de la salle, elle aperçut Ben, qui sanglotait. Sarah, qui l'avait enlacé, pleurait elle aussi, et John Richards avait posé une main sur l'épaule de son fils.

Quelques rangs plus loin, Eve reconnut George Mochlin, aussi immobile qu'une statue. Derrière lui, une personne lui donna une petite bourrade, mais il n'eut aucune réaction. Il semblait sous le choc.

Le tumulte régnait dans la salle. Les amis et les collègues du procureur le félicitaient en lui tapant dans le dos. Avec cette victoire, il avait maintenant toutes les chances d'être réélu !

Le dos très droit, Jack n'avait toujours pas bougé.

— Je suis désolé, Jack, dit Marty en lui posant une main sur l'épaule. Vraiment désolé.

Jack inclina la tête, brièvement, mais ne dit rien. Puis, il déplia avec douceur les doigts d'Eve, toujours serrés avec force autour des siens.

— Mon Dieu, Jack, je suis désolée, chuchota-t-elle à son tour d'une voix brisée.

Se redressant, elle se reprit aussitôt et poursuivit, d'un air faussement bravache :

— Mais ne vous inquiétez pas. Je vais remplir la demande d'appel aujourd'hui même.

— Il faut tenir bon, renchérit Marty. Nous allons continuer à travailler pour vous. C'est loin d'être terminé.

— Quand vont-ils me transférer ? demanda Jack.

— Sans doute dans les deux jours à venir, indiqua Eve. Ils ne préviennent personne, en général. Néanmoins, nous serons avisés de votre arrivée là-bas, et j'irai aussitôt vous rendre visite.

L'adjoint du shérif s'approcha.

— Allons-y, Jack, dit-il poliment, d'un ton presque désolé.

— Je vous verrai bientôt, Jack, reprit Eve.

Alors qu'il avait commencé de s'éloigner, il se retourna soudain vers Eve et la regarda droit dans les yeux. A cet instant, elle vit toute la passion et la souffrance, toute la haine et le désespoir qu'il avait refoulés et gardés au fond de lui durant ces longs mois. Il y avait tant d'émotions, dans ce regard, qu'elle fit un pas en arrière.

— Je ne l'ai pas tuée, lui dit Jack d'une voix enrouée. Vous me croyez, n'est-ce pas ?

— Oui, Jack, répondit Eve. Je vous crois.

Le garde le fit alors sortir de la salle.

TROISIÈME PARTIE

La fuite

13.

Il neigeait sur le col de l'Indépendance, l'après-midi où l'on procéda au transfert de Jack vers le quartier de haute sécurité du pénitencier d'Etat de Canon City. Les deux shérifs adjoints chargés de cette mission attendirent que leur prisonnier enfile son blouson par-dessus l'uniforme orange de la prison, puis ils lui entravèrent les poignets avec des menottes, les chevilles avec des chaînes, et ils le guidèrent jusqu'au fourgon.

Le voyage devait durer environ trois heures, et les deux hommes s'inquiétaient à propos du retour : non seulement la nuit serait tombée, mais les conditions climatiques n'étaient pas bonnes. Jack les entendait parler à travers la grille qui le séparait de la cabine du véhicule. Il n'avait pas à se soucier de revenir dans la tempête, lui ; il ne reviendrait jamais, que ce soit par le col de l'Indépendance ou par un autre chemin.

La camionnette n'avait pas de vitres, en dehors de celles des portières avant et du pare-brise ; Jack, qui entrevoyait la route à travers la grille, regarda défiler le paysage familier, paré d'une robe aux couleurs de l'automne. Le moteur commença de peiner dès l'instant où ils s'engagèrent sur la route étroite et sinueuse qui montait vers le sommet du col, avec ses vertigineux murs de roche d'un côté, et la falaise escarpée de l'autre. La journée était grise et froide, et une pluie fine tombait dans la vallée.

— Ça va, Devlin ? demanda Gleason, le shérif adjoint assis du côté passager en se retournant.

— Ouais, ça va, répondit Jack.

— Mes gosses sont toujours malades en voiture, sur cette fichue route.

— Si je me sens mal, je vous le ferai savoir.

A trois mille mètres d'altitude, la pluie se transforma en neige ; la route était mouillée et glissante. Au sommet, quelque huit cents mètres plus haut, la visibilité devint pratiquement nulle. La neige tombait de manière transversale, et tout était blanc.

Penché sur le volant, Peterson ne cessait de jurer. Les essuie-glaces parvenaient à peine à nettoyer le pare-brise. « Sale temps », songea Jack.

Puis, ils entamèrent la descente et la neige se fit moins dense. Appuyant la tête contre le dossier de la banquette, Jack ferma les yeux et essaya de dormir. Il entendait vaguement, sans vraiment l'écouter, la conversation des deux hommes à l'avant.

— Il est hors de question que j'emprunte cette route dans le noir, ce soir ! dit à un moment Peterson. On passera par Glenwood Springs.

Peu à peu, Jack se laissa glisser dans une sorte de demi-sommeil. Il pensait à ce que serait la vie à Canon City, et aux efforts qu'il devrait fournir pour s'adapter. Il pensa à Eve, à la dernière fois qu'il l'avait vue, aux derniers mots qu'elle lui avait dits, aux effluves de parfum qu'elle avait laissés derrière elle...

Soudain, Peterson poussa un hurlement.

— Nom de Dieu ! s'écria Gleason à son tour.

La camionnette fit une embardée, et il y eut un grand bruit. Ensuite, Jack fut projeté violemment contre la paroi de la camionnette et il dut perdre connaissance, l'espace de quelques instants. Quand il revint à lui, un silence de mort régnait. Il voulut se redresser, mais tout était penché. La camionnette était couchée sur le côté, comprit-il.

— Gleason ? Peterson ? appela-t-il en rampant vers l'avant.

Silence.

Bon sang, que s'était-il passé ? Un accident, sans aucun doute, mais... Le grillage qui le séparait de la cabine du conducteur avait été descellé. Les deux hommes étaient-ils morts ? Jack tira sur la grille, mais elle refusa de bouger. Alors, il s'allongea sur le dos, projeta ses deux pieds vers l'obstacle et réussit cette fois à le déloger. Un éclair de douleur lui traversa la tête et il poussa un gémissement. Quelque chose de chaud et d'humide coulait dans son cou. Du sang. Tant pis. Il n'avait pas le temps d'y penser. Il se glissa à l'avant. Peterson poussa un grognement. Gleason était inconscient, le corps retenu par la ceinture de sécurité ; sa jambe saignait.

Jack essaya de s'accroupir, tant bien que mal, avant de porter ses mains entravées par les menottes à sa tête. Il saignait, en effet, et il sentit une entaille assez profonde, sans pouvoir déterminer la gravité de la blessure. Il s'efforça de réfléchir. S'il voulait bouger, et venir en aide à qui que ce soit, il devait se débarrasser de ses chaînes. Machinalement, il fouilla dans les poches de Gleason, à la recherche des clés.

Il les trouva et les sortit, les mains tremblantes, avant d'essayer de les glisser dans la serrure des menottes. Du sang gouttait de sa tête. Finalement, il réussit à se libérer. Quelques secondes plus tard, il se débarrassait des chaînes qui entravaient ses chevilles. Il pouvait bouger, maintenant.

Peterson remuait faiblement, mais Gleason était toujours inconscient. Que faire, maintenant ? Attendre ici ? Des secours ne tarderaient pas à arriver. Ou bien s'enfuir ? Ouvrir la porte et s'en aller en courant...

Au même moment, Jack aperçut le deuxième véhicule. Un camping-car, renversé, avec l'avant enfoncé. Il y avait deux personnes à l'intérieur. Et la neige tombait drue.

Il pouvait s'enfuir...

Mais jusqu'où irait-il ? Sa tête le faisait souffrir, de même que son épaule.

Il pouvait s'enfuir... Cette pensée ne cessait de vouloir s'imposer à son esprit. Il était libre !

Vraiment ? Dans son uniforme orange de prisonnier, sans argent, sans pièce d'identité ?

Mais s'il restait... N'était-ce pas ce qu'il avait toujours espéré ? Une chance de trouver le meurtrier d'Allison ?

Oui, il pouvait s'enfuir ! Après tout, que risquait-il si jamais... ou, plutôt, quand ils le rattraperaient ? D'être arrêté ? Condamné à mort ?

Il se glissa hors de la camionnette et se dirigea vers le camping-car en boitillant. Un visage effrayé le regarda, à travers le pare-brise défoncé ; le visage d'une femme un peu âgée.

— Vous êtes blessée ? lui demanda Jack.

Elle secoua la tête, sans rien dire.

— Et votre mari ?

— Je... je ne sais pas.

— Je vais vous aider à sortir de là et j'essaierai de m'occuper de lui, d'accord ?

Il dut grimper sur le véhicule et tirer la portière de là-haut. Puis il se pencha pour aider la femme à sortir, essayant d'ignorer la douleur fulgurante qui lui traversa l'épaule droite. Ensuite, ce fut le tour du conducteur. Il était conscient, un peu assommé, mais, à l'exception de quelques écorchures dues aux éclats de verre, il n'avait rien, semblait-il. Jack les aida à s'asseoir à côté du camping-car, à l'abri du vent.

— Je vais sortir ces hommes de la camionnette, dit-il. Ça ira ?

— Oui, oui, merci, répondit la femme en s'accrochant à son mari.

Quand Jack traîna Peterson hors du véhicule, l'air froid parut le réveiller un peu ; mais il était encore étourdi.

Gleason posa plus de problèmes, à cause de son poids. Jack réussit tout de même à le sortir et il l'allongea par terre, juste à côté de la camionnette. Si le policier respirait, le sang détrempait son pantalon de façon inquiétante.

Agissant toujours à l'instinct, Jack lui fouilla dans les poches et trouva un bandana rouge qu'il noua étroitement autour de la jambe du blessé, fabriquant un garrot de fortune. Puis, il traîna les deux hommes jusqu'à l'endroit où il avait laissé le couple.

— Est-ce qu'il est mort ? demanda la femme en regardant Gleason.

— Non, seulement inconscient. Mais il saigne beaucoup.

— Vous aussi, remarqua-t-elle.

— Je sais.

Il prit une profonde inspiration.

— Je vais partir, maintenant. Vous ne risquez plus rien. Quelqu'un ne devrait pas tarder à passer.

— Partir ? répéta la femme.

Jack n'avait plus l'énergie de parler. Avant de s'éloigner, il prit soin de désarmer les deux shérifs adjoints, jetant leurs revolvers aussi loin qu'il put. Puis il remonta le col de son blouson, enfonça ses mains dans ses poches et se dirigea vers le flanc est du col de l'Indépendance.

Combien de temps devrait-il marcher, avant de trouver un véhicule ? se demanda-t-il. Il s'avisa alors qu'il lui fallait d'abord des vêtements. Il n'irait pas loin, avec son uniforme orange. Oui, d'abord des vêtements ; ensuite, un véhicule.

Il faisait froid, le vent et la neige lui brûlaient le visage, mais il descendait. Il ferait meilleur, dans la vallée.

Surtout, il devait continuer d'avancer, afin de ne pas se retrouver bloqué dans l'obscurité.

Un peu avant la tombée de la nuit, il arriva à un campement de chasseurs. Il y avait là une jeep, un pick-up Ford récent et un vieux pick-up Chevrolet tout cabossé, qui attendaient visiblement le retour de leurs propriétaires. Si la jeep était ouverte, Jack ne trouva pas les clés de contact. En revanche, dès qu'il ouvrit la portière du vieux pick-up, il aperçut un trousseau, jeté négligemment par terre, sous le siège du conducteur.

Il le ramassa en réprimant un sourire et chercha des vêtements, peut-être un vieux pantalon, n'importe quoi qui puisse remplacer l'uniforme de la prison. Malheureusement, à part quelques chiffons, il n'y avait rien d'intéressant.

Se souvenant d'un sac à dos qu'il avait aperçu sur la banquette arrière de la jeep, il alla le récupérer. Il l'ouvrit, et une bouffée de joie sauvage l'envahit brusquement. A croire que le destin était de son côté, aujourd'hui : il y avait là un jean usé, une chemise de laine à carreaux jaunes et marron, une veste, et une casquette de base-ball. Et un portefeuille. Un portefeuille !

Il se changea immédiatement, frissonnant dans le froid. Les vêtements étaient trop grands, mais quelle importance ? Il prit les quelques dollars que contenait le portefeuille — sept, en tout — et étouffa un sentiment de culpabilité. Ce n'était pas le moment ! S'il pouvait, il dédommagerait cet homme, un jour, ainsi que le propriétaire du pick-up.

Après avoir fourré l'argent dans sa poche, il s'installa au volant de la Chevrolet, jetant l'uniforme orange sur le siège à côté de lui. Le moteur démarra au quart de tour, et Jack remercia de nouveau le ciel. Des vêtements, un moyen de transport... tout ça sans que personne l'ait vu depuis qu'il avait quitté les lieux de l'accident : décidément, c'était son jour de chance. Il était libre — en tout cas pour un moment.

Jack quitta le campement et s'engagea sur la route, en direction de la vallée. C'était à peine s'il sentait la blessure à sa tête, sa douleur à l'épaule, la faim, la soif, ou même encore la fatigue et le froid.

Il était libre.

⁂

Après le procès, Eve avait passé presque deux jours entiers au lit. Quand elle n'était pas en train de sommeiller, elle se mouvait comme au ralenti. Une seule fois, elle s'aventura hors de chez elle, pour aller chercher une commande dans un restaurant chinois de son quartier de Capitol Hill.

Elle ne cessait de penser à Jack, aux appels qu'elle devrait interjeter, au trajet de deux heures qui la séparait de Canon City, où il serait emprisonné, désormais.

Elle s'était entretenue avec Hank Thurgood, pour lui expliquer que le bureau d'aide judiciaire n'était pas prêt à assumer les frais d'une autre enquête. Le détective l'avait rassurée en lui promettant de continuer à fureter dans son coin, quoi qu'il arrive.

— Tu es adorable, lui avait-elle répondu. C'est vraiment important pour moi.

— J'ai remarqué, avait-il commenté.

La première nuit, Eve n'avait cessé de se réveiller en pensant à Jack, qu'on allait transférer à la prison d'Etat. Sa vie serait un enfer, là-bas. Elle l'imaginait, seul dans sa cellule minuscule, isolé du monde, sans télévision ni radio, sans personne avec qui parler. Et la salle d'exécution à quelques mètres de là.

La veille, elle avait reçu un coup de fil de Gary. Il devait s'envoler pour Miami, où les Broncos allaient jouer contre les Dolphins, et ils étaient convenus qu'il passerait prendre le petit déjeuner chez Eve avant de se rendre à l'aéroport.

— A condition que tu m'apportes des œufs et du bacon, avait conclu Eve. Il n'y a pratiquement plus rien dans mon réfrigérateur.

— Tu récupères un peu, tout de même ? lui avait-il demandé.

— Encore une nuit de sommeil, et je serai sur pied.

Mais elle avait présumé de ses forces. Elle se réveilla aussi épuisée, et, surtout, toujours inquiète et angoissée au sujet de Jack. Elle espérait seulement que Gary ne lui parlerait pas du procès, car elle doutait fort de pouvoir dissimuler à quel point elle était bouleversée. Comment avait-elle pu baisser sa garde à ce point ? Elle essayait d'expliquer ses sentiments et sa réaction avec l'innocence de Jack mais, dans son cœur, elle craignait que ce ne soit beaucoup plus grave.

Elle se fit du café, le sucra, regretta de n'avoir pas de lait pour en verser un nuage, puis passa dans le salon. Il y avait de la poussière partout, dans la maison, ce qui n'avait rien d'étonnant puisqu'elle avait à peine mis les pieds chez elle depuis trois mois. Une pile de courrier était abandonnée sur la console de l'entrée ; elle n'avait pas encore eu le courage de le compulser. Encore une tâche à laquelle elle devait s'atteler.

Bientôt.

S'installant sur le canapé, elle chercha la télécommande, la trouva sous un vieux magazine et alluma la télévision. Elle tomba sur le bulletin météo d'une station locale de Denver. Apparemment, il y avait une tempête, dans les montagnes.

— Et maintenant, déclara le présentateur, une bonne nouvelle pour les stations de ski de Summit County — et une moins bonne pour les automobilistes. Dix centimètres de neige sont tombés sur le col de Vail, et la visibilité est pratiquement nulle. La tempête devrait se diriger vers Denver, d'ici au début de l'après-midi. Demain matin...

Eve écoutait d'une oreille distraite, sirotant son café et regardant par la fenêtre. Il avait l'air de faire froid, dehors ; le ciel était gris comme l'ardoise.

A la faveur d'un écran publicitaire, Eve se leva pour aller se servir un autre café. Il faudrait qu'elle prenne une douche avant l'arrivée de Gary, songea-t-elle en consultant la pendule, dans la cuisine. Zut ! Il serait là dans dix minutes.

— ... le sommet du col de l'Indépendance..., entendit-elle à la télévision.

Le col de l'Indépendance était juste à la sortie d'Aspen. En fait, la route qui longeait la vallée passait par ce col. Le passage n'était ouvert que durant les mois chauds de l'année, et Eve l'avait d'ailleurs emprunté pour rentrer à Denver.

Elle retourna s'asseoir sur le canapé et posa les pieds sur la table basse. Sur l'écran, un homme et une femme d'une soixantaine d'années répondaient aux questions d'un journaliste. Quelqu'un tenait un micro devant le visage de la dame.

— Nous n'aurions jamais emprunté le défilé si nous avions écouté la météo, disait-elle. Déjà que j'ai une peur bleue de l'altitude, ajouta-t-elle avec un rire crispé.

Et alors ? songea Eve. C'était assez normal d'être un peu inquiet quand on circulait dans les cols du Colorado, surtout au milieu d'une tempête. Ils appelaient ça de l'information ?

Le journaliste apparut sur l'écran.

— C'est au sommet du col de l'Indépendance que M. et Mme Norris ont dérapé sur une plaque de glace. M. Norris croit se souvenir qu'il a perdu le contrôle de son camping-car, car, soudain, il s'est vu glisser vers la camionnette du shérif qui arrivait en sens inverse.

Eve se redressa brusquement.

Une séquence d'actualité montra un camping-car couché sur le côté et recouvert de neige — probablement le véhicule des Norris. A côté se trouvait une camionnette, également renversée. La caméra fit un zoom sur l'inscription que dissimulait en partie la neige. Eve eut l'impression que son cœur s'arrêtait de battre quand elle découvrit que le fourgon appartenait aux services du shérif du comté de Pitkin.

— Mon Dieu, dit-elle dans un souffle.

L'image suivante montra le studio de Denver, où la présentatrice déclara :

— Nous recevons à l'instant des nouvelles de l'hôpital Saint-Antoine, à Denver, où l'un des shérifs adjoints du comté de Pitkin a été transporté par hélicoptère, hier, en fin d'après-midi. Notre correspondant Tom Murphy se trouve sur place. Tom ?

Un homme apparut devant la caméra qui se trouvait à l'entrée des urgences de l'hôpital Saint-Antoine.

— Oui, Renelda, je viens juste de parler à une des infirmières qui se sont occupées du shérif adjoint et elle a confirmé ce que nous pensions déjà, à savoir que l'homme qui a enroulé le bandana autour de la jambe du shérif adjoint Gleason, pour lui faire un garrot, et qui l'a ensuite traîné à l'abri, à côté du camping-car, était bien Jack Devlin.

— Voilà qui est pour le moins étonnant, commenta la présentatrice depuis le studio. L'infirmière sait-elle si Jack Devlin s'est servi de la clé du shérif adjoint pour se libérer ?

— Non.

Pour se libérer ! Ces mots se mirent à tournoyer et à se bousculer dans l'esprit d'Eve. Elle était assise à l'extrémité du canapé, les yeux écarquillés, les doigts crispés sur la télécommande.

— Nous allons retourner auprès de notre correspondant à Aspen. Ken ?

— Oui, Renelda, je suis ici avec le shérif Broadly. Shérif, poursuivit le journaliste en tendant un micro, pouvez-vous nous dire où en sont les recherches pour retrouver Jack Devlin ?

Le shérif, un grand homme brun, apparut sur l'écran.

— Eh bien, nous avons de bonnes raisons de croire qu'il a volé un pick-up, près de Twin Lakes, aux alentours de 18 heures, hier.

— Pourtant, lors de déclarations précédentes, votre bureau a déclaré qu'il était impossible que Jack Devlin ait pu descendre en pleine tempête jusqu'à ce campement.

— Nous pensons maintenant que c'est exactement ce qui s'est passé, répondit le shérif sur un ton posé.

— M. et Mme Norris ont dit à notre reporter que Jack Devlin était blessé. Pouvez-vous confirmer ces déclarations ?

— Mme Norris a effectivement affirmé, dans sa déposition, que Devlin les avait aidés, elle et son mari, à sortir du camping-car renversé, avant de se porter au secours du shérif adjoint Gleason. Elle dit que Devlin saignait de la tête, mais rien ne nous permet de corroborer ces déclarations.

— Et comment va l'autre shérif adjoint ? Celui qui a été soigné ici même, à Aspen ?

— Le shérif adjoint Peterson se porte bien. Il ne souffre que de quelques contusions et d'une légère commotion.

— Merci, shérif, dit le journaliste, avant de faire de nouveau face à la caméra. Voici donc les dernières nouvelles d'Aspen. A cette heure, Jack Devlin, prisonnier reconnu coupable du meurtre de son épouse, Allison Wickwire Devlin, s'est échappé alors qu'on le transférait à la prison de haute sécurité de Canon City. Le shérif du comté de Pitkin a demandé l'aide de la police d'Etat, ainsi que celle du FBI, et des recherches sont en cours pour essayer de retrouver le fugitif. Le shérif Broadly pense que Jack Devlin a peut-être déjà traversé la frontière du Nouveau-Mexique, au volant d'un pick-up volé dans un campement...

Quelques secondes plus tard, le reporter rendit l'antenne au studio de Denver, où la présentatrice prit le relais.

— Ken, il semblerait que Jack Devlin ait été blessé au cours de l'accident. Sait-on s'il est armé ?

— Pas encore, Renelda. Mme Norris pense qu'il a désarmé les deux shérifs adjoints. Elle dit l'avoir vu jeter les « objets », ainsi qu'elle les appelle, par-dessus la falaise au bord de laquelle l'accident a eu lieu. Puis, Devlin aurait disparu.

— Et bien sûr, il neigeait beaucoup.

— Oui. Ce qui rend cette chasse à l'homme encore plus difficile.

— Merci, Ken...

Eve cligna des yeux, secoua la tête et prit une profonde inspiration. L'espace d'un instant, elle se demanda si elle ne venait pas de rêver. Mais non. Jack s'était échappé. Il était là, quelque part, dehors. Seul. Et blessé.

Ben apprit la nouvelle une demi-heure à peine après Eve. Sarah, qui était sortie faire un jogging, entra précipitamment dans la chambre où il dormait encore et le secoua sans ménagement.

— Ben ! Ben, réveille-toi ! Vite. Il faut que tu regardes les informations.

— Bon sang, Sarah ! marmonna-t-il. Fais un peu moins de bruit, tu veux bien ?

— C'est Jack, insista la jeune femme. Ben, il s'est échappé. Je te jure ! Ils viennent de l'annoncer aux informations.

Cette fois, Ben se redressa brusquement.

— Tu déconnes ?

Mais Sarah secoua la tête.

— Il s'est échappé hier soir, dans le col de l'Indépendance.

Ben ferma les yeux, et un frisson de joie le secoua.

— Mon Dieu, faites que ce soit vrai ! chuchota-t-il. Faites que ce soit vrai.

⁂

De l'autre côté de la ville, au pied de la montagne Aspen, dans une superbe maison appartenant à une des élèves de tennis de George Mochlin, une scène similaire était en train de se dérouler. La jeune femme était couchée et n'avait pas besoin de faire un jogging : elle venait en effet de se livrer à une excellente séance d'exercice, sous le corps dur et musclé de George.

— Regarde ça ! lança-t-elle alors qu'elle venait d'allumer la télé. George, réveille-toi !

Encore à moité endormi, celui-ci ouvrit un œil.

— ... Devlin ne serait pas armé, mais il est tout de même conseillé de faire preuve d'une extrême prudence. Le bureau du shérif a lancé un avis de recherche à travers tout l'Etat...

George s'assit lentement, avec l'impression qu'il venait de recevoir un coup de poing dans le ventre.

— Ça alors ! commenta sa compagne. Tu...

Il lui ordonna de se taire tandis qu'il s'efforçait d'assimiler la nouvelle, et ses conséquences. Devlin en cavale... Une autre pensée, plus terrifiante encore, lui coupa le souffle : Devlin était tout près, probablement en ville ; il se cachait, et il allait probablement lui rendre visite...

— Encore un peu de café ? proposa la serveuse en s'arrêtant devant la table de Jack.

— Euh, oui, merci, répondit-il, en gardant la tête baissée.

Elle lui remplit son mug et fit mine de s'éloigner.

— Est-ce que ça va ? demanda-t-elle d'un ton hésitant.

— Oui, ça va.

— On ne dirait pas...

Elle eut un geste du menton.

— C'est du sang, dans vos cheveux ?

Jack sentit son cœur s'arrêter de battre. Vite, vite, ordonna-t-il à son cerveau, il devait trouver une explication ! Levant la main, il effleura sa blessure, au-dessus de l'oreille. Il pensait que la casquette de base-ball volée la couvrait.

— C'est en sortant d'une voiture... Je me suis vraiment défoncé le crâne. Mais ça va.

— Vous pouvez vous laver dans les toilettes, vous savez...

— Oui, merci.

La jeune femme hocha la tête et s'éloigna. Elle avait sûrement l'habitude de voir des pauvres types aussi mal en point que lui dans cette petite cafétéria perdue au milieu de East Colfax Avenue, à Denver. L'endroit était plein de sans-abri. Les seules occasions qu'ils avaient de se laver, ils les trouvaient sans doute ici même, dans les toilettes, ou dans d'autres restaurants du même acabit.

Jack avait abandonné le pick-up juste à la sortie de Denver, et choisi ce quartier miteux de la ville en songeant qu'il avait moins de risque d'y être reconnu. Colfax Avenue traversait la ville d'est en ouest, jusqu'au pied des collines ; et, de chaque côté de l'artère, des hôtels et des restaurants crasseux, des parkings de voitures d'occasion et des bars mal famés s'alignaient sur près de vingt kilomètres, fréquentés par une population interlope de motards, de prostituées et de clochards. Jack se fondait parfaitement dans la masse : fatigué, sale, l'air assommé, les joues et le menton couverts d'un début de barbe, il flottait dans ces vêtements trop grands pour lui. Il était entré dans cette cafétéria pour essayer de se réchauffer et réfléchir à ce qu'il allait faire, maintenant ; il lui restait exactement un dollar et vingt-cinq cents en poche, et il ne se passerait pas longtemps avant que quelqu'un ne le reconnaisse, même sous son déguisement sommaire. La télévision devait couvrir son évasion ; à l'heure qu'il était, on avait dû montrer sa photo sur toutes les chaînes, et si elle n'avait pas déjà paru dans les journaux du matin, elle serait en première page des éditions du soir.

Il porta son mug de café à ses lèvres et sentit la tête lui tourner. Une douleur fulgurante lui traversa le bras, qui l'obligea à reposer la tasse tant il tremblait. Il espérait qu'il ne s'était pas démis l'épaule.

Au prix d'un terrible effort, il se leva et se rendit dans les toilettes, où il essaya de laver un peu le sang collé à ses cheveux. Quand il leva les yeux vers le miroir fendillé, au-dessus du lavabo crasseux, il eut un haut-le-corps. Jamais il ne s'était connu un tel visage ! Il n'était pas seulement sale : ses traits semblaient ravagés par la souffrance, laquelle avait creusé de rides son front et le contour de sa bouche.

— Merde, grommela-t-il.

Quand il retourna à sa place, un moment plus tard, il avait enfoncé la casquette encore plus profondément sur ses yeux, de façon à cacher sa blessure.

Et maintenant ? Il ne devait plus se balader dans la rue, sous peine d'être reconnu. Mais où pouvait-il aller ?

Il songea à appeler Ben, à lui demander de lui envoyer un mandat. Mais pour cela, il aurait besoin d'une pièce d'identité. Et puis, il ne voulait pas mêler son beau-fils à cette histoire.

Pourtant, il fallait qu'il trouve un endroit où se réfugier un moment, le temps pour lui de se remettre un peu, et aussi de réfléchir à ce qu'il allait faire. Il était libre. Après ces longs mois d'emprisonnement, il était enfin libre. Si seulement il pouvait le rester pendant au moins quelques semaines, durant lesquelles il mènerait sa petite enquête. C'était la seule issue possible.

Jack jeta un coup d'œil à l'extérieur. Il ne neigeait pas, mais un vent froid soulevait la poussière et faisait voler des morceaux de papier à travers l'avenue. Il ne pouvait pas rester dehors. Pas dans son état.

Au même instant, une sirène de police hurla, au loin. Jack se figea. Son cœur se mit à cogner douloureusement. Et puis, il vit la voiture passer en trombe devant la cafétéria, sans s'arrêter. Il étouffa un juron et s'efforça de respirer de façon posée. Soudain, il sut ce qu'il allait faire. Sans doute le savait-il depuis le début. Pourquoi, sinon, serait-il descendu jusqu'à Denver, au lieu de retourner à Aspen, où devaient se trouver les réponses à ses questions ? Depuis l'instant où il avait quitté le fourgon du shérif et décidé de fuir, il avait toujours su qu'il essaierait de contacter Eve.

Non qu'il veuille la mêler à tout cela ; son intention n'était surtout pas de lui causer le moindre ennui. Mais il pouvait lui emprunter un peu d'argent ; la rencontrer, juste quelques secondes.

Eve ferait cela pour lui. Bien qu'il fût maintenant un fugitif, un reconnu coupable de meurtre qui s'était évadé, elle l'aiderait.

Jack paya son café, remercia la serveuse et quitta la cafétéria.

Une bourrasque de vent l'accueillit, dehors, et il remonta le col de sa veste avec une grimace de douleur. Il tenait à peine debout. En titubant, il s'engagea dans une petite allée latérale, avant de s'appuyer contre un mur.

Il fallait qu'il entre en contact avec Eve, se répéta-t-il une nouvelle fois. Mais comment ? La police avait peut-être déjà mis son téléphone sur écoute ; celui d'Eve, et aussi celui de tous ses proches, qu'il s'agisse de Ben, de ses parents, de Frank Iverson.

Il pourrait encore essayer de se rendre chez elle. Eve lui avait dit habiter le quartier de Capitol Hill. Sauf que, là encore, il était possible que sa maison soit aussi sous surveillance.

Sans cesser de réfléchir, il se remit à marcher. Soudain, son regard accrocha une pancarte, au-dessus d'une boutique miteuse — le Central Pressing — et une idée se fit jour dans son esprit. Se souvenant des tailleurs que portait la jeune femme, au tribunal, il songea qu'elle devait bien les faire nettoyer quelque part.

Il trouva un téléphone payant à quelques mètres de là. L'annuaire accroché au bout d'une chaîne était presque en lambeaux, mais la section des M était intacte. Les mains tremblantes de froid et d'épuisement, Jack tourna les pages jusqu'à ce qu'il trouve le nom d'Eve Marchand. Dieu merci, il n'y en avait qu'une.

Après le café et le pourboire de la serveuse, il lui restait moins de un dollar. Il tira une pièce de sa poche et la glissa maladroitement dans la fente du téléphone. Si la jeune femme était là, il parlerait très vite, sans lui laisser le temps de répondre. Elle comprendrait. Et elle reconnaîtrait sûrement sa voix.

Il composa le numéro. Les sonneries se succédèrent. Et si elle était partie en vacances ? se demanda Jack à la deuxième. Et si elle ne prenait pas ses messages pendant plusieurs jours ?

Soudain, après la troisième sonnerie, on décrocha et il entendit un message enregistré. C'était le répondeur.

Le cœur battant à se rompre, il attendit le signal sonore.

— Bonjour, dit-il, c'est Harry à l'appareil, du Central Pressing, sur East Colfax. Vous vous rappelez la tache sur votre tailleur ? On a pu la faire partir. Vous pouvez passer le prendre quand vous voudrez, mademoiselle Marchand. Je serai là toute la journée, et demain aussi, jusqu'à 18 heures. Demandez Harry. Merci.

Et il raccrocha.

Jack regarda sa main. Elle tremblait de plus en plus. Il pensa à Eve et pria le ciel qu'elle fût en ville.

Au même moment, une pensée qui ne l'avait pas effleuré jusqu'alors s'imposa brusquement à son esprit — une pensée si choquante qu'elle lui coupa le souffle. Eve était membre du barreau, et, en tant que telle, elle était tenue, plus encore que tout autre, d'obéir à la loi. Or, la loi n'autorisait pas qu'on vienne en aide à un fugitif !

Comment allait-elle réagir lorqu'elle trouverait son

message ? Lui viendrait-elle en aide, ou bien enverrait-elle la police le chercher ?

Gary arriva chez Eve quelques minutes avant 9 heures. Il utilisa sa clé pour ouvrir la porte et entendit la douche qui coulait, dans la salle de bains. Il portait un sac de provisions dans une main, et tenait sa canne de l'autre. Comme souvent, lorsqu'il devait accomplir des gestes tout simples de la vie quotidienne, il se sentait un peu maladroit, et il en voulait à Eve de n'avoir pas été là pour l'accueillir et l'aider.

Quand l'eau s'arrêta de couler, il lança :

— Je suis là, Eve !

— J'arrive, répondit la jeune femme.

En se rendant dans la cuisine, Gary passa devant le salon et vit que la télévision était allumée. Une présentatrice donnait les dernières nouvelles au sujet de l'évasion de Devlin.

— Il est peut-être armé, et dangereux... Si vous reconnaissez Jack Devlin, ou si vous avez des informations concernant l'endroit où il se trouve, la police vous incite vivement à prévenir les autorités et à faire preuve de la plus grande prudence.

« Eve est au courant », songea Gary. Elle s'était levée, avait fait du café et allumé la télévision. Elle était forcément au courant. Maintenant, la question était de savoir comment elle prenait la nouvelle.

Il posa le sac de provisions sur le comptoir de la cuisine, versa du jus d'orange dans deux verres, sortit les œufs, le bacon, ainsi qu'une poêle. Deux minutes plus tard, Eve le rejoignait, en peignoir, les cheveux encore mouillés. Elle lui sourit, l'embrassa et le remercia d'avoir fait les courses.

Gary pencha la tête de côté.

— Tu as l'air plutôt calme et détendue, compte tenu de...

Il s'interrompit, guettant sa réaction. Il s'attendait à la voir craquer, à ce qu'elle lui confie à quel point elle était bouleversée. Mais elle demeura impassible.

Tendant la main, il lui toucha l'épaule.

— Allons, je sais que tu as appris la nouvelle...

Eve poussa un soupir, évitant son regard.

— Oui. C'est terrible. Il va se faire tuer.

— Tu n'es pas obligée de prendre cet air détaché, tu sais. Je ne suis pas idiot. Je sais à quel point ce type est important, pour toi.

— Ne sois pas absurde ! C'est un client. Et je m'implique toujours dans mon travail.

En fond sonore, ils entendirent une voix de femme livrer les derniers développements.

— La police a toutes les raisons de croire que Jack Devlin a pris de l'essence dans la petite ville de montagne de Fresco, près des stations de ski de Copper Mountain et Breckenridge. Si c'est le cas, cela permettrait de conclure qu'il n'a pas l'intention de quitter le pays. Mais rien n'est encore confirmé. Pour le moment, les autorités concentrent leurs recherches dans les quatre Etats suivants : le Colorado, l'Utah, le Wyoming et le Nouveau-Mexique. Le FBI incite la population à faire preuve de la plus extrême prudence...

— Pour l'amour du ciel, Jack n'est pas dangereux ! s'exclama Eve. Ces journalistes vont créer une véritable psychose. Ils n'ont pas d'autre information à présenter ?

— C'est une sacrée nouvelle, quand même, souligna Gary. Je m'étonne que les journalistes ne fassent pas encore le siège de ta maison.

— Oh ! ils ne tarderont pas. Tu peux leur faire confiance.

Eve fit cuire les œufs et le bacon, et ils s'installèrent à la table de la cuisine, laissant la télévision allumée dans le salon. Gary était stupéfait par le sang-froid de la jeune femme. Stupéfait, mais pas dupe. Eve avait beau protester et affirmer que Devlin n'était qu'un client comme les autres, il savait à quoi s'en tenir. Elle devait se ronger les sangs. Et tandis qu'ils mangeaient en silence, il essaya d'analyser ses propres sentiments.

Il était jaloux.

Jaloux d'un condamné à mort en cavale !

Soudain, Eve se mit à parler du match qui devait opposer les Broncos aux Dolphins, le dimanche suivant.

— Comment se débrouille votre dernière recrue... comment s'appelle-t-il, déjà ? Hayden ?

— Il fait des progrès, répondit Gary sans la quitter du regard.

— Est-ce qu'il n'a pas raté deux passes, la semaine dernière, contre les Raiders ?

— Erreur de débutant. Il faut dire qu'il se serait fait écrabouiller, autrement. Il faut beaucoup de discipline pour garder le ballon quand deux molosses de la défense foncent sur toi.

— Je ne crois pas t'avoir jamais vu lâcher le ballon.

— Cela m'est arrivé quelquefois.

— A quelle heure est ton vol ?

— Je te l'ai dit hier soir, au téléphone. On décolle à midi.

— Oh ! oui, c'est vrai, murmura Eve en poussant son œuf dans son assiette.

Elle leva les yeux et sourit. Comme si elle n'avait pas le moindre souci.

— Ecoute, lui dit Gary, je trouve tout à fait admirable la façon dont tu te maîtrises, mais ce n'est pas au vieux singe qu'on apprend à faire la grimace. Je sais que tu es folle d'inquiétude.

Elle se mit à rire et écarta l'argument d'un geste de la main.

— Pourquoi ? Si Jack reste en cavale, je n'aurai pas à interjeter tous ces appels. Cela m'évitera beaucoup de travail.

— Bien sûr ! A ce propos, je tiens vraiment à ce que tu reprennes tes recherches dans le privé. Je sais que le procès de Devlin a mis tout cela en suspens, mais tu en as terminé avec cette affaire, maintenant. Soit il va réussir à s'échapper pour de bon, soit ils vont le rattraper, et il se retrouvera à Canon City, avec les autres condamnés à mort. Dans un cas comme dans l'autre, il faut que tu prennes un peu de recul et que tu te poses sérieusement la question de savoir ce que tu veux — ce que tu veux pour nous, j'entends. Je vais être très honnête avec toi, Eve : je ne peux pas continuer à vivre comme ça indéfiniment. Ce n'est pas une vie.

— Gary...

— Non, laisse-moi terminer. J'ai vu le médecin, hier, et il a bon espoir de voir mon état s'améliorer encore dans les mois qui viennent. Une guérison complète est même possible. Tu n'imagines pas ce que cela représente pour moi. C'est comme si on venait de me donner une deuxième chance de vie, et j'ai bien l'intention d'en profiter. J'ai envie de voyager, de faire des choses auxquelles j'osais à peine rêver jusqu'à maintenant. Tu comprends ?

— Gary, je...

— Non, attends. Je veux que nous fixions une date pour le mariage. Ça suffit de le remettre sans cesse à plus tard. Je t'aime, Eve. Et si toi aussi, tu m'aimes vraiment, tu dois remplir ta part du contrat.

Eve le regarda un moment, puis elle poussa un soupir.

— J'essaye. Je te jure que j'essaye de décider où je vais. Où nous allons. Je t'aime, Gary. Et moi aussi, je veux voyager. Mais j'ai des obligations professionnelles. J'ai besoin...

Elle s'interrompit et le fixa un instant, avant de reprendre :

— J'ai besoin de sentir que je me rends utile. J'ai foi en ce que je fais, tu comprends ? J'y crois passionnément. Si j'entre dans un cabinet privé...

— « Si » tu entres dans un cabinet privé ? « Quand » tu y entreras, tu veux dire ?

— Oui, bien sûr. Quand je me retrouverai dans le secteur privé, je continuerai de travailler comme une folle pour tirer la sonnette d'alarme et condamner l'absurdité et la brutalité de la peine de mort. Tu le sais. Tu me connais. Je n'abandonnerai jamais la lutte.

— Ce n'est pas ce que je te demande. J'attends seulement de toi que tu ralentisses le rythme. Encore une fois, tu as besoin de prendre du recul et de jeter un coup d'œil à la vie que tu mènes. C'est tout. Parfois, j'ai l'impression que tu n'es capable d'éprouver de la passion que pour une personne qui a désespérément besoin de toi.

— Gary...

— Je n'ai pas fini. Je suis terrifié à l'idée que tu n'es peut-être tombée amoureuse de moi que parce que j'étais malade et dans un sale état. Et maintenant que... maintenant que je vais mieux, j'ai peur que tu...

Eve se leva brusquement, secouant la tête avec vigueur.

— Tu racontes n'importe quoi, et tu le sais très bien, dit-elle.

Elle prit les assiettes et débarrassa la table.

Gary garda le silence. Il savait qu'il avait touché un point sensible ; et pourtant, il avait peur d'aller plus loin, trop loin. Tandis qu'Eve ouvrait le robinet de l'évier, il entendit les informations, dans le salon. Devlin, encore Devlin, toujours Devlin. Merde, à la fin ! Si seulement ils l'avaient conduit à Canon City et lui avait enfoncé cette satanée aiguille dans le bras, tout serait terminé. Son cas aurait été oublié en quelques jours.

Il consulta sa montre, prit sa canne et se leva.

— Je dois m'en aller, annonça-t-il.

Eve ferma le robinet. Elle lui tournait toujours le dos, figée dans une pose rigide. Oui, il avait été un peu dur avec elle. Mais c'était nécessaire.

— Ne sois pas fâchée, murmura-t-il.

— Je ne le suis pas.

— Accompagne-moi jusqu'à la porte.

— D'accord, répondit-elle, avant de se tourner et d'essuyer ses mains sur un torchon.

Elle lui offrit un faible sourire.

— Et ne te laisse pas submerger par cette affaire Devlin, déclara Gary. Promets-moi que tu vas garder toute ta tête.

— Je suis quelqu'un d'extrêmement raisonnable ! répliqua-t-elle en glissant le bras sous le sien.

Sur le perron, Gary se pencha sur elle et l'embrassa tendrement. Puis il la regarda droit dans les yeux.

— Je veux que tu me promettes autre chose : si jamais Devlin essaie de te contacter, fais preuve de jugeote, d'accord.

— Oh ! Gary, ne sois pas ridicule ! D'abord, je ne suis pas folle. Je parie que ma ligne de téléphone est déjà sur écoute. Et même si Jack essaie d'entrer en contact avec moi, ce dont je doute fort, je te rappelle que j'appartiens au barreau. Je serais forcée de le dénoncer.

— J'espère que tu penses vraiment ce que tu dis, Eve, murmura Gary. Je l'espère de tout mon cœur.

Elle se mit à rire.

— Allons, dépêche-toi ou tu vas manquer ton avion. Et cesse un peu de t'inquiéter. Je ne suis pas folle.

Une fois dans sa voiture, alors qu'il roulait en direction de l'aéroport international de Denver, Gary, qui se répétait les arguments de la jeune femme, fut brusquement assailli par une évidence : membre du barreau ou pas, Eve n'allait évidemment pas dénoncer Devlin. Comment le pourrait-elle en sachant qu'elle l'enverrait alors directement dans le quartier de haute sécurité des condamnés à mort ?

— [illegible]

[illegible]

[illegible] la porte.

— D'accord, [illegible] Enfin [illegible]

[illegible]

Elle lui offrit un faible sourire.

— Et [illegible] Lady [illegible] Darcy [illegible]

[illegible]

— Je suis [illegible]

[illegible]

Sur [illegible] Darcy [illegible]

[illegible]

— [illegible]

[illegible]

— Oh ! Lady [illegible]

[illegible]

— J'espère que [illegible]

[illegible] Darcy [illegible]

Elle se mit à rire.

— [illegible]

[illegible]

Une [illegible]

[illegible] Darcy [illegible]

[illegible]

14.

Après le départ de Gary, Eve alla s'asseoir sur le canapé, prit la télécommande et passa d'une chaîne à l'autre, cherchant désespérément la moindre nouvelle concernant l'évasion de Jack. Elle zappait sans arrêt, et parmi les images qui se bousculaient dans son esprit, une, la plus effrayante, revenait de façon insistante : celle d'un jeune flic trop zélé qui repérait Jack, sortait son arme, paniquait...

Distraitement, elle remarqua le voyant qui clignotait sur son répondeur. Sans quitter la télévision des yeux, elle se leva et alla presser le bouton des messages. Il s'agissait sûrement d'un journaliste, qui avait dû appeler pendant qu'elle était sous la douche.

Elle se frotta les yeux, écoutant à la fois la télévision et la cassette qui se rembobinait. Elle avait l'impression que sa vie était en train de se déchirer aux coutures. C'était comme si elle titubait au bord d'un précipice — un pas et elle basculerait, pour toujours.

Une voix s'éleva dans la pièce, forte, claire, et foncièrement choquante.

— Bonjour, c'est Harry à l'appareil, du Central Pressing, sur East Colfax. Vous vous rappelez la tache sur votre tailleur...

Eve reconnut la voix de Jack, sans l'ombre d'un doute. Son cœur, un instant, cessa de battre.

Que devait-elle faire ? Alerter la police ? Appeler le bureau d'aide judiciaire et envoyer un des détectives le chercher ?

Colfax Avenue. Il était quelque part sur Colfax. Mais où ? Et dans quel état ? Etait-il blessé ? A la télévision, on avait indiqué qu'il saignait de la tête. Pouvait-elle aller le trouver ? Essayer de le convaincre de se rendre ? Seul, sans argent, blessé et pourchassé par toutes les polices, il n'avait aucune chance.

« Seigneur ! se dit-elle avec angoisse. Pourquoi vous êtes-vous enfui, Jack ? Pourquoi êtes-vous venu à Denver ? »

Sa ligne de téléphone était sûrement sur écoute ; tôt ou tard, un petit malin finirait par comprendre que le message était codé. Peut-être même la surveillait-on déjà. Mille scénarios se bousculaient dans son esprit. Jack était blessé, mourant, désespéré, dangereux... Et libre, aussi !

« Pourquoi m'avoir appelée, moi ? » songea-t-elle encore.

Mais elle savait pourquoi. Elle le savait très bien.

Dix minutes plus tard, Eve se trouvait à bord de sa voiture, en route, lorsqu'elle s'avisa qu'elle était peut-être suivie. Elle regarda dans son rétroviseur et scruta la rue, le cœur battant à se rompre. Hélas ! elle était bien incapable de déterminer si on l'observait — d'une voiture, de l'intérieur de cette camionnette garée contre le trottoir ou d'une fenêtre... Les paumes de ses mains glissaient sur le volant.

« Tenez bon, Jack ! »

Elle se rendit directement au bureau d'aide judiciaire et se gara sur le parking à l'emplacement qu'elle avait l'habitude d'occuper. Elle entra dans le hall et s'engouffra dans l'ascenseur ; elle avait décidé de faire mine d'aller travailler.

Mais elle sortit au troisième étage, redescendit par l'escalier, déboucha sur le parking et marcha jusqu'à sa voiture. Un instant plus tard, elle se glissait de nouveau au milieu de la circulation. A un carrefour, elle passa au feu orange et s'éloigna en trombe, espérant ainsi avoir semé ses poursuivants — si toutefois elle en avait. Maintenant, elle devait trouver Jack. Vite. Il l'attendait.

En arrivant sur East Colfax, elle s'arrêta à une station-service et feuilleta un vieil annuaire des pages jaunes. Central Pressing, Central Pressing. Le sang battait furieusement à ses tempes tandis qu'elle cherchait l'adresse. Enfin, elle la trouva; c'était complètement à l'est, dans un quartier miteux de la ville.

Elle retourna en courant dans sa voiture, puis fonça le long de l'avenue, les mains crispées sur le volant.

Le trajet lui parut durer une éternité— alors qu'il ne dépassa pas quelques minutes. Elle ne cessait de jeter des coups d'œil nerveux dans son rétroviseur, tout en surveillant les numéros des petit immeubles.

Depuis combien de temps l'attendait-il? Depuis qu'elle avait pris sa douche? Autrement dit plusieurs heures. Serait-il encore là? N'avait-il pas été arrêté, entre-temps?

Enfin, elle ralentit devant le Central Pressing. La petite boutique, qui ne payait vraiment pas de mine, était située sur un parking, coincée entre un bar sordide et un magasin de location de meubles.

Eve s'engagea sur le parking et s'arrêta le long du mur du pressing. Jack était-il là? Connaissait-il sa voiture? La verrait-il? Elle regarda autour d'elle en se mordillant les lèvres. Qu'allait-elle faire s'il ne se montrait pas?

Au même instant, elle entendit un bruit et se retourna brusquement. Il était là, accroupi près de la portière du passager.

Elle appuya sur le bouton de commande du verrou, et il se glissa à côté d'elle.

— Jack! fit-elle dans un souffle.

— Vous êtes venue. Je n'étais pas sûr que vous le feriez. Je m'attendais presque à voir surgir la police...

Eve le regardait fixement. Avec sa casquette de base-ball enfoncée sur ses yeux, son visage mangé par un début de barbe, il était méconnaissable. Sans parler de ces vêtements trop grands pour lui.

— Jack, dit-elle encore.

Puis, remarquant la manière dont il tenait son coude dans sa main, elle s'exclama :

— Vous êtes blessé !

— Un peu. Mais ça ira. Ecoutez, il faut que vous me prêtiez de l'argent, Eve. Deux cents dollars. Je...

— De l'argent ? Voyons, Jack, je vous emmène directement à l'hôpital. C'est de la folie ! Vous ne pouvez pas...

— Non ! l'interrompit-il sur un ton farouche. Pas d'hôpital et pas de médecin. Ne me forcez pas à vous supplier, je vous en prie. Tout ce que je demande, c'est un peu d'argent.

Eve réfléchissait à toute vitesse.

— Ils vont vous tuer, reprit-elle, finalement. Un idiot de flic vous reconnaîtra et...

Elle ne put terminer sa phrase : Jack lui avait saisi le menton, l'obligeant à le regarder dans les yeux.

— Eve, ce n'est plus vous qui décidez. Je préfère mourir ici et maintenant, alors que j'essaie de retrouver le meurtrier d'Allison, plutôt que pourrir des années en prison, en attendant qu'ils m'enfoncent cette saloperie d'aiguille dans une veine.

— Jack...

— Non, écoutez-moi ! Tout ce dont j'ai besoin, c'est de l'argent et un peu de temps. Je sais qu'en venant ici, vous avez pris un risque énorme. Je sais qu'on peut vous radier du barreau pour toujours. Prêtez-moi l'argent et partez.

Eve écarta la main de Jack et secoua la tête.

— Non, je ne vous laisserai pas, déclara-t-elle avec force. Notre système vous a trahi, et moi, je n'ai pas été capable de renverser la situation. Je ne vous laisserai pas tomber encore une fois.

— Le moment me paraît mal choisi pour nous disputer, répliqua Jack en grimaçant de douleur. Pour cette fois au moins, faites ce que je vous dis !

— Non, Jack. Si je ne vous aide pas, je ne pourrai plus jamais me regarder dans une glace. Ecoutez, j'ai une idée : si jamais on nous attrape ensemble, je dirai que vous m'avez prise en otage. C'est bien ce qui vous préoccupe, n'est-ce pas ? Vous ne voulez pas me mêler à tout ça. Eh bien, le problème est réglé.

Jack ferma les yeux et appuya la tête contre le dossier de son fauteuil, comme s'il n'avait soudain plus de force.

— Est-ce qu'il arrive que des gens comme vous disent non ? murmura-t-il sur un ton las.

— Je suis la seule à pouvoir le dire, répliqua-t-elle. Bon, nous allons nous rendre chez mes parents. Ils ont une petite maison, dans les montagnes. L'endroit s'appelle Pinecrest.

Jack étouffa un juron.

— Vous n'êtes pas en état de refuser, poursuivit Eve, avant de passer la marche arrière et de sortir du parking.

— Que vont dire vos parents ? demanda-t-il au bout d'un moment.

— Ils sont en vacances.

— Les voisins ?

— Ils n'habitent pas assez près pour remarquer quoi que ce soit.

— Ecoutez, j'accepte, mais pour une journée — rien qu'une. C'est tout ce dont j'ai besoin. Après, je veux que vous laissiez tomber cette histoire.

— Bien sûr, répondit-elle.

— Vous êtes folle !

Eve réfléchit un instant.

— Au contraire, remarqua-t-elle. Je me sens étrangement saine d'esprit. Et cela ne m'était pas arrivé depuis très longtemps.

Elle prit la direction de l'ouest et sortit de la ville. Elle était sûre d'elle, maintenant. Oui. Elle allait se débrouiller pour donner à Jack le temps dont il avait besoin. Quant aux conséquences, elle y réfléchirait plus tard. C'était la seule chose à faire, la plus juste aussi. Il était urgent d'équilibrer un peu la balance qui, pour Jack, n'avait cessé de pencher du mauvais côté depuis plus d'un an. Elle franchissait les limites de la légalité, de la déontologie de sa profession ; elle prenait le risque d'être radiée du barreau. Pourtant, le choix était clair : elle était en train de sauver la vie d'un innocent. Rien d'autre n'avait d'importance.

Elle jeta un coup d'œil vers Jack. Il avait de nouveau posé la tête contre le dossier de son siège et fermé les yeux. Elle admira son profil, songeant que même dans la souffrance, même traqué, épuisé, cet homme conservait une sorte de grâce, mélange de force et de dignité.

Il avait dû s'endormir, car sa tête roula sur le côté, et il ne bougea plus. Sans doute n'avait-il pas fermé l'œil depuis la veille.

Pinecrest, un petit village perdu dans les collines situées à l'ouest de Denver, était à environ une heure de voiture. Il y avait une poste, une station d'essence, un motel et une épicerie ; et les chalets éparpillés dans la forêt de pins, à bonne distance les uns des autres. Une enclave très privée, très calme.

Les parents d'Eve se trouvaient dans l'Arizona, où ils jouaient au golf. Heureusement ! Car elle ne savait pas trop comment ils auraient réagi en apprenant qu'elle aidait un criminel évadé. Par bonheur, les chances pour qu'ils l'apprennent un jour étaient pratiquement nulles.

Elle suivit la route sinueuse jusqu'au chemin qui grimpait vers le chalet. A part les petites feuilles de trembles qui couvraient la terre de leur tapis doré, rien ne témoignait de la tempête de la veille ; tout était sec. Les arbres immenses jetaient leur ombre sur la maison, nichée dans la colline. L'immense balcon de bois de la bâtisse semblait en jaillir, comme la proue d'un bateau.

Eve s'arrêta devant le garage et songea un instant à cacher la voiture. Mais Jack avait besoin d'entrer. Elle coupa le moteur et posa la main sur son bras.

— Nous sommes arrivés, annonça-t-elle.

Il se réveilla brusquement, en sursautant et en laissant échapper une plainte étouffée. Il était livide.

— Je suis désolée, bredouilla Eve. Est-ce que ça va ? Jack ?

— Oui, oui, je... Donnez-moi juste quelques secondes, répondit-il. J'étais en train de faire un rêve abominable...

— Vous pouvez sortir de la voiture ?

— Il va bien falloir, hein ?

Eve alla lui ouvrir la portière. Ses mouvements étaient lents, mais finalement, il parvint à quitter l'habitacle et à se redresser, se tenant toujours le coude.

— Je suis tout courbaturé. C'est sans doute à force d'être resté immobile aussi longtemps.

— Entrons, dit Eve.

Elle trouva les clés là où ses parents laissaient toujours un double — dans un pot de fleurs, non loin de l'entrée. La maison était propre, mais froide, et Eve commença par forcer le chauffage. Puis elle jeta sa veste dans un fauteuil et se tourna vers Jack.

— C'est une jolie maison, remarqua-t-il, plié en deux par la douleur.

— Asseyez-vous. Mon Dieu, vous avez une mine terrible ! Vous avez faim, ou soif ?

— Oui à toutes vos questions.

— Bon.

Elle le considéra un instant et, prenant une profonde inspiration, lui tendit la main.

— Allons dans la cuisine. L'éclairage est meilleur. Je veux jeter un coup d'œil à votre épaule.

— Vous êtes médecin, aussi ?

— Non, mais il faut bien que quelqu'un examine ce que vous avez.

Comme elle l'aidait à se lever, elle tressaillit en voyant la douleur qui se peignait sur son visage, au moindre mouvement.

— C'est drôle, dit-il. Ça ne faisait pas si mal, hier.

— C'était l'adrénaline. Vous pouvez bouger votre épaule ? interrogea Eve.

— Oui, s'il le faut. Mais ça fait un mal de chien.

— Vous souffrez peut-être d'une fracture. Oh ! Jack, vous devriez être à l'hôpital...

— Economisez votre salive, Eve, d'accord ?

— De la glace ! lança-t-elle soudain. Mon père utilise toujours de la glace.

Elle se rendit dans la cuisine et mit des glaçons dans un sac en plastique, qu'elle enveloppa dans un torchon.

— Vous pouvez aussi jeter un coup d'œil à ma tête ? demanda Jack un instant plus tard.

— Votre tête ?

— Je crois que j'ai pris un coup. En tout cas, ça saignait.

Eve examina l'endroit qu'il lui désignait, au-dessus de l'oreille. Elle n'avait rien remarqué, avec la casquette de base-ball, mais elle découvrit en effet une large tache de sang. Du sang séché, qui avait collé les cheveux de Jack tout autour. Elle sentit sa gorge se serrer.

— De l'eau, dit-elle en avalant péniblement sa salive. Je vais chercher de l'eau chaude. Ça va vous faire mal, je vous préviens. Tenez, gardez la glace sur votre épaule pendant que je vais chercher ce dont j'ai besoin.

Moins d'une minute après, elle revint avec des ciseaux, de l'alcool et de l'eau chaude.

Elle nettoya la blessure avec un linge propre et mouillé.

— Excusez-moi, dit-elle quand Jack laissa échapper un grognement de douleur.

— Non, allez-y, faites ce que vous avez à faire.

— Il faut que je vous coupe les cheveux.

— Soit.

Après avoir donné de petits coups de ciseaux, elle vit la plaie ouverte et ferma les yeux, avant de couper encore quelques mèches.

— Il faut vous recoudre, Jack.

Il poussa un autre grognement.

— C'est profond, insista Eve.

— Ça ira, marmonna-t-il. Nettoyez comme vous pourrez.

Elle fit de son mieux, avec l'eau chaude, l'alcool et d'infinies précautions. Alors qu'elle fourrageait dans les cheveux soyeux de Jack, son visage était si proche de lui qu'elle pouvait respirer son odeur, musquée, un peu acide à cause de la sueur.

— J'ai peur d'avoir massacré votre coupe, remarqua-t-elle finalement.

Il eut un rire bref.

Pour terminer, Eve couvrit la blessure avec de la gaze.

— Voilà, annonça-t-elle. C'est tout ce que je peux faire pour l'instant. J'espère que ça ira.

— Je survivrai, affirma Jack.

Eve le fit s'allonger sur le canapé, installa son bras sur un coussin, cala la glace sur son épaule et l'enveloppa dans une couverture.

— Merci, lui dit-il. Je suis désolé de vous avoir mêlée à tout ça...

— Je n'y pouvais rien, coupa-t-elle en lui posant un doigt sur les lèvres. Vous oubliez que vous m'avez prise en otage.

— En effet, j'avais oublié.

— Détendez-vous, maintenant. Je vais nous préparer quelque chose à manger.

Dans le congélateur, elle trouva du chili que sa mère avait préparé et qu'elle glissa dans le four à micro-ondes. Puis, elle sortit des crackers et fit du thé.

Quand elle apporta le plateau dans le salon, Jack dormait. Il était si pâle qu'Eve eut peur, un instant — jusqu'à ce qu'elle voie sa poitrine se soulever, doucement.

— Jack, l'appela-t-elle. Jack, réveillez-vous.

Il ouvrit les yeux et fit un mouvement brusque.

— Tenez, il faut que vous mangiez quelque chose. Et j'ai préparé du thé. C'est bon pour ce que vous avez. J'ai lu ça quelque part...

Se redressant légèrement, il secoua la tête.

— Je me demande comment je pourrai jamais vous remercier pour ce que vous faites ? J'espère que vous ne le regretterez pas.

— Certainement pas ! répondit Eve avec une assurance qui l'étonna elle-même.

Elle déposa le plateau sur ses genoux et tendit le bol de chili à Jack. Tandis qu'il y plongeait sa cuiller, Eve le regarda manger avec une réelle satisfaction. Petit à petit, elle vit son visage recouvrer des couleurs ; il lui sembla même que les rides qui plissaient son front s'estompaient. Elle pouvait faire ça pour lui. Même si cela ne durait qu'un temps, c'était mieux que rien.

Quand il eut avalé le dernier cracker, elle lui remplit encore une tasse de thé, avec beaucoup de miel.

— C'était bon, dit-il en laissant échapper un soupir.

— Ma mère est un vrai cordon-bleu.

— Ils seront furieux, si jamais ils apprennent que j'étais ici, avec vous ?

— Ne vous inquiétez pas pour ça. C'est mon problème.

Jack la considéra un instant.

— Vous ne m'avez même pas demandé pourquoi je me suis enfui. Je suis sûr que vous mourez d'envie de me poser la question.

— J'avoue que je suis curieuse, en effet.

— En fait, je ne suis pas sûr de le savoir, moi-même. L'instinct, en grande partie. Et puis, j'ai pensé : qu'est-ce qu'ils peuvent me faire de plus ? Je suis pratiquement un homme mort, de toute façon.

— Je vous interdis de dire des choses pareilles ! Il y a les appels, de nouvelles preuves. Nous en avons parlé, Jack...

Il eut un pauvre sourire.

— Avant que tous les appels ne soient épuisés, il se passe en moyenne plus de dix ans. Dix ans à Super Max... Gardez ce genre d'argument pour d'autres, Eve. Vous parlez d'un avenir !

Elle détourna les yeux. Il avait raison, bien sûr.

— Et puis, il y a le meurtrier d'Allison, ajouta-t-il. Je le veux. Je veux qu'il paie, qu'il connaisse ce que j'ai connu. Je veux ma vengeance, mais aussi que justice soit faite. Mais je vais vous dire une chose, Eve : je ne souhaite la peine de mort à personne, pas même à lui.

— Je sais, Jack. Nous allons le démasquer et le coincer. Je vous le promets. Hank va continuer à travailler sur cette affaire. Moi aussi.

— Ainsi que moi, durant le peu de temps dont je vais disposer. Je dois ça à Allison.

— Quant à nous tous, nous vous devons de plates excuses, Jack. Le système s'est vraiment fourvoyé, cette fois.

Pour toute réponse, Jack esquissa une grimace pleine d'amertume.

Quelques minutes plus tard, il s'assoupit et Eve en profita pour faire la vaisselle et ranger la cuisine, sans cesser de le surveiller. Elle prit le duvet sur le lit de la chambre d'amis et l'en couvrit, puis elle alla regarder les actualités télévisées dans une pièce voisine. Très vite, il y eut un reportage sur l'évasion du prisonnier, et un des shérifs adjoints du comté de Pitkin apparut sur l'écran, racontant ce qui s'était passé. Il appelait les gens au calme, affirmant que le fugitif n'était selon lui pas armé. Il avait jeté les revolvers des shérifs adjoints alors qu'il aurait très bien pu les garder.

Puis ils montrèrent une photo de Jack, le cliché anthropométrique réalisé par la police lors de son arrestation, et ils donnèrent sa description : un mètre quatre-vingts, soixante-quatorze kilos, des cheveux et des yeux noirs. On pensait qu'il avait volé un pick-up Chevrolet bleu de 1973, immatriculé...

Eve éteignit le poste, soulagée. Ils ne savaient rien de plus. Dieu merci. Ils avaient donc du temps devant eux.

Elle retourna dans le salon et regarda un instant Jack dormir, tâchant d'imaginer ce qu'il avait traversé depuis plus d'un an. Mais c'était impossible. Combien de personnes seraient-elles capables de surmonter des épreuves pareilles et de ne pas perdre toute humanité ? Jack, pourtant, était resté le même homme courtois, honnête, attentionné et intelligent.

Au crépuscule, elle alluma une petite lampe, puis sortit pour garer sa voiture dans le sous-bois, près de la route, là où personne ne pouvait la voir.

Puis, elle téléphona à son patron, à son domicile, et lui expliqua qu'elle était terrassée par une grippe et qu'elle allait passer plusieurs jours chez elle.

— C'est le stress, lui dit-il. Le stress et l'épuisement. Tâche de bien te reposer, Eve.

En raccrochant, elle pensa à appeler Gary, avant de se raviser. Elle ne voulait pas lui mentir. Or, elle ne savait comment justifier sa conduite. Elle le contacterait plus tard.

Un bruit étrange, dans le salon, attira son attention, et elle y retourna en hâte. Jack s'était assis et battait l'air avec sa couverture et son bras valide.

— Jack, dit-elle en lui posant une main sur l'épaule.

Il sursauta violemment, avant de se laisser retomber sur le canapé. Son teint était gris et son visage couvert de sueur.

— Mon Dieu ! balbutia-t-il d'une voix rauque.

— Qu'y a-t-il ?

— Le rêve.

Il se frotta les yeux.

— Ils me tuent, et je ne peux plus respirer, et tout le monde me regarde...

La gorge nouée, Eve sentit ses yeux s'emplir de larmes. Elle tomba à genoux près de lui et prit ses mains entre les siennes.

— Cela n'arrivera pas, Jack. Je vous le jure ! Je ne permettrai pas que cela arrive.

Il la regarda fixement.

— C'est drôle, je vous croirais presque, quand vous le dites.

— Il faut me croire.

— Eh bien moi, Eve, je ne permettrai pas que cette histoire vous porte préjudice. Je ne le supporterais pas.

Alors qu'elle secouait la tête, il ajouta :

— Je n'aurais jamais dû vous mêler à tout ça.

— Rendormez-vous, lui dit-elle.

Il se rallongea et ferma les yeux.

— Il faut que je trouve le meurtrier, reprit-il. Je n'ai pas assez de temps pour me permettre de rester sans rien faire, comme ça. Il faut que je pose des questions, que je fouille, que je cherche.

— Demain, murmura Eve.

— Je n'ai pas assez de temps ! Ils vont me retrouver. Et vous aussi, ils vous retrouveront.

— Demain, répéta Eve. Nous y réfléchirons demain.

Et elle posa une main fraîche sur le front de Jack.

15.

Jack se réveilla en pleine confusion. Sa tête le faisait souffrir, comme le reste de son corps d'ailleurs, et il lui fallut plusieurs minutes pour se rappeler où il se trouvait. Il resta un moment immobile, à écouter les bruits de la maison, et soudain, il vit Eve ; elle était assise à côté du canapé, endormie, la joue pressée contre le dossier, les genoux pliés sur sa poitrine, comme si elle avait froid.

Il la regarda longuement. Bien que son visage fût en partie caché par la masse de ses cheveux, elle était belle. Très belle. Et si courageuse !

Comme il se redressait, il étouffa un grognement. Dieu qu'il avait mal ! Avec d'infinies précautions, il leva son bras du coussin, soulagé de constater qu'il pouvait le remuer. Ses muscles étaient raides, mais tout fonctionnait. Peut-être ne s'était-il rien brisé, tout compte fait.

Il fit basculer ses jambes hors du canapé et se leva en titubant légèrement, pris d'un étourdissement qui ne dura pas.

Il essaya plusieurs portes avant de trouver les toilettes. A son retour, Eve dormait toujours.

De nouveau, il passa un moment à l'observer, debout, soutenant son bras douloureux. Son otage... la bonne blague ! Et pourtant, s'il était pris et qu'Eve était toujours avec lui, il jurerait qu'il l'avait kidnappée. Qu'avait-il à perdre, après tout ?

Il regarda autour de lui et inspira profondément. Il était libre. Il pouvait, s'il le désirait, sortir et marcher dehors. Pas de serrures, de grilles, de gardiens... Seulement Eve, endormie, qui veillait sur lui et le protégeait.

Soudain, il sentit son cœur se serrer à la pensée qu'il ne pourrait jamais la tenir dans ses bras ou l'aimer, encore moins aspirer à son amour. Il était un condamné à mort en fuite, pourchassé par toutes les polices. En plus, Eve appartenait à un autre homme.

Elle bougea, à cet instant. Changeant de position, elle murmura quelques mots inaudibles, avant d'ouvrir les yeux et de plonger son regard directement dans celui de Jack. Stupéfaite, elle se redressa.

— Jack, fit-elle d'une voix enrouée par le sommeil. Qu'est-ce que...

— Ça va, ne vous inquiétez pas. Je suis juste allé aux toilettes.

— Oh !

Elle se frotta les yeux et s'étira.

— Je me suis endormie.

— Apparemment.

— Comment vous sentez-vous ?

— Comme quelqu'un qu'on aurait roué de coups. Mais nettement mieux qu'hier, quand même.

— A la bonne heure !

Comme elle lui souriait, Jack sentit de nouveau son cœur chavirer.

— Ecoutez, Eve, il faut qu'on parle. Je ne veux pas vous entraîner plus avant dans cette histoire et...

Mais elle se leva et l'interrompit avec humeur :

— Vous ne croyez pas qu'il est un peu tôt ? Je viens à peine de me réveiller ! D'ailleurs, nous avons déjà parlé de ça, hier. A quoi bon revenir dessus ? Pensons plutôt à manger, à nous doucher et à trouver des vêtements propres.

Elle lui jeta un coup d'œil.

— Les affaires de mon père devraient vous aller. Ce sera peut-être un peu large, mais vous êtes de la même taille.

— Eve...

Elle lui avait déjà tourné le dos et s'éloignait dans le couloir. Un instant plus tard, il entendit couler de l'eau et se rassit sur le canapé. Il n'avait pas la force de discuter avec elle, et elle le savait.

Quand elle le rejoignit, un moment plus tard, les cheveux mouillés, elle s'était lavée et portait un nouveau chandail — qu'elle avait dû trouver dans les affaires de sa mère. Elle avait une pile de vêtements d'homme sur les bras.

— Je me sens mieux, avoua-t-elle. Tenez, voilà de quoi vous changer. Vous pourrez prendre une douche ?

Elle l'observa.

— Faites attention à votre tête. Il vaudrait mieux ne pas vous laver les cheveux et éviter ainsi de mouiller votre blessure.

— Je crois que j'y arriverai.

— Le mieux serait aussi de mettre votre bras en écharpe. Je vais vous en fabriquer une avec un foulard.

Elle pencha la tête de côté.

— Ne vous rasez pas.

— Vous croyez que je peux tromper le monde ? interrogea Jack en se passant la main sur le menton.

— Pas ceux qui vous connaissent vraiment.

— Je le craignais...

Eve parut hésiter, comme si elle voulait dire quelque chose, mais n'osait pas.

— Quoi ? lui demanda Jack.

— Eh bien, je me demandais si vous vouliez que j'allume la télévision ? Pour voir ce qui se passe ?

Il tourna la tête, comme si elle l'avait giflé.

— Non !

— Je crois que je vais regarder, moi.

— Ça ne m'intéresse pas! lança Jack d'un ton brusque.

— Vous savez que... le shérif a demandé l'aide du FBI?

— Je pouvais le deviner.

Fermant les yeux, il secoua la tête.

— Mes parents vont devenir fous. J'imagine que la police a dû leur tomber dessus à bras raccourcis. Ma pauvre mère...

Il serra le poing.

— Et cela ne fait qu'augmenter les risques en ce qui vous concerne, souligna-t-il.

— Pas vraiment, répondit Eve. Je suis toujours votre otage. Ce dont j'ai le plus peur, expliqua-t-elle en s'asseyant sur le canapé, à côté de lui, c'est qu'ils vous trouvent et... qu'ils tirent. Qu'ils vous blessent, ou qu'ils vous tuent.

— Je préférerais. Au moins, ce serait bref.

— Ne dites pas ça!

— Très bien. Bon, je vais prendre cette douche.

Le savon piqua sa plaie, ainsi que d'autres écorchures dont il n'avait pas conscience jusqu'alors; et si son épaule était trop sensible pour supporter le jet de la douche, il se sentit revigoré par ce brin de toilette.

La pensée l'effleura qu'il était en train de prendre une douche à l'endroit précis qu'Eve avait occupé, un moment plus tôt. Dans un sens, il avait passé la nuit avec elle, aussi. N'était-ce pas ce à quoi il avait rêvé, pendant ces trois derniers mois : se trouver seul avec Eve Marchand? Et il ne pouvait même pas en profiter. Il était à moitié impotent, en cavale et poursuivi par les autorités. L'ironie de la situation était pour le moins cruelle.

Non sans difficulté, il parvint à enfiler le pantalon de velours côtelé de M. Marchand, mais boutonner la chemise se révéla pratiquement impossible. Il alla donc trouver Eve, qui était dans la cuisine, occupée à remuer une cuiller de bois dans une casserole.

La scène avait un côté domestique et intime si fort que Jack éprouva le désir de s'approcher d'elle et de l'entourer de ses bras, ainsi que le ferait un homme avec la femme qu'il aimait.

Au même moment, Eve se tourna.

— Laissez-moi vous aider, dit-elle en le voyant se débattre avec les boutons. Mais d'abord, je vais vous mettre cette écharpe.

Elle prit sur la table un foulard qui devait appartenir à sa mère et l'attacha autour du cou de Jack, avant d'y glisser son bras blessé.

— Ça va, comme ça ? Ce n'est pas trop haut ? Evidemment, ça n'a rien à voir avec ce qu'on vous aurait fait dans un hôpital.

Jack ne disait rien. Il se contentait de la regarder, le cœur battant un peu plus vite que de coutume.

Elle rabattit le pan de la chemise sur le bras immobilisé et entreprit de la boutonner. Elle était légèrement penchée, et sa tête se trouvait à quelques centimètres du nez de Jack qui pouvait sentir le parfum de son shampooing.

— Encore deux ! annonça-t-elle tout à coup en levant les yeux.

Leurs regards se croisèrent.

Pendant un bref interlude, étrange et déstabilisant, le temps parut suspendre son cours. Le cœur battant à se rompre, Jack plongea dans les pupilles de la jeune femme, croyant y reconnaître un trouble, un sentiment qu'il n'osait nommer. Eve oscilla vers lui, et il l'entendit inspirer profondément, comme quelqu'un qui avale un grand bol d'air de peur d'en manquer. Ils tanguèrent ainsi, tout près l'un de l'autre, quelques minutes, ou quelques secondes, dans un espace où rien n'existait d'autre qu'eux, un espace dans lequel rien ni personne ne pouvait pénétrer.

Finalement, ce fut Jack qui recula d'un pas, brisant le charme, et le temps reprit ses droits. A son tour, il prit une profonde inspiration alors qu'une brusque et irrationnelle bouffée de colère l'envahissait.

— Je vais le faire ! dit-il en pivotant sur ses talons.

Un long silence lui répondit. Puis, il entendit Eve lui dire :

— J'ai fait du porridge. Vous en voulez ?

— Oui, merci.

Après le petit déjeuner, Jack sortit sur le balcon. Il faisait froid, mais le soleil brillait et le ciel était d'un bleu dur, parfait, sans un nuage. Il s'installa dans un des fauteuils et s'appuya contre le dossier, offrant son visage à la caresse des rayons bienfaisants du soleil. Dieu que c'était bon ! Depuis combien de temps n'avait-il pas senti le soleil sur sa peau, lui, un enfant des îles d'Hawaii ? Il s'avisait brusquement à quel point il en avait souffert ; c'était comme si une ombre était tombée sur son âme.

Puis il se mit à réfléchir. Il devait concevoir un plan. Le temps était la clé, le facteur déterminant. Il restait à espérer qu'il en aurait assez.

Une chose était sûre : ce qu'il cherchait se trouvait à Aspen. Allison avait été assassinée là-bas, par quelqu'un qu'elle connaissait — quelqu'un à qui elle avait confié la combinaison du système d'alarme, ou qu'elle avait laissé entrer chez elle, la nuit du meurtre.

Jack avait disposé de toute une année pour tourner et retourner le problème dans sa tête. S'il n'était pas plus près de le résoudre, au moins savait-il de quel côté chercher. Il y avait Mochlin, bien sûr. Jack ne l'avait jamais considéré comme un suspect valable, mais les nouveaux éléments concernant son alibi jetaient une lumière différente sur son rôle dans toute cette affaire. John Richards était hors de soupçon ; il se trouvait à Las Vegas, au moment du meurtre, et disposait d'une douzaine de témoins et d'un alibi en béton — et ainsi qu'il l'avait dit lui-même, s'il avait dû tuer Allison, il l'aurait fait des années plus tôt.

Il y avait encore Marnie et Ray Wade. Allison avait-elle menacé de les dénoncer, de les renvoyer pour cette histoire de vol de bijoux chez Brooke Goldsmith, et parce qu'ils lui avaient menti lorsqu'elle les avait engagés ? Cela lui ressemblait bien ; Allison pouvait se montrer implacable. D'un autre côté, était-ce une raison suffisante pour la tuer ?

S'il allait à Aspen, s'il rencontrait certaines de ces personnes, il obtiendrait peut-être des réactions, il réussirait peut-être à faire parler des gens...

Il avait vu et revu, jusqu'à s'en donner le tournis, la question des preuves qui l'accablaient. Ses empreintes sur la statue africaine, d'abord. Comment s'étonner de les y trouver ? Il l'avait touchée et maniée des dizaines de fois ! Marnie n'essuyait pas la poussière aussi consciencieusement qu'elle l'aurait dû ? La belle affaire !

Ensuite, il y avait le briquet. Comment avait-il atterri sous le piano ? Cette question le rendait fou. Il l'avait perdu au moins plusieurs semaines avant le meurtre — malheureusement, il ne se rappelait pas de façon précise à quel moment. Il ne fumait plus et n'avait donc pas fait attention ; il ne savait même pas depuis combien de temps le briquet avait disparu lorsqu'il avait remarqué son absence. Peut-être l'avait-il égaré à l'endroit précis où on l'avait retrouvé, dans le salon ; il serait tombé ou quelqu'un l'aurait poussé sous le piano, sans s'en apercevoir. Il suffisait d'un petit coup de pied... et d'une coïncidence malheureuse pour lui.

Alors que le soleil réchauffait son corps meurtri, Jack sentait peu à peu renaître ses forces, comme si les rayons pénétraient sa peau et le guérissaient.

Toutefois, songea-t-il en reprenant le cours de ses réflexions, il devait envisager la possibilité que la présence du briquet sur les lieux du crime ne fût pas une coïncidence. Dans ce cas, quelqu'un le lui aurait volé, ou l'aurait ramassé là où il l'avait posé, ou perdu. Cette même personne l'aurait gardé et laissé près du cadavre d'Allison, intentionnellement, afin de faire porter les soupçons sur lui. Un tel scénario impliquait que le meurtrier fût un proche, de lui, mais aussi d'Allison ; quelqu'un qui fût au courant de leurs disputes, du divorce, des questions d'argent... de tout. Mochlin aussi bien que Richards pouvaient correspondre ; de même que les Wade.

La question restait donc la même : qui ? Et une autre s'imposait : pourquoi ? Pourquoi cette personne avait-elle tué Allison ? Il n'existait aucun mobile, excepté celui qu'on lui avait attribué, à lui. Or, il n'avait pas tué sa femme. Dans toute cette affaire, c'était la seule certitude.

Jack finit par s'assoupir.

Il fut réveillé par un bruit léger de pas et la caresse de la main d'Eve, sur son bras.

— Oh, désolée ! s'exclama-t-elle aussitôt. Je ne savais pas que vous dormiez. Je vous apportais de la glace.

— Merci, fit-il en installant le torchon plein de glaçons en équilibre sur son épaule. Je n'arrête pas de m'endormir, comme un petit vieux.

— Vous devez en avoir besoin, observa Eve.

— Ecoutez, je vais m'en aller d'ici, aujourd'hui. Il le faut.

Eve se contenta de hocher la tête et s'installa dans un fauteuil, en face de lui. Derrière elle, le soleil créait une sorte de halo brillant autour de ses cheveux tandis que son visage restait dans l'ombre. Jack dut se contenir pour ne pas tendre la main et la toucher.

— Qu'avez-vous l'intention de faire exactement ? demanda-t-elle.

— Il est préférable que vous n'en sachiez rien.

De nouveau, elle hocha la tête.

— Je vois. Et comment comptez-vous vous en sortir ?

— J'ai juste besoin de vous emprunter un peu d'argent.

— Où irez-vous, Jack ? Et comment ? Même si vous trouvez un véhicule, vous n'êtes pas en état de conduire. Et je ne peux pas vous prêter ma voiture ; ils ne tarderont pas à la chercher — si ce n'est pas déjà fait. Vraiment, Jack, vous n'êtes pas raisonnable !

— Raisonnable ! répéta-t-il en s'agitant dans son fauteuil.

— Vous êtes si faible, reprit-elle avec douceur. Vous avez besoin de quelques jours pour vous remettre. Attendez un peu.

— Je ne peux pas me permettre d'attendre, Eve. Vous le savez bien.

— Oui, je le sais, admit-elle. Et je comprends que cela vous rende fou. Mais le fait demeure que vous n'êtes pas en état d'aller où que ce soit.

— Et vous ? s'exclama Jack. Que faites-vous de Kapochek ? De votre travail ?

— J'ai téléphoné, hier soir, pour annoncer que j'étais malade. Je n'ai pas eu besoin de m'expliquer longtemps. Je devais avoir une mine cadavérique, ces temps-ci.

— Vous êtes très bien.

— Quel galant homme ! commenta Eve avec un sourire. Merci quand même.

— Et vos amis ? insista Jack.

— Gary est à Miami, avec son équipe, lui répondit-elle.

Comme Jack se contentait de hocher la tête, Eve se leva brusquement.

— Je vais regarder la télévision, déclara-t-elle. Il faut bien que quelqu'un se tienne au courant des nouvelles.

Pour Jack, la journée passa avec une lenteur insupportable. Quand il ne succombait pas à la fatigue, sombrant dans un sommeil lourd dont il se réveillait généralement en sursaut, l'impatience le taraudait.

En fin d'après-midi, il rejoignit Eve dans la cuisine, où elle préparait des spaghettis.

— J'espère que vous aimez les pâtes, dit-elle. C'est tout ce que j'ai trouvé.

— Pas de problème.

— Je ne suis pas une grande cuisinière, vous savez. Je n'ai jamais vraiment eu le temps de m'y mettre.

— Ne vous inquiétez pas. Après tous ces mois passés au régime de la prison, je ne vais pas me montrer trop difficile.

Jack s'assit à la table et regarda la jeune femme. Chacun de ses mouvements lui était une douleur ; ils avaient toutes les apparences d'un couple en pleine routine quotidienne. Et pourtant...

Ces moments à deux, il devait en profiter ; ils étaient rares, et, surtout, ils ne dureraient pas. Quand tout serait fini, il lui faudrait s'en contenter pour le restant de ses jours.

Aussi ne cessait-il de l'observer, comme s'il voulait tout apprendre d'elle par son seul regard : son dos étroit, ses mains qui tenaient un objet, en prenaient un autre, ses jambes dans son jean, sa démarche gracieuse... Ses cheveux, son profil, ses sourcils qu'elle fronçait légèrement alors qu'elle cherchait quelque chose dans un tiroir. Et soudain, ce sourire bref, un rien timide, qu'elle eut lorsqu'elle se tourna et le surprit en train de la fixer.

— Ne me regardez pas comme ça, dit-elle. Cela me rend nerveuse.

Ils dînèrent en silence. Jack goûta à peine la nourriture, trop occupé qu'il était à se pénétrer de chaque instant qu'il passait en compagnie d'Eve.

Peu à son aise avec sa main gauche, il ne cessait de voir les spaghettis glisser sur sa fourchette. Il fit aussi tomber de la sauce à côté de son assiette. A un moment, Eve se pencha par-dessus la table et lui essuya le coin de la bouche.

— Vous auriez besoin d'un biberon, lui dit-elle en souriant. Je devrais peut-être aussi vous donner à manger.

— Peut-être, répondit-il.

Après dîner, elle regarda de nouveau les actualités télévisées tandis que Jack faisait les cent pas sur le balcon. Il était encore faible, mais se sentait mieux.

— Entrez ! lui lança Eve depuis l'intérieur de la maison. Il fait froid.

— Encore un moment.

— Je pourrais vous allumer la lumière, dehors, mais j'ai peur d'attirer l'attention.

— C'est bon, je n'en ai pas besoin.

— Le FBI pense que vous êtes au Nouveau-Mexique, expliqua Eve. Un homme vous a vu à Santa Fe.

— Tant mieux ! J'ai toujours aimé Santa Fe.

— Jack, vous me rendez nerveuse, à tourner comme ça, tel un animal dans un zoo.

Se figeant brusquement, il la regarda.

— Mais c'est ce que je suis, Eve : un prisonnier n'est rien d'autre qu'un animal dans une cage.

Aussitôt, Eve vint le rejoindre, l'air contrit.

— Vous n'êtes pas un animal, dit-elle. Vous êtes un homme. Un homme bien.

— Qu'en savez-vous ? lui demanda-t-il avec colère. Comment pouvez-vous en être si sûre ? Comment savez-vous que je n'ai pas fracassé le crâne d'Allison avec cette statuette ?

Un instant, elle garda le silence ; dans ses yeux, Jack vit une confiance, une foi totales.

— Je le sais, chuchota-t-elle enfin. C'est tout.

Jack aurait voulu l'attirer dans ses bras, alors. La serrer contre lui et l'embrasser jusqu'à la faire gémir, enfoncer ses doigts dans ses cheveux, la briser et l'adorer en même temps.

— Il faut que je fiche le camp d'ici ! dit-il brusquement sur un ton farouche. Je m'en irai demain.

Eve continua de le regarder, comme si elle le comprenait, et cette compassion lui parut plus douloureuse que tout.

16.

Ralph Hawley, agent spécial du FBI chargé de l'affaire Devlin, jeta un dossier sur la table de conférences du bureau de Denver. Aussitôt, ses subalternes se redressèrent et posèrent leur gobelet de café, lui accordant toute leur attention. Ils avaient une peur bleue de leur chef, qui le savait et entretenait cette crainte.

— Devlin est en cavale depuis maintenant plus de quarante-huit heures, et pour l'instant, aucun de vous n'a été fichu de trouver une piste valable. Le gouvernement vous paie pour quoi faire ?

Il plongea son fameux regard bleu-gris dans les yeux de ses hommes, l'un après l'autre.

— Alors ? reprit-il en s'adressant à l'agent Krupp. Qu'en est-il du type qui l'a reconnu, à Santa Fe ?

— Je suis rentré il y a moins d'une heure. J'ai peur qu'il s'agisse d'une erreur.

— Vous êtes sûr ? Prêt à parier votre carrière ?

Krupp déglutit péniblement.

— Oui, monsieur. Je le suis.

Hawley poussa un grognement dédaigneux. C'était un homme de haute taille, sec, raide comme un i, avec un visage ridé et des cheveux gris bien qu'il n'ait qu'une quarantaine d'années. Il arborait une coupe en brosse et regrettait parfois de ne pouvoir imposer ce style militaire à tous ses hommes ; le règlement du FBI n'était pas si strict. Toutefois, aucun agent sous ses ordres ne portait de moustache, encore moins une barbe ; ils n'oseraient pas.

Debout à l'extrémité de la table de conférences, il croisa les bras et fixa l'agent Morales.

— Repassez-nous cette bande, s'il vous plaît.

— Celle de la ligne téléphonique d'Eve Marchand ? demanda l'agent.

Pour toute réponse, Ralph Hawley le foudroya du regard.

— B... bien, balbutia Morales en glissant une cassette dans le magnétophone installé devant lui.

Une voix d'homme s'éleva dans la pièce.

— « Bonjour, c'est Harry à l'appareil, du Central Pressing, sur East Colfax. Vous vous... »

— Repassez-moi ça, ordonna Hawley à la fin.

Ils écoutèrent de nouveau le message. Puis la voix se tut et Hawley reprit :

— Des commentaires ? Une suite ? Un suivi quelconque ?

Il y eut un silence. Finalement, l'agent Dent bredouilla :

— Euh, j'aimerais suivre cette piste.

— Vraiment ? fit Hawley en se tournant vers lui.

— Oui.

— Eh bien, laissez-moi vous dire une chose, tonna Hawley : C'est un peu tard ! Je m'en suis déjà occupé. J'ai passé un petit coup de fil à ce pressing, et vous savez quoi ? Il n'y a pas de Harry, là-bas. Ni vu ni connu. Elle est bien bonne, hein ? Autre chose : est-ce que l'un de vous a déjà vu cette demoiselle Marchand ?

Morales s'éclaircit la gorge.

— Je l'ai aperçue au tribunal, une fois.

— Et ?

— Elle est... euh, très compétente, monsieur. Et plus jeune qu'on pourrait le penser.

— Et ?

— Et... euh, c'est une jolie femme, monsieur.

Un des hommes laissa échapper un léger ricanement, que Hawley fit cesser d'un coup d'œil.

— L'agent Morales a tout à fait raison, poursuivit-il. Mlle Marchand est une très jolie femme. Alors forcément, je me demande ce qu'une aussi jolie femme irait faire dans un pressing d'un quartier aussi pourri qu'East Colfax, où elle a toutes les chances de se faire molester. Et je ne parle pas du fait qu'elle a plusieurs teinturiers tout près de chez elle.

Il marqua une pause, avant de conclure :

— Cela m'amène à la question suivante : se peut-il que ce Harry, inconnu au bataillon, soit notre ami Devlin qui lui aurait laissé un message codé ?

Les agents hochèrent la tête en silence.

— Ouais ! s'exclama Hawley. Ça a l'air tellement évident, pas vrai ? Et pourtant, pas un seul de vous n'a été foutu de la faire, cette déduction ! Alors, je vais m'en occuper moi-même, de cette demoiselle Marchand. Morales...

— Oui, monsieur ?

— Trouvez maître Iverson et allez lui parler. Et vous, Dent, je veux que vous voyiez toutes les personnes qui ont témoigné pour la défense. Devlin va forcément se tourner vers quelqu'un pour obtenir de l'aide. Krupp, vérifiez encore la piste de Santa Fe ; allez trouver les autorités locales. Ne vous les mettez pas à dos. Soyez aussi gentil que possible. Je veux être sûr qu'ils ne savent pas des choses que nous ignorons.

— Oui, monsieur.

Hawley saisit le dossier qu'il avait jeté sur la table un instant plus tôt. Au moment de sortir de la pièce, il se tourna encore vers ses hommes.

— Je veux Devlin, dit-il. Mort ou vif, cela m'est égal. Mais je le veux. Ce que je ne veux sous aucun prétexte, c'est qu'un de ces shérifs de campagne me batte au poteau. Compris ?

— Oui, monsieur, répondirent les agents, à l'unisson.

— Bon, commenta Hawley, avec un de ses brefs et rares sourires. Bon.

Eve ne chercha pas à interroger son répondeur, à Denver, avant une heure avancée de la soirée. Jack venait de s'endormir sur le canapé.

Il y avait une douzaine de messages, émanant de divers journalistes ; tous voulaient des informations sur Jack et lui demandaient de bien vouloir les rappeler, aussi vite que possible. « Et puis quoi encore ? » se dit-elle. Sa mère avait appelé, également, pour prendre de ses nouvelles.

— « Ton père et moi sommes vraiment désolés au sujet de cette affaire Devlin, assurait-elle. Tiens bon, ma chérie, et ne prends pas cela trop à cœur. Tu sais que les choses finissent toujours par s'arranger. Nous t'embrassons bien fort. »

« Si elle savait », songea Eve.

Gary avait téléphoné, aussi. Et tandis qu'elle écoutait sa voix si familière, Eve fut prise d'un terrible sentiment de culpabilité. Elle lui avait promis qu'elle dénoncerait Jack si jamais celui-ci entrait en contact avec elle. Comment avait-elle pu se leurrer à ce point ?

Suivait un appel de Ben Richards. Il parlait d'une voix un peu haletante et hésitante, comme s'il ne savait pas exactement quoi dire. Mais Eve comprit la teneur du message : s'il pouvait aider Jack, de quelque manière que ce fût, elle ne devait surtout pas hésiter à l'appeler. Elle sourit : au moins Jack avait-il une personne de son côté. Ou plutôt non : il en avait deux.

Puis, une voix inconnue déclina son identité : « Agent spécial Ralph Hawley, du FBI. »

Le cœur d'Eve se mit à cogner à coups sourds dans sa poitrine.

— « Rappelez-moi aussitôt que vous le pourrez », dit encore l'homme, avant de laisser un numéro de téléphone à Denver.

Le FBI. L'agent spécial Ralph Hawley. Aussitôt, Eve songea qu'il avait dû entendre l'appel du pressing. Et qu'il avait compris. N'importe qui aurait compris !

— Bon, bon, fit Eve en s'efforçant d'inspirer profondément. On se calme. On se calme, et on réfléchit.

Elle devait le rappeler, sous peine de le rendre plus soupçonneux qu'il ne l'était déjà. Hawley avait sûrement appelé le bureau d'aide judiciaire, où on avait dû lui répondre qu'elle était malade et se reposait. Cela lui donnait un peu de temps, mais pas tant que ça.

Il lui faudrait jouer serré, songea-t-elle en faisant les cent pas dans la pièce. Et, pour commencer, il était préférable de ne pas rappeler d'ici ; Hawley risquerait de retrouver sa trace et d'envoyer quelqu'un.

Elle allait donc devoir retourner à Denver. Dès demain matin. Et elle le rappellerait depuis chez elle.

Et s'il faisait surveiller sa maison ? Il saurait qu'elle s'était absentée. Eve se dit qu'elle pourrait toujours prétendre être allée passer deux jours chez Gary, ou ailleurs, afin d'éviter la curiosité des journalistes et les sonneries incessantes de son téléphone.

Elle était encore en train de réfléchir à son plan, lorsque Jack se réveilla en sursaut. Aussitôt, il porta la main à son épaule blessée, tressaillit de douleur et poussa un juron. Même dans la pénombre — Eve avait éteint toutes les lumières, à l'exception d'une petite lampe, près du canapé —, elle pouvait voir la sueur briller sur son torse.

— Encore un mauvais rêve ? demanda-t-elle depuis l'endroit où elle s'était figée, devant la baie vitrée donnant sur le balcon.

Jack leva les yeux vers elle.

— Parce qu'il en existe d'une autre sorte ?

Eve poussa un soupir et tourna la tête.

— Pardonnez-moi, reprit-il. Je n'arrête pas de m'en prendre à vous.

— Je comprends, assura-t-elle en haussant les épaules. Ce que vous traversez n'est pas précisément une partie de plaisir.

— Non, en effet, marmonna-t-il.

Puis il fronça les sourcils.

— Vous n'êtes pas encore couchée ?

— Je n'arrive pas à dormir.

— Hmm.

Jack se leva, non sans difficulté, et se rendit dans la cuisine, où il alluma la lumière et se versa un verre d'eau, à l'évier. Eve le suivit, machinalement, en dépit des sonnettes d'alarme qui carillonnaient dans son esprit. Une évidence cherchait à percer le voile opaque qui recouvrait sa conscience, une évidence dangereuse parce qu'elle risquait de bouleverser l'ordre établi de sa vie : elle se préoccupait beaucoup trop de Jack Devlin.

Soudain, ce dernier se tourna.

— Allez vous coucher, Eve ! ordonna-t-il sur un ton brusque.

Elle soutint son regard, une fraction de seconde de trop.

— Oui, murmura-t-elle enfin. J'y vais.

Le lendemain matin, Eve se réveilla à 6 heures. Elle se leva, prit une douche, s'habilla et se rendit dans la cuisine pour préparer du café. Elle voulait quitter la maison avant 7 heures, afin d'arriver très tôt à Denver, d'où elle appellerait l'agent Hawley. Elle n'avait toutefois pas encore déterminé comment elle allait expliquer son départ à Jack. S'il savait que le FBI la questionnait déjà, il s'en irait. Elle imaginait Jack en cavale, essayant de voler une voiture, un flic l'apercevant, sortant son arme...

Non, elle ne pouvait pas laisser Jack s'en aller tout seul.

Quand elle s'aventura dans le salon, elle découvrit qu'il était déjà debout. Il se tenait sur le balcon, sa silhouette se découpant dans la lumière nacrée du soleil levant. Soudain, il ferma les yeux et inspira profondément, comme s'il cherchait à s'imprégner de la beauté de cet instant. Instinctivement, Eve recula. Il lui semblait avoir surpris un moment d'une grande intimité. Elle s'éloignait déjà, lorsque Jack lui dit :

— Non, ne partez pas. Venez voir.

Elle le rejoignit, tout près de la balustrade. Au bord de la forêt de pins, à peine visibles, se trouvaient une biche et son petit. La mère leva la tête et huma l'air, en remuant ses oreilles, tandis que le faon continuait de brouter l'herbe, paisiblement.

— Ils sont beaux, n'est-ce pas ? remarqua Jack.

— Oui, répondit Eve.

Après quelques instants de silence, elle demanda :

— Vous êtes chasseur ?

— Je l'ai été, oui, murmura-t-il avec un soupir. Mais vous voyez, maintenant que je fais de nouveau l'expérience de la liberté, je le regrette. Je regrette beaucoup de choses, au sujet de mon existence passée. Et si jamais j'arrive à dénouer cette affaire, si je découvre enfin qui a tué ma femme et que je redevienne un homme libre, pour de bon, je crois bien que ma vie prendra une tout autre direction.

— Comment ça ?

— Eh bien, l'idée de continuer à concevoir des maisons spectaculaires pour des gens riches ne présente plus grand intérêt à mes yeux. J'aimerais faire quelque chose de plus utile. Oui, c'est ça, poursuivit Jack, comme s'il réfléchissait à haute voix, j'aimerais aider des gens. Peut-être des pauvres types enlisés dans des situations semblables à la mienne, en ce moment. Je suis sûr que je pourrais trouver un moyen de me rendre utile.

Il eut un petit rire sans joie.

— Encore faudrait-il que je me tire de cette situation.

Eve contempla son profil, éprouva la force qui émanait de lui, cette détermination. Elle désirait tant lui dire que tout allait s'arranger, qu'elle allait y veiller. Mais, elle le savait, Jack ne voulait pas d'un tel soutien émotionnel. Elle en concevait d'ailleurs une sorte d'angoisse, elle qui avait tellement l'habitude qu'on ait besoin d'elle. Tous les hommes qu'elle avait connus, à un moment ou à un autre, s'étaient appuyés sur elle. Jack était différent. Il avait accepté son aide professionnelle — pour ce que cela lui avait rapporté ! — et il l'avait aussi appelée au début de sa cavale, mais uniquement parce qu'il voulait lui emprunter de l'argent. Maintenant, il la tenait à distance. Et, confusément, Eve sentait que si la police ou le FBI le retrouvaient, il rejetterait tous les efforts qu'elle ferait pour le sauver. Tôt ou tard, il se replierait totalement sur lui-même. Et cette idée lui était insupportable.

— Il faut que je fasse un saut à Denver, annonça-t-elle soudain, d'un air dégagé. Je ne serai pas longue.

Jack se tourna vers elle et l'enveloppa d'un regard pénétrant.

— Denver, répéta-t-il.

— Oui. Juste deux ou trois choses à faire.

— Lesquelles ? demanda-t-il sans la quitter des yeux.

— Oh ! rien d'important.

— Allons, Eve, vous croyez pouvoir vous en tirer comme ça ? De quoi s'agit-il ?

Elle poussa un soupir.

— Il faut que je rappelle un agent du FBI qui a laissé un message sur mon répondeur, hier. Rien de grave. La routine.

— Et il faut que vous rentriez à Denver, pour ça ? Vous avez peur que le FBI vous surveille, n'est-ce pas ? Ils ont sûrement entendu mon message. Ils ont peut-être même compris qui était Harry.

— Ne tirez pas de conclusions hâtives...

— Et vous, ne me racontez pas d'histoires ! coupa Jack, avant d'enchaîner : Très bien, allez à Denver. Faites ce que vous devez faire. Mais je vous conseille de leur raconter la vérité, et même de leur dire que je vous ai forcée à me conduire jusqu'ici. Expliquez-leur que vous avez pu vous échapper ce matin.

— Non !

— Eve, vous n'avez pas le choix.

— Si, je l'ai. Encore une fois, vous ne pourrez rien faire tout seul, Jack. Que cela vous plaise ou non, vous avez besoin de mon aide. Vous n'êtes même pas assez solide pour...

— Je suis suffisamment solide, Eve ! Et je veux que vous vous sortiez de cette histoire avant qu'il ne soit trop tard et que vous vous retrouviez à payer les pots cassés. L'enjeu est trop grave.

— Raison de plus ! s'exclama Eve, avant d'étouffer un juron. Vous me prenez pour une idiote, à la fin ? Je sais très bien ce que vous avez l'intention de faire : vous voulez retourner à Aspen. Je me trompe ?

Il garda le silence, la considérant avec circonspection.

— Inutile de me répondre, reprit-elle, je le sais bien. Mais je vous préviens, ça ne marchera pas. C'est de la folie.

— Je ne suis pas d'accord. Le meurtrier est à Aspen. C'est là que se trouve la réponse à toutes mes questions.

Eve poussa un soupir.

— Laissez Hank faire le travail. Je l'appellerai et...

— Non. C'est moi qui connais ces gens. C'est de moi qu'ils auront peur. Il faut que je leur parle, en personne. Je saurai qui me ment. Il faut que j'arrive à faire le lien avec ce foutu briquet. C'est la clé. Quelqu'un l'a placé sur le lieu du crime.

— Vous avez pu le perdre ou le laisser tomber à cet endroit des semaines plus tôt. Jack, nous avons déjà parlé de ça...

— Non, l'interrompit-il encore en secouant la tête. Ray ou Marnie l'auraient trouvé. Allison était une vraie maniaque, en ce qui concernait le ménage. Je dois leur parler. Et je dois aussi avoir une petite conversation avec Mochlin. Je veux voir ce salaud face à face. C'est le seul moyen de m'innocenter, Eve. Il faut que j'aille à Aspen et que je rencontre ces gens, que je les affronte et que je leur demande de s'expliquer, sans menottes autour des poignets.

— Vous serez capturé.

— Tôt ou tard, c'est sûr. Mais peut-être aurai-je découvert ce que j'ai besoin de savoir, entre-temps. C'est ma seule chance.

Eve le considéra un instant, avant de hocher la tête.

— Ça ne sert à rien de continuer à discuter, murmura-t-elle comme si elle se parlait à elle-même. Vous ne changerez pas d'avis. J'aimerais juste que vous fassiez une chose pour moi, ajouta-t-elle.

— Laquelle ?

— Attendez mon retour, cet après-midi. Ne partez pas tant que je ne serai pas revenue. Je vous en prie, Jack.

Il hésita un moment, mais finit par acquiescer.

— D'accord. Comment allez-vous vous débrouiller, avec le FBI ?

— Ça, c'est mon problème, répliqua Eve avec un sourire. J'ai affaire à eux pratiquement tous les jours, Jack. Croyez-moi, ils ne me font pas peur.

Elle s'apprêtait à sortir, quelques instants plus tard, son sac et ses clés en main, lorsqu'elle se retourna, les sourcils froncés.

— Jack, dit-elle sur un ton hésitant, je sais que cela ne me regarde pas, mais... est-ce que... à la fin, est-ce que vous aimiez toujours Allison ?

Il s'appuya contre le mur et la regarda fixement.

— Oui, finit-il par répondre. Oui, je l'aimais. Et pourtant, maintenant, a posteriori...

Il secoua la tête, plissa le front et poussa un long soupir.

— Je crois que je m'aperçois à quel point cet amour était fondé sur de mauvaises raisons — sur un leurre. Je ne l'avais jamais compris, jusqu'à tout récemment.

— Pourquoi récemment ? demanda Eve.

En voyant le visage de Jack se fermer, elle comprit qu'il était inutile d'insister.

— A tout à l'heure, lança-t-elle avant de sortir.

Les paroles de Jack la hantèrent durant tout le trajet jusqu'à Denver. Son amour pour sa femme était fondé sur de mauvaises raisons, avait-il dit. Sur un leurre. Et il ne l'avait compris que récemment. Mais pourquoi ? Qu'est-ce qui lui avait ouvert les yeux ?

Marnie Wade planta ses poings sur ses hanches et affronta Sarah, dans le garage.

La petite amie de Ben était nerveuse. A vingt-trois ans, elle n'avait pas l'habitude de ce genre d'affrontement. Et Ben ne l'aidait pas du tout. Il se moquait éperdument de savoir ce qu'était devenue sa Rolex — un cadeau que lui avait fait sa mère, quelques mois avant sa mort, pour sa remise de diplôme. Il était littéralement scotché à l'écran de la télévision, passant sans arrêt d'une chaîne à l'autre, pour essayer d'attraper la plus petite information concernant la fuite de Jack. Le reste ne l'intéressait pas. Sarah, elle, en avait par-dessus la tête de la fainéantise, de l'insolence et des sarcasmes de Marnie. Sans parler de cette histoire de montre, maintenant.

— Ben veut que vous ayez quitté les lieux cet après-midi, déclara-t-elle alors que Marnie posait le couvercle sur une poubelle.

— Ben veut que nous ayons quitté les lieux ? Vous êtes sûre que ce n'est pas vous ?

— Lui ou moi, c'est la même chose. Ce qui est sûr,

c'est que sa montre a disparu. Je sais qu'on ne peut pas prouver que vous l'avez volée, mais la question n'est même pas là. Depuis la mort d'Allison, vous et votre mari n'avez fait qu'abuser de votre situation, ici. Vous croyez peut-être que Ben ignore que vous faites porter tous vos achats personnels sur ses comptes, en ville ? Et quand nous sommes rentrés de Californie, le mois dernier, le compteur de la Range Rover marquait mille cinq cents kilomètres de plus qu'à son départ...

Marnie poussa un juron. Son regard jetait des éclairs.

— Vous êtes culottée ! s'exclama-t-elle. Personne n'a conduit cette voiture depuis la mort d'Allison. Quant à cette montre, Ben l'a perdue au moins six fois, depuis le jour où sa mère la lui a offerte. Vous n'avez qu'à lui demander. D'ailleurs, vous ne pouvez pas nous renvoyer. Je suis sûre que Ben n'est même pas au courant de ce que vous faites.

— Mais si, mentit Sarah. Il m'a dit de m'en occuper.

— C'est ça ! fit Marnie en passant devant elle et en la bousculant au passage.

— Vous avez jusqu'à cet après-midi, Marnie ! lança Sarah, furieuse. Et je ne plaisante pas.

Avant de rejoindre la buanderie, Marnie se retourna.

— Nous verrons ce que Ben en dit, lança-t-elle avec insolence.

Et elle claqua la porte derrière elle.

17.

L'agent spécial Ralph Hawley sonna à la porte d'Eve Marchand, dans le quartier de Capitol Hill, à exactement midi. Il regarda avec soin autour de lui en attendant qu'on vienne lui ouvrir, remarquant l'aspect un soupçon négligé des lieux, ainsi que l'absence de fleurs ou de plantes. De toute évidence, la maîtresse des lieux ne passait pas beaucoup de temps à s'occuper de sa maison ; elle devait être trop occupée ailleurs.

Hawley avait l'absolue certitude que Jack Devlin était entré en contact avec elle ; il le sentait, aussi sûrement que s'il avait été une petite souris cachée dans son trou au moment où la conversation avait eu lieu. Et il avait bien l'intention d'arracher la vérité à cette demoiselle Marchand. Il s'en faisait même par avance une joie.

Quand enfin elle lui ouvrit la porte, il la trouva plus jeune qu'il ne s'y attendait, mais très calme, et parfaitement maîtresse d'elle-même. Elle lui tendit la main.

— Agent Hawley, je présume. Entrez, je vous prie.

L'intérieur était banal ; fonctionnel, mais sans aucune touche personnelle.

— Vous voulez un café ? proposa-t-elle.

— Non, merci. J'ai eu ma dose de caféine pour la journée.

Ils s'installèrent dans le salon, sur des fauteuils disposés l'un en face de l'autre. La jeune femme n'était pas nerveuse — du moins pas encore.

— J'imagine, mademoiselle Marchand, que je n'ai pas besoin de vous expliquer la raison de ma présence ici, commença Hawley.

— Non.

— Bien. Je ne vais donc pas y aller par quatre chemins. Je cherche Jack Devlin, et j'ai comme dans l'idée qu'il vous a appelée.

— Vraiment ?

— J'ai fait mettre votre ligne de téléphone sur écoute, il y a trois jours — la vôtre, ainsi que quelques autres. Je me suis intéressé à cet appel que vous avez reçu du Central Pressing, sur East Colfax, et il se trouve qu'ils n'ont chez eux personne qui réponde au prénom de Harry. Ce sont des Orientaux, une grande famille unie. Bien sûr, ils n'ont jamais eu le moindre vêtement vous appartenant, en tout cas au cours des six derniers mois.

Il la regarda fixement.

— C'est un crime, d'aider un prisonnier évadé. Et nous pourrions probablement vous coincer pour complicité par assistance, aussi. Vous risquez d'être radiée du barreau, rayée du tableau de l'ordre des avocats...

Il eut un geste de la main.

— Mais je ne vous apprends rien. Après tout, c'est votre métier.

— En effet, répondit Eve Marchand sur un ton très posé. Et vous avez raison en ce qui concerne Jack. Il est effectivement entré en contact avec moi.

Hawley s'attendait à tout sauf à ça.

— Et alors ? fit-il en se penchant en avant.

— Je lui ai dit de se rendre à la police. Il était blessé. Je lui ai également conseillé d'aller à l'hôpital.

— Où était-il ?

— Quelque part à Denver.

— Et ensuite ?

La jeune femme haussa les épaules.

— Il est clair qu'il ne m'a pas écoutée.

— Ce que vous avez fait est vraiment stupide, mademoiselle Marchand. Vous auriez dû prévenir la police immédiatement. Je vous signale que nous ne sommes pas en présence d'un petit voleur sans envergure. Cet homme est dangereux !

— Jack Devlin n'est pas plus dangereux que moi, répondit Eve Marchand avec calme. Et il l'est probablement moins que vous.

— Je vous saurais gré de m'épargner ce genre d'âneries, d'accord ?

Cette fois, ce fut elle qui se pencha et le regarda droit dans les yeux.

— Il n'est pas dangereux, et il est innocent de ce dont on l'accuse.

— Mais oui, ainsi que des dizaines de meurtriers reconnus coupables...

— Il n'est pas coupable du meurtre de sa femme, agent Hawley. Et il ne fera de mal à personne. Il n'est même pas armé.

— Eh bien, il vous a vraiment mis la tête à l'envers, marmonna Hawley, avant d'enchaîner : Est-ce qu'il vous a dit où il allait ?

Elle garda le silence un instant.

— Je pourrais invoquer le secret professionnel...

— Allez-y. Essayez.

Elle se leva et marcha jusqu'à la fenêtre, croisant les bras, sur la défensive.

— Il a parlé de retourner à Aspen. Il veut retrouver le vrai meurtrier.

— Le vrai meurtrier ! s'exclama Hawley avec un rire bref.

— Oui, c'est ce qu'il a dit.

Hawley ravala un juron. Elle mentait, bien sûr ! Mais il n'était pas dupe. Comment Devlin serait-il assez fou pour retourner à Aspen, où tout le monde le connaissait et où il serait appréhendé en moins de temps qu'il n'en fallait pour le dire. Il était probablement en route pour le Mexique, ou le Canada ; en aucun cas pour Aspen.

— Vous imaginez que je vais croire une chose pareille ? lança-t-il avec colère.

Eve ouvrit les mains.

— Croyez ce que vous voulez.

— Très bien, fit Hawley en se levant. J'espérais que vous alliez coopérer, mais il est clair que vous n'en avez pas l'intention.

— Je m'inquiète au sujet de Jack, agent Hawley. Il est blessé, et j'ai peur que vos hommes l'abattent comme un chien. Il n'est pas armé. Il n'est pas dangereux. Et, encore une fois, il n'est pas coupable de ce dont on l'accuse.

— Joli discours, mademoiselle Marchand, que je vous conseille de garder pour le tribunal !

Hawley la foudroya du regard, essayant encore de l'intimider, mais elle ne cilla pas, ni ne détourna les yeux. A tel point qu'il en conçut une pointe d'admiration pour elle.

— Ecoutez, reprit-il, si jamais Devlin vous rappelle, ou s'il essaie encore d'entrer en contact avec vous, prévenez-moi.

Il lui tendit sa carte de visite.

— Et si je découvre que vous me mentez, je m'occuperai de votre cas personnellement.

La jeune femme hocha la tête.

— S'il essaie encore d'entrer en contact avec moi, je vous préviendrai, promit-elle d'un ton glacé.

Une fois dehors, Hawley secoua la tête et poussa un soupir d'intense frustration. Cette avocate de malheur savait exactement où Devlin se cachait. Elle mentait. Il en aurait mis sa main au feu. De nouveau, cependant, il éprouva ce bref sentiment d'admiration pour elle. Elle avait du cran, et il aurait préféré l'avoir de son côté. Malheureusement pour lui, elle avait choisi le camp de Jack Devlin.

⁂

Aussitôt après le départ de Hawley, Eve se précipita dans sa chambre et fourra quelques affaires dans son sac, de quoi tenir quelques jours, refusant d'écouter la petite voix qui lui soufflait qu'elle était folle de prendre de tels risques. En théorie, elle n'avait pas menti à Hawley. Mais il n'était pas bête ; il avait compris qu'elle ne lui disait pas vraiment la vérité, non plus. Il l'avait mise en garde, et avec raison : elle était en train de menacer tout ce pour quoi elle avait tant travaillé, depuis des années.

Et pourquoi ?

Pour Jack. Parce qu'il était victime de la pire des injustices, et qu'elle ne supporterait pas de voir mourir un autre innocent. Seulement, cette fois, elle se mettait hors la loi — alors qu'elle avait toujours veillé à la respecter jusqu'à maintenant.

Elle sortit de chez elle, rejoignit sa voiture et s'éloigna. Quelqu'un devait la surveiller — peut-être Hawley lui-même. Dorénavant, elle serait suivie partout où elle irait.

L'esprit étrangement clair, elle se mit à réfléchir furieusement tandis qu'elle se rendait aux bureaux de l'aide judiciaire. Elle stationna à l'endroit habituel, avant d'entrer tranquillement dans le bâtiment et de prendre l'ascenseur.

Elle salua les uns et les autres et alla frapper à la porte de Bob Calpin, son patron.

— Eve ! s'exclama-t-il en la voyant. Je croyais que...

— Je suis juste passée prendre une ou deux choses dans mon bureau, expliqua-t-elle. Et te demander encore quelques jours de congé. Je ne suis vraiment pas en état de reprendre le travail. Je n'arrive pas à me remettre de cette affaire Devlin.

Bob hocha la tête.

— Bien sûr. Accorde-toi tout le temps dont tu auras besoin.

— Merci. Je crois que je vais hiberner un peu, débrancher le téléphone, essayer de penser à autre chose.

— Je comprends, Eve. Et tâche de ne pas te rendre malade à cause de cette histoire. Tu as fait tout ton possible. D'ailleurs, Devlin a pris son destin en main. Ce n'est plus ton problème. Laisse donc faire les autorités.

Eve se répéta les paroles de son patron tandis qu'elle descendait les marches de l'escalier de service. Hélas ! elle ne pouvait pas laisser faire les autorités. Jack risquait de mourir.

Dans la rue, elle héla discrètement un taxi et, après avoir parcouru un bon kilomètre, demanda au chauffeur de la déposer devant une agence de location de voitures. Un moment plus tard, elle s'éloignait au volant de l'automobile la plus banale qu'elle avait pu trouver.

Alors seulement, elle se mit à trembler de tous ses membres.

Serrant les dents, elle agrippa le volant avec force et prit garde à ne pas dépasser les limitations de vitesse. Elle était partie depuis plusieurs heures, maintenant, et s'inquiétait au sujet de Jack. L'avait-on découvert ? Hawley pouvait-il retrouver sa trace à elle, et les débusquer ? De combien de temps disposaient-ils ?

Une fois arrivée à Pinecrest, elle gara la voiture dans le sous-bois, à quelque distance du chalet, de sorte qu'on ne la vît pas depuis la route. Puis elle courut jusqu'à la porte d'entrée, qu'elle ouvrit à la volée, le souffle court.

Elle s'immobilisa dans l'encadrement, le cœur battant à se rompre, accueillie seulement par un silence de plomb. Il n'y avait pas le moindre signe de vie à l'intérieur de la bâtisse. La couverture sur le canapé avait disparu. Jack aussi.

— Jack ! appela-t-elle, sur le point de s'effondrer en sanglots. Jack !

— Eve, lui répondit une voix.

Elle venait de l'extérieur. Une seconde plus tard, Jack

apparaissait derrière la baie vitrée qui donnait sur le balcon.

— Oh ! Jack, j'ai cru que vous étiez...

— J'ai entendu du bruit, alors je me suis caché, expliqua-t-il en entrant. Je n'étais pas sûr que c'était vous. Ça va ? Vous en faites une tête. On vous a suivie ?

Une main posée sur le cœur, Eve s'efforçait de recouvrer son souffle et de calmer les battements désordonnés de son cœur.

— Ça va, répondit-elle. Juste un peu secouée. Quelle matinée !

Elle lui raconta la visite de Hawley tandis qu'elle se préparait un sandwich et le dévorait, assise à la table de la cuisine ; elle n'avait rien mangé de la journée et se découvrait soudain une faim de loup. Jack s'était assis en face d'elle et il l'écoutait, tout en faisant jouer les muscles de sa main.

— Ce type est malin, conclut-elle. Il m'a fait peur. Il est déterminé, et il ne lâchera pas le morceau.

Jack se contenta de hocher la tête.

— Enfin ! reprit-elle. Après son départ, j'ai dû me livrer à quelques manœuvres de diversion. J'ai loué une voiture.

— Eve...

Elle l'interrompit d'un geste.

— S'ils n'ont pas encore lancé un avis de recherche sur ma voiture, cela ne tardera pas. Avec un autre véhicule, donc un autre numéro d'immatriculation, nous gagnons encore un peu de temps sur eux.

— Nous ?

— Je vous accompagne à Aspen.

— C'est hors de question !

— Jack, voulez-vous m'expliquer comment vous allez faire pour vous y rendre tout seul ? Quel moyen de locomotion comptez-vous emprunter ? Et une fois là-bas, en admettant que vous y arriviez un jour, où irez-vous ? Ils vous mettront la main dessus en moins de temps qu'il n'en faut pour le dire. Vraiment, j'ai bien réfléchi. Si je pars avec vous, je pourrai aller et venir à votre place, je pourrai nous louer un appartement, ou une maison...

Jack fronça les sourcils. Il posa son coude valide sur la table et se massa les tempes. Puis il redressa la tête.

— Je ne peux pas vous laisser faire ça.

— Pourquoi pas ? rétorqua Eve. Au point où j'en suis, je ne vois pas ce que ça changera.

— Je ne peux pas ! répéta-t-il.

— Mais expliquez-moi au moins pourquoi, bon sang ! s'exclama Eve.

— Parce que je me débrouille toujours tout seul ! Voilà pourquoi ! Parce que j'ai toujours tout fait tout seul, et que ce n'est vraiment pas le moment de commencer à changer.

— Là, vous vous trompez, Jack. C'est en ce moment, justement, que vous avez le plus besoin qu'on vous aide.

Elle lui toucha le bras, doucement.

— N'ayez pas peur de demander, ou d'accepter ce qu'on vous offre. Un jour vient où nous avons besoin des autres.

— Vous prenez des risques inconsidérés, Eve. C'est de la folie.

— Peut-être. Mais je ne le pense pas.

Un peu plus tard, Eve finit par se résoudre à accomplir une démarche qu'elle n'avait cessé de remettre depuis deux jours : téléphoner à Gary. Il le fallait. Elle ne pouvait plus faire traîner les choses.

Elle composa le numéro de son hôtel, à Miami, et demanda sa chambre. Il répondit à la deuxième sonnerie.

— Chérie ! s'exclama-t-il en reconnaissant sa voix. Tu tombes bien. Je n'allais pas tarder à sortir pour aller dîner avec Nelson. Comment vas-tu ?

— Gary, fit-elle avant d'avaler péniblement sa salive. Je... Ecoute, il y a du nouveau, ici.

— Ah bon ?

— Je... j'ai pris quelques jours de congé. Je ne suis pas chez moi. Gary, je...

Elle s'interrompit, ne sachant quoi dire, essayant désespérément de trouver une explication rationnelle à son comportement.

— Eve ? Que se passe-t-il ? Où es-tu ? lui demanda Gary.

Alors même qu'il formulait cette dernière question, Eve s'avisa soudain qu'en y répondant, elle prenait le risque que Gary appelle la police et les dénonce.

Ferait-il une chose pareille ? En était-il capable ? Eve n'en savait rien. Aussi incroyable que cela puisse paraître, elle ne savait pas si elle pouvait avoir confiance en lui !

— Ne t'inquiète pas, lui répondit-elle. Je vais bien.

— Eve, nom de Dieu, que se passe-t-il ?

— Jack m'a appelée.

Il y eut un terrible silence au bout du fil.

— Mais ne t'inquiète pas, Gary, reprit-elle vivement. Je vais bien.

— Mon Dieu ! murmura-t-il d'une voix rauque. Il est là, avec toi, n'est-ce pas ?

Eve ne répondit pas. Son cœur battait si fort qu'elle pouvait l'entendre résonner dans sa tête.

— Il est là, avec toi, renchérit Gary. Un meurtrier condamné à mort ! Un prisonnier évadé ! Ma parole, mais tu es devenue complètement folle !

— Tout se passera bien, Gary. Il est innocent. Il...

— Où es-tu ? l'interrompit-il avec violence.

— Je ne risque rien, Gary. Je vais bien. Je t'en prie, ne te fais pas de souci.

— Pas de souci ? Mais enfin, Eve, qu'est-ce qui te prend ?

— Ecoute, il faut que je te laisse. Je te rappellerai. Encore une fois, je vais bien.

— Eve, nom de Dieu, ne raccroche pas ! Où es-tu ?

— Je te rappellerai, Gary, répéta Eve, avant de reposer le combiné du téléphone.

Quand Gary entendit le déclic indiquant que la communication était coupée, il demeura pétrifié, le combiné dans la main. Il ne savait pas s'il était furieux, ou simplement en état de choc. Mais une chose était sûre : Eve avait vraiment perdu l'esprit, cette fois. Voilà qu'elle se rendait complice d'un criminel évadé !

Il finit par raccrocher et se mit à tourner en rond, dans sa chambre, les nerfs à fleur de peau. Oh ! comme il détestait et maudissait le foutu travail d'Eve ! Et voilà que, maintenant, elle jetait tout par la fenêtre : sa carrière, son avenir... Et pourquoi ? Pour cet homme. Pour ce type que le tribunal avait reconnu coupable de meurtre, cet homme qu'un jury de magistrats professionnels avait condamné à mort. Quelle assurance avait-elle que ce Devlin n'allait pas l'assassiner de sang-froid ?

Gary était si agité qu'il en oublia le temps et son rendez-vous avec son ami Nelson Rourke. Il ne cessait de penser à Eve. Surtout, l'envie le démangeait d'appeler la police de Denver et de raconter aux flics ce qu'il savait. Mais il ne pouvait évidemment pas faire une chose pareille. Il avait beau être furieux contre elle, et détester ce satané Devlin, il ne pouvait trahir Eve. D'ailleurs, il ne savait même pas où elle se trouvait.

A 18 h 30, le téléphone sonna, de nouveau. Il décrocha brusquement, persuadé que la jeune femme le rappelait. Elle allait reconnaître qu'elle avait fait une erreur ; elle allait rectifier la situation.

— Hé ! fit la voix de Nelson, je suis au bar depuis une demi-heure, mon vieux ! Tu t'es endormi, ou quoi ?

Gary essaya de revenir dans le présent, dans sa réalité à lui. Nelson. Leur rendez-vous à dîner.

— Euh, non, répondit-il. Excuse-moi, je n'ai pas vu l'heure.

— Tu veux que je prenne une table au restaurant ? Tu me retrouves là-bas ?

— D'accord... Ou, plutôt, non. Je boirais bien un verre, d'abord.

— Oh, oh ! fit Nelson. Un verre, la veille d'un match ? Voilà qui éveille ma curiosité.

— J'arrive, annonça Gary avant de raccrocher.

Il inspira profondément, plusieurs fois, s'efforçant de recouvrer son sang-froid. Le lendemain, ils jouaient contre les fameux Dolphins de Miami. Le moment était mal choisi pour perdre pied ! Il allait juste prendre un verre ou deux, et il se sentirait mieux.

Mais une fois les deux verres vidés, Gary en commanda un troisième. Il n'avait grignoté que quelques biscuits apéritif, et l'alcool commençait à faire son effet.

Au quatrième verre, Nelson lui dit, à la fois curieux et un peu inquiet :

— Bon, j'aimerais bien que tu arrêtes de répondre à côté de mes questions. Je ne suis pas idiot et je te connais. Alors, que se passe-t-il ?

— Rien, répondit Gary.

— C'est ça. A quand remonte la dernière fois où tu t'es soûlé ? Tu cherches à te tuer, ou quoi ?

— Laisse tomber.

— C'est au sujet d'Eve..., poursuivit Nelson en se penchant vers lui.

— Je t'ai dit de laisser tomber !

— Tu sais, un aveugle aurait pu prévoir ce qui arrive.

— Je ne sais pas de quoi tu veux...

— Merde, Gary ! Eve est une fille fantastique, mais elle n'est pas engagée sur la même route que toi. Elle ne changera pas, mon vieux.

Gary avala une longue gorgée de whisky et poussa un juron.

— C'est cette saloperie de Devlin !

— J'imagine. Eve doit marcher sur la tête, maintenant qu'il s'est échappé.

— Ouais, commenta Gary, tout près d'avouer la vérité à son ami. Elle est devenue folle. Vraiment, je crois qu'elle a perdu les pédales.

— Comment ça ?

— J'ai l'impression qu'elle est tombée amoureuse de lui.

Se redressant, Nelson siffla entre ses dents.

— Sans déconner ? lança-t-il au bout de quelques secondes.

— C'est difficile à croire, hein ? répliqua Gary en ricanant.

Il termina son verre et fit signe à la serveuse de lui en apporter un autre. Nelson tenta vainement de le convaincre d'aller dîner, et, abandonnant la lutte, il annonça qu'il allait chercher de quoi manger.

Gary resta au bar, à peine conscient, dans un tel état qu'il ne remarqua même pas la jeune femme qui s'était installée sur le tabouret voisin du sien. Au bout d'un moment elle lui tapa doucement sur l'épaule.

— Bonsoir, dit-elle. Je ne sais pas si vous vous souvenez de moi, mais nous nous sommes rencontrés après un match, l'hiver dernier, à Pittsburgh. Je m'appelle Donna Haverlund.

Gary la regarda, essayant de fixer les yeux sur elle. Elle lui était vaguement familière. Une groupie, peut-être. Une de ces femmes qui suivaient l'équipe partout où elle se rendait.

Elle dut deviner ce qu'il pensait, car elle précisa aussitôt, d'une voix agréable :

— Non, je ne suis pas une groupie. Mon père est un des soigneurs de l'équipe. Vous savez, Bill, Bill Haverlund. Il lui arrive de m'offrir un billet d'avion pour que je l'accompagne, quand les Broncos jouent en extérieur. Je suis une vraie fan !

— Mmm, fit Gary, se tournant vers elle.

C'était une très jolie femme, peut-être un peu jeune — elle n'avait sans doute pas plus de vingt-cinq ans —, mais vraiment jolie, avec de grands yeux bleus et une masse de cheveux blonds qui tombaient en boucles sur ses épaules. Elle portait une petite robe courte et des talons hauts. Elle avait un très beau corps, aussi.

— J'ai toujours eu beaucoup d'admiration pour vous, monsieur Kapochek, murmura-t-elle.

— Gary, fit ce dernier, qui éprouvait des difficultés à remuer les lèvres.

Au même instant, il renversa son verre.

— Merde ! grommela-t-il. Je crois que je suis soûl.

— Ce n'est pas grave, dit Donna en nettoyant les dégâts avec des serviettes en papier. Mais vous devriez peut-être manger.

Gary ressentit une vague de nausée.

— Cela ne me regarde pas, reprit la jeune femme, mais j'ai lu plusieurs articles sur le traitement que vous suivez, et il me semble que l'alcool n'est vraiment pas conseillé.

— J'ai eu une sale journée, avoua Gary en levant les yeux vers elle.

Donna sourit et hocha la tête.

— Cela arrive à tout le monde. Vous voulez que je vous aide à retourner dans votre chambre ? Je... je ne suis pas en train de vous draguer, monsieur... enfin, Gary. Je voudrais juste vous aider, si vous le permettez.

Gary la regarda de nouveau, et il ressentit une bouffée de gratitude.

— Vous allez peut-être devoir me porter, parvint-il à articuler.

— Ça, je ne sais pas ! répliqua-t-elle en riant. Mais vous pouvez vous appuyer sur moi. Je suis solide.

Quand il se laissa aller contre elle, Donna enroula un bras autour de sa taille, l'aidant à se tenir droit. Elle l'accompagna jusqu'à sa chambre et l'installa dans un fauteuil.

A peine Gary se fut-il assis, qu'un violent haut-le-cœur le secoua, et il rendit tout l'alcool qu'il avait ingurgité au cours de la soirée. Il eut tout juste le temps d'attraper la corbeille à papier. Lorsqu'il en eut terminé, et qu'il fut affalé dans le fauteuil, en sueur, avec la tête qui tournait à un rythme infernal, il eut vaguement conscience que la jeune femme nettoyait tout. Puis, elle lui ôta ses chaussures et posa un linge humide sur son front.

— J'ai vraiment honte, murmura-t-il.

Mais Donna secoua la tête.

— Allons ! nous faisons tous des choses un peu bêtes, un jour ou l'autre. Ce sera notre petit secret. D'accord ?

— D'accord, répondit Gary, bien décidé à se laisser chouchouter.

C'était si bon de sentir la présence d'une femme, d'être un peu dorloté.

Un moment plus tard, elle l'aida à se coucher, veillant à ce qu'il ôte ses vêtements, à l'exception de son caleçon. Puis, elle s'assit au bord du lit et lui massa le dos, jusqu'à ce qu'il s'assoupisse, lentement. En dépit d'un début de migraine, il se sentait étrangement bien.

— Vous êtes drôlement gentille, Donna, murmura-t-il d'une voix ensommeillée.

— Merci, répondit-elle sans cesser de le masser. Dormez, maintenant.

— Vous serez là, quand je me réveillerai ? demanda encore Gary, à moitié conscient.

— Si vous voulez. Je vais rester.

— D'accord...

Ce fut le dernier mot que prononça Gary, avant de sombrer dans un sommeil profond.

18.

— Je sors, annonça Jack alors qu'Eve s'apprêtait à aller se coucher.

— Pardon ?

— Je sors, répéta-t-il. J'ai besoin des clés de la voiture.

Elle le regarda fixement.

— Mais vous n'êtes pas en état de conduire !

— Bien sûr que si.

Sortant son bras de l'écharpe, il le fit jouer. C'était affreusement douloureux, mais il y parvint quand même.

— Où allez-vous ? insista la jeune femme.

Il y avait un tel accent d'anxiété dans sa voix, que Jack ne put s'empêcher de sourire.

— J'ai réfléchi, lui expliqua-t-il. Même avec une voiture de location, ils nous retrouveront tôt ou tard. Vous avez payé avec une carte de crédit, pas vrai ? Ce sera un jeu d'enfants, pour eux. Le type du FBI a dû comprendre que vous l'avez semé, et il va mener son enquête. Voici ce que je vous propose : je vais essayer de trouver une vieille carcasse de bagnole quelque part, et prendre les plaques — faire un échange standard, en somme.

— Je viens avec vous.

— Non.

— Et si on vous aperçoit ?

Jack ravala un soupir d'impatience en la voyant aussi

inquiète à son sujet. C'était ridicule ! Qu'avait-il à perdre ? Rien. Alors qu'elle était en train de tout risquer pour lui.

— Ecoutez, tout se passera bien. A présent, allez vous coucher, d'accord ?

— Il vous faut des outils. Je vais en chercher dans le garage.

Il la suivit, et elle lui trouva deux tournevis, ainsi qu'une paire de tenailles.

— Vous êtes sûr de vous ? lui demanda-t-elle encore en les lui tendant.

— Cessez de me traiter comme un enfant ! s'emporta-t-il avec brusquerie.

Comme le regard d'Eve se voilait, il s'en voulut aussitôt.

— Ecoutez, je serai prudent, reprit-il. Cela ne devrait pas me prendre trop longtemps. Maintenant, faites-moi plaisir et essayez de dormir, Eve.

— Je ne pourrai pas fermer l'œil tant que vous ne serez pas rentré, affirma-t-elle.

Jack réprima un nouveau soupir.

— Où sont les clés de la voiture ?

— Attendez. J'y pense : vous allez avoir besoin d'une lampe de poche, aussi.

Elle fourragea dans les affaires de son père, jusqu'à ce qu'elle ait trouvé ce qu'elle cherchait.

— Les clés ? répéta Jack.

— Là-haut.

Quand il la quitta enfin, Eve était assise sur le canapé, le front plissé, les bras enroulés autour de son corps.

— Je ferai attention, promit-il encore.

Elle se contenta de hocher la tête.

Comme il longeait le chemin en pente qui menait à la route, en contrebas, Jack s'arrêta pour prendre les vêtements déchirés et tachés de sang qu'il portait en arrivant. Eve les avait fourrés dans un sac en plastique, avant de jeter le tout dans une des poubelles, dehors. Mieux valait ne pas laisser de traces et s'en débarrasser le plus vite possible ; il les abandonnerait quelque part, loin d'ici.

Un moment plus tard, il roulait dans la nuit, la vitre légèrement ouverte, pour le plaisir de respirer l'air pur des montagnes, et aussi celui de se pénétrer de la sensation délicieuse de sa liberté. Prenant garde à l'itinéraire qu'il suivait, il chercha des voitures garées, et de préférence abandonnées.

Ce ne fut qu'au bout d'une heure qu'il trouva finalement un véhicule à sa convenance : une vieille camionnette Volkswagen, peinte de couleurs psychédéliques, dépourvue de roues et installée sur des parpaings. Elle était garée près d'une grange délabrée qui avait dû être un ranch, mais l'endroit était maintenant déserté.

Jack éprouva quelques difficultés à dévisser les plaques du véhicule. Non seulement il ne pouvait pas tenir en même temps la lampe de poche et le tournevis, mais son bras le faisait atrocement souffrir. Il y parvint, néanmoins, au prix de nombreux efforts, et lorsqu'il jeta les deux plaques sur la banquette arrière de sa voiture, il éprouvait une réelle satisfaction. Puis, il dissimula le sac de vêtements sous le siège de la camionnette et reprit la direction du chalet des Marchand. Mission accomplie.

En arrivant, il rangea la voiture de location bien à l'abri, dans les sous-bois. Puis, il resta un moment au volant, dans le noir, à penser à Eve. Etait-elle couchée ? Dans un sens, il l'espérait. Etre ainsi proche d'elle, vivre sous le même toit... cela n'avait rien de facile ; chaque instant était une sorte de torture, à la fois exquise et insupportable, d'autant qu'il devait se contrôler constamment pour ne pas trahir ses sentiments, ne pas céder au besoin, au désir de la toucher, de lui dire ce qu'il éprouvait pour elle.

En outre, il s'en voulait terriblement de lui avoir permis de rester, et de risquer ainsi pour lui sa carrière et son avenir ; il s'en voulait de sa faiblesse.

Enfin, il sortit de la voiture et se dirigea lentement vers le chemin menant au chalet. La montée exigeait de lui un gros effort physique, compensé par le plaisir intense qu'il éprouvait à goûter le spectacle des étoiles, l'odeur des sapins, la sensation de froid sur sa peau.

La maison était encore allumée, remarqua-t-il. Quelle tête de mule ! Elle était restée à l'attendre.

Aussitôt, toutefois, Jack remarqua une nouvelle lumière, violente celle-là. Il plissa les yeux. C'était la lumière du balcon, celle qu'Eve n'avait pas voulu allumer, jusqu'alors, afin de ne pas attirer l'attention des voisins.

Perplexe, Jack avança encore de quelques pas, et lorsqu'il fut plus près de la maison, il aperçut Eve, sur le vaste balcon, debout dans la lumière. L'inquiétude avait dû la pousser dehors ; elle guettait son retour.

Il distinguait l'ovale de son visage tourné vers le chemin, vers lui, comme si elle le voyait. Mais il faisait trop sombre, il le savait. Alors qu'il s'apprêtait à l'appeler, pour la rassurer, lui dire qu'il était rentré, qu'il était sain et sauf, quelque chose le retint. Une sorte de sixième sens. Il étudia la manière dont elle se tenait, dans le froid ; il chercha à expliquer cette lumière...

Soudain, il sentit ses cheveux se dresser sur sa nuque. Il ralentit, tous ses sens en alerte.

Eve était aussi immobile qu'une statue. Puis il la vit tourner la tête vers l'intérieur de la maison, et, tout à coup, un homme vint la rejoindre sur le balcon. Jack se figea dans l'ombre des hauts sapins, le long du chemin.

Il ne connaissait pas cet homme et il ne put entendre ce qu'il disait, mais il comprit alors pourquoi Eve se tenait là, dehors. Elle voulait l'avertir d'un danger.

Il recula avec précaution, sans bruit ni mouvement brusque, les yeux fixés sur la scène illuminée. Puis, il fit demi-tour et s'enfonça dans la forêt.

⁂

Folle d'inquiétude, Eve tremblait à la fois de peur et de froid.

— Vous pouvez rentrer, maintenant, mademoiselle Marchand, dit Ralph Hawley. Nous avons fini de chercher.

— L'air frais me fait du bien, répondit-elle.

— Comme vous voudrez, concéda l'agent du FBI en haussant les épaules. Nous allons rester par là, si cela ne vous dérange pas.

— Mais cela me dérange.

Hawley eut un sourire faux.

— C'était une manière de parler, mademoiselle Marchand. Devlin va revenir, tôt ou tard. Vous le savez, et moi aussi, je le sais. Il n'a nulle part où aller. Il a votre voiture, celle que vous avez louée. Il ne va pas vous abandonner ici, sans moyen de locomotion.

— Je vous ai déjà dit que j'avais prêté cette voiture à un ami.

— Oui. Vous m'avez aussi dit que vous l'aviez louée parce que la vôtre refusait de démarrer.

— C'est exact.

— Bah voyons !

Il se tourna pour rentrer dans la maison.

— Je suis patient, mademoiselle Marchand. Il va revenir, et je serai là, à l'attendre.

Eve posa les mains sur la balustrade de bois, les yeux fixés vers l'obscurité. Elle respira l'air froid de la nuit et pria pour que Jack voie la lumière, qu'il comprenne ce qu'elle signifiait. Pourvu qu'il ne remonte pas l'allée, sans se douter de rien ! Hawley avait rangé sa voiture dans le garage, afin qu'il ne la voie pas.

L'agent du FBI était arrivé, avec deux hommes, quelques minutes à peine après le départ de Jack. D'après ce qu'Eve avait compris, il s'était entretenu avec certains de ses collègues, qui lui avaient donné l'adresse de ses parents.

— Je n'ai eu aucun mal à vous retrouver, mademoiselle Marchand ! s'était-il vanté. Absolument aucun mal.

Eve avait éprouvé un moment de terreur pure, peu après, lorsqu'un des hommes de Hawley avait entrepris de fouiller dans les poubelles, à l'extérieur. Eve l'avait regardé faire, depuis la baie vitrée du living-room, le cœur dans la gorge, prête à défaillir.

Tout était fini, avait-elle songé. L'homme allait trouver les vêtements déchirés et tachés de sang de Jack.

Mais non. Il avait reposé le couvercle et poursuivi ses recherches. Il s'était encore écoulé un long moment avant qu'Eve ne comprenne ce qui s'était passé : Jack avait dû avoir la présence d'esprit de prendre le sac en plastique, afin de s'en débarrasser. De nouveau, elle avait manqué se trouver mal — de soulagement, cette fois.

Jack, cependant, n'était toujours pas de retour. Cela faisait plus de deux heures qu'il était parti, maintenant — deux heures d'angoisse, deux heures passées à se ronger les sangs, à craindre qu'il revienne tranquillement se jeter dans la gueule du loup, sans qu'elle puisse rien faire pour l'en empêcher.

A minuit, Eve rentra dans la maison, frigorifiée. Jack aurait dû être rentré, maintenant ; il n'y avait qu'une explication à son absence prolongée : il l'avait vue. Et il avait compris.

Elle passa devant les trois agents du FBI, vautrés sur le canapé et des fauteuils, en train de boire café sur café et d'attendre. Elle passa devant eux sans un mot et se dirigea vers sa chambre. Elle les entendit murmurer, dans son dos, puis il y eut des rires, et l'agent Hawley lança d'un ton goguenard :

— Bonne nuit, mademoiselle Marchand. Faites de beaux rêves.

Eve s'allongea sur le lit, tout habillée, incapable de dormir en dépit de son épuisement. S'il lui arrivait de sombrer dans un vague sommeil, c'était pour se réveiller presque aussitôt, en sursaut. Elle prêtait l'oreille, aux aguets, le cœur battant à se rompre, craignant d'entendre la voix de Jack, guettant les mouvements des agents du FBI, dans la pièce voisine. Les heures passèrent, lentement, interminablement. Et Jack ne revenait toujours pas. Forcément, il avait dû comprendre son signal. En tout cas, elle l'espérait de toute son âme !

A l'aube, elle se leva et passa dans la salle de bains, où elle prit une douche, essayant ainsi de se débarrasser de cette longue nuit d'angoisse. Elle se sentait faible et éreintée, lourde comme le plomb.

Quand elle se rendit dans la cuisine, elle trouva la cafetière pleine. Elle remplit un mug et gagna le salon, où elle trouva les trois hommes, affalés, leur cravate desserrée, les yeux rouges.

— Bonjour ! lança Hawley.

— Vous perdez votre temps, répliqua Eve. Il n'était pas là. Et il ne viendra pas. Je vous l'ai dit.

— Oui. Vous m'avez dit beaucoup de choses.

Après avoir bu une gorgée de café, Eve demanda avec ironie :

— Franchement, vous n'avez rien de mieux à faire ?

— Non ! fit l'agent du FBI d'un ton sec.

Eve haussa les épaules et retourna s'enfermer dans sa chambre. Elle alluma la télévision. Aucune chaîne ne faisait allusion à elle ni à Pinecrest, mais la photo de Jack continuait d'apparaître régulièrement sur l'écran ; l'une des chaînes avait même exhumé un reportage couvrant le meurtre d'Allison et le procès de Jack, avec une interview de Frank Iverson.

Mais où était Jack ?

A midi, Eve retourna dans la cuisine pour manger quelque chose. Soudain, elle entendit Hawley pousser un juron.

— On s'en va ! annonça-t-il avec force en apparaissant à la porte.

— Le devoir vous appelle ?

— Je l'aurai ! Vous verrez. Il ne perd rien pour attendre.

— Qui ça ? interrogea Eve sur un ton froid.

Hawley jura de nouveau, et les trois hommes quittèrent le chalet.

Eve resta assise dans la cuisine, la tête baissée, les yeux fermés, jusqu'à ce qu'elle entende la porte du garage s'ouvrir, le moteur de la voiture démarrer... Un instant plus tard, des pneus crissèrent sur le gravier.

Ils étaient partis !

Elle crut devenir folle, alors, à force de tourner en rond dans la maison, à se demander où Jack était passé et ce qu'il avait bien pu faire pendant toute la nuit. Chaque minute paraissait durer une heure. Et Jack ne revenait toujours pas.

Eve essaya de regarder la télévision, de lire, mais il lui était impossible de se concentrer. Vers 14 heures, des nuages gris s'accrochèrent aux sommets des montagnes, et les feuilles des trembles se mirent à frissonner dans le vent. Une lumière noire tomba sur les collines. Après quoi, il se mit à pleuvoir ; une pluie froide que de violentes rafales faisaient crépiter sur les vitres.

Où était Jack ?

Elle s'était plantée devant la fenêtre et regardait dehors, le cœur glacé par l'angoisse.

Soudain, elle entendit un bruit en provenance de la porte de derrière, des pas, et elle fit volte-face.

Il était là, trempé, les cheveux plaqués sur le front, son ciré tout dégoulinant de pluie.

— Jack ! s'écria-t-elle en chancelant, prise d'un accès de faiblesse.

Alors qu'elle sentait ses jambes se dérober, il la rattrapa, glissant son bras valide autour de sa taille.

— Hé ! fit-il doucement.

Eve s'accrocha à lui et se mit à sangloter.

— Oh, Jack ! Jack ! J'ai eu tellement peur.

— Chut, dit-il en lui caressant les cheveux. C'est fini, maintenant. Vous avez été fantastique, Eve. Je n'ai eu qu'à attendre.

Mais elle ne pouvait plus contrôler la vague d'émotions qui la submergeait, après toutes ces heures de tension. Elle se blottit contre Jack et sanglota de plus belle.

— Hé, c'est tout, maintenant ! lui dit-il. Tout va bien.

Alors qu'elle hochait la tête, les larmes continuèrent de jaillir de ses yeux. Et, toujours, elle se pressait contre lui, le corps secoué de hoquets, heureuse, tellement heureuse de le sentir là, avec elle, contre elle, sain et sauf.

Elle respirait son parfum, l'odeur si particulière de sa peau et de ses cheveux mouillés. Le bras de Jack la tenait fermement, et elle comprit tout à coup qu'elle ne désirait rien d'autre, depuis trois mois, que se blottir contre lui. Enfin, elle acceptait d'admettre ce que son cœur avait toujours su.

Il la tint un long moment serrée contre lui, à lui caresser les cheveux et à essayer de la calmer ; peu à peu, elle cessa de pleurer.

— Je suis désolée, finit-elle par chuchoter, sans oser lever les yeux. C'était si...

— Je comprends, déclara-t-il d'un ton rassurant. Vous voulez un mouchoir ?

— Oui, murmura Eve en reniflant. S'il vous plaît.

Jack alla chercher des Kleenex dans la cuisine et revint aussitôt. Eve se moucha, puis s'essuya les yeux.

— Ça va mieux ? demanda-t-il.

Elle hocha la tête.

— Vous m'avez vue, hier soir ?

— Et comment ! s'exclama-t-il en souriant. Je ne risquais pas de vous manquer !

— Dieu merci. Vous ne pouvez pas imaginer à quel point c'était horrible. Ces hommes...

— Je suis désolé, Eve. Si vous saviez combien je m'en

veux pour tout ce que vous êtes obligée d'endurer à cause de moi.

— C'est fini, maintenant.

— Je ne le crois pas. Si Hawley nous a trouvés ici, il nous retrouvera n'importe où.

— Je le déteste !

— Il fait juste son travail, Eve.

— Peut-être, mais il y prend trop de plaisir.

Jack esquissa un mince sourire.

— Comme vous et moi, il frise un peu l'obsessionnel. Et il excelle dans ce qu'il fait. Une chose est sûre : nous n'avons pas beaucoup de temps.

— Où avez-vous garé la voiture ? Ils sont peut-être encore là. Qui dit qu'ils ne nous ont pas tendu un piège ?

— Je les ai vus partir. Quant à la voiture, elle est bien cachée. Je suis venu à travers le bois.

— Vous avez trouvé des plaques d'immatriculation ?

— Oui, c'est fait. Heureusement, car votre voiture de location doit être recherchée, maintenant.

Jack marqua une pause, avant de reprendre :

— Hawley se doute que j'étais là, n'est-ce pas ? Ou il ne serait pas resté toute la nuit.

— Oui, reconnut Eve. Il ne peut rien prouver, mais il sait. Et tôt ou tard...

S'interrompant, elle secoua la tête, prise de panique.

— Il faut partir, dit-elle. Tout de suite. Il va revenir.

Jack lui sourit.

— Je crois que nous pouvons au moins attendre que la nuit tombe.

Et, doucement, il caressa la joue d'Eve.

19.

Jack et Eve ne quittèrent pas Pinecrest cette nuit-là. Pourtant, la jeune femme avait tout préparé. Elle avait rangé la maison et rédigé un mot à l'intention de ses parents, leur indiquant qu'elle avait passé quelques jours chez eux. Vers 17 heures, elle s'était assise dans le canapé et avait annoncé qu'elle allait fermer les yeux un petit moment. Au lieu de quoi, elle s'était profondément endormie.

A 18 heures, Jack déplia une couverture et la posa sur elle. Il s'installa dans un fauteuil et la regarda.

A 20 heures, il la contemplait toujours, caressant des yeux chaque trait de son visage, admirant ses contours délicats, la manière dont ses cils paraissaient reposer sur ses joues, tels de ravissants éventails miniatures. Elle était belle.

A 21 heures, Jack se réveilla en sursaut; lui aussi, s'était assoupi. Il passa la main sur la barbe de quatre jours qui couvrait son menton et ses mâchoires, et se leva, s'étirant un peu et faisant jouer son épaule douloureuse. Eve dormait encore, et tandis qu'il continuait de la regarder un moment, il lutta contre son désir, essayant d'imputer les réactions de son corps à ses longs mois d'abstinence.

Il finit par sortir sur le balcon, où il avala de grandes goulées d'air froid. Et, toujours, il pensait à Eve. Et à Gary

Kapochek. Jack se posait beaucoup de questions sur lui, et au sujet de sa relation avec la jeune femme. Il se demandait si Eve serait là, en ce moment, si elle aurait fait tout ce qu'elle avait fait pour lui, depuis deux jours, si tout allait bien entre son compagnon et elle.

Une chose était sûre : à la place de Kapochek, Jack n'aurait jamais supporté qu'Eve disparaisse ainsi avec un autre homme — un prisonnier évadé, de surcroît ! A moins, encore une fois, que les choses n'aillent plus très bien entre eux.

« Cela ne te regarde pas ! se dit-il. Arrête d'y penser ! »

Et pourtant, il savait que si les circonstances avaient été différentes, il aurait défié Gary Kapochek dans le cœur d'Eve.

Celle-ci se réveilla à minuit. Elle s'assit brusquement et regarda autour d'elle d'un air désorienté.

— Mon Dieu ! fit-elle en se frottant le visage avec les mains. Quelle heure est-il ? Jack ? Jack ?

— Je suis là, Eve, répondit-il. Je suis là.

Finalement, ils attendirent le lendemain matin pour prendre la route.

Jack insista pour conduire. Il était heureux de pouvoir s'installer derrière un volant et de filer sur la voie express, de sentir le soleil qui chauffait son épaule gauche, d'admirer le paysage des montagnes, alentour.

Il arborait une barbe de cinq jours, maintenant, et avec les lunettes de soleil et la casquette de base-ball empruntés au père d'Eve, il ressemblait à n'importe quel homme roulant tranquillement en voiture en compagnie de sa femme. Vraiment, il se sentait bien ; en dépit de l'extrême nervosité d'Eve, en dépit de la situation infernale dans laquelle il se débattait, il se sentait curieusement bien. Vivant. Libre.

Vers midi, ils arrivèrent au sommet du col de Vail. A

Vail, ils firent une courte halte, et Eve entra dans un fast-food pour leur acheter des hamburgers, qu'ils mangèrent dans l'auto. Puis, ils repartirent, empruntant la route qui longeait le fleuve Colorado, en direction de Glenwood Canyon.

Alors que Jack approchait du nouveau tunnel, Eve jeta un coup d'œil au compteur de vitesse.

— Mon Dieu, ralentissez, Jack ! s'exclama-t-elle. Il ne manquerait plus qu'on nous arrête pour excès de vitesse.

— Oups ! fit Jack en descendant aussitôt à quelques kilomètres au-dessous de la limite autorisée. C'est une mauvaise habitude que j'ai. Je roule toujours trop vite.

— Moi aussi, avoua Eve.

Quelques minutes plus tard, alors qu'ils sortaient du tunnel, une voiture de patrouille de la police d'Etat du Colorado déboucha d'une aire de repos et se mit à les suivre.

— Oh, non ! s'écria Eve en pivotant sur son siège. Qu'allons-nous faire ?

Elle était livide.

— Ecoutez, ce n'est pas très grave, lui répondit Jack. Il y a toujours des flics, par ici. Et j'ai déjà été suivi, parfois même sur plusieurs kilomètres. Calmez-vous. C'est juste une petite manœuvre d'intimidation.

— Mais, et si...

— Eve ! vous allez vous coller un infarctus, si vous continuez comme ça. Vous ne croyez pas qu'ils auraient mis leur gyrophare et fait hurler leur sirène, s'ils m'avaient reconnu ? Nous sommes dans une voiture de location comme il y en a sans doute des centaines sur la route. Et n'oubliez pas que j'ai changé les plaques d'immatriculation. Les vitres sont même teintées.

— J'aurais dû conduire, murmura Eve. Je le savais ! Vous n'avez même pas votre permis de conduire...

— S'ils nous arrêtent, cela ne changerait pas grand-chose, remarqua Jack en gardant l'œil rivé à son rétroviseur. Mais encore une fois, il n'y a aucune raison pour que cela arrive.

Les policiers les suivirent pendant environ 6 kilomètres, puis ils s'engagèrent sur la voie de dépassement, gagnant de la vitesse. Jack crispa les mâchoires ; il n'aimait pas beaucoup ça. Certes, les vitres étaient teintées, mais très légèrement. Si un des flics le reconnaissait en passant...

— Ecoutez, dit-il, quand ils arriveront à notre niveau, penchez-vous, comme si vous mettiez une cassette dans le lecteur.

— Pour le distraire, murmura Eve d'une voix tremblante.

— Exactement. Croyez-moi, c'est vous qu'ils vont regarder.

Il lui jeta un bref coup d'œil et hocha la tête, pour la rassurer.

— Ça va aller.

De nouveau, il consulta son rétroviseur extérieur.

— Maintenant ! ordonna-t-il.

Eve rejeta ses cheveux sur ses épaules et éclata de rire, puis elle fit mine de glisser une cassette dans le lecteur. Comme la voiture de patrouille les dépassait, le flic assis sur le siège du passager les regarda fixement à travers ses lunettes de soleil, et elle rit de nouveau, lui adressant un petit signe de la main.

La voiture accéléra et les doubla.

Eve se laissa aller contre le dossier de son siège.

— Mon Dieu ! chuchota-t-elle. Ça a marché. Ça a marché !

— C'était une bonne idée de lui faire signe, comme ça, remarqua Jack. Vous avez du cran.

Ils ne virent plus une seule voiture de police jusqu'à Aspen. Eve s'était un peu calmée, même si elle demeurait toujours nerveuse. Elle ne cessait d'envisager des plans différents.

— Nous irons dans une de ces agences immobilières de luxe, vous savez, celles auxquelles s'adressent les stars quand elles veulent venir à Aspen et rester incognito. Nous sommes hors saison. Cela ne devrait pas être difficile de trouver une petite maison ou un appartement... Non, une maison, ce sera mieux. Un endroit privé. Puis j'irai faire quelques courses, de quoi préparer à manger. Et je pourrai commencer à aller rendre visite à certains suspects.

— Vous n'irez voir personne ! déclara Jack d'un ton dur. Cette fois, c'est moi qui mène les opérations.

— Mais ils vous dénonceront ! Jack, vous devez me laisser...

— Pas question ! Il faut que j'agisse par moi-même ou je n'arriverai à rien. Nous avons déjà abordé ce sujet, et je n'ai pas l'intention d'y revenir — encore moins de changer d'avis.

Un long silence s'installa, durant lequel Jack se dit qu'il était vraiment ignoble de lui parler sur ce ton, après tout ce qu'elle avait fait pour lui ; mais c'était nécessaire. Il y avait plus d'un an qu'il attendait ce moment — qu'il en rêvait, même. Bien sûr, il serait pris, et probablement très vite. Mais qui sait ? Peut-être aurait-il le temps de jouer les fauteurs de troubles avant que les flics ne lui retombent dessus. Il parviendrait peut-être à faire craquer quelqu'un sous pression. C'était sa seule chance. Et encore une fois, il n'avait rien à perdre.

— Ce foutu briquet, murmura-t-il tout à coup, réfléchissant à haute voix.

— Quoi ?

— Mon briquet, reprit-il. C'est la clé de toute cette histoire. J'en suis sûr.

Il frappa le volant avec son poing.

— Si seulement je pouvais me rappeler ce que j'en ai fait.

— Cela vous reviendra, dit Eve avec certitude.

Une certitude que Jack était loin de partager.

⁂

Eve n'eut aucun mal à louer une petite maison dans le quartier prestigieux du West End. Jack l'attendit dans la voiture, tassé dans son siège, la casquette de base-ball enfoncée sur les yeux. Quand elle sortit de l'agence immobilière, un contrat et un trousseau de clés en main, la jeune femme arborait un large sourire.

— C'est sur Lake Avenue, indiqua-t-elle. Une maison meublée, avec deux chambres. Vous allez tourner sur Main Street et tourner à droite sur...

— Eve, je sais où se trouve Lake Avenue ! l'interrompit Jack.

— Oh, murmura-t-elle. Evidemment.

En effet, Jack trouva l'adresse sans peine. C'était une petite maison victorienne qui avait été rénovée avec goût et une volonté évidente de préserver la construction et le style d'origine.

Il alla ranger la voiture sous les arbres à feuilles persistantes qui se dressaient entre la demeure et la rue, la dissimulant ainsi aux regards.

— C'est adorable ! s'exclama Eve en ouvrant sa portière. J'ai toujours rêvé d'habiter une maison de ce genre.

C'était une construction de bois jaune vif, avec des moulures blanches, dentelées, et une treille délicate qui menait vers un jardin, à l'arrière. Quelques marches conduisaient au porche, avec ses hautes fenêtres garnies de volets et une élégante porte d'entrée au vitrage biseauté.

Par rapport au style en vigueur à Aspen, la bâtisse faisait l'impression d'une maison de poupée : il y avait une cuisine, dans laquelle il était tout juste possile de prendre le petit déjeuner, une salle de séjour avec une cheminée, et, en haut d'un escalier étroit, deux chambres à coucher et une salle de bains.

Eve eut visiblement le coup de foudre. Elle fit le tour des pièces et du jardin, ouvrant les placards, touchant les rideaux de dentelle et glissant ses doigts le long des moulures sculptées qui encadraient les fenêtres. Finalement, elle se laissa tomber dans un fauteuil et poussa un soupir.

— Si nous n'étions pas... enfin, si les circonstances étaient différentes, ce serait un vrai rêve !

Elle leva brièvement les yeux vers Jack et se redressa d'un bond, l'air gêné.

— Bon, je vais aller au supermarché faire quelques courses.

— Je ne peux pas vous rembourser en ce moment, observa Jack. Mais je le ferai un jour. Tout ça... n'est pas facile pour moi, vous savez.

Eve lui prit les clés de la voiture des mains.

— Je sais. Et je sais aussi que vous me rembourserez.

Puis elle détourna les yeux et sortit.

Pendant son absence, Jack alla s'asseoir dans le jardin. Il s'agissait d'une ravissante enclave totalement privée, blottie au milieu d'épais buissons de trembles et d'épicéas, où l'herbe était recouverte d'un tapis de feuilles rousses. Les couleurs de l'automne avaient pris possession du paysage, créant une symphonie d'ors, d'ocres et d'ambres. Jack leva les yeux vers Red Mountain, vers la maison qu'il avait conçue pour Allison. De là où il se trouvait, et maintenant que les arbres avaient pour la plupart perdu leurs feuilles, il apercevait l'aile ouest de la construction, loin sur la montagne. Il se rappela le sentiment de fierté qu'il avait éprouvé la première fois qu'il avait vu la maison achevée, depuis la vallée. Il avait une telle confiance dans l'avenir, à l'époque ! Comme tout cela était loin... Sa vie avait emprunté bien des chemins, depuis, qu'il avait choisis pour certains tandis que d'autres s'étaient imposés à lui, au détour d'un virage inattendu.

De plus en plus, il se demandait si son mariage avec Allison n'avait pas été une erreur depuis le début. Oh ! ils étaient très attirés l'un par l'autre ; mais il fallait bien davantage pour construire une histoire durable, pour former un couple uni. Et en dehors de leur entente sexuelle, il devait bien reconnaître qu'ils n'avaient pratiquement rien en commun. Héritière d'une des familles les plus fortunées du pays, Allison était une enfant gâtée, qui n'avait jamais donné d'orientation à sa vie. Certains la jugeaient insouciante ; pour Jack, elle était surtout indisciplinée, n'existant que pour le moment présent. Elle avait toutefois une forte personnalité ; elle était entêtée, aussi, et profondément insatisfaite.

De son côté, il s'était lancé aveuglément dans sa carrière, se grisant de son propre succès. Il avait réussi.

Et où tout cela l'avait-il mené ? songea-t-il avec amertume.

Le pire était qu'il était entièrement responsable de ce qui était arrivé ; oui, c'était sa faute, pas celle de ses parents ni celle d'Allison. Le clinquant d'Aspen, la fortune, la réussite, tout cela lui était monté à la tête. Il voyait clair, à présent. Et si la vie lui faisait la faveur d'une deuxième chance, il consacrerait son temps et son énergie à des missions plus importantes que celle de construire des palaces pour des individus fabuleusement riches.

Encore devait-il laver son nom de la tache qui le souillait. Et ce n'était pas en se lamentant sur le passé qu'il découvrirait l'identité de l'assassin d'Allison.

Jack se leva et rentra dans la maison, où il fouilla dans les tiroirs de la cuisine, à la recherche d'un morceau de papier et d'un stylo. Puis, il s'installa à la table du petit déjeuner et fit une liste.

« Le briquet, écrivit-il. Perdu où ? Quand ? »

Puis il inscrivit : « George Mochlin. Trouver le mobile qui aurait pu le pousser au meurtre. »

Puis encore : « Ray et Marnie Wade. Dispute avec Allison ? Vols ? »

Si elle avait des problèmes avec ses deux employés, Allison avait bien dû se confier à quelqu'un. Elle en aurait au moins parlé à Ben, lors d'une des visites que lui rendait le jeune homme le week-end. Ou bien Ben avait pu les entendre se disputer.

« Ben », écrivit-il ensuite. Rien ne l'empêchait d'aller voir son beau-fils et de lui poser quelques questions. La petite amie de ce dernier, également, avait pu surprendre une querelle, quand elle venait à Aspen avec Ben. Jack inscrivit donc le prénom de Sarah.

Au même moment, il entendit la voiture qui s'arrêtait devant la maison. Eve était de retour.

Il avait encore du mal à croire — et à accepter — qu'il l'avait totalement impliquée dans cette histoire. Le fait qu'il ait besoin d'aide ne justifiait pas qu'elle se compromette à ce point, et il éprouvait de plus en plus clairement la certitude qu'il devait la tenir à distance, limiter son rôle. Il devait essayer de la protéger, malgré elle. C'était d'autant plus difficile qu'il savourait, bien égoïstement, tous les moments qu'ils passaient ensemble.

Ce soir-là, il insista pour cuisiner.

— Je ne suis pas un cordon-bleu, mais je me débrouille, dit-il. Et puis, j'aimerais me sentir un peu utile. C'est le moins que je puisse faire.

— Mais, et votre épaule ?

— Elle va mieux, affirma Jack. Vraiment.

De toute évidence, Eve avait prévu de préparer un gratin d'aubergine. Jack considéra les produits qu'elle avait achetés, fit l'inventaire des ingrédients serrés dans les placards de la cuisine, et il se mit au travail.

Ils dînèrent une heure plus tard, à la petite table nichée dans un coin de la pièce. Dehors, le crépuscule était tombé sur le jardin et les montagnes alentour. Quel calme ! Quelle paix ! Jack pouvait presque se persuader que c'était vrai, que cela durerait.

— Mmm, c'est délicieux, remarqua Eve en goûtant le gratin.

Leurs regards se croisèrent, s'accrochèrent une fraction de seconde de trop, et aussitôt, ils détournèrent les yeux.

Après dîner, Jack fit la vaisselle tandis qu'Eve enfilait une veste et sortait sous le porche. Il la rejoignit, un moment plus tard.

— Ecoutez, dit-elle en levant la main.

Ils tendirent l'oreille un instant.

— Vous entendez les coyotes ? reprit la jeune femme.

— Oui.

Eve enroula ses bras autour de son corps.

— C'est tellement beau. Quand je pense que j'ai passé toutes ces semaines, ici, et que j'étais à peine consciente de ce qui m'entourait.

— Forcément ! Vous avez passé les trois quarts de votre temps dans la prison.

Elle frissonna et se tourna vers lui.

— Jack, je ne veux plus jamais vous voir derrière des barreaux. Jamais. Il faut que nous...

Posant un doigt sur ses lèvres, il lui intima le silence.

— Chut, dit-il. Nous en parlerons demain. Profitons du moment présent, de la nuit, de la liberté. Je ne sais pas si j'aurai encore beaucoup d'occasions de le faire.

— Vous en aurez ! affirma Eve. Personne ne viendra vous chercher ici.

Jack eut un rire léger, empreint de tristesse.

— Je crains de ne pas partager votre optimisme. Il me semble au contraire que chaque minute m'est comptée.

Il aurait voulu glisser un bras sur les épaules de la jeune femme et lui assurer que tout se passerait bien ; que, d'une manière ou d'une autre, il ferait en sorte que la situation se résolve enfin, que tout rentre dans l'ordre. Mais il n'osait pas la toucher. Pas maintenant. Pas ici. Il craignait trop de ne plus pouvoir s'arrêter...

20.

L'agent spécial Ralph Hawley considéra la porte close du chalet des Marchand, à Pinecrest, et poussa un juron qui se perdit dans l'air froid de l'aube. Ils avaient décampé. Eve Marchand et Jack Devlin avaient vidé les lieux !

Ça n'était pas une surprise.

Hawley avait supplié pour qu'on lui assigne des hommes supplémentaires afin de surveiller la maison, mais il s'était heurté à la lenteur de la bureaucratie et aux excuses habituelles — ces foutues compressions de budget. Lui, il appelait ça de l'incompétence !

Ses hommes avaient même retrouvé l'endroit où Marchand et Devlin avaient dissimulé le véhicule, dans le sous-bois, près de la route. Un avis de recherche avait été lancé depuis deux jours, pour retrouver la voiture de location, mais personne ne l'avait vue. Encore un exemple d'incompétence caractérisée.

Toujours devant le chalet, Hawley s'efforçait de refouler sa frustration, tout en réfléchissant. Il fouilla dans sa mémoire exercée, essayant de se rappeler chaque mot, chaque geste, chaque réaction d'Eve Marchand lors de leurs deux rencontres.

Il lui apparaissait clairement, maintenant, que le matin où il était allé la voir chez elle, la jeune femme s'en revenait de Pinecrest, où Devlin se cachait déjà. Elle avait fait exprès le trajet jusqu'à Denver, afin de le rappeler de chez elle. Nom d'un chien, elle était finaude ! Et quel calme, quel sang-froid ! De nouveau, il éprouva cette pointe d'admiration pour l'avocate. Quel sacré bout de femme, tout de même ! Et quand ils avaient fait irruption dans le chalet, qu'ils l'avaient fouillé de fond en comble, avant de s'y installer jusqu'au lendemain midi, elle devait être dans tous ses états. Elle n'en avait pourtant rien laissé voir. Mais comment diable avaient-ils pu manquer Devlin ? Le hasard ? Sans doute. La chance était du côté du fugitif, ce jour-là. Quelle plaie !

Hawley réfléchit, encore et encore ; il tourna et retourna leur première conversation dans son esprit, jusqu'à ce que survienne l'illumination qu'il espérait. Aspen ! Eve Marchand s'était montrée plutôt évasive, mais, dans le fond, elle ne lui avait pas vraiment menti. Devlin avait donc bel et bien décidé de retourner à Aspen.

C'était de la folie pure, bien sûr. A peine serait-il arrivé qu'on lui tomberait dessus. A quoi pensait ce diable d'homme ? Pourtant, il aurait dû être en route pour le Mexique.

Hawley secoua la tête. Oui, cela ne faisait aucun doute. Soudain, il était prêt à mettre sa main au feu que Marchand et Devlin étaient retournés à Aspen.

Jack était assis dans la cuisine, la tête baissée sur sa tasse de café. Il avait mal dormi, se réveillant sans cesse en croyant entendre des bruits dehors — une sirène, la police qui faisait irruption dans la maison et l'arrêtait. Il n'avait cessé de penser à Eve, aussi, couchée dans sa petite chambre, de l'autre côté du couloir.

A l'aube, il était descendu. Il n'avait pas beaucoup de temps devant lui. Une journée ; peut-être deux. Chaque seconde comptait. Surtout, il devait s'assurer que rien ne permettait de faire le lien avec Eve si jamais il était pris ; l'idée qu'il pouvait l'entraîner dans sa chute lui était insupportable. On la soupçonnerait peut-être de l'avoir aidé, mais personne ne pourrait le prouver. Il devait absolument y veiller.

Il l'entendit qui bougeait, à l'étage, et comprit qu'elle venait de sortir de la salle de bains. Dans un moment, elle le rejoindrait et il lui faudrait de nouveau s'envelopper dans ce voile de distance et de neutralité, ne succomber à aucune faiblesse. Cet exercice l'épuisait, et pourtant il était nécessaire : il n'y avait pas d'avenir pour eux.

Eve descendit l'escalier et entra dans la cuisine. Ils se saluèrent, et elle se servit un café, avant de s'installer en face de lui.

— Alors, dit-elle, vous avez des projets ?

— Oui. Je vais essayer de voir Ben, aujourd'hui. Si j'ai bonne mémoire, c'est le jour de congé des Wade. Et Ben ne me dénoncera jamais.

— Vous en êtes certain ?

— Sans l'ombre d'un doute !

— Qu'allez-vous lui demander ?

— J'aimerais surtout lui poser des questions au sujet de ce briquet. Il se rappelle peut-être quelque chose que j'ai oublié.

— Vous risquez de lui flanquer une sacrée trouille, remarqua la jeune femme.

— J'y ai pensé, en effet.

— Et ensuite ? demanda-t-elle encore, les sourcils froncés.

— Eh bien, il y a Kent Lovett. Je doute qu'il me dénonce. Et s'il le fait, il me donnera d'abord un peu de temps.

— Qui est cette personne ?

— Un ami du Cigar Bar. Un amateur de cigares. Il se souviendra peut-être du briquet...

— Ou peut-être que non.

— Je sais.

Eve parut hésiter ; elle prit une profonde inspiration, avant de se lancer :

— Jack, êtes-vous sûr de ne pas vouloir que je...

— Non ! coupa-t-il d'un ton sans appel. Inutile de revenir là-dessus. C'est moi qui agis, désormais.

— Mais il suffira que vous mettiez le nez dehors pour qu'on vous reconnaisse...

— Pas du tout. On ne me cherchera pas ici. Tout le monde me croit au Mexique.

Il força un sourire sur ses lèvres.

— Vous ne pensez pas que ma barbe suffit à me déguiser ?

— Non. Du moins, pas encore. On a simplement l'impression que vous avez oublié de vous raser.

— Je dois prendre le risque.

— Et si vous ne revenez pas... Que dois-je faire ?

Jack haussa les épaules, tâchant de demeurer impassible.

— Vous rentrez à Denver, et vous reprenez votre vie, votre travail.

— Comme si rien ne s'était passé, c'est ça ? protesta Eve. Mais rien ne sera plus jamais pareil. Je ne peux pas juste... juste vous oublier, Jack.

Il éprouva comme un pincement, au niveau du cœur, qu'il préféra ignorer.

— Bien sûr que si, vous pouvez. Cette histoire n'était qu'un interlude, une aventure un peu bizarre. Mais quand ce sera fini, ce sera vraiment fini.

— Pas pour vous, murmura Eve.

Alors qu'il portait sa tasse de café à ses lèvres, comme s'il n'avait rien entendu, la jeune femme se pencha en avant et posa une main sur son bras.

— Je ne vous oublierai jamais, dit-elle, et jamais je ne cesserai de me battre pour vous libérer. Vous me croyez, n'est-ce pas ? Vous avez confiance en moi ?

Il leva les yeux vers elle et vit la ferveur, la passion qui illuminaient son visage. Elle finirait par se briser, à force d'essayer de le libérer. Elle gâcherait sa vie, se tuerait à la tâche.

— Laissez quelqu'un d'autre le faire, murmura-t-il en couvrant sa main de la sienne. Vous n'êtes plus objective.

— Laissez quelqu'un d'autre le faire? répéta-t-elle avec colère. Et puis encore?

Détournant les yeux, Jack durcit le ton de sa voix.

— Laissez quelqu'un d'autre le faire. Je ne veux plus que vous vous occupiez de mon dossier, d'accord.

Elle se dégagea d'un mouvement brusque, visiblement blessée.

— Ecoutez, reprit Jack, ne parlons pas de ça maintenant. Je dois régler des choses plus importantes. Je veux que vous restiez ici. Surtout, ne mettez pas le nez dehors. Ce type du FBI...

— Hawley.

— Oui. Eh bien, si jamais ce Hawley vous trouve ici, il saura aussitôt où je suis.

— Mais je vais devenir folle, à vous attendre sans rien pouvoir faire...

— Bien sûr que non! affirma Jack.

Eve prit leurs deux tasses de café et les porta dans l'évier, lui tournant résolument le dos. Bien mieux que des mots, son attitude traduisait sa colère et son ressentiment.

Jack emprunta la route si familière qui menait à Red Mountain. Cela faisait des mois qu'il n'était pas passé par là, et il remarqua jusqu'au moindre détail — la nouvelle maison en cours de construction, dans le premier virage en épingle à cheveux, la couleur des arbres...

Il espérait que Ben serait là; et si ça n'était pas le cas, il attendrait. Il avait dû comme tout le monde apprendre la nouvelle de son évasion. Le pauvre! Les circonstances ne l'avaient pas épargné, ces derniers temps : l'assassinat de sa mère, d'abord, puis la condamnation de son beau-père pour le meurtre... Il lui faudrait de la force pour traverser ces épreuves.

Comme il arrivait devant les colonnes de pierre qui marquaient l'entrée de la propriété, Jack constata avec étonnement que son nom figurait toujours sur la plaque. Personne n'avait donc pensé à le retirer et à le remplacer ?

Il suivit l'allée qui débouchait devant la maison, éprouvant une terrible sensation de déjà-vu.

Une Saab rouge était garée devant l'entrée.

Voilà qui était nouveau, en revanche. Ben avait dû se l'acheter. Il en rêvait depuis longtemps. Au moins avait-il ça pour se consoler.

S'arrêtant, Jack descendit de la voiture de location et se dirigea vers la porte. Il sonna et regarda autour de lui. La maison d'Allison. Une maison dont il avait conçu les plans dans leurs moindres détails. C'était aussi une de ses plus belles réussites : la construction paraissait jaillir, pousser hors de la montagne. Tout en observant les détails si familiers, il songea qu'Allison, l'inspiratrice de cette architecture, celle à qui elle était dédiée, Allison n'était plus, alors que sa demeure restait — comme un cadre magnifique qu'on aurait vidé, privé de l'œuvre qu'il était censé mettre en valeur.

Soudain, la porte s'ouvrit, et Ben apparut dans l'encadrement, les cheveux ébouriffés, les yeux encore gonflés de sommeil, vêtu d'un jean et d'un T-shirt déformé. De toute évidence, il n'attendait personne.

— Bonjour, Ben, lui dit Jack.

Le jeune homme se raidit, fit un pas en arrière, puis manqua s'étrangler. Il écarquilla les yeux.

— Je peux entrer ?

— Jack ! Bon sang, j'étais justement en train de regarder les informations et ils disaient...

— Ils se trompaient.

— Je savais que tu viendrais ! s'exclama Ben. Je le savais. Je l'avais dit à Sarah.

— Elle est ici ?

— Oui, mais ne t'inquiète pas. Elle est de notre côté.

Il prit la main de Jack et la secoua, avant de l'enlacer avec fougue.

— C'est fou ! Si tu savais ce que je suis content de te voir ! Tu vas bien ? Ils ont dit que tu étais blessé, après l'accident...

— Ça va, répondit Jack. J'ai eu deux jours assez difficiles, mais j'ai récupéré, maintenant.

— Où étais-tu ? Comment es-tu arrivé jusqu'ici ? Tu as faim ? Tu as besoin d'argent ?

Jack sourit. Etre de nouveau chez soi lui procurait un bien-être indicible. Même si cela ne devait pas durer.

— Mais tu sais que tu es complètement fou ? poursuivit Ben. Pourquoi es-tu revenu ici, alors que tout le monde te connaît ?

— Tu ne trouves pas que ma barbe fait un bon déguisement ? demanda Jack en se caressant le menton.

— Non, désolé. Allez, viens, on était en train de prendre le petit déjeuner.

Il l'entraîna vers la cuisine, sans cesser de parler.

— Sarah ! Sarah, regarde qui est là...

La jeune femme pâlit brusquement et se renversa contre le dossier de sa chaise, comme si on l'avait poussée.

— Mon Dieu ! chuchota-t-elle.

— Regarde, Jack est là ! N'est-ce pas merveilleux ?

— Je... je ne sais pas, balbutia-t-elle.

— Comment ça, tu ne sais pas ?

— Eh bien...

Elle avala péniblement sa salive.

— Et si... Et si...

— Sarah a raison, intervint Jack. Si la police ou le FBI apprennent que je suis à Aspen, c'est ici qu'ils viendront d'abord me chercher.

— Ne t'inquiète pas. Pour l'instant, personne ne sait que tu es là.

Ben marqua une pause, puis demanda :

— Quand es-tu arrivé ? Tu loges quelque part ?

— Je préfère que tu n'en saches rien. Je suis peut-être libre, à cet instant, mais cela ne durera pas.

— Qu'est-ce que tu racontes ? Tu ne vas pas te débrouiller pour disparaître ? Il faut que tu ailles au Mexique, ou au Brésil, ou en Australie... Le plus loin possible ! Je te donnerai de l'argent, tout ce que tu voudras. J'en ai les moyens. Oh ! Jack, je voudrais tellement t'aider !

— Non, Ben. Je suis ici, à Aspen, parce que j'ai quelque chose à y faire.

— Mais enfin, tu sais où ils t'enverront, s'ils te rattrapent ?

— Ben, je ne peux pas partir.

— Pourquoi ? s'écria le jeune homme.

— Je crois que je sais pourquoi, intervint Sarah.

Ben se tourna vers elle.

— Ah oui ? Dans ce cas, vous ne voudriez pas me mettre dans le secret, tous les deux ?

— S'il disparaît, personne ne retrouvera jamais le vrai meurtrier, murmura la jeune femme.

Un instant, Ben demeura coi.

— Et alors ? reprit-il soudain. Et alors ? Qu'est-ce que ça peut faire ? Ce qui compte, c'est que tu sauves ta peau.

— Non, fit Jack d'un ton posé. Ce qui compte, c'est la vérité. C'est pour elle que je suis revenu. Je veux essayer de parler à certaines personnes — ce que je n'ai jamais eu l'opportunité de faire après le meurtre. Je suis allé à l'enterrement, et, de là, j'ai été arrêté et emprisonné.

Ben parut réfléchir.

— Qui soupçonnes-tu ? demanda-t-il au bout d'un moment.

— Je ne sais pas encore, même si j'ai quelques idées. Mais je préfère ne pas en parler.

Visiblement irrité, Ben secoua la tête.

— Ce que tu peux être têtu !

Toutefois, il abandonna le sujet. Jack s'assit à table, avec eux, et Sarah lui servit une tasse de café. Aux coups d'œil qu'échangèrent les jeunes gens, Jack comprit qu'ils étaient mal à l'aise ; en dépit de leurs efforts, il était clair qu'ils ne savaient trop comment se comporter.

— Je suis venu te demander quelque chose, reprit Jack au terme d'un long silence.

— Tout ce que tu voudras, répondit Ben.

Aussitôt, Sarah se leva.

— Je vais vous laisser, murmura-t-elle avec un faible sourire.

— D'accord.

Ben lui prit la main, comme elle s'éloignait, et la laissa glisser de ses doigts. Elle lui jeta un dernier regard, hésitant, et sortit.

— Ne t'inquiète pas, dit Ben. Elle ne parlera à personne. Elle sait que tu es innocent.

— Je suis content de l'entendre.

— C'est la vérité. Nous en avons discuté, et j'ai entièrement confiance en elle.

Jack se contenta de hocher la tête.

— Alors, que veux-tu me demander ? reprit Ben en étendant ses jambes devant lui.

— C'est au sujet de mon briquet. Je ne comprends pas comment il a atterri sous le piano, cette nuit-là. Ça me rend fou. Je suis sûr de l'avoir perdu, quelque temps avant que ta mère ne soit... tuée. Mais je ne me rappelle pas quand ni comment. En fait, la dernière fois que je me souviens de l'avoir vu, c'est ce jour où nous sommes allés pêcher ensemble à la mouche, l'an passé — en mars, je crois. C'était sur la rivière Fryingpan. Je sais qu'il faisait un froid de canard. Et je t'ai passé mon briquet pour que tu allumes ta cigarette. Je me souviens que j'étais surpris de te voir fumer et je t'ai fait la leçon.

— Ça, je m'en souviens, moi aussi. On était gelé, mais on a attrapé cette superbe truite arc-en-ciel. Elle pesait près de deux kilos...

— Et tu te rappelles le briquet ?

— Ouais. Tu me l'as prêté parce que mes allumettes n'arrêtaient pas de s'éteindre à cause du vent.

— Après ça, je n'ai plus de souvenir précis, expliqua Jack. Je m'en suis peut-être servi encore une fois. Il faut que je vérifie auprès d'une autre personne...

— Qui ?

— Tu ne connais pas — et d'ailleurs, je ne te le dirais pas. Il est préférable que tu ne saches rien.

— Merde, Jack, arrête de me traiter comme un gamin !

— J'essaie au contraire de te traiter en adulte, répliqua Jack. Simplement, je ne veux pas que tu aies des problèmes à cause de moi.

Ben secoua la tête.

— Et moi, je n'ai aucune envie que tu retournes en prison, murmura-t-il. Cette idée m'est insupportable.

— On ne peut pas dire qu'elle m'enchante non plus... Mais revenons-en au briquet. Tu sais ce que j'en ai fait ? Est-ce que tu me l'as rendu ? Ou bien est-ce que j'aurais pu le laisser là-bas, au bord de la rivière ?

— Bon sang, je n'en sais vraiment rien, moi.

— Réfléchis. Est-ce que tu m'as vu l'utiliser, après cette partie de pêche ?

Le front plissé, Ben parut s'immerger dans ses souvenirs.

— Tu ne fumes plus, et moi je ne fumais pas à la maison, murmura-t-il au bout de quelques instants. Dans ces conditions, je doute de t'avoir vu l'utiliser de nouveau. En tout cas, je suis sûr de te l'avoir rendu, ce jour-là. Je ne l'aurais pas gardé.

— Est-ce qu'il m'est arrivé de le sortir de ma poche, de jouer avec ?

— Vraiment, Jack, je n'en sais rien.

— C'est une histoire de fous ! Si ça se trouve, il est tombé sous le piano, sans que cela ait le moindre rapport avec le meurtre. Il peut s'agir d'une simple coïncidence.

— A moins que..., commença Ben, avant de s'interrompre. Mais au fait, tu n'es pas au courant.

— Au courant de quoi ?

— Les Wade, Marnie et Ray, ils sont partis. Renvoyés. Sarah les a virés. Bien sûr, j'étais de son côté. Ma montre Rolex avait disparu. Nous pensons qu'ils l'ont volée.

— Mon Dieu !

— Va savoir s'ils n'ont pas volé ton briquet, aussi. L'un d'eux l'a peut-être laissé tomber, sans s'en apercevoir, et...

— Où sont-ils partis ? demanda Jack.

— Aucune idée. Ils ont fait leurs paquets et ils sont partis. Ils n'étaient pas contents.

— Mince, murmura Jack.

Il aurait bien aimé leur poser des questions. Lui avaient-ils pris son briquet ? Allison leur avait-elle demandé de s'expliquer, au sujet de leur renvoi de chez Brooke Goldsmith ? Les avait-elle menacés ? Elle en était bien capable ; Allison était de ces personnes qui n'hésitent jamais à frapper là où ça fait mal. Le cas échéant, l'auraient-ils tuée pour ça ?

Quoi qu'il en soit, le briquet était la clé de bien des réponses. Jack en était plus que jamais convaincu.

— Il n'y a pas moyen de les retrouver ? demanda-t-il. Ils n'ont pas laissé d'adresse ?

Ben ouvrit les mains en signe d'impuissance.

— Pas que je sache.

Jack se leva et se mit à faire les cent pas dans la cuisine. Tout cela était tellement frustrant ; il avait l'impression de démêler une toile d'araignée. Chaque fois qu'il tenait un fil, il essayait de tirer dessus, et il se cassait. Il lui fallait alors trouver un nouveau fil, une nouvelle piste.

— Je n'ai pas le temps de suivre leur trace, grommela-t-il, raisonnant à voix haute, et je ne peux tout de même pas me rendre à la poste et demander s'ils ont laissé une adresse pour faire suivre leur courrier...

— Je peux, moi ! s'exclama Ben. Je poserai la question.

— Non. C'est hors de question !

Jack songea qu'il en parlerait à Eve. Elle retrouverait les Wade. Mais ce serait pour plus tard ; une fois qu'il serait retourné derrière les barreaux.

— Tu ne veux vraiment pas me laisser faire ça pour toi ? insista Ben.

— Non, lui répondit Jack. N'y pense même pas. Je demanderai à quelqu'un d'autre de s'en occuper.

— Qui ?

— Peu importe.

— Ouais, c'est ça ! lança Ben avec un ricanement amer. Il vaut mieux que je ne le sache pas.

— Exactement.

Jack quitta la maison d'Allison un peu après midi. Il avait eu le temps de se changer et d'enfiler des vêtements lui appartenant : une chemise Oxford bleue, un jean, un pull gris et un coupe-vent. Ainsi vêtu, il se sentait vaguement humain.

— Tu as meilleure allure, commenta Ben.

— Et je me sens mieux, aussi, affirma Jack. Merci d'avoir gardé toutes mes affaires.

— Pas de problème.

— Tu diras au revoir à Sarah pour moi ?

— C'est promis.

— Bon, je m'en vais.

— Encore une fois, tu es sûr de ne pas vouloir que je t'aide ? Je peux te donner de l'argent. Tu quitterais le pays et...

Jack secoua la tête.

— Je ne peux pas.

— Bon, bon, fais comme tu l'entends. Mais tu te conduis comme un fou.

— A un de ces jours, mon gars.

— Ouais.

Jack se rendit directement au bureau de Kent Lovett, au dernier étage d'un immeuble commercial de Main Street. Il avait gardé ses lunettes de soleil et sa casquette de base-ball, mais ressemblait ainsi à soixante-quinze pour cent des hommes d'Aspen, en cette journée d'automne.

Il donna un faux nom à la réceptionniste, une fausse raison de demander un rendez-vous et un faux sourire. La jeune femme ne le reconnut pas ; il en était absolument certain.

— Je suis désolée, lui dit-elle, mais M. Lovett vient de sortir déjeuner. Il sera de retour dans un peu moins d'une heure. Voulez-vous revenir à ce moment-là ?

— D'accord, répondit Jack.

Il roula en voiture, pendant un peu plus de quarante-cinq minutes, et quand il poussa de nouveau la porte des bureaux de Lovett, la réceptionniste l'accueillit avec un grand sourire.

— Il est de retour. Vous pouvez entrer, ajouta-t-elle en indiquant une porte.

Kent Lovett s'était levé pour recevoir son visiteur, le visage fendu d'un sourire, mais il se décomposa brusquement, et sa main tendue retomba le long de son corps.

— Bonjour, Kent.

— Dieu tout-puissant ! J... Jack !

— Décidément, cette barbe n'est pas très efficace..., commenta Jack.

— Jack, je ne peux pas...

Il s'interrompit et se passa la main sur le visage. C'en était presque comique.

— Merde ! Donne-moi une minute pour encaisser le coup.

C'était un petit homme fringant, avec des cheveux gris bouclés, un grand nez et un corps musclé qu'il entretenait avec soin.

— Je ne m'attendais pas à te voir faire irruption dans mon bureau, comme ça ! murmura-t-il.

— Je n'ai pas beaucoup de temps, Kent...

— J'imagine.

— Et je ne suis pas venu pour te causer des ennuis. J'aimerais juste te poser une ou deux questions.

— Tu sais que tu as toutes les polices aux trousses ? Chaque fois que j'allume la télé, je tombe sur ta photo.

— Je sais.

— Alors, que fabriques-tu ici ?

— J'essaie de découvrir qui a assassiné Allison, répondit Jack.

Lovett le considéra un instant.

— Je n'ai jamais pu me faire à l'idée que tu l'avais tuée.

— Je ne l'ai pas tuée. C'était peut-être un coup monté. Est-ce que tu te souviens de mon briquet en or, celui qu'on a retrouvé près du cadavre ?

— Oui, bien sûr. Tout le monde le connaissait. Un bel objet, avec tes initiales.

— C'est ça.

Lovett jeta un coup d'œil autour de lui.

— Ecoute, assieds-toi. On est des amis, oui ou non ? Alors, assieds-toi et parlons.

Ils s'installèrent sur le canapé de cuir du salon. Kent alla même chercher des boîtes de Coca-Cola dans son petit réfrigérateur.

— Bon, le briquet..., dit-il en revenant s'asseoir.

— Je l'ai perdu quelque part, expliqua Jack. J'essaie de me rappeler quand et où, pour déterminer si quelqu'un aurait pu le trouver, ou le subtiliser...

— Je vois.

— Le soir où nous avons conclu ce contrat sur le lotissement, à Aspen Glen, nous sommes allés au Cigar Bar. Tu te souviens ?

Kent hocha la tête.

— Est-ce que j'avais mon briquet ? interrogea Jack. Est-ce que je m'en suis servi pour allumer nos cigares ?

— Oh ! là, là !

Son ami renversa la tête et considéra le plafond un instant. Puis il se redressa.

— Je vais te dire, je ne me rappelle qu'une seule chose, au sujet de ce soir-là : les seins de la serveuse. Elle avait un décolleté à se damner. Ah ! je me souviens d'une allumette, aussi. Elle a dû faire craquer une allumette, car la flamme a éclairé son décolleté, justement. Je ne pouvais plus en détacher les yeux.

— Donc, je n'avais pas mon briquet, murmura Jack. C'était quand, exactement ? En avril ? En mai ?

— Je crois bien qu'on a conclu le 1er mai. Mais je peux demander à Gloria de vérifier, si tu veux.

— Inutile. A un jour près, cela ne change rien.

— Est-ce que cela peut t'aider ?

— Peut-être, Kent, répondit Jack. Peut-être.

Il quitta le bureau de Lovett et roula au hasard pendant un moment, essayant de mettre un peu d'ordre dans ses idées, mais aussi parce qu'il ne voulait pas prendre le risque d'être suivi jusqu'à la petite maison jaune — et jusqu'à Eve. C'était peu probable ; si la police ou le FBI l'avaient repéré, ils se seraient sûrement précipités sur lui, toutes sirènes dehors.

Il fallait qu'il retrouve Marnie et Ray Wade. L'un comme l'autre, ils pouvaient très bien avoir pris le briquet. Et il avait aussi l'intention de parler à George Mochlin. Demain. Il avait encore une nuit et peut-être une journée devant lui. Après ça, l'agent du FBI lui tomberait fatalement dessus.

Avec amertume, il se dit qu'il devrait peut-être résister, ne pas se laisser arrêter et se faire abattre. Il connaîtrait ainsi une mort rapide. Mais dans ce cas, le meurtrier d'Allison demeurerait impuni.

Finalement, il prit le chemin de la petite maison jaune, sur Lake Avenue. Il était tard, et Eve devait être folle d'angoisse et d'ennui. Jack espérait qu'elle n'avait pas commis d'imprudence ; il priait aussi pour que ce type du FBI ne l'ait pas retrouvée.

Il rangea la voiture de location sous les arbres, comme la veille, et gravit les marches du perron. Puis, alors qu'il glissait la clé dans la serrure, il eut brusquement la certitude absolue que la maison était vide.

Eve descendit Main Street d'un pas tranquille, observant les gens autour d'elle et faisant un peu de lèche-vitrines. Elle avait essayé d'attendre Jack et de ne pas bouger, ainsi qu'il le lui avait demandé — ou plutôt, ordonné — mais elle avait fini par craquer. A 13 heures, incapable de tourner en rond et de se ronger les sangs plus longtemps, elle était sortie.

Elle voulait téléphoner à Hank Thurgood, à Denver, et bien sûr, il n'était pas question d'appeler depuis la maison jaune. Elle s'arrêta dans une cabine et glissa plusieurs pièces dans l'appareil, avant de composer le numéro du portable du détective. Elle ne voulait pas laisser de message chez lui. Et d'ailleurs, à cette heure, il était sûrement en vadrouille.

La voix rocailleuse du vieil homme lui répondit, après deux sonneries.

— Thurgood.

— Oh ! Hank, tu ne peux pas savoir ce que je suis contente de t'entendre.

— Eve ?

— Oui, c'est moi.

— Où es-tu, nom de Dieu ?

— Peu importe. Ecoute, j'ai besoin de savoir ce qui se passe. Est-ce qu'il y a du nouveau ?

— A quel sujet, ma petite dame ?

— Tu sais très bien.

— Je sais qu'il est avec toi, ou, en tout cas, que tu sais où il se trouve, déclara le détective. Voilà où j'en suis.

— Pas de commentaire.

— Voilà bien une réponse d'avocat ! Ecoute, tu vas être contente : je tiens quelque chose d'intéressant.

— Quoi donc ?

— Je ne vais pas entrer dans les détails, mais j'ai appris, par l'intermédiaire d'une amie d'Allison, qu'elle et George Mochlin avaient eu une grosse dispute. Parce qu'il était un peu trop allé se vanter qu'il deviendrait bientôt le mari numéro trois. Intéressant, hein ?

— Quand cette dispute a-t-elle eu lieu ?

— Elle ne se rappelle pas exactement, mais c'était peu de temps avant le meurtre.

— Joli travail, Hank.

— Ecoute, Eve, ils ne nous lâchent pas d'une semelle, ici.

— J'imagine, répondit-elle, sachant pertinemment de qui il voulait parler. Je suis vraiment désolée.

— Officiellement, tu es en congé de maladie. Au fait, un des mecs, au bureau, a donné l'adresse de tes parents à un gars du FBI.

— Je sais. Ce n'est pas grave.

— Fais attention, Eve. Fais très attention.

— C'est promis. Hank ?

— Ouais ?

— Merci mille fois. Je te dois une séance de cinéma et un dîner au restaurant.

— Pas de problème. Après tout, c'est notre camp contre le leur, pas vrai ?

Eve raccrocha, le cœur battant la chamade tant elle était impatiente de partager l'information de Hank avec Jack. De nouveau, les faits semblaient accuser George Mochlin. Ainsi, non seulement il avait menti, au moment de fournir un alibi, mais, en plus, il avait un mobile. Le coureur de dot avait vu la fortune lui filer sous le nez et, de rage, il avait assassiné Allison. C'était parfaitement plausible.

George Mochlin avait commencé par avaler deux whiskys bien tassés, puis il avait essayé la drogue que Melinda lui avait donnée. Rien à faire. Ses mains tremblaient ; son estomac était noué, sa poitrine comprimée. Il était en train de devenir fou, et cela depuis le moment où il avait appris la nouvelle de l'évasion de Devlin. Cela remontait à plusieurs jours, maintenant. Une éternité.

Il était assis dans son appartement, la tête entre les mains, la télévision allumée. Il suivait les informations à longueur de journée, afin de connaître les faits et gestes du fugitif, mais personne ne savait vraiment où il était — ou alors, ils ne disaient rien.

De toute façon, George savait, lui. Devlin était en route pour Aspen. Il allait venir le trouver et le tuer. Devlin voulait se venger. Après tout, qu'avait-il à perdre ? Oui, il l'abattrait sans hésiter.

George essayait de garder la tête froide, mais il ne pouvait plus penser ni bouger. Il était paralysé d'épouvante.

Soudain, enfin, une idée se fraya un chemin dans son cerveau embrumé par l'alcool et la drogue. Il allait partir. Evidemment ! Qu'est-ce qui l'en empêchait ? Il pourrait se rendre à Tucson, par exemple. Il y avait un important tournoi de tennis, en ce moment, et il connaissait du monde, là-bas. Il trouverait bien quelqu'un pour l'héberger. Il ne dirait à personne où il allait.

Il aurait mis son plan à exécution sur-le-champ, s'il n'avait pas été aussi mal en point. D'ailleurs, il devait donner deux leçons de tennis, le lendemain matin. Il partirait aussitôt après. Oui, c'était décidé ; il quitterait Aspen demain.

George se leva et se rendit dans sa chambre en titubant. Il ouvrit le tiroir de sa table de chevet et prit son revolver. Puis il retourna dans le salon, posant l'arme à côté de lui.

Il reprit sa place sur le canapé et regarda de nouveau les informations, à la télévision. De temps en temps, il prenait le revolver et le pointait vers l'écran, faisant mine d'appuyer sur la détente.

21.

A son retour, Eve trouva Jack qui l'attendait, l'air mécontent. Elle évita son regard, un moment, jetant son sac et sa veste sur le canapé. Puis, elle prit une profonde inspiration, redressa les épaules et leva les yeux vers lui.

— Ça va ? demanda-t-elle.

Il la foudroya d'un coup d'œil furieux.

— Est-ce qu'il vous arrive d'écouter ce qu'on vous dit, parfois ?

Eve haussa les épaules.

— C'est un de mes plus gros défauts. Mais peu importe : j'ai du nouveau. Une bonne nouvelle.

Jack s'appuya contre le mur et croisa les bras.

— J'ai appelé Hank, à Denver, poursuivit Eve. Il a mené sa petite enquête, et il a découvert quelque chose de très intéressant. Apparemment, Allison avait appris que Mochlin se vantait partout qu'il allait devenir son prochain mari. Ils se seraient disputés. Et pas qu'une petite querelle d'amoureux. Alors, si vous ajoutez ça à l'alibi branlant de Mochlin...

— Mince alors ! murmura Jack.

— Comme vous dites. Pour moi, il est notre suspect numéro un.

— C'est troublant, en effet.

— Et vous ? demanda Eve. Vous avez découvert quelque chose ?

Jack lui raconta son entrevue avec Ben, puis sa conversation avec Kent Lovett. Après quoi, ensemble, ils établirent une liste des suspects, des alibis, des mobiles et le rôle du briquet.

— J'aimerais encore trouver Ray et Marnie Wade, dit Jack, et leur mettre la pression. Nous ne devons pas oublier qu'Allison peut très bien avoir appris l'histoire de cette fameuse bague. Elle leur a demandé des explications à ce sujet, et la discussion a pu tourner au vinaigre. Et voilà que, maintenant, Ben les a flanqués dehors parce que sa montre a disparu. Ça fait beaucoup.

— Je vais demander à Hank d'essayer de les retrouver.

Jack se contenta de hocher la tête.

Tandis que le silence s'installait, Eve sentit que Jack se retranchait derrière cette barrière qu'elle n'arrivait pas à renverser.

— Nous découvrirons toute la vérité sur cette histoire, dit-elle, comme pour le ramener à elle et l'empêcher de se replier complètement sur lui-même. Nous maintiendrons la pression jusqu'à ce que quelqu'un craque. Vous devez me faire confiance.

— Le temps manque. Ben voulait que je m'en aille, que je quitte le pays. C'est tentant.

Eve secoua la tête.

— Cela ne résoudrait rien. Vous le savez bien.

— Oui, je le sais, admit Jack.

Il eut un sourire sans joie.

— Vous avez tellement fait pour moi. Bien plus que ce que j'étais en droit d'espérer. Et même si j'ai bien l'intention de vous rembourser pour ce que vous avez dépensé, je sais que je ne pourrai jamais vous remercier vraiment assez — notamment pour être restée avec moi.

— Je ne l'aurais pas fait pour n'importe qui, Jack, souligna Eve.

Elle hésita un instant à poursuivre, à en dire plus. Mais Jack n'avait certainement pas envie d'entendre ce qu'elle avait en tête.

Réprimant un soupir, Eve détourna les yeux, le cœur serré. Elle aurait tellement aimé savoir ce qu'il ressentait, quelles pensées se cachaient derrière cette attitude neutre. Avait-il éprouvé le même trouble violent qu'elle, les rares fois qu'ils s'étaient touchés ? Avait-il tressailli de tout son corps, comme elle ?

Si seulement les circonstances étaient différentes ! « Le temps manque », avait dit Jack. Hélas ! Il avait sans doute mille fois raison.

Ils dînèrent tranquillement et montèrent se coucher vers 22 heures, chacun dans sa chambre.

Eve, qui n'avait pas du tout sommeil, s'installa en pyjama dans le fauteuil, près de la fenêtre. Le regard perdu dans l'obscurité, elle réfléchit et se demanda bientôt si cette nuit ne serait pas la dernière avec Jack. Les dernières heures. Les dernières minutes.

Elle ferma les yeux, un moment, essayant de chasser l'image de Jack dans le quartier de haute sécurité des condamnés à mort. Car rien ne garantissait qu'ils retrouveraient bientôt le meurtrier, et surtout qu'ils réussiraient à lui arracher des aveux. Or, c'était le seul moyen d'amener le tribunal à inverser son premier jugement. Les débuts de preuve établissant que George Mochlin avait menti, ou même qu'il aurait pu avoir un mobile pour tuer Allison, ne suffiraient jamais. Autrement dit, Jack allait de nouveau se trouver en prison. Innocent. Seul.

Le souvenir douloureux de son premier dossier, son premier échec, s'imposa soudain à l'esprit d'Eve, qui éprouva brusquement le besoin impérieux de se confier à Jack. Alors qu'elle n'avait jamais parlé de cette affaire à personne, il lui semblait tout à coup que Jack avait le droit de savoir ; elle devait lui expliquer que plus jamais — jamais ! — elle ne permettrait qu'une telle injustice, une telle tragédie, se reproduise !

Elle se leva, comme mue par une sorte de ressort intérieur. Elle éprouvait la même impression que si elle avait avalé un poison, autrefois, et devait absolument le purger de son corps. Les toxines remontaient en elle, menaçant de l'étouffer.

Elle saisit un sweat-shirt, sur le lit, le posa sur ses épaules et s'en fut frapper à la porte de la chambre de Jack, de l'autre côté du petit couloir. Le cœur battant à se rompre, elle fit tourner la poignée.

— Jack ? Vous dormez ? chuchota-t-elle en passant la tête à l'intérieur.

Il n'était pas couché. Il se tenait devant la fenêtre, en jean, torse nu.

— Oh ! fit-elle, avant d'enchaîner d'une voix haletante : Je... je n'arrivais pas à dormir. Je voudrais vous dire...

— Allez vous coucher, Eve ! l'interrompit-il. S'il vous plaît, ajouta-t-il avec douceur.

Mais elle secoua la tête.

— Non. Il faut que je vous parle. Tout de suite — ou je ne le ferai peut-être jamais. Je vous en prie, écoutez-moi. Vous n'aurez pas à parler, ni à me répondre. J'ai juste besoin de vous raconter quelque chose.

Si Jack ne dit rien, Eve sentit la tension qui se dégageait de lui. En dépit de l'obscurité qui l'enveloppait, elle distinguait la ligne carrée de ses épaules, son profil.

Alors qu'elle allait le rejoindre, elle se ravisa et s'assit sur le bord du lit.

— Eh bien... en fait, je... j'ai perdu le premier dossier que j'ai plaidé, Jack. C'était dans le Sud. J'avais passé l'examen du barreau là-bas, et quand je suis entrée au bureau d'aide judiciaire, on m'a confié la défense d'un homme qui avait été condamné à mort. C'était un cas désespéré. Quatorze années d'appels, et tous ces appels avaient été rejetés.

— Vous n'avez pas à me raconter tout ça.

— Si. Il le faut. Ils l'ont exécuté, Jack. J'ai supplié,

plaidé pour sa vie, mais j'étais tellement jeune, inexpérimentée...

Elle se mordit la lèvre.

— On l'a exécuté. Or, un mois plus tard, quelqu'un a avoué avoir commis ce meurtre. Le coupable était sur son lit de mort. Vous comprenez ? Mon client était innocent. Le système avait exécuté un innocent.

Essuyant rapidement les larmes qui avaient jailli de ses yeux, Eve poursuivit, d'une voix brisée :

— J'ai donné ma démission. J'ai fait mes paquets et je suis rentrée chez moi. J'ai repassé l'examen du barreau, ici, et je suis entrée au bureau d'aide judiciaire de Denver. Je pensais que je ne risquais plus rien, dans le Colorado. Nous n'étions pas des barbares, comme dans les Etats du Sud. Après tout, il n'y a pas eu une seule exécution depuis 1967. Mais maintenant... Ils ont fait passer une nouvelle loi. Ils vont de nouveau exécuter des hommes. Et vous serez un de ces condamnés à mort...

— Arrêtez ! coupa Jack avec dureté. Cessez de vous torturer. Vous n'êtes pas responsable de l'exécution de cet homme. Ces salauds vous avaient refilé un dossier qui était perdu d'avance... Et, depuis toutes ces années, vous portez ce fardeau ?

— Il était innocent, s'écria Eve en éclatant en sanglots.

Aussitôt, Jack vint s'asseoir près d'elle et l'entoura de ses bras. Eve s'abandonna contre son torse nu.

— Il fallait que je vous le dise, ajouta-t-elle entre deux hoquets. Il fallait que vous sachiez la vérité. J'aurais peut-être pu le sauver si j'avais été encore plus obstinée. Mais je croyais qu'il mentait... je ne savais même pas par où commencer...

Elle marqua une pause

— Je n'en avais encore jamais parlé à qui que ce soit, avoua-t-elle encore. Pas même à Gary.

Jack lui prit le menton et la regarda droit dans les yeux.

— Pourquoi moi ?

— Il fallait que vous sachiez que jamais plus je ne permettrai que cela se produise. J'ai tellement peur ! S'il vous arrivait quelque chose, je... je ne pourrais pas le supporter.

Aussitôt, Jack se raidit. Il ôta ses bras, et Eve le sentit se retrancher dans son univers inaccessible. Une fois encore, il allait lui échapper. Alors, sans réfléchir, mue par un instinct incontrôlable, elle s'accrocha à lui et le força à la regarder de nouveau.

— Eve, murmura-t-il en détournant les yeux, ne...

— Non ! écoutez-moi, l'interrompit-elle. Je ne peux pas continuer à vivre dans un mensonge. Je ne peux pas continuer à faire semblant. Je... j'ai envie de vous. J'ai envie de vous depuis la première fois que je vous ai vu...

— Arrêtez ! protesta-t-il d'une voix rauque.

— Si vous ne voulez pas de moi, je m'en irai, Jack. Tout de suite. Il suffit que vous le disiez.

La réaction de Jack fut brutale. Il prit les mains d'Eve et la repoussa.

— Et Kapochek ? Que faites-vous de Kapochek ?

— La vérité, c'est que c'est fini depuis longtemps.

— Oh ! je vous en prie !

— Il faut me croire, Jack. Aucun de nous ne l'a admis, mais nous sommes sur des routes différentes, et chaque jour qui passe nous éloigne un peu plus l'un de l'autre.

Elle lui exposa les attentes et les exigences de Gary, avant de conclure :

— Je n'entrerai jamais dans le privé. Pas plus que je ne suis capable de devenir l'épouse dont il a besoin. Quoi qu'il arrive, je continuerai de consacrer une grande partie de ma vie à mon travail.

Secouant la tête, elle ajouta dans un murmure :

— Le jour où j'ai accepté de vous représenter, j'ai fait sonner le glas de notre relation. C'était la goutte d'eau qui a fait déborder le vase. Ce n'est ni votre faute ni celle de Gary. C'est la mienne.

Durant un temps interminable, Jack la regarda fixement, sans prononcer un mot.

— Rien ne peut m'empêcher d'éprouver ce que j'éprouve pour vous, reprit Eve d'une voix étranglée. Mais si vous voulez que je parte, je le ferai et vous n'entendrez plus jamais...

Elle ne termina pas sa phrase. Jack l'avait brusquement attirée dans ses bras et avait pris possession de ses lèvres.

En une fraction de seconde, l'univers tout entier parut basculer. C'était comme si un ouragan avait éclaté, soudain, dans un ciel calme. Eve n'avait jamais connu une telle intensité de sentiment ; jamais encore elle n'avait succombé avec un tel abandon.

Jack la débarrassa rapidement de son pyjama et l'allongea sur le lit. Comme il collait ses lèvres brûlantes à ses seins, sa barbe l'écorcha juste assez pour exacerber encore le désir qu'elle avait de lui.

Elle s'accrocha à ses épaules, gémissant, ondulant sous lui, et Jack fit glisser ses mains le long de son corps, de ses cuisses. Elle s'ouvrit à lui.

— Oh, Jack ! fit-elle dans un murmure rauque, quand elle sentit ses doigts s'insinuer au cœur de son intimité.

La jouissance les balaya ensemble, un moment plus tard, dans un élan de passion si soudain qu'Eve poussa un cri de surprise, le plaisir déroulant ses vagues au travers d'elle.

Longtemps après, ils demeurèrent étendus l'un contre l'autre. Jack ne s'était pas dégagé d'Eve, qui restait accrochée à lui, comme si elle craignait de le laisser partir. Il lui semblait connaître chaque muscle, chaque parcelle de peau du corps de son amant, chaque terminaison nerveuse, aussi. Lui ne cessait de la caresser, s'attardant sur une courbe, une fossette. Ils ne parlaient pas. Le silence les maintenait dans une sorte d'enchantement ; ils n'avaient pas besoin des mots. Au contraire, le moindre murmure risquait de briser la magie. Et ils s'endormirent ainsi, dans les bras l'un de l'autre.

A l'aube, Jack se réveilla le premier. Il baisa le cou, les seins et les lèvres d'Eve, qui sentit aussitôt le désir monter entre eux. Ce n'était plus un raz-de-marée, comme la première fois, mais plutôt une douce chaleur qui s'insinuait dans chaque fibre de leur être. Ils s'unirent et bougèrent ensemble, avec une lenteur délibérée, et la volonté que cela dure le plus longtemps possible ; ils savouraient chaque sensation qu'éveillait en eux cette danse de l'amour. Et à la fin, quand le plaisir les eut de nouveau submergés dans une bouleversante harmonie, Jack prit le visage d'Eve entre ses mains et baisa ses paupières et ses cils.

Après toutes ces heures, après tant de passion, il parla finalement, en un chuchotement qui se fondit dans la lumière du jour levant.

— Jamais cela n'avait été comme ça. Jamais.

Et Eve sut qu'il disait la vérité.

Elle l'embrassa de nouveau et poussa un soupir de bien-être, se refusant à penser à l'« après », à la fragilité de ce bonheur. Hélas ! Déjà, les premiers rayons du soleil apparaissaient, au-delà des montagnes, et Eve, toujours nichée dans les bras de Jack, sentit une profonde tristesse l'envahir peu à peu.

Il était plus de 10 heures du matin, quand Eve rouvrit les yeux. Elle se redressa brusquement, un peu désorientée.

Elle se trouvait dans la chambre de Jack.

Dans son lit.

Une bouffée de chaleur monta le long de son cou. Puis elle sourit.

Toutefois, sa joie disparut instantanément lorsqu'elle découvrit que la maison était vide. Jack était parti. Elle savait où, bien sûr : il était allé trouver Mochlin pour l'affronter.

Malheureusement, Mochlin allait le dénoncer. Il n'hésiterait pas un instant; à la première occasion, il décrocherait le téléphone et alerterait la police.

Un long moment, Eve demeura debout dans la cuisine, perdue, effrayée, percevant encore l'odeur de Jack sur sa peau. Comment avait-il pu partir ainsi, sans rien dire?

Finalement, elle regagna l'étage, prit une douche et s'habilla. Lorsqu'elle redescendit, et tandis qu'elle se demandait désespérément quoi faire, elle remarqua un papier plié en quatre sur la petite console de l'entrée. Il s'agissait d'un message. Un message de Jack.

Elle le saisit entre ses doigts tremblants.

« Eve,

Je suis désolé de ne pas t'avoir réveillée. J'ai pris la voiture. Nous savons tous les deux ce qui va se passer, maintenant. J'espère seulement que j'arriverai à faire craquer Mochlin. Sache que tu as énormément compté pour moi. Mais cela doit finir, maintenant. Essaie de le comprendre. J'en suis infiniment triste, pour nous deux.

Jack. »

Le cœur battant avec force, Eve lut et relut ces quelques lignes, refusant d'accepter le contenu du message.

Non, ce n'était pas fini! C'était impossible!

Une douleur se mit à gonfler en elle, pareille à une tumeur. Elle pressa un poing sur son ventre, comme pour écraser la souffrance, la faire descendre, et elle lutta contre les larmes qui lui brûlaient les yeux.

Un coup frappé à la porte la ramena brusquement à la réalité. Elle étouffa un cri et leva les yeux.

A travers le rideau de dentelle qui couvrait la vitre biseautée, elle vit trois hommes.

— Mon Dieu! fit-elle dans un chuchotement étranglé.

C'était Hawley. L'agent du FBI. Avec deux de ses collègues.

La première réaction d'Eve fut de reculer, de chercher à fuir, mais très vite son cerveau se remit à fonctionner, et elle broya le message de Jack dans sa main. Puis elle inspira profondément, à plusieurs reprises, et, rassemblant tout son courage, elle ouvrit la porte.

Ralph Hawley la foudroya du regard.

— Où est-il ? lança-t-il. Où est Devlin ?

Il fit un signe de tête à ses hommes, qui dégainèrent leur revolver, avant d'entrer et de fouiller la maison.

— Alors ? insista Hawley.

Eve déglutit péniblement.

— Il n'est pas là.

— Où est-il ? Vous êtes inconsciente, ou quoi ? Vous ne croyez pas que vous avez déjà assez d'ennuis comme ça ? Alors, ne vous enfoncez pas davantage. Dites-moi où il est, et je serai clément avec vous.

— Je ne sais pas où il se trouve, répondit Eve, les doigts toujours crispés sur le message de Jack.

Les agents revinrent en secouant la tête. Ils rangèrent leur arme et la regardèrent fixement.

— Bon, où est la voiture de location ? reprit Hawley au bout d'un moment.

— Pardon ?

— La voiture que vous avez louée à Denver pour nous semer.

— Oh ! vous voulez dire : la voiture que j'ai louée parce que la mienne refusait de démarrer. Eh bien... elle n'est pas garée devant la maison ?

— Ne vous moquez pas de nous, mademoiselle Marchand ! intervint un des hommes. Vous êtes déjà dans les ennuis jusqu'au cou.

— Nous savons que vous avez hébergé Devlin, renchérit son acolyte. Alors où est-il ?

— Je vous ai déjà dit qu'il n'était pas ici, répondit Eve en allant s'asseoir sur le canapé.

— Mais il était ici, affirma Hawley.

— Prouvez-le, dans ce cas ! s'emporta brusquement Eve. Prouvez-le donc !

Les trois hommes ôtèrent leur manteau.

— Nous allons l'attendre, annonça Hawley. Nous ne bougerons pas d'ici tant qu'il ne sera pas revenu.

Eve eut un rire sans joie.

— Restez, si c'est ce que vous voulez. Mais j'espère que vous n'êtes pas pressés.

Jack sut qu'il était fait dès l'instant où il posa les coudes sur le comptoir de réception du Castle Creek Golf and Tennis Club. La jeune femme le regarda fixement, avala péniblement sa salive et tendit la main vers le téléphone.

Jack réagit aussitôt.

— Bonjour, dit-il. Je suis venu chercher ma femme. Elle a une leçon de tennis.

La fille ouvrit la bouche, mais fut incapable de prononcer le moindre mot.

— Oh ! non, ça recommence ! s'exclama Jack en s'obligeant à sourire. Vous êtes au moins la dixième personne, cette semaine.

— Qu... quoi ?

— Vous savez, bien, ce type, là, Devlin. Vous êtes au moins la dixième personne à me confondre avec lui. Je ne pensais pas que je lui ressemblais à ce point ! Tant qu'à me trouver un sosie, j'en aurais préféré un qui n'ait pas toute la police de l'Etat à ses trousses.

Tout en parlant, Jack avait jeté un bref coup d'œil au registre des clients, à côté de son bras gauche. Il vit un nom : Roberts.

— Mon nom est Roberts, poursuivit-il en riant. Bill Roberts. Ma femme est quelque part, sur un court, avec un membre du club.

L'espace d'un long, d'un interminable moment, la

réceptionniste parut hésiter. Sa main restait près du téléphone, comme si elle allait décrocher le combiné d'une seconde à l'autre.

— Je vous en prie ! fit Jack en poussant un soupir. Si vous saviez comme c'est ridicule.

La jeune femme se redressa légèrement, jeta un regard incertain sur le registre des clients, et elle rougit, l'air confus et embarrassé à la fois.

— Je suppose..., commença-t-elle. Vous avez raison, c'est ridicule. Mais c'est vrai que vous lui ressemblez beaucoup.

Jack se pencha un peu plus en avant.

— Je vais prendre ça comme un compliment. Ma femme le trouve très bel homme. Et maintenant, je peux aller la rejoindre ? Nous avons rendez-vous et...

— Oh ! oui, bien sûr, monsieur Roberts. Je... je suis désolée, si je vous ai...

— Mais non, pas de problème, répondit Jack.

Il se redressa.

— Tout de même, c'est vrai que c'est idiot : comme si Devlin était assez fou pour revenir à Aspen !

Sur ces mots, il se rendit prestement dans le bureau de Mochlin, son cœur battant à coups sourds.

Mochlin donnait une leçon sur un des courts de tennis couverts qu'on apercevait, depuis la fenêtre, et Jack l'attendit dans son bureau. Enfin, au bout de dix longues minutes, l'homme franchit le seuil.

Aussitôt, sans lui laisser le temps de comprendre ce qui se passait, Jack ferma la porte et tourna la tringle qui faisait pivoter les lattes des stores vénitiens.

Mochlin fit volte-face, et son visage se vida de tout son sang.

— Vous ! dit-il dans un souffle.

— Oui, c'est moi, répondit Jack en se plaçant entre la porte et lui. Asseyez-vous, ordonna-t-il. Je voudrais que nous ayons une petite conversation.

Sans résister, Mochlin s'installa derrière sa table. Il avait le teint crayeux, le front moite et ses mains tremblaient.

— Hé, calmez-vous ! lui lança Jack. Il ne faudrait pas que vous ayez une crise cardiaque.

— Je pourrais crier, vous savez, indiqua Mochlin. Je pourrais appeler à l'aide.

— Inutile. Je suis juste venu pour parler. Qu'y a-t-il ? Vous ne voulez pas parler ?

Hélas ! Jack ne parvint pas à lui soutirer un seul propos cohérent. Mochlin sautait d'un sujet à l'autre, répondant à des questions que Jack ne lui posait même pas.

— Melinda n'est qu'une alcoolique ! Elle n'a pas menti, à la barre, je vous le jure. Simplement, elle ne savait plus à quel moment elle avait quitté le J-Bar. Elle était bien trop soûle. Le barman sait bien que j'étais là. Il l'a juré.

— Bon, bon, fit Jack en se perchant sur un coin de la table. Moi, je voudrais surtout que vous me parliez de cette dispute avec Allison.

— Quelle dispute ?

— Allison a découvert que vous racontiez à tout le monde que vous alliez devenir son troisième mari. Elle n'a pas aimé cela, et vous vous êtes disputés. Racontez-moi ça.

Le regard de Mochlin faisait nerveusement le tour de la pièce.

— Ça n'était pas une dispute... Je vous assure.

— Arrêtez un peu de me raconter des conneries, d'accord ? Je veux la vérité.

Mochlin déglutit.

— Bon, c'est vrai, on s'est disputés. Et alors ? La belle affaire ! Allison adorait ça. Hé ! vous devez le savoir mieux que personne. Elle se disputait avec tout le monde. Ses employés de maison. Vous. Son gosse. Ça ne veut rien dire.

Jack hocha la tête.

— Je vais vous dire ce que je pense, déclara-t-il d'une voix posée. Vous aviez un peu trop bu, ce soir-là. Vous avez quitté le J-Bar, vous êtes passé chercher votre voiture chez vous, et vous êtes monté la voir à Red Mountain. Vous vouliez juste lui parler. Vous entrez — ou bien Allison vous ouvre la porte. Peu importe. Le fait est que la dispute tourne au vinaigre. Comme je l'ai dit, vous étiez soûl. Allison vous a tourné le dos et...

Il haussa les épaules.

— On connaît la suite.

— Non, non, non ! bredouilla Mochlin en se passant une main dans les cheveux. Non, je ne suis pas monté chez elle. Vous êtes fou. Vous êtes cinglé...

— Vous finirez par craquer, poursuivit Jack. Peut-être pas aujourd'hui, ni demain, mais vous finirez par craquer, Mochlin. Ils ne vous lâcheront pas. Surtout maintenant qu'ils sont au courant de cette dispute. Tout va vous retomber dessus. Si vous dites la vérité, vous pourrez toujours expliquer que c'était un acte de rage, un homicide involontaire, que ce n'était pas prémédité. On vous libérera dans huit, dix ans...

Mochlin se leva d'un bond, et la chaise bascula, heurtant un classeur métallique, derrière lui.

— Vous êtes cinglé ! hurla-t-il.

Jack l'attrapa par le col de son polo et brandit le poing devant son visage.

— Allez-y, cognez ! cria l'autre. Ça ne les empêchera pas de vous zigouiller. Ouais, ils vont vous rattraper et vous zigouiller !

Jack le frappa, alors, et Mochlin tomba à genoux, sanglotant et tenant sa mâchoire à deux mains.

Jack se redressa et le considéra un instant.

— Ça, c'est pour avoir sauté ma femme alors que nous étions encore mariés, dit-il.

Puis, pivotant sur ses talons, il sortit et passa au travers du petit attroupement qui s'était formé devant le bureau.

Cinq minutes plus tard, il roulait dans Main Street. On avait dû prévenir la police, maintenant. Mais cela n'avait plus d'importance.

Il abandonna la voiture dans une rue, au hasard, laissant les clés sur le siège. Eve se débrouillerait ; elle dirait que le véhicule avait été volé. Puis, empruntant des petites artères peu fréquentées, il se rendit jusqu'au commissariat. Quelque part, une sirène retentit, puis une autre, et il faillit en rire. Les flics quittaient la ville en direction du club de tennis.

Il continua de marcher, la tête baissée, les mains dans ses poches, pensant à Eve qui devait l'attendre et se faire un sang d'encre. Elle n'était peut-être même plus seule. Il était possible que le FBI ait retrouvé sa trace.

D'autres sirènes retentirent, au loin. Forcément ! Cela devait faire longtemps qu'on n'avait pas eu une telle affaire en ville. Il eut presque envie d'en rire, encore, mais il repensa alors à Eve, à la nuit passée. Jamais cela n'aurait dû arriver. Il aurait dû mettre le holà.

Il bifurqua dans une rue et déboucha de nouveau sur Main Street, au niveau du palais de justice. Voilà, c'était fini, songea-t-il en ralentissant le pas. On allait le jeter de nouveau en prison ; dans le quartier de haute sécurité réservé aux condamnés à mort ; les nuits et les journées se suivraient, en une agonie interminable. Et il n'aurait plus, pour le sauver de la folie, que le souvenir d'Eve.

Il s'arrêta devant le commissariat. Il inspira profondément, redressa les épaules et pénétra dans le bâtiment.

QUATRIÈME PARTIE

Le quartier des condamnés à mort

22.

— Tu as une mine atroce, déclara Hank en s'asseyant en face d'Eve, dans le bureau de cette dernière.

— Merci, tu es trop gentil ! répliqua-t-elle en ôtant ses lunettes pour se masser l'arête du nez.

Hank se mit à rire, toussa et tira une cigarette de la poche de son pardessus froissé.

— Tu n'as pas intérêt à allumer ça ici ! lui lança Eve.

— Je ne suis pas fou.

Hank regarda un instant la jeune femme et secoua la tête.

— Pourquoi ne prends-tu pas quelques jours de congé ? Fiche le camp d'ici. Saute dans ta voiture et va dans le désert. Pars avec Kapochek. Non mais tu as vu cette pagaille sur ton bureau ?

Avec son index, il tapa sur une pile de dossiers.

— Tu as l'intention de les relire encore combien de fois ? Il y a près d'un mois que Devlin s'est rendu, et nous n'avons pas avancé d'un pouce. Tu ne trouveras rien là-dedans.

— Il doit pourtant y avoir quelque chose, répondit Eve. Une chose qui nous a échappé.

Hank la regarda se lever, s'étirer et aller se poster devant la fenêtre. Il était triste et désolé pour elle. Il aimait bien Eve. Il ne s'était jamais marié, il n'avait jamais eu d'enfants, mais il se disait parfois qu'il aurait aimé avoir une fille comme elle. Une jeune femme droite, honnête et profondément morale, une jeune femme qui avait les pieds sur terre et savait où elle allait. Souvent, quand il se trouvait en ville et que Kapochek était absent, Hank passait la soirée avec elle. Ils dînaient ensemble, allaient voir un vieux film au cinéma. Dans un sens, il espérait qu'elle ne se marierait jamais, ou en tout cas qu'elle ne quitterait jamais Denver. Leurs petites soirées ensemble lui manqueraient beaucoup.

Toujours était-il qu'il s'inquiétait pour elle. Jamais il ne l'avait vue aussi frustrée et anxieuse. Certes, l'affaire Devlin était la plus dure qu'on leur ait confiée ; dans quatre-vingt-dix pour cent des cas, en effet, leurs clients étaient coupables, et leur tâche consistait alors simplement à trouver le petit défaut, dans le système, qui permettrait de leur éviter la peine de mort. Pour Devlin, il en allait autrement : Eve était convaincue de l'innocence de son client. Et si Hank se montrait un peu plus réservé, lui aussi avait un peu de mal à imaginer l'homme en train de faire éclater le crâne de sa femme — ou de n'importe qui d'autre — à grands coups de statuette africaine.

Pour Hank, la réponse à leur problème se nichait du côté de George Mochlin ; il avait donc passé ces dernières semaines à fouiller dans le passé du joueur de tennis, cherchant une piste, même minuscule.

De son côté, Eve continuait de vouloir cuisiner le couple d'employés de maison. Hank avait retrouvé leur trace dans le sud de la Californie, du côté de San Diego, et la jeune femme avait l'intention de leur rendre une petite visite, dès qu'ils disposeraient de tous les éléments concernant leur passé. Elle voulait aussi profiter de ce voyage pour s'entretenir une nouvelle fois avec Ben Richards et sa fiancée, les deux jeunes gens passant désormais la majeure partie de leur temps dans la région de Los Angeles.

— Tu perds ton temps, lui avait dit Hank à plus d'une

reprise. Crois-moi, je suis capable de renifler un rat à des kilomètres. C'est Mochlin le coupable. Mais on aura du mal à le faire craquer.

— Nous verrons, répondait Eve. Terminons d'abord notre enquête sur les Wade ; et celle sur Ben, à Aspen.

Hélas ! Hank n'était pas optimiste. D'après lui, seul un miracle leur permettrait de résoudre cette affaire.

— Ça te dit de manger des spaghettis, ce soir ? proposa-t-il soudain. On pourrait aller dans ce petit restaurant, celui qui se trouve au nord de la ville.

— Je ne peux pas. Gary est revenu depuis quelques jours, déjà, et il faut qu'on se voie. Ça fait longtemps.

Hank joua avec la cigarette éteinte qu'il tenait encore entre ses doigts.

— Il ne t'a jamais rien dit, au sujet de ta grande aventure ?

Eve secoua la tête.

— En fait, avoua-t-elle, nous ne nous sommes pas beaucoup parlé, depuis. Une ou deux conversations au téléphone, c'est tout.

— Alors, c'est pour ce soir ?

— J'imagine, répondit la jeune femme avec un soupir et un sourire timide.

— Tu m'as l'air plutôt embarrassée.

— Oui.

— C'est Devlin ? demanda Hank sans détour.

— Hank !

— Quoi ? Tu ne vas tout de même pas me faire croire qu'il ne s'est rien passé entre vous. Tu es en train de te tuer pour ce type.

— Quel type ?

— Tu m'as très bien compris. En fait, il y a longtemps que j'ai envie de te poser la question.

— Eh bien, continue de la garder pour toi ! s'exclama Eve.

Ignorant son ton menaçant, Hank la fixa de son regard perçant.

— Tu as couché avec lui, oui ou non ?

Eve fronça les sourcils et croisa les bras sur sa poitrine.

— Secret professionnel.

— J'en étais sûr ! marmonna Hank. Eve Marchand, tu es une crétine !

— Hank Thurgood, va te faire voir ! répliqua-t-elle du tac au tac.

Eve prit la route à l'heure des embouteillages, et le trajet jusqu'à Boulder fut long et fatigant. En arrivant chez Gary, elle avait les nerfs à vif. Plusieurs semaines avaient passé, depuis le soir où elle l'avait appelé à Miami, et elle était encore surprise qu'il n'ait jamais plus abordé le sujet, qu'il n'ait provoqué aucune dispute. Il paraissait avoir décidé de passer l'incident sous silence ; cela créait comme un malaise, entre eux, une sorte de fossé infranchissable.

Ce soir, chacun devrait parler le même langage : celui de la vérité.

Eve aurait pu gérer tout cela sans trop de mal, si elle ne s'était sentie aussi confuse, aussi coupable. Elle savait qu'elle devait révéler à Gary ce qui s'était passé entre Jack et elle. C'était nécessaire, si toutefois elle voulait que leur relation survive.

Mais justement, le voulait-elle ?

Et Gary, lui, le voudrait-il encore, après qu'elle lui aurait tout dit ?

Ils avaient tant investi l'un dans l'autre : des années, leurs succès, leurs échecs, tant et tant de choses, petites et grandes. Et ils s'aimaient. Ils éprouvaient de l'admiration et du respect l'un pour l'autre.

Eve, cependant, avait découvert un autre genre d'amour : la passion, féroce, inconfortable, irraisonnée et difficile — peut-être même impossible. Et, depuis cette révélation, elle craignait de ne plus pouvoir revenir en arrière.

Elle ne l'avait pas cherché, elle n'avait rien demandé : la passion était venue à elle. Et elle s'en réjouissait, profondément... aussi profondément qu'elle s'en désolait.

Quand elle arriva chez Gary, il faisait nuit et un vent froid d'octobre soufflait depuis les Flatirons. Elle serra son manteau autour d'elle et marcha d'un pas rapide vers l'entrée, tâchant de combattre son anxiété. Pourvu qu'ils soient capables de se comporter en adultes, comme des amis ; elle avait tellement peur que cela dégénère.

Elle frappa à la porte et entra.

— Gary ! Je suis là.

— Dans la cuisine, répondit-il.

Il avait bonne mine, comme s'il avait pris grand soin de lui en dépit de l'emploi du temps surchargé que lui imposait la saison de football.

Eve sourit, et il marcha vers elle, la prenant dans ses bras et la serrant contre lui, avant de se dégager un peu pour mieux la regarder.

— Tu ne boites presque plus ! s'exclama-t-elle, sincèrement heureuse pour lui. Je n'arrive pas à le croire.

— Je prends bien mes médicaments et j'obéis aux médecins, expliqua-t-il, avant d'ajouter, non sans circonspection : Toi, en revanche, tu as l'air... épuisée. Tu n'as pas l'intention de prendre des vacances, même très courtes ?

Elle secoua la tête.

— Ce n'est plus du tout dans tes plans, n'est-ce pas ? murmura Gary.

Eve étudia son visage, s'attendant à y lire de la déception. Elle ne trouva rien.

— Je crois que nous rêvions un peu en imaginant que nous pouvions juste nous envoler et tout laisser derrière nous, remarqua-t-il encore.

— Je suis désolée, murmura Eve.

— Et Devlin ? enchaîna-t-il, la tenant toujours dans ses bras.

— J'y travaille.
— Je l'aurais parié.
Cette fois, il la lâcha et retourna près du four. Il ouvrit la porte et se pencha pour examiner la pizza qui se trouvait à l'intérieur.
— Gary, reprit Eve, affreusement mal à l'aise, je tiens à te remercier de n'avoir rien dit à personne, quand j'ai... aidé Jack. Tu aurais pu appeler la police.
— Tu sais bien que je ne te ferais jamais une chose pareille, Eve !
— Oui, je le sais. Mais je voulais quand même te remercier.
— C'était de la folie.
— Oui, il paraît, reconnut Eve avec un rire sans joie.
— Et le FBI ? Ils te font des histoires ?
— Non. Pas que je sache, en tout cas. Après tout, ils ont récupéré leur homme. Cela devrait leur suffire.
Otant son manteau, Eve le posa sur le dossier d'une chaise et se dirigea vers le placard dans lequel Gary rangeait ses alcools.
— Tu permets ? demanda-t-elle en sortant la bouteille de vodka.
— Bien sûr. Je prendrai une bière.
Ils s'installèrent dans le salon, autour de la table basse. Eve avait l'impression de vivre une scène surréaliste : chaque parole qu'ils prononçaient semblait n'avoir pour objet que d'éviter le problème, d'esquiver le seul sujet qu'ils auraient dû aborder. Elle se sentait plus confuse que jamais. Gary ne voulait-il donc pas savoir où ils allaient ?
— J'aimerais bien que tu viennes au match, dimanche, dit-il tout à coup. Tu sais, comme d'habitude : tu pourrais t'asseoir avec les autres épouses, nous encourager. La météo annonce du beau temps.
— Dimanche, répéta Eve. Pas de problème. Vous jouez contre les Vikings, n'est-ce pas ?

— Hé, mais tu te tiens toujours au courant ! s'exclama Gary avec un plaisir évident.

— Oui, par les journaux, en tout cas.

— Tu vas souvent à Canon City ? demanda-t-il alors, avec une neutralité un peu contrainte.

— Une fois par semaine.

Il hocha la tête.

— Comment va Devlin ?

— Il... c'est déprimant.

— Il tient le coup ?

— Comme il peut, répondit Eve en haussant les épaules.

Puis elle enchaîna brusquement :

— Gary, il faut que je te dise quelque chose.

— Je ne crois pas que j'aie envie de l'entendre.

— Et moi, j'ai besoin de te parler.

Se levant d'un bond, Gary prit sa canne et se mit à faire les cent pas dans la pièce.

— Je ne veux pas l'entendre, sacré nom d'un chien ! s'écria-t-il avec violence.

Un instant, Eve ferma les yeux. Puis, les rouvrant, elle hocha la tête.

— D'accord, dit-elle. D'accord. Je comprends. Je veux simplement que tu saches que je ne te mentirais jamais. Je ne l'ai jamais fait, et je ne le ferai jamais.

Gary continua de marcher, pendant un moment, et il s'arrêta soudain en face d'elle.

— Nous avons une belle histoire, Eve. Nous nous apprécions beaucoup. Et je pense que nous devrions essayer. Mais... tu n'es pas la seule à avoir déconné.

Stupéfaite, elle le regarda fixement sans rien dire.

— Je... ça s'est passé quand j'étais à Miami, poursuivit Gary en hésitant, comme s'il cherchait ses mots. Tu sais, après notre conversation au téléphone. J'étais fou de rage. Je savais que tu étais avec lui et... bref, j'ai rencontré quelqu'un.

— Oh !

— Je ne vais pas entrer dans le détail, mais...

— Ne dis rien de plus, s'il te plaît.

— D'accord.

Il garda les yeux rivés aux siens.

— Je pense que nous avons besoin de réfléchir chacun de son côté, de nous poser quelques questions. Veux-tu que nous en reparlions, dimanche, après le match ? Nous pourrions aller dîner quelque part.

— D'accord, murmura Eve.

Mais dimanche, rien n'avait changé.

Eve s'installa sur les gradins, au soleil, en compagnie des épouses des joueurs, et elle encouragea l'équipe des Broncos. Son cœur, cependant, était ailleurs. Elle pensait à Jack, qui pourrissait tout seul dans sa cellule.

Les Broncos perdirent le match, et Gary se montra maussade durant tout le dîner. Il jouait avec les aliments du bout de sa fourchette, sans rien manger, revenant sans cesse à la défaite de son équipe.

— La défense a bien joué. Tu l'as vu. Mais la ligne d'attaque... Merde, on s'est fait éjecter cinq fois ! On ne peut pas gagner un match si on bouge dans la mauvaise direction !

Eve non plus n'avait pas beaucoup d'appétit. Et puis, ça n'était jamais drôle de passer la soirée avec les joueurs ou avec les entraîneurs après une défaite — surtout quand l'équipe recevait sur son terrain. En tout cas, la discussion qui devait avoir lieu fut tacitement renvoyée à plus tard. Et peut-être était-ce aussi bien ainsi : Eve n'y voyait pas vraiment plus clair dans ses sentiments.

Gary la reconduisit chez elle, mais il ne s'attarda guère.

— Je dois me lever tôt pour revoir la cassette du match, dit-il. Nous jouons à Dallas, la semaine prochaine, et nous avons intérêt à être prêts. Je suis désolé ; je sais que tu voulais parler et...

— Nous parlerons, le rassura Eve. Quand nous serons moins préoccupés, l'un et l'autre.

Il hocha la tête et la prit dans ses bras.

— Je t'aime, tu sais. Sincèrement. Je t'appellerai de Dallas.

— Je serai là.

— Et promets-moi de te reposer un peu.

— D'accord.

Quand Gary l'embrassa, Eve se laissa faire. Dans son cœur, toutefois, elle savait bien que ce baiser était un mensonge. Car, tandis que les lèvres de Gary couvraient les siennes, c'était à Jack qu'elle pensait.

La vie dans le quartier de haute sécurité n'était pas un enfer. Un tel cliché ne signifiait rien. C'était plutôt le purgatoire : une attente sans fin jusqu'à l'expiation des péchés, où l'on n'était ni vraiment mort ni vraiment vivant. Ces oubliettes existaient afin que la bureaucratie — autrement dit l'Etat — puisse tuer un être humain sans avoir à supporter le poids du péché. Mais d'abord, la bureaucratie en question devait se détacher, s'éloigner autant que possible de l'acte lui-même, et le prisonnier n'avait plus qu'à attendre.

Le pire était l'isolation. Chaque homme était emmuré dans une cellule de trois mètres sur deux, propre, neuve et stérilisée. La porte était pleine, avec juste une petite ouverture carrée à hauteur d'homme, par laquelle on passait la nourriture. Il y avait la fenêtre obligatoire, imposée par le règlement des prisons, à un mètre quatre-vingts du sol, une sorte de lucarne étroite par laquelle Jack apercevait une bande de ciel, la course des nuages et même, parfois, un avion.

Il était autorisé à sortir de sa cellule une heure par jour, seul, afin de se doucher et de faire des exercices dans une pièce réservée à cet effet. Il n'avait aucun contact avec les autres prisonniers, même s'ils se parlaient, à travers les portes, leurs voix se répercutant dans le couloir. Ils ne se voyaient jamais.

— T'es là pourquoi, mec ? lui avaient demandé les occupants des cellules voisines, lorsqu'il était arrivé, enchaîné — il l'était d'ailleurs toujours, excepté dans la cellule.

— Le meurtre de ma femme, avait-il répondu.

Il n'avait pas envie d'entamer une conversation, de créer le moindre lien entre lui et le reste de l'humanité. Il n'était pas d'humeur. Il voulait juste survivre, et, pour lui, cela signifiait vivre à l'intérieur de lui-même, là où les choses avaient encore un sens.

— Bah ! elle le méritait sûrement, avait lancé un des prisonniers.

— J'ai lu des trucs sur toi, avait renchéri un autre. C'est toi le mec friqué, l'architecte...

— Je l'étais, avait simplement répondu Jack.

Les condamnés à mort étaient traités comme des objets, pas des êtres humains, et on parlait d'eux à la troisième personne. Les gardiens veillaient à ne pas créer le moindre rapport, à ne surtout pas sympathiser.

Jack observait cet univers et son fonctionnement, et il l'analysait, comme on se livre à un exercice intellectuel, pour ne pas sombrer dans la folie. Les condamnés essayaient de vivre, alors même que l'Etat s'efforçait, à coups de sanctions légales, d'enterrer ces cadavres qui persistaient à se mouvoir, à se plaindre, à manger et à parler.

Les règles étaient strictes. On mangeait à une heure précise, toujours la même. L'horaire de sortie ne variait pas davantage. Et, matin et soir, les lumières s'allumaient et s'éteignaient chaque jour au même moment. Le temps s'écoulait en une interminable série de minutes solitaires et vides, minutes qui devenaient des heures, puis des jours, avec pour seul horizon la fin inévitable.

Le pire était de connaître la date et l'heure de sa mort, ainsi que la manière dont cette mort allait survenir, aussi. Tous les hommes meurent. Certains, jeunes, au prix de grandes souffrances, peut-être dans un accident, ou au cours d'une guerre. Tous les hommes meurent, mais personne ne connaît l'heure précise de sa mort, personne ne sait comment il mourra — personne à l'exception des pauvres types enfermés dans le quartier des condamnés à la peine capitale.

Un prisonnier était là depuis quatorze ans. Quatorze ans ! La rumeur prétendait qu'il n'en avait plus que pour une semaine ou deux. Il avait épuisé ses appels, et l'Etat du Colorado s'apprêtait à exécuter son premier prisonnier depuis 1967. Bien sûr, personne n'y croyait vraiment.

L'homme qui occupait la cellule voisine de celle de Jack ne cessait de répéter :

— Ça n'arrivera pas, les mecs. Ça n'arrivera pas.

Jack n'en était pas si sûr.

Les prisonniers avaient beau croire que leur exécution n'aurait pas lieu, ils ne cessaient pas pour autant de parler de la manière dont ils iraient au-devant de la mort. Ils en parlaient d'une cellule à l'autre. Si Jack avait pu garder un minimum de détachement, il aurait dit que ces échanges étaient intéressants.

— Je me battrai contre ces salauds jusqu'au dernier moment, affirmait un homme. Il faudra qu'ils me traînent. Je leur mettrai des coups. Ouais ! Ils ne m'oublieront pas.

— Il vaut mieux partir dignement, l'ami, lui répondait un autre. Comme un homme. Avec fierté. Pas de hurlements.

Celui dont l'exécution était imminente ne disait absolument rien, lui.

Ils faisaient tous des cauchemars ; Jack les entendait, la nuit. Des cris d'angoisse qui résonnaient dans le couloir, des gémissements, des paroles de malédiction. Des sanglots. Des hurlements de rage.

Tous lisaient les journaux, décortiquant chaque mot du moindre article les concernant. Ils connaissaient tous les détails de l'exécution ; ils savaient comment ils seraient attachés avec des sangles, ce qu'on leur injecterait dans les veines, et la manière dont leur corps réagirait.

Dans chaque cellule, il y avait une couchette avec un matelas très mince, un lavabo, ainsi qu'un W.-C. en acier inoxydable. Certains hommes roulaient leur matelas et s'en servaient comme d'un punching-ball. Il y en avait qui faisaient de l'exercice sans arrêt, sans réfléchir, s'accrochant aux poutres rivées aux murs et multipliant les tractions jusqu'à l'épuisement. Certains ne bougeaient ni ne parlaient, les yeux fixés dans le vide. D'autres pleuraient. D'autres, enfin, dormaient tout le temps.

C'était un purgatoire, et aussi une maison de fous.

Nul ne s'en était jamais échappé. Chaque prisonnier était surveillé en permanence, sur un écran, depuis la salle de contrôle. Chaque couloir avait des caméras. Les portes s'ouvraient et se fermaient électriquement, actionnées depuis la salle de contrôle.

Jack essayait de préserver sa santé mentale en puisant dans ses réserves décroissantes de force intérieure, et en s'appuyant sur son aptitude à se replier sur soi. Parfois, il craignait de se retrancher si loin, si profondément, de peur de ne plus jamais revenir. Puis il se disait : « Et alors ? »

A sa droite, il y avait un homme qui avait tué son associé pour une histoire d'assurances et de demande d'indemnités. Il était intelligent, et il leur arrivait de parler ou de jouer aux échecs ; ils avaient chacun un échiquier et des pièces, et ils s'annonçaient leurs mouvements, déplaçant leurs pièces et celles de l'adversaire.

A gauche, le prisonnier ne cessait de parler, même quand personne ne l'écoutait. Il ne se taisait que lorsqu'un garde passait par là et lui ordonnait de la boucler. Il avait tué des badauds, alors qu'il cambriolait un magasin, et il rendait fous tous ses voisins avec ses perpétuelles confessions.

— Je l'ai fait, disait-il. J'en ai tué un d'une balle dans la poitrine. T'aurais dû voir sa tête ! Et puis la vieille. La gosse, aussi, je l'ai touchée au cou. Il y avait du sang partout. Merde, ils criaient tous comme des cochons qu'on égorge. J'sais pas, c'était comme si quelqu'un d'autre avait appuyé sur la détente. Comme si j'étais plus dans mon corps, comme si j'étais quelque part au-dessus. Bang ! Bang ! J'avais pris tellement de speed que j'y voyais plus rien, j'entendais plus rien. Je l'ai fait, ouais, je les ai tués. Et vous savez quoi ? Ils le méritaient tous.

Parfois, il parlait ainsi la moitié de la nuit. A tel point que Jack avait demandé à Eve de lui apporter des boules Quiès.

La radio et la télévision leur étaient interdites, et il passait son temps à lire tout ce qu'il trouvait dans la petite bibliothèque de la prison ; sinon, il dessinait des maisons, il faisait des plans, avec tous les détails possibles, avec les appareils ménagers et même le mobilier.

Pour lui, les moments les plus difficiles étaient ceux où son avocate était autorisée à lui rendre visite. Une heure, une fois par semaine, par rendez-vous pris auprès du directeur de la prison, le vendredi après-midi, à 14 heures. Il lui fallait presque la moitié de la semaine pour se préparer à voir Eve, et l'autre moitié, ensuite, pour s'en remettre.

— Bonjour, lui disait-elle toujours avec un sourire forcé. Comment allez-vous ?

— Ça va, répondait-il invariablement.

— Vous avez besoin que je vous apporte quelque chose ?

Non, rien. A l'exception de ces boules Quiès. Et de tous les articles qu'elle pouvait trouver sur l'architecture.

Puis ils parlaient du dossier. Eve lui expliquait où elle en était dans la procédure d'appel, les efforts de Hank pour découvrir une piste et tout vérifier. Ensuite, ils parlaient de l'actualité, ils évoquaient les dernières nouvelles, n'importe quoi pour remplir le temps. Leurs conversations étaient empruntées, malaisées, chacun essayant désespérément d'épargner des souffrances à l'autre. Une vraie complicité dans le malheur.

Finalement, elle s'en allait, et Jack pouvait pousser un soupir de soulagement tandis qu'on le ramenait, enchaîné, jusqu'à sa cellule. Là, il faisait les cent pas et pensait à tout ce qu'il aurait voulu lui dire. Combien elle était belle, par exemple.

Un mardi, il était 13 heures, Eve eut comme chaque semaine un autre rendez-vous avec lui, téléphonique cette fois. On venait le chercher, on lui mettait ses chaînes et on l'accompagnait dans le couloir, jusqu'au téléphone. On attachait ses menottes à une clé fixée dans le mur, et alors seulement, il pouvait décrocher le combiné.

— Bonjour ! lui lança-t-elle ce jour-là d'une voix enjouée. Comment allez-vous ?

— Ça va, répondit-il encore.

— Il a neigé, aujourd'hui. Il fait un froid de canard.

— L'hiver arrive, on dirait.

— Vous avez besoin de quelque chose ?

— Non, merci.

— Ben m'a encore appelé de Californie. Il voulait des nouvelles. Il va venir vous voir.

— Je sais. J'ai essayé de l'en dissuader, mais il ne veut pas m'écouter.

— Oui, je suis au courant. Jack... ne repoussez pas vos amis. Il veut vraiment vous voir.

— Il est fou de prendre l'avion depuis Long Beach pour venir jusqu'ici.

— Il n'est pas fou. C'est votre ami.

— L'amitié n'existe pas, dans un endroit comme celui-ci.

Et Jack raccrocha, le cœur dans la gorge, avant de

retourner dans sa cellule en traînant ses pieds alourdis par les chaînes.

Et les minutes, les heures continuaient de se succéder, inexorablement. Jack, lui, n'avait rien d'autre à faire qu'attendre, attendre le moment où sa sentence serait exécutée.

Ben Richards éprouvait une sensation de froid jusque dans ses os, lui semblait-il, lorsqu'il engagea sa voiture de location dans le parking des visiteurs, à Canon City. Il avait dû prendre ce rendez-vous trois semaines à l'avance ; et, depuis, il vivait dans l'appréhension. Mais il devait cela à Jack ; Dieu savait qu'il lui devait au moins ça.

C'était un samedi après-midi. Une journée froide, battue par le vent, avec des nuages qui s'amoncelaient au-dessus des montagnes. Ben souffrait d'autant plus de la température que, depuis le retour de Jack en prison, il avait passé tout son temps en Californie.

Le contrôle de sécurité le décontenança. Il s'attendait à être fouillé, mais pas à une fouille au corps, avec déshabillage obligatoire. Quand on en eut terminé avec cette besogne et qu'on le fit pénétrer à l'intérieur du quartier de haute sécurité de Super Max, il fut pris de nausée et se mit à transpirer abondamment. Bien qu'Eve l'ait prévenu, c'était encore pire que ce qu'il avait imaginé. Et quand il s'assit, enfin, dans le parloir, de l'autre côté de la vitre qui séparait la pièce en deux, il avait un épouvantable goût de bile dans la bouche.

On fit entrer Jack de l'autre côté. Enchaîné, vêtu d'un uniforme vert, il s'installa en face de Ben, à qui il sourit, avant de décrocher le téléphone.

— Bonjour, Jack, balbutia Ben d'une voix chevrotante, les doigts crispés sur le combiné. Tu... tu as bonne mine.

— Menteur, répondit Jack.
— Comment ça se passe ?
— Comme tu vois, Ben. Comme tu vois.
— Tu tiens le coup ?
— Bien sûr.
— Sarah te dit bonjour.
— Ça se passe bien, la vie à deux, à Long Beach ?
— Oui. On est contents. La maison que j'ai achetée est jolie.
— Elle est au bord de l'eau ?
— Oui, répondit Ben, avant de secouer la tête en sentant monter une nouvelle vague de nausée. Bon sang, Jack, c'est horrible, ici ! C'est vraiment abominable. Comment peux-tu le supporter ?
— Oublie ça, fit Jack sur un ton rassurant. Parle-moi plutôt de la maison d'Aspen. Tu l'as mise en vente ?
— Non.
— Tu as engagé des gens pour s'en occuper ?
— Oui. Un vieux couple. Ils sont très bien. Sarah a vérifié leurs références avec soin. Après ce qui s'est passé avec les Wade...
— Oui, bien sûr.
Ben regarda autour de lui.
— Jack, il faut que tu sortes d'ici. Laisse-moi engager des détectives. Je t'en prie...
— Laisse tomber.
— Mais enfin, tu vas devenir fou, dans cet endroit !
— Calme-toi, Ben.
— Je ne peux pas le supporter, continua Ben, qui l'avait à peine entendu. Tu sais bien que mon père n'a jamais été un vrai père, pour moi. Et maman... Bon Dieu, Jack, tu étais mon seul véritable parent ! Je ne peux pas accepter ce qui t'arrive. Où est la justice, nom de Dieu ! Laisse-moi...
— Ben ! l'interrompit Jack, calme-toi. Je sais que c'est un peu effrayant, la première fois, mais vraiment, ce n'est

pas si horrible que ça en a l'air. Tout finira par s'arranger. Cela prendra du temps, voilà tout. Ecoute, je voudrais que tu me rendes un grand service : ne viens plus. Je suis sérieux. Ecris-moi. Ou bien appelle-moi de temps en temps, si tu veux. Mais ne fais pas le déplacement. C'est trop dur pour toi. Peut-être pour nous deux. Tu comprends ?

Inspirant profondément, Ben finit par hocher la tête.

— Bon. Allez, va-t'en d'ici, maintenant, enchaîna Jack.

Il sourit.

— Et dis bonjour à ta jolie copine.

— D'accord, fit Ben en avalant une fois de plus un grand bol d'air. D'accord.

— Ça va aller ? lui demanda encore Jack.

— Oui. Oui, ça va.

Mais quand il sortit du minibus qui le ramenait au bâtiment d'accueil, où on l'avait si soigneusement fouillé, il se plia en deux et vomit.

Un des gardiens secoua la tête et dit en s'adressant à un de ses collègues :

— Encore un qui revient de Super Max.

23.

Eve aurait pu effectuer le trajet entre Denver et Canon City les yeux fermés, après toutes ces années passées à rendre visite à des clients enfermés là-bas. A l'est de Canon City, là où se dressait encore l'ancien pénitencier territorial, on pénétrait dans une zone de terres arides qu'elle avait surnommé Prisonville.

Il s'agissait d'un énorme complexe, avec de nombreux bâtiments, dont la prison de haute sécurité qu'on appelait aussi Big Red ou Super Max. On y enfermait les durs, les fauteurs de troubles graves venus de tout l'Etat, et, bien sûr, les condamnés à mort.

Le nom d'Eve était inscrit dans le registre des avocats, à l'entrée du complexe, et elle n'était pas tenue de se soumettre à la fouille réglementaire imposée aux autres visiteurs. Néanmoins, quand elle entrait dans la forteresse de brique rouge, elle devait passer sous un portique électronique semblable à ceux des aéroports et signer une autorisation de fouille, pour le cas où ses intentions laisseraient place au moindre doute. Elle connaissait heureusement le directeur de la prison, et elle n'avait jamais eu de problème pour rendre visite à ses clients.

Cela n'en restait pas moins une procédure dégradante, qui tendait à favoriser un sentiment de paranoïa; tandis qu'on la guidait d'un point de sécurité à un autre, les grilles se fermaient sur elle dans un fracas métallique à mesure qu'elle s'enfonçait à l'intérieur du complexe. Chaque fois, elle éprouvait la sensation d'être emmurée vivante.

Cette visite était la plus pénible de toutes. Quelques jours plus tôt, pour la première fois depuis plus de trente ans, l'Etat du Colorado avait fait exécuter un prisonnier, et l'événement semblait avoir une influence sur l'ambiance générale au sein de la prison : les gardiens étaient plus distants que jamais, et une angoisse diffuse semblait suinter des murs. Eve se demandait comment Jack supportait cela. D'autant que les délais d'appel avaient été raccourcis de manière drastique. Le temps alloué aux autres condamnés à mort s'épuisait à grande vitesse, et tous le sentaient.

Dans le parloir, Eve s'assit sur une chaise, et elle sortit ses dossiers. Elle inspira profondément, s'efforçant de plaquer un sourire sur ses lèvres. Ils firent entrer Jack à l'heure précise de leur rendez-vous, les chevilles et les poignets entravés par les chaînes, et elle remarqua aussitôt son extrême pâleur. Ici, les prisonniers ne voyaient jamais la lumière du jour, et leur seul exercice physique consistait à utiliser quelques appareils, dans une petite pièce, une heure par jour. Le manque d'air frais, de soleil, se faisait très vite sentir sur leur teint.

Le gardien fit asseoir Jack et l'attacha à une barre de fer à l'aide de menottes.

Eve décrocha le téléphone. Elle sourit et lui fit un signe de tête, l'encourageant à prendre l'autre combiné, de l'autre côté de la vitre épaisse qui les séparait.

— Bonjour, dit-elle.

Il se contenta d'un mouvement de tête en guise de réponse.

— Comment allez-vous ? poursuivit-elle.

— Ça va.

— Bon. Ils vous nourrissent correctement ?

— Oui.

Il demeurait de marbre, le regard vide d'expression, et Eve sentit son cœur se serrer. Elle était en train de le perdre. Chaque jour, chaque heure, chaque minute que Jack passait dans cet endroit l'éloignait davantage d'elle. Elle avait observé ce processus chez d'autres prisonniers, mais dans le cas de Jack, qui était déjà introverti, cela prenait des proportions alarmantes.

— J'attends des nouvelles du juge d'un jour à l'autre, reprit-elle. J'ai bon espoir de...

— Eve, l'interrompit-il, vous n'avez pas besoin de faire semblant avec moi. Tous les appels du monde ne serviront à rien.

— Vous avez tort, ils...

— Ecoutez : la seule chose qui pourrait me sauver, c'est un passage aux aveux du meurtrier d'Allison. Or, vous savez aussi bien que moi que cela n'arrivera pas.

— Hank continue à mener son enquête, tout comme moi. Marty Cohen se livre aussi à des recherches, de son côté. C'est une question de temps. Hank a déjà retrouvé la trace des Wade. Ils sont dans la région de San Diego. Nous attendons quelques informations supplémentaires, à leur sujet, et nous irons leur parler. Il se passe des choses, Jack.

— C'est bien, répondit-il sur un ton neutre.

Eve poussa un soupir.

— Il ne faut pas perdre espoir. Je sais que nous finirons par triompher. Si seulement... je vous en prie, gardez la foi. Je vous assure que nous renverserons la situation. J'en suis convaincue. De toute ma vie, je n'ai jamais été aussi sûre de quoi que ce soit.

— Je suis sensible à votre optimiste, commenta Jack d'une voix dénuée de chaleur.

— Oh, Jack !

Spontanément, elle leva la main et la posa à plat sur la vitre. Puis, le regard fixé à celui de Jack, elle attendit sa réponse.

Il parut sur le point de l'imiter, de poser sa main contre la sienne, à travers cette barrière transparente ; mais, au dernier moment, il serra le poing et se ravisa.

— Non, dit-il dans le combiné du téléphone. Non, Eve. J'ai beaucoup réfléchi, vous savez.

Il eut un rire amer.

— Vous vous rappelez ce que vous m'avez raconté, au sujet de votre premier dossier ?

— Oui.

— Je crois que vous avez confondu votre sens du devoir avec autre chose. J'aimerais que vous y réfléchissiez.

Eve comprit parfaitement ce qu'il insinuait : elle prenait pour de l'amour ce qui n'était que du dévouement à sa cause.

Elle se raidit, blessée.

— Vous vous trompez ! Je suis capable de faire la différence.

— Vraiment ? fit Jack.

Se penchant en avant, il la regarda droit dans les yeux.

— Je ne veux pas que vous reveniez ici.

— Quoi ? s'exclama-t-elle.

— Ne revenez plus. Je ne veux pas vous voir ici. Vous comprenez ?

— Mais, Jack...

— Envoyez quelqu'un d'autre. Envoyez Marty, insista-t-il d'une voix dure. Je ne veux plus de vous. Je refuserai vos visites.

— Mais il faut que je vous voie. C'est indispensable, pour le dossier...

— Ne revenez plus ! répéta Jack.

Et il raccrocha, avant de faire signe au gardien.

Stupéfaite, Eve demeura immobile, comme paralysée. Au bout d'un long moment, elle s'aperçut qu'elle tenait encore le combiné du téléphone, et elle le reposa, lentement. Elle le considéra un instant, puis elle se leva et, titubant un peu, elle quitta la pièce.

Elle fit le trajet du retour sans vraiment s'en apercevoir, dans un état de semi-conscience, et elle ne revint vraiment à la réalité qu'au moment d'ouvrir la porte de sa maison, à Denver. Elle entra, jeta son manteau et son sac dans un fauteuil du salon et se rendit dans la cuisine pour se servir un peu d'eau. Les premières larmes jaillirent alors qu'elle portait le verre à ses lèvres. L'instant d'après, son corps était secoué par des sanglots déchirants, des sanglots qui jaillissaient du plus profond d'elle. S'appuyant contre l'évier, elle pleura comme elle ne l'avait pas fait depuis des années ; elle pleura jusqu'à ce que ses yeux soient gonflés et qu'elle se sente complètement vidée, à l'intérieur.

« Ne revenez plus », lui avait dit Jack.

Et elle connaissait sa fierté, son pouvoir de volonté. Quel affreux tourment devait le dévorer !

Avait-elle pleuré sur Jack, ou sur elle ? se demanda-t-elle, alors qu'elle se calmait peu à peu. Avait-elle pleuré pour sa souffrance à lui, ou pour la sienne ? Avait-elle pleuré parce qu'il en était incapable ?

Finalement, elle se moucha, s'aspergea le visage d'eau froide et s'efforça de réfléchir.

D'abord, elle devait manger ; elle n'avait rien avalé de la journée. Elle se sentait faible, épuisée. Et puis, il faisait trop sombre, dans la maison.

Soudain, le témoin clignotant de son répondeur attira son attention. Elle pressa le bouton, distraitement, avant d'allumer la lumière.

La voix de Hank se fit entendre, claire, pleine d'énergie.

— Eve, c'est Hank, rappelle-moi dès que possible.

Elle attendit d'avoir mangé et pris une douche, avant de s'obliger à composer le numéro du détective. Elle était fatiguée. Elle voulait se coucher et dormir. Oublier.

— Eh bien, il était temps ! s'exclama le vieil homme en reconnaissant sa voix.

— J'ai eu une sale journée, Hank, répondit-elle. Que se passe-t-il ?

— Marty Cohen a du nouveau, au sujet de Ben Richards. Il a continué d'enquêter sur le passé du gosse, comme tu le lui avais demandé, et il a découvert quelque chose d'intéressant. Un drôle d'incident, qui remonte à environ sept ans. Ben avait 17 ans, à l'époque, et il faisait partie de l'équipe junior de hockey, à Aspen. Un jour, il s'est trouvé mêlé à une dispute entre joueurs. Ça arrive tout le temps ; seulement lui, il a frappé son adversaire avec une telle violence qu'il a brisé sa crosse et envoyé l'autre gosse à l'hôpital. Et ils n'étaient même pas en train de disputer un match. C'était à l'entraînement.

— Ben Richards ?

— Oui, notre gentil jeune homme en personne.

— Mon Dieu !

— J'ai le nom du gosse qu'il a blessé, celui de leur entraîneur, et tout. Tu veux que j'aille fourrer mon nez là-dedans ?

— Attends une seconde, Hank. Laisse-moi réfléchir... Marty est sûr de ses sources ?

— Oui. Il a parlé à l'entraîneur.

— Cela pourrait signifier que... Non, je n'ose pas dire une chose pareille ! s'exclama Eve, qui sentait l'énergie lui revenir par vagues.

— Pas encore ! Mais on dirait que l'ami Ben a un drôle de caractère. Bon, qu'est-ce qu'on fait ? Je vais faire un tour à Aspen et je pose des questions ?

— Non, fit Eve d'un ton ferme. Nous allons à Aspen. Je t'accompagne.

— Quand ?

— Demain. A la première heure.

— Merde ! T'es un vrai bourreau de travail, toi !

— Oui. N'est-ce pas formidable ?

⁂

La ville d'Aspen était noyée de grisaille et balayée par le vent, quand Eve et Hank arrivèrent, le lendemain. Eve avait déjà pris rendez-vous avec Buddy Perez, l'entraîneur de hockey. Ce dernier, qui s'était reconverti dans l'immobilier, la reçut dans son agence tandis que Hank essayait de retrouver soit le jeune homme que Ben avait assommé, soit son père.

Buddy Perez répondit volontiers à toutes les questions qu'Eve lui posa.

— Je me souviens qu'il avait un drôle de caractère, reconnut-il en parlant de Ben. La plupart du temps, il arrivait à se contrôler, mais quand il cédait à la colère, ça devenait vilain. Ce jour-là, nous avions un entraînement important, avant la finale du championnat d'Etat. Tout le monde était chauffé à blanc, et Larry — Larry Welberg — s'en est pris à Ben ; il essayait sans arrêt de l'envoyer dans les balustrades. Et d'un seul coup, Ben a explosé. Vraiment, on était tous stupéfaits. Il a pété les plombs, comme on dit. Il s'est jeté sur Larry et s'est mis à le cogner. Il lui a brisé sa crosse sur le dos, lui a mis un coup de poing dans la figure, puis l'a bourré de coups de pied. Il nous a fallu une seconde pour comprendre ce qui se passait et nous interposer. Le pauvre Larry était dans un sale état. On a dû le transporter aux urgences ; il avait du sang dans les urines. Il n'a pas pu jouer le championnat.

— Et Ben, qu'a-t-il fait, quand vous les avez séparés ? demanda Eve.

— Il était comme fou, pendant quelques minutes. Ils ont dû s'y prendre à quatre pour le maîtriser. Et puis, il s'est calmé. Il s'est même excusé. Il a quand même fallu que je le suspende pour le reste de la saison. On avait deux joueurs de moins pour le match du championnat. On a perdu, conclut l'entraîneur en haussant les épaules.

— Vous avez parlé aux parents de Ben ?

— Evidemment. Sa mère a dit qu'elle le punirait, et

son père qu'il allait le battre comme plâtre. Mais le seul qui ait eu l'air vraiment concerné, c'était son beau-père.

— Jack Devlin.

— Ouais. Il m'a promis de parler à Ben. Il l'a probablement fait, mais je ne sais pas si cela a servi à grand-chose, parce que Ben a été envoyé dans une école privée, sur la côte Est. Je ne l'ai plus jamais revu.

Eve remercia l'homme pour ces informations et se rendit au Christmas Inn, où Hank devait la rejoindre, quand il aurait terminé de son côté.

Elle essaya de digérer ces nouvelles données et de leur attribuer un sens, une place dans le reste de l'histoire. Elle trouvait étrange que personne n'ait jamais mentionné cette facette violente de la personnalité de Ben. Pas même Jack, alors qu'il était parfaitement au courant. Etait-il possible que le jeune homme ait été la proie d'une nouvelle crise, et que ce soit sa mère qui ait subi les conséquences de cette rage incontrôlable, cette fois ?

Hank n'avait pu trouver Larry Welberg, qui poursuivait des études de médecine sur la côte Est. Quant à son père, Larry Welberg Sr., nul ne pouvait le joindre avant qu'il ne rentre de son travail, à la fin de la journée. En revanche, le vieux détective avait pu s'entretenir avec le directeur du collège d'Aspen, qui se rappelait très bien Ben Richards.

— C'est un petit établissement, expliqua Hank, alors ils connaissent bien leurs élèves. Il s'est souvenu de deux incidents : une bagarre avec un autre gosse, et une dispute que Ben aurait eue avec un professeur. Rien de grave, mais à l'époque, le directeur a pensé que Ben avait peut-être des problèmes, chez lui. Il a téléphoné à son père et suggéré que Ben rencontre un psychologue. John Richards l'a mal pris. Finalement, ils l'ont envoyé dans une école privée, à l'autre bout du pays.

— Je ne sais pas ce que tu en penses, commenta Eve, mais je vois émerger un schéma de comportement. Ben piquerait des crises de colère chaque fois qu'il doit affronter un obstacle, par exemple.

— Possible, répondit Hank. Ce que j'aimerais comprendre, c'est pourquoi Jack Devlin ne t'en a jamais parlé.

— Moi aussi, murmura Eve. Moi aussi.

Larry Welberg Sr. accepta de les recevoir chez lui, peu après 17 heures. Il se rappelait parfaitement Ben Richards.

— Quel sale petit con ! lança-t-il en secouant la tête. Il était nul, au hockey. Il faut dire qu'il ne faisait pas beaucoup d'efforts. Mais s'il n'était pas content, il valait mieux ne pas se trouver dans son voisinage. Les autres gosses le savaient et ils se méfiaient de lui ; en tout cas, ils ne le provoquaient pas pendant les entraînements. Et durant les matchs, il jouait en défense.

— A-t-il jamais tabassé d'autres joueurs, comme il l'a fait avec votre fils ?

— Pas à ce point. Il y a bien eu quelques accrochages, mais c'est inévitable, entre jeunes.

Welberg secoua la tête.

— C'était un joueur sournois. J'ai toujours trouvé que les arbitres ne le coinçaient pas aussi souvent qu'ils auraient dû. Pour être franc, on était tous contents, quand il est parti. C'était un fauteur de troubles.

Eve et Hank prirent congé et rentrèrent sur Denver. Bien sûr, la conversation roula exclusivement sur ce qu'ils avaient appris au cours de la journée. Eve avait la conviction qu'ils venaient de faire un formidable bond en avant. Ils tenaient enfin la piste qu'ils cherchaient désespérément depuis des mois — la piste qui allait enfin sortir Jack de l'impasse dans laquelle il était bloqué.

Hank, toutefois, se montra plus réservé.

— Fais attention, dit-il en secouant la tête. Une bagarre de gosses ne signifie pas forcément grand-chose. Personnellement, je continue à parier sur Mochlin. Et que fais-tu de l'alibi de Ben? Il était à Denver, la nuit du meurtre. Couché et malade.

— Comme tu le dis toujours, les alibis n'existent que pour être démolis.

— Moi, je crois que tu mets la charrue avant les bœufs.

— On verra bien, soupira Eve.

— Et je crois aussi qu'il ne faut pas abandonner les autres pistes pour autant, renchérit le détective.

— Il n'en est évidemment pas question. Mais enfin, tu ne peux pas nier que nous avons fait un sacré progrès. Iverson ne savait rien de tout ça.

— Il ne savait rien non plus de l'alibi bidon de Mochlin ou des manies de chapardage des Wade.

— Je sais, mais...

Eve s'interrompit brusquement, aveuglée par le reflet des appels de phares d'une voiture de police dans ses rétroviseurs.

— Merde ! jura-t-elle.

— Et voilà ! s'exclama Hank, non sans satisfaction. Combien de fois t'ai-je dit que tu roulais trop vite ?

Elle se rangea sur le bas-côté, juste à la sortie du nouveau tunnel, à Glenwood Canyon, et attendit patiemment que le policier vérifie ses plaques d'immatriculation. Finalement, il sortit de sa voiture de patrouille et marcha vers elle.

— Pardon, madame, mais vous rouliez à vingt kilomètres à l'heure au-dessus de la vitesse autorisée dans le tunnel. Puis-je voir votre permis de conduire et les papiers de la voiture, s'il vous plaît ?

— Vous êtes sûr que j'allais aussi vite? dit à tout hasard Eve, avec son plus beau sourire. Je n'ai pas eu cette impression.

— Vous avez été filmée par nos caméras vidéo, dans le tunnel. Il n'y a pas d'erreur possible.

— Oh ! fit Eve.

Elle accepta la contravention et respecta scrupuleusement la limitation de vitesse durant le reste du trajet jusqu'à Denver.

Hank éclata de rire quand elle lui demanda si, à son avis, elle pouvait porter l'amende sur sa note de frais. Elle le déposa devant chez lui, et ils tombèrent d'accord pour essayer de se rendre le plus vite possible à Los Angeles.

— Tu penses que Bob acceptera de payer l'avion ? demanda Hank en ouvrant sa portière.

— S'il refuse, je paierai moi-même ! Peu m'importe. Je dois absolument vérifier cette histoire d'alibi avec Sarah Glick. Et avec Ben, aussi.

— Et les Wade ? Ils sont du côté de San Diego, tu te rappelles ?

— C'est vrai. Les Wade...

— Ouais, bon, oublie-les, marmonna Hank.

— Il ne s'agit pas de les oublier. Simplement, je ne pense plus qu'ils soient aussi importants. Ecoute, tu n'es pas obligé de venir avec moi, tu sais. J'irai seule.

— Et je manquerais la meilleure partie de l'enquête, après avoir passé des mois à me décarcasser ? Pas question, ma petite dame ! Je t'accompagne à Los Angeles.

Il était 21 h 30 quand Eve arriva chez elle.

Elle se prépara une tasse de thé et s'installa devant la télévision. Elle était fatiguée, après cette longue journée et tous ces kilomètres, mais elle était aussi bien trop énervée pour pouvoir dormir. Elle passait d'une chaîne à l'autre, sans vraiment se fixer sur une émission, tandis que son esprit échafaudait toutes sortes de théories.

Lorsqu'elle entendit frapper à la porte d'entrée, elle haussa les sourcils et jeta un coup d'œil machinal à sa montre, se demandant qui pouvait bien lui rendre une visite aussi tardive.

Elle gagna le hall et entrouvrit la porte, laissant la chaîne de sécurité. Sur le perron, elle découvrit une jolie jeune femme, transie de froid et visiblement nerveuse, et qui lui dit s'appeler Donna Haverlund.

Eve écarquilla les yeux.

— Je vous connais ? demanda-t-elle.

— Je... je suis une amie de Gary, expliqua sa visiteuse, et il fallut encore une bonne poignée de secondes à Eve pour que tout se mette en place, dans son esprit.

Elle ferma la porte, ôta la chaîne de sécurité et fit entrer la jeune femme, non sans éprouver un vague sentiment d'agacement. Non seulement Donna était jolie, mais elle devait aussi avoir dix ans de moins qu'elle.

Dans le salon, elle l'invita à s'asseoir sur le canapé et éteignit le poste de télévision. Puis elle s'installa en face d'elle, essayant de garder les idées claires. « Reste calme et polie, se disait-elle. Comporte-toi en adulte. »

— Gary vous a-t-il parlé de moi ? demanda Donna, les doigts crispés sur son sac.

— Eh bien, il a mentionné quelque chose, répondit Eve.

Donna hocha lentement la tête et planta son regard dans celui d'Eve.

— Je ne suis pas très douée pour les discours, mademoiselle Marchand, reprit-elle. Je ne suis pas comme vous diplômée, capable de me dresser devant des juges ou de m'exprimer devant des journalistes. Je suis quelqu'un de très simple.

— Oui, commenta simplement Eve.

Tout en se demandant où Miss Innocente voulait en venir, elle songea que si elle jouait la comédie, elle avait vraiment beaucoup de talent.

— Je crois que le mieux est d'aller droit au but, avant que je ne perde tout mon courage, poursuivit la jeune femme de sa voix douce.

— Gary sait-il que vous êtes venue ? lui demanda Eve d'un ton brusque.

Donna secoua la tête.

Un instant, Eve la considéra en silence.
— Bon, eh bien allez-y, reprit-elle enfin. Dites ce que vous vouliez me dire.
Donna prit une profonde inspiration.
— Je l'aime, déclara-t-elle tout à trac.
Eve se laissa aller contre le dossier de son fauteuil, comme si une main invisible l'avait poussée.
— Oh ! fit-elle.
— Je l'aime, et je peux être avec lui tout le temps, poursuivit sa visiteuse en s'animant et en parlant de plus en plus vite. Pour lui, je suis prête à abandonner mon travail sans hésiter, mademoiselle Marchand. Je pourrai rester à la maison ou partir en tournée avec lui. Comme il voudra.
— Oh ! répéta Eve.
— Gary a besoin d'une femme qui soit disponible à cent pour cent. Et je veux être cette femme.
— Parce que je ne peux pas l'être, moi ? demanda Eve en se raidissant. C'est ça que vous insinuez ?
— Oui, c'est ce que je suis en train de dire, confirma Donna sans hésiter. Le problème, c'est que Gary ne sait plus où il en est.
— Vraiment ?
— Oui. Il ne sait pas comment vous en parler. Il laisse courir, comme les hommes le font si bien.
Elle eut un sourire anxieux.
— Et je sais qu'il vous aime toujours, mademoiselle Marchand, mais pas du genre d'amour sur lequel on construit un mariage. Il vous respecte énormément et il pense que vous êtes merveilleuse, et...
Eve leva la main.
— Epargnez-moi ce couplet, je vous en prie, dit-elle.
Une multitude d'émotions contradictoires s'agitait en elle. D'un côté, elle était triste et vaguement effrayée ; de l'autre, elle avait l'impression qu'on venait de soulager ses épaules d'un poids énorme.

— Gary dit que vous avez rencontré quelqu'un d'autre, ajouta encore Donna.

Eve demeura silencieuse.

— Enfin, cela ne me regarde pas, renchérit l'autre, mais je tenais à ce que vous sachiez que je serai là pour Gary. Si vous ne... l'aimez plus, je serai là pour lui. Mais il faut lui dire la vérité.

Eve manqua jaillir de son siège, alors, mais une vague de honte la paralysa. Tout ce que sa visiteuse venait de dire était vrai.

— Je vais vous laisser, annonça Donna en se levant. Mon intention n'était pas de vous faire de la peine. Je suis venue parce que j'aime Gary et parce que je ne supporte plus de le voir souffrir comme ça. Libérez-le, mademoiselle Marchand. Laissez-le vivre sa vie. Si jamais vous l'avez aimé, vous lui rendrez sa liberté.

Sans trop savoir comment, Eve réussit à raccompagner la jeune femme jusqu'à la porte, lui promettant qu'elle allait réfléchir.

Une fois seule, elle s'adossa à la porte et se plaqua une main devant les yeux.

A quoi s'attendait-elle ? Croyait-elle vraiment que Gary et elle avaient un avenir commun ? Qu'elle pouvait tomber amoureuse de Jack et garder Gary en réserve, au cas ou ?

— Tu es une imbécile ! murmura-t-elle.

24.

Le lendemain matin, quand elle se réveilla, Eve pensa à Gary. Elle savait, dans son cœur, que Donna Haverlund avait raison. Gary avait besoin d'une femme entièrement disponible, une femme qui lui soit dévouée corps et âme. Or, elle n'était pas cette femme ; elle ne le serait jamais.

Donna, si, apparemment.

La vérité faisait mal et Eve, contrairement à son habitude, l'avait évitée. Elle avait refusé de se pencher vraiment sur la question, préférant ignorer l'évidence. Et pourquoi ? Simplement parce qu'elle ne se sentait pas la force d'abandonner le confort de sa relation avec Gary, si familière et rassurante.

A présent que la situation était plus claire, maintenant que certaines paroles avaient été prononcées, elle éprouvait une sorte de soulagement. Tout était bel et bien terminé entre eux.

Toutefois, elle n'avait pas le temps d'y penser davantage dans l'immédiat. D'abord, elle devait obtenir de son patron l'autorisation et les fonds pour effectuer ce voyage à Los Angeles.

A 9 heures précises, elle fit irruption dans le bureau de Bob Calpin.

— J'ai besoin de deux billets d'avion pour Los Angeles, d'une voiture de location et d'au moins une nuit à l'hôtel, déclara-t-elle sans préambule. Pour moi et pour Hank.

Bob se renversa sur sa chaise et la considéra un instant.

— Je t'écoute, dit-il. J'espère pour toi que tu as une bonne raison.

— Une excellente, même ! répliqua Eve, avant de lui raconter ce qu'ils avaient découvert au sujet de Ben Richards.

Après l'avoir laissée parler jusqu'au bout, Bob lui donna le feu vert, et Eve prit toutes les dispositions nécessaires. Une heure plus tard, les réservations étaient faites, sur un avion qui s'envolait pour Los Angeles en tout début d'après-midi. Hank promit de la retrouver à l'aéroport.

Eve rentra chez elle, jeta quelques effets dans un sac de voyage, et finit par s'installer sur le canapé du salon, le téléphone sur les genoux.

D'abord, elle appela Marty Cohen, afin de le mettre au courant des derniers rebondissements.

— Vous ne voudriez pas rendre visite à Jack ? lui demanda-t-elle ensuite. Il est dans un sale état, Marty. Si vous pouviez... je ne sais pas, moi, essayer de lui remonter un peu le moral.

— Aucun problème. J'irai le voir, c'est promis.

— Merci. Et bravo pour ce que vous avez découvert au sujet de Ben. Vous avez accompli un travail formidable.

— J'en suis heureux, Eve. Du moment que je peux contribuer à notre cause...

Ils échangèrent encore quelques propos, et Eve raccrocha.

Maintenant, le plus dur restait à faire : affronter Jack. Elle n'avait pas le temps de se rendre à Canon City, et d'ailleurs, Jack aurait peut-être refusé de la voir. Elle devait pourtant lui parler de Ben et de ce qu'ils avaient appris à son sujet ; elle voulait comprendre pourquoi il avait passé cette histoire sous silence.

Elle réfléchit un moment, le temps de mettre au point un plan, puis elle souleva le combiné et composa le numéro de la ligne privée du directeur de la prison. Il lui était déjà arrivé de se montrer accommodant, par le passé ; peut-être accepterait-il encore de l'aider.

Quand il lui répondit, à l'autre bout du fil, elle prit une profonde inspiration et déclara, d'une traite :

— Bonjour, Jerry, c'est Eve Marchand, à l'appareil. J'ai besoin que vous me rendiez un grand service. En fait, il s'agirait de fixer un rendez-vous téléphonique avec Jack Devlin dans l'heure qui vient. Seulement, il ne doit pas savoir que c'est moi qui l'appelle.

— Allons, Eve ! s'exclama-t-il. Où croyez-vous que nous soyons, ici ?

Non sans peine, Eve parvint à le convaincre de l'importance de cet appel. Jerry grommela, rechigna, mais il finit par accepter.

— Seulement, ne me demandez plus jamais un truc pareil, c'est compris ?

— C'est promis, Jerry, répondit Eve. Plus jamais.

Elle rappela à l'heure convenue et attendit, la gorge serrée, tandis qu'on transférait la communication jusqu'au poste où Jack répondrait. Son cœur battait avec force et sa bouche était affreusement sèche. Elle n'avait qu'une hantise : que Jack lui raccroche au nez.

— Allô ?

En entendant sa voix hésitante, elle l'imagina dans le couloir, vêtu de son uniforme vert de la prison, et attaché à un anneau du mur, comme un chien.

— Bonjour, Jack, dit-elle en s'efforçant de garder un ton calme.

— Nom de Dieu ! Je vous ai dit de...

— J'ai du nouveau, Jack. Ecoutez-moi, d'accord ?

Comme il restait silencieux, elle se lança :

— Hank et moi sommes retournés à Aspen. Nous avons découvert une histoire au sujet de Ben. Un garçon à qui il s'était attaqué, au cours d'un entraînement de hockey, alors qu'il était au lycée. Nous avons parlé au directeur de l'établissement, ainsi qu'au père du garçon en question, Larry Welberg.

— Quoi ?

— Pourquoi ne m'avez-vous rien dit ? Pourquoi n'avez-vous jamais mentionné les accès de colère de Ben à Iverson ? Comment voulez-vous que l'on vous défende si vous ne nous dites pas tout ?

De l'autre côté de la ligne, elle sentait presque pulser la colère de Jack ; son silence était plus éloquent que tous les mots.

— Et vous, vous n'écoutez jamais ce qu'on vous dit, n'est-ce pas ? déclara-t-il enfin, d'un ton glacé. Peu importe ce que Ben a fait lors d'un entraînement de hockey, il y a des années !

— Au contraire, cela importe beaucoup. Cela signifie que...

Jack l'interrompit :

— Ben était à Denver, la nuit où Allison a été tuée. Il était couché, malade. Je l'ai vu de mes propres yeux, tôt, le lendemain matin. Sarah aussi.

— L'un comme l'autre, vous l'avez vu des heures après le meurtre. Il avait largement le temps de se rendre à...

— Vous êtes folle ! Vous cherchez un bouc émissaire. Vous êtes complètement obsédée.

— Je suis obsédée par la vérité, en effet, reconnut Eve d'une voix posée.

— Laissez Ben tranquille !

— Pas si pour cela je dois vous abandonner là où vous êtes, Jack. Votre briquet... est-ce que Ben n'aurait pas pu le garder, le jour où vous êtes allés à la pêche, tous les deux ? Est-ce qu'il n'a pas allumé sa cigarette et glissé le briquet dans sa poche ? N'aurait-il pas oublié de vous le rendre, après ?

Pour toute réponse, Jack raccrocha.

Eve ferma les yeux et poussa un long soupir, avant de

raccrocher à son tour. Elle se demanda si elle avait eu raison de l'appeler. Elle n'avait fait qu'ajouter au tourment de Jack. En même temps, sa colère était révélatrice : il était sur la défensive, au sujet de Ben. Il savait qu'il existait un problème et il essayait de protéger le jeune homme. Autrement dit, il pensait que ce dernier avait besoin de protection.

C'était bon à savoir.

A 17 heures, Eve et Hank se trouvaient dans une voiture de location, de l'autre côté de la route qui bordait la nouvelle maison de Ben, à Long Beach. Ils avaient acheté de quoi se restaurer, et Hank avait accepté de ne pas fumer dans la voiture. La première étape de leur plan consistait à voir Sarah, seule ; pour cela, ils attendraient le temps qu'il faudrait.

La Saab rouge de Ben était garée dans l'allée, ainsi que la vieille VW bleue de Sarah. A 18 heures, la jeune femme sortit, monta dans son automobile et s'éloigna.

Eve et Hank envisagèrent un instant d'aller trouver Ben, avant de renoncer, préférant s'en tenir à leur plan initial. Bien leur en prit, car Sarah revint une vingtaine de minutes plus tard. Elle sortit deux sacs de provisions de la voiture et rentra dans la maison.

Eve poussa un soupir.

— Nous allons peut-être devoir revenir demain.

— Attendons encore, répondit Hank.

— Tu sais, s'il a vraiment tué sa mère, je n'arrive pas à comprendre son mobile.

— Si c'est lui, ce dont je ne suis pas aussi convaincu que toi, je dirais que c'était par cupidité — cupidité, besoin de contrôler, colère refoulée. Les grands classiques, quoi ! Depuis Lizzie Borden jusqu'aux frères Menendez, c'est toujours la même chose qui pousse des gosses à tuer leurs parents : l'argent. Il faut vraiment être malade, hein ?

— Tu parles de familles dysfonctionnelles.

— En admettant que ce soit lui, et en tenant compte de l'espérance moyenne de vie des femmes, Ben aurait dû attendre d'avoir des cheveux blancs avant de pouvoir hériter de sa mère. Il ne pouvait pas attendre. Peut-être lui a-t-elle dit une chose qui a tout précipité — la fameuse goutte d'eau qui fait déborder le vase. Mais dans ce cas, il a bien réfléchi. Il s'agit d'un acte prémédité, et drôlement bien prémédité, en plus ! Tout était prévu, jusqu'au briquet, utilisé pour incriminer Jack. Il fallait bien qu'on trouve un coupable, et il savait peut-être que le mari est toujours le premier suspect.

— Tout de même, je pense sincèrement qu'il a toujours été désolé de voir ce qui arrivait à Jack. Il n'avait pas dû imaginer à quel point ce serait horrible. Il était trop occupé à essayer de détourner les soupçons.

— Ouais, bien sûr qu'il était désolé ! Mais il aurait été encore plus désolé si c'était lui qu'on avait arrêté.

— Tu sais que c'est lui, affirma Eve. Ton petit doigt ne cesse de te le répéter, maintenant. Simplement, tu ne veux pas admettre que j'ai raison.

— Peut-être. Il reste quand même à le prouver. Ben Richards n'est pas près de passer aux aveux.

— Je le prouverai ! déclara Eve sur un ton farouche.

Ils gardèrent le silence, un moment. Puis Hank ouvrit une petite boîte en carton pleine de frites.

— Tu en veux ? demanda-t-il.

— Oui.

Ils grignotèrent sans rien dire.

— J'ai envie de pisser, annonça Hank au bout d'un moment.

— Et alors ? s'exclama Eve. Tu n'as qu'à faire ça sur le bord de la route !

— Pour me faire arrêter ? Allez, il y a une station d'essence, un peu plus loin. Cela ne prendra pas plus de dix minutes.

Ils se rendirent dans la station en question, et Hank disparut dans les toilettes.

Eve l'attendit, sur des charbons ardents, impatiente de reprendre leur surveillance. Quand il revint, Hank sentait la cigarette.

Ils retournèrent à leur poste d'observation ; là, ils s'aperçurent aussitôt que la voiture de Ben avait disparu.

— Ils ont pu sortir tous les deux, remarqua Hank.

— Allons vérifier, répondit Eve. Nous verrons bien si elle est là. Tu sais quoi faire ?

Hank lui jeta un coup d'œil dédaigneux.

— Tu n'étais pas encore née que je faisais déjà ce genre de choses, ma petite.

— Bon. Alors, c'est parti.

Eve pressa le bouton de la sonnette et en entendit l'écho, dans la maison. Ils attendirent, osant à peine respirer.

« Pourvu qu'elle soit là, priait Eve. Pourvu qu'elle soit là. »

Enfin, il y eut un bruit de pas. Quelqu'un venait, qui tira un verrou, de l'autre côté du battant. Et Sarah apparut dans l'encadrement de la porte.

— Bonjour, Sarah, lui dit Eve.

La jeune fille écarquilla les yeux, l'air dérouté.

— Mademoiselle Marchand ? Je... nous ne vous attendions pas. Ben est-il au courant ? Il n'est pas là et...

— Nous permettez-vous d'entrer ? Je vous présente Hank Thurgood. Nous travaillons ensemble. Je ne crois pas que vous l'ayez rencontré.

— Non, en effet. Bonsoir, monsieur Thurgood. Mais comme je viens de vous le dire, Ben n'est pas là.

— C'est à vous que nous voulons parler, Sarah.

— Oh ?

Ils s'installèrent sur les canapés flambant neufs du salon.

— C'est une jolie maison, remarqua Eve. Ben l'a achetée récemment, n'est-ce pas ?

— Oui. Il ne supportait plus de vivre dans celle d'Aspen. Et puis, j'ai repris mes études. Je suis à l'U.C.L.A. maintenant.

— Je vois. Et Ben ? Il travaille ?

— Non. Il prend certains cours du soir. C'est là qu'il est allé, d'ailleurs. A l'université de Long Beach. Pour des cours de finances.

— De finances, répéta Eve. Il veut apprendre à gérer son héritage, je suppose ?

— En effet. Ça l'intéresse beaucoup, maintenant.

Sarah avait l'air détendu. Pour Eve, il était clair qu'elle ne se doutait absolument de rien.

— J'ai appris qu'il avait rendu visite à Jack, poursuivit-elle. C'était gentil de sa part.

— Quelle expérience affreuse ! Il lui a fallu des jours pour s'en remettre. Il est si malheureux pour ce qui arrive à Jack.

— Vous croyez qu'il se sent coupable, peut-être ? suggéra Eve.

— Oui, mais je ne sais pas pourquoi. Après tout, que pouvait-il faire ? Il a déjà témoigné, au procès. Ses grands-parents l'ont pratiquement déshérité pour ça.

— Je l'aurais parié.

Pour la première fois, Hank prit la parole.

— Ben haïssait-il sa mère ?

— Non, bien sûr que non ! balbutia Sarah, l'air choquée.

— Parle-t-il souvent d'elle ?

— Non. Il parle plutôt de Jack. Pourquoi ces questions ? Qu'est-ce que...

— C'est la routine, Sarah, intervint Eve. Notre travail continue, vous savez, avec les procédures d'appel.

— Qu'est-ce que Ben s'est acheté avec son argent, en dehors de cette maison ? demanda encore Hank.

— Je n'en sais rien. Cela ne me regarde pas. Et je ne pense pas que cela vous regarde non plus, monsieur Thurgood.

— Je suis payé pour enquêter, répliqua ce dernier. C'est ce que je fais.

— Enquêter sur Ben ? Mais pourquoi ?

— La routine, Sarah, répéta Eve sur un ton rassurant.

— Dans ce cas, vous devriez parler directement à Ben, déclara la jeune fille. Pas à moi.

— Vous êtes certaine qu'il n'avait pas de problèmes avec sa mère, reprit Eve d'une voix douce. Je sais qu'il a longtemps vécu chez son père.

— Il leur arrivait de se chamailler, bien sûr. Tous les enfants se chamaillent avec leurs parents.

— Ben vous a-t-il jamais frappée ? demanda Hank.

— Mais non, voyons ! s'écria Sarah. Qu'est-ce que vous insinuez ? Ecoutez, je crois qu'il vaut mieux...

— Vous avez le droit d'appeler un avocat, Sarah, intervint de nouveau Eve. Vous n'êtes pas tenue de répondre à la moindre question en l'absence d'un avocat.

La jeune fille pâlit.

— Que voulez-vous dire ?

— C'est simple : si vous n'avez rien à cacher, vous n'avez aucune raison de vous inquiéter.

— Evidemment que... que je n'ai rien à cacher !

— Dans ce cas, vous ne verrez pas d'inconvénient à ce que nous vous posions encore quelques questions.

— Quels sont les projets d'avenir de Ben ? demanda Hank.

— Je ne sais pas. Rien de spécial. Il doit gérer ses biens. Et il veut voyager.

— Il n'a pas l'intention de travailler ? Ou de poursuivre ses études de droit ?

— Il travaille ! Je viens de vous dire qu'il gère ses biens. C'est très complexe, et cela lui demande beaucoup de temps. Il a aussi ses cours du soir.

— J'aimerais que vous nous reparliez de la nuit du meurtre, enchaîna Eve, toujours avec douceur. Nous avons besoin d'indications précises. C'est très important, Sarah.

— Mais enfin, j'ai déjà dit tout cela. J'ai témoigné au procès. Vous avez tout dans vos dossiers.

— Je sais. Toutefois, il est important que nous revoyions cela avec vous, d'accord ?

Sarah poussa un soupir.

— Soit.

— Vous êtes allée voir Ben chez lui, ce soir-là. Vous aviez prévu d'aller au cinéma, c'est cela ?

— Je suis arrivée à 18 h 45. Nous avions prévu d'aller à la séance de 19 heures.

Eve prit des notes.

— Et Ben était malade, reprit-elle.

— Il avait la grippe. Il transpirait, son visage était tout rouge ; et la minute d'après, il avait froid, il avait des frissons.

— Vous l'avez vu vomir ?

Sarah écarquilla les yeux.

— Bien sûr que non !

— Alors, vous n'êtes pas allés au cinéma, poursuivit Eve.

— Non. Ben était trop malade. Je suis donc rentrée chez moi, en promettant de l'appeler plus tard, pour savoir comment il se sentait. Je lui avais fait prendre de l'aspirine et je lui avais conseillé de boire beaucoup.

— Et vous l'avez appelé ?

— Oui. Entre 20 h 30 et 21 heures. Je m'en suis même voulu. Je l'ai réveillé.

— Et c'est lui qui vous a rappelée, ensuite ?

— Oui. Vers 22 heures.

— D'où vous a-t-il téléphoné, à 22 heures ? demanda Hank.

— De chez lui, bien sûr. Je viens de vous dire qu'il était malade.

— Et vous l'avez rappelé, après ça ?

— Non. Il m'a dit qu'il allait couper la sonnerie de son téléphone et essayer de dormir.

— Quand l'avez-vous revu, ou lui avez-vous reparlé, après cela ? interrogea Eve.

— Le lendemain matin, vers 7 h 30 environ. J'étais inquiète. Et comme il avait coupé le téléphone, je suis allée le voir. Je suis entrée avec ma clé. Il dormait encore. J'ai attendu. Je ne voulais pas le réveiller.

Hank prit de nouveau la parole.

— Autrement dit, entre 22 heures, la veille, et 7 h 30, le lendemain matin, Ben était seul.

— Et il dormait chez lui, oui, répondit Sarah avec un soupçon d'agressivité dans la voix.

— Qu'en savez-vous ? insista Hank.

— Je le sais, c'est tout. Il n'était pas en état d'aller où que ce soit ; et il m'a téléphoné ; et il était là, le lendemain matin. Que croyez-vous qu'il ait fait ? conclut-elle avec colère.

Se penchant en avant, Hank la transperça de son regard bleu pâle.

— Je pense qu'il a pris sa voiture, qu'il est monté à Aspen, qu'il a tué sa mère et qu'il est vite rentré à Denver, avant que vous n'arriviez. Et après, il s'est servi de vous pour se fabriquer un alibi.

— Mon Dieu, mais vous êtes fou !

Sarah se leva d'un bond.

— Allez-vous-en, s'il vous plaît. Je refuse de vous parler plus longtemps. Je raconterai tout à Ben. Il va être fou de rage. Il vous poursuivra pour diffamation.

— Sarah, je suis désolée que vous réagissiez ainsi, mais nous sommes vraiment tenus de tout vérifier, dit Eve.

— Sortez d'ici ! s'exclama la jeune fille.

Elle paraissait sur le point d'éclater en sanglots.

A cet instant, Ben fit son entrée dans le salon.

— Eve ! lança-t-il avec surprise. Qu'est-ce que...

Il se tourna vers Sarah.

— Que se passe-t-il ?

— Ils sont venus t'accuser, Ben ! s'écria son amie, avant de fondre en larmes. Ils croient... ils croient... ils ont dit que c'est toi, que tu es allé à Aspen, cette nuit-là...

— Quoi ?

— Nous étions juste en train de lui poser quelques questions de routine, intervint Eve. Pour la procédure d'appel.

— Elle ment ! hurla Sarah. Ce n'était pas de la routine. Ils ont dit que tu avais roulé jusqu'à Aspen, que tu avais tué ta mère et que tu étais rentré à Denver, tout ça avant que je ne vienne chez toi, le matin, et...

— Tais-toi, Sarah ! l'interrompit Ben, avant de se tourner vers Eve. Vous venez chez moi, dans ma maison, interroger ma copine ? Comment osez-vous ?

Eve sentit un frisson d'effroi lui parcourir le dos.

— Cela fait partie de notre enquête, qui n'est pas terminée, Ben, répondit-elle.

— Foutez-moi le camp d'ici ! hurla-t-il, une veine battant furieusement à son cou. Je vais vous foutre un procès au cul, moi, espèces de salauds ! Sortez !

— Hé ! on s'en va, fit Hank. Pas la peine de te mettre dans un état pareil, mon gars.

Ben fit volte-face et attrapa le premier objet un peu lourd qu'il put trouver — une lampe. La saisissant par le pied, il arracha la prise du mur, d'un geste brutal, avant de brandir cette arme de fortune sous le nez de Hank.

— Foutez le camp ! hurla-t-il.

Le détective leva la main, et Eve alla vite se réfugier près de lui.

— Calmez-vous, dit-elle. Nous partons.

Ils sortirent aussi vite que possible. Une fois dehors, alors que la porte claquait derrière eux, ils entendirent un grand fracas — la lampe, probablement — et la voix de Ben qui criait toujours, poussait des jurons et semblait monter, monter toujours plus haut, dans une rage paroxystique.

— Sarah ne risque rien, à ton avis ? demanda Eve.

— Je n'en sais rien. En tout cas, je ne retournerai pas là-dedans, même pour la secourir.

— Est-ce qu'on ne devrait pas appeler la police ?

— Non. Il risque de s'enfuir. Or, nous ne voulons surtout pas de ça.

— Il était effrayant, murmura Eve. Moi qui le prenais pour un gentil gosse. Un peu gâté, peut-être, mais sympa.

Ils s'engouffrèrent dans la voiture de location, et Eve s'efforça de recouvrer son calme en inspirant profondément, plusieurs fois.

— Nom d'un chien, quel caractère ! commenta Hank. Cette fois, mon nez frétille : il vient de flairer un rat.

— C'est lui ! renchérit Eve, triomphante.

— Oui, c'est lui. Mais, ma petite, si tu veux le prouver, il va falloir que tu lui arraches des aveux.

— J'y arriverai, murmura-t-elle en tournant la clé de contact. Il le faudra bien.

Durant le dîner, ils envisagèrent la possibilité de se rendre jusqu'à San Diego, à deux heures de voiture, afin d'interroger les Wade. Mais à présent, un tel voyage leur apparaissait plutôt comme une perte de temps et d'argent.

— A quoi bon ? fit Hank en haussant les épaules.

— Juste histoire de mettre des points sur tous les i.

— On peut toujours le faire plus tard, si c'est nécessaire. Pour l'instant, je crois qu'il vaut mieux nous concentrer sur le moyen d'épingler notre jeune colérique.

— Tu as raison, approuva Eve.

Alors qu'on venait de leur servir du café, elle changea totalement de sujet, se décidant enfin à confier à son ami un problème qui la tracassait depuis des semaines, peut-être davantage, et qu'elle ne pouvait remettre à plus tard, elle l'avait compris la veille au soir.

— Je peux te parler de quelque chose de très personnel ? demanda-t-elle d'un ton hésitant.

— Bien sûr, répondit Hank.

— Tu ne te moqueras pas de moi ?

— Jamais de la vie !

Eve lui raconta la visite de Donna Haverlund.

— Il faut que j'aie une conversation avec Gary, conclut-elle. Même si l'admettre me fait horreur, cette fille a raison. Le problème, c'est que...

— C'est que ni Gary ni toi ne voulez renoncer au confort de votre relation, compléta Hank en secouant la tête.

— J'ai peur de lui faire du mal, murmura Eve.

— Arrête un peu ton char ! s'exclama le vieil homme. Gary a une nouvelle petite nana dans sa vie, et voilà que tu te cherches un million d'excuses. Je t'aurais cru plus courageuse que ça.

— Je me demande si ce n'est pas moi qui l'ai poussé à aller chercher quelqu'un d'autre.

— Arrête de te raconter des histoires ! lança Hank en vidant un autre sachet de sucre — le quatrième — dans son café. La vérité, c'est que votre histoire est finie. Et elle l'est depuis un moment, ou tu n'aurais jamais fait tout ce que tu as fait pour Devlin... et avec lui, ajouta-t-il avec un clin d'œil.

— Tu as l'air drôlement sûr de toi.

— Je le suis. Je te connais. Et tu peux me croire quand je te dis que notre Gary ne se serait pas lancé dans une aventure avec cette jeune personne si tu lui avais brisé le cœur.

— Donc, tu penses que je devrais l'appeler et mettre les choses au clair ?

— Absolument ! Et le plus tôt sera le mieux.

— Il est en Nouvelle-Angleterre. Je ne peux pas...

— Encore des excuses ?

— Non, mais je ne veux pas lui gâcher son match.

— Eve, Eve, arrête un peu, veux-tu ? Et libère ce pauvre garçon, à la fin ! Je suis sûr qu'il se sentira drôlement mieux, après.

Eve consulta sa montre.
— Il est plus de 23 heures, à Boston. Je ne peux pas...
Hank se contenta de rire.

Il était presque 23 h 30, heure de Boston, lorsque Eve appela Gary, à l'hôtel où il descendait toujours avec les Broncos. Elle s'était installée en tailleur sur le lit de sa chambre de motel, à Long Beach, l'estomac noué et les mains moites.
— Je voudrais parler à Gary Kapochek, s'il vous plaît, dit-elle au réceptionniste.
Elle s'éclaircit la gorge.
Il y eut deux sonneries, puis une troisième, et quelqu'un décrocha.
— Allô ?
C'était une voix de femme. Celle de Donna ? se demanda aussitôt Eve, muette de stupeur.
— Allô ? répéta la voix, à l'autre bout du fil.
— Est-ce que Gary est là ? parvint enfin à balbutier Eve.
Il y eut un silence. Puis :
— Euh, oui, oui... Il est là.
Eve distingua un bruit étouffé de conversation, comme si la jeune femme avait couvert l'émetteur avec sa main. Elle attendit, le cœur battant à se rompre, jusqu'à ce que Gary finisse par prendre le combiné.
— Eve ?
Celle-ci entendit distinctement le bruit d'une porte qu'on fermait.
— Oui, c'est moi, répondit-elle. Tu es seul, maintenant ?
Il hésita.
— Oui.
— Oh ! Gary, je suis désolée. Je n'aurais pas dû appeler. Je ne sais pas ce qui m'a pris. Je...

— Non, Eve, coupa-t-il. Ce n'est pas ta faute.

— Mais si.

Il y eut une pause, et Gary reprit :

— Ecoute, Donna m'a avoué qu'elle était allée te voir. Je ne sais pas quoi te dire, Eve. Elle n'aurait pas dû faire une chose pareille. Tu ne peux pas imaginer ce que je ressens. C'est...

— Mais je suis contente qu'elle soit venue, l'interrompit Eve avec vivacité. Vraiment, je suis contente. Elle m'a forcée à sortir la tête du sable. Le problème est de savoir ce qu'on va faire, maintenant. Je... j'ai tellement l'habitude de t'avoir dans ma vie. Tu comprends ?

— Oui, je comprends. Il faut croire, pourtant, que cela ne devait pas aller plus loin entre nous. J'y ai beaucoup réfléchi, vois-tu. Je n'arrête pas de me répéter qu'on aurait dû fixer cette date de mariage.

— Mm, fit Eve en faisant passer l'écouteur d'une oreille à l'autre.

— Il faut que je te pose une question, quand même, enchaîna Gary. Tu es... est-ce que tu es amoureuse de Devlin ?

Eve ne répondit pas immédiatement. Et lorsqu'elle parla enfin, ce fut au prix d'un terrible et douloureux effort.

— Oui, dit-elle. Oui, je suis amoureuse de lui.

— Merde, Eve ! Te rends-tu compte du pétrin dans lequel tu t'es fourrée ? C'est de la folie !

— Evidemment, que je m'en rends compte. Je suis une belle idiote.

— J'ai peur que tu ne t'en relèves pas...

Eve poussa un soupir.

— Je ne peux pas y penser pour le moment. Il s'est passé tant de choses, ces derniers temps. J'en ai la tête qui tourne.

— Je comprends.

— Alors, voilà, c'est tout ? On va juste raccrocher et ne plus jamais se parler ?

— Je ne crois pas que ce soit possible, répondit Gary avec un rire sans joie. D'ailleurs, j'ai une brosse à dents et un rasoir, chez toi. Quelques vêtements, aussi.

Eve réussit presque à sourire.

— Et ma plus jolie chemise de nuit se trouve dans le placard de ta chambre.

— Tu vois bien !

— Et toi, tu es amoureux, Gary ? Ça va aller ?

— Oui, aux deux questions. Donna est une fille fantastique. Une vraie fée du logis. Elle me pourrit.

— Tant mieux. Je m'en réjouis. Vraiment.

— C'est toi qui m'inquiètes, insista Gary. J'aimerais tant que tu sois heureuse.

— Moi aussi, Gary. Moi aussi.

Ils parlèrent encore quelques minutes, comme ils le faisaient autrefois, avant qu'Eve n'accepte l'affaire Devlin : sans faux-fuyants.

Avant de raccrocher, elle lança :

— Donnez-leur la pâtée, dimanche, d'accord ?

— Tu peux compter sur nous.

— Gary... prends soin de toi.

— Toi aussi. On se voit bientôt.

Eve raccrocha et elle alla se passer de l'eau fraîche sur le visage. Puis elle sortit sur le petit balcon de sa chambre et s'appuya contre la balustrade. Les yeux fixés vers l'étendue noire de l'océan, elle respira le parfum salé des embruns, songeant combien elle aurait aimé partager cet instant avec Jack. Un Jack libre et heureux. Elle se rappela, sans aucun effort, son odeur, le goût de sa peau, et la manière dont il avait bougé en elle, avec quelle évidence leurs corps s'étaient fondus l'un dans l'autre — comme si on les avait séparés, une éternité plus tôt, et qu'ils n'avaient jamais vraiment cicatrisé jusqu'au moment de leurs retrouvailles.

Dieu qu'il lui manquait !

Poussant un soupir, Eve rentra dans sa chambre. Avant

de se coucher, elle interrogea son répondeur. Il y avait un message de sa mère, deux messages de sociétés lui offrant des cartes de crédit, et le dernier avait été laissé par Bob Calpin.

— Eve, je ne sais pas si tu vas interroger ton répondeur à distance, ou si tu trouveras ceci en rentrant de Los Angeles, mais j'ai préféré te mettre au courant dès que possible. Jack Devlin a signé un papier désignant Marty Cohen comme son nouvel avocat à compter d'aujourd'hui. Tu n'es plus sur l'affaire, Eve. Il t'a renvoyée.

Eve resta figée, l'écouteur du téléphone pressé contre l'oreille, sentant monter en elle un fou rire irrésistible, hystérique.

Jack l'avait virée.

25.

Jack entendit la porte métallique de sa cellule s'ouvrir, et le gardien apparut, l'air renfrogné.

— T'as une autre visite. Ça fait deux, le même jour. C'est contre le règlement...

— Alors, dites au visiteur de repartir, répliqua Jack en haussant les épaules.

— Impossible, c'est encore un avocat. T'en as combien, maintenant, hein ?

C'était sûrement Eve, songea Jack en ressentant aussitôt un mélange de colère, de désir et de frustration. Forcément, puisque Marty Cohen était déjà passé ce matin.

— Allez, debout ! reprit le garde en lui passant ses chaînes. Au moins celle-là est jolie, grommela-t-il encore.

Jack envisagea un instant de refuser cette visite ; il ne voulait pas voir la jeune femme. C'était trop dur, trop douloureux. Mais, à Super Mac, on ne défiait pas les gardiens — à moins d'être prêt à subir plus de misère encore que n'en apportait le quotidien.

Un moment plus tard, il était de nouveau assis dans le parloir, le visage crispé, figé en un masque qu'il imaginait impénétrable. Eve se trouvait de l'autre côté de la vitre, le combiné du téléphone en main. Elle lui adressa un signe de tête, comme pour l'encourager à décrocher.

Jack hésita, s'efforçant de ne pas croiser son regard et de refouler la multitude d'émotions qui l'agitait tout entier. Il ne supportait pas sa présence, si près de lui. En dépit du verre épais qui les séparait, il lui semblait sentir le parfum des cheveux de la jeune femme, la douceur satinée de sa peau. Tout, chez elle, le rendait fou : la couleur de ses yeux, l'arête délicate de son nez, ses lèvres, cette moue déterminée, un rien butée, qu'elle avait lorsqu'elle avait décidé de se battre — et qu'elle arborait précisément en cet instant. Hélas ! Il avait beau faire son possible, il n'arrivait pas à la sauver d'elle-même, à l'empêcher de gâcher le reste de sa vie en essayant de le sortir de son marasme. Et pendant ce temps, chaque nouvelle rencontre le laissait plus démuni, plus désespéré. Ne voyait-elle donc pas l'effet qu'elle produisait sur lui ? Ne comprenait-elle donc rien ?

Finalement, il décrocha, et, au prix d'un effort suprême, il leva les yeux sur elle.

— Bonjour, lui dit-elle avec un sourire hésitant.

Il ne répondit pas.

— Jack, je sais que vous m'avez signifié mon congé, et je crois comprendre les raisons qui vous ont poussé à le faire. Mais il y a eu du nouveau, et vous allez devoir prendre sur vous et m'aider.

— S'il s'agit de ces histoires ridicules au sujet de Ben, vous perdez votre temps.

Elle étouffa un soupir.

— Ecoutez-moi, Jack ! S'il vous plaît, ne raccrochez pas tant que je ne vous aurai pas tout dit. J'ai vu Sarah et Ben, hier. A Long Beach. Notre rencontre a mal tourné.

Poussant un juron, il baissa la tête.

— Ben a un problème, Jack. Un vrai problème. Il est capable de succomber à des accès de rage vraiment effrayants. Cela ressemble presque au cas Jekyll et Hyde. Mais ce n'est pas tout.

— N'allez pas plus loin, Eve !

— Je le dois, c'est trop important. Nous devons découvrir la vérité. Je vous en prie, écoutez-moi et essayez d'être objectif. Nous n'avons pas cessé d'en parler avec Hank, pendant le trajet du retour. Nous avons reconstitué la scène du meurtre, encore et encore. Vous m'écoutez, Jack ?

— Oui, je vous écoute, répondit-il avec un mélange de lassitude et d'exaspération.

— Allison a été frappée par-derrière. Elle se tenait devant la baie vitrée. Il faisait nuit, et le salon était éclairé.

— Je sais tout ça, souligna Jack.

— En fait, poursuivit Eve, nous avons pensé qu'elle avait forcément vu le reflet de son assassin dans la vitre. Alors, si vraiment elle s'était disputée, mettons avec un des Wade, croyez-vous qu'elle lui aurait tourné le dos, tranquillement ? Au milieu d'une violente querelle ? C'est peu probable. D'ailleurs, même si elle l'avait fait, elle aurait vu son assassin s'emparer de la statuette. Elle se serait retournée, elle aurait sûrement essayé de se défendre. Le médecin légiste aurait retrouvé des blessures sur un avant-bras, quelque part. Vous me suivez toujours ?

A contrecœur, Jack hocha la tête, lentement.

— Bon. Ce scénario est aussi valable pour Mochlin. Admettons qu'il soit monté la voir. Il a quelques verres dans le nez. Il sait qu'Allison est en colère contre lui parce qu'il a trop parlé. Ils se disputent de nouveau. Vous croyez qu'Allison lui aurait tourné le dos ? Vous croyez qu'elle ne l'aurait pas vu s'emparer de la statuette ? En clair, si le meurtre était un acte de fureur subite, un geste incontrôlé intervenant à la suite d'une violente dispute, Allison n'aurait pas eu le dos tourné. En tout cas, elle aurait vu venir le coup et aurait fait volte-face.

— Où voulez-vous en venir ?

— Nous pensons qu'il n'y a pas eu de dispute. Allison était tout à fait à l'aise, et la présence de son assassin chez elle, à une heure aussi tardive, ne lui posait aucun problème. A tel point qu'elle lui a tourné le dos. Elle n'a rien vu venir, elle ne s'est jamais retournée. C'est donc qu'il s'agit d'un acte mûrement réfléchi ; d'un acte prémédité.

Jack avait fermé les yeux, s'efforçant de ne plus rien entendre. Mais il ne pouvait chasser les images qui se formaient dans son esprit, au fur et à mesure qu'Eve développait son argumentation. Son cœur cognait à grands coups violents.

— Nous pensons, poursuivit la jeune femme, que Ben a tout préparé. Il avait peut-être même appelé sa mère, un peu plus tôt, de son portable, afin de la prévenir qu'il arriverait assez tard. Ou alors, il est arrivé à l'improviste, à un moment où il était sûr que les Wade seraient couchés. Dans ce cas, il serait entré, aurait trouvé sa mère dans le salon et avancé une raison quelconque pour expliquer sa présence. Il avait votre briquet. Il le gardait depuis des semaines, peut-être avec l'intention de l'utiliser ; il est aussi possible qu'il s'agisse d'une décision de dernière minute. En tout cas, il l'a laissé là afin de déplacer les soupçons vers vous. Donc, ils sont dans le salon. Ils bavardent. Allison n'a aucune raison d'avoir peur. Aucune raison de ne pas tourner le dos à son propre fils...

— Mais enfin, quel est le mobile ? s'écria Jack.

— La cupidité. L'avidité. Une sorte de rage intérieure. Cela arrive tout le temps, Jack. Vous n'avez qu'à lire les journaux.

Jack secoua la tête.

— C'est une bonne histoire, reconnut-il. Mais je ne l'avale pas.

— Dans ce cas, écoutez ceci, poursuivit Eve. Il n'y a rien, dans la vie de Mochlin, qui soit révélateur d'une tendance à la violence, aussi infime soit-elle. Même chose à propos de Ray et Marnie Wade. On ne peut pas en dire autant au sujet de Ben, pas vrai ? Et vous le savez depuis le début. Mais vous refusez de l'admettre. Encore maintenant, alors que nous sommes sur le point de...

Jack éloigna l'écouteur de son oreille, rejeta la tête en arrière et ferma de nouveau les yeux, luttant pour ne pas perdre tout contrôle de lui-même. Il inspira profondément, plusieurs fois, puis il fixa Eve d'un regard aussi froid que possible.

— Vous avez dit ce que vous aviez à dire ? Alors, à moi de parler, maintenant. Je ne veux plus de vous sur mon dossier, Eve. Je ne veux plus que vous vous en occupiez, et je ne veux plus jamais vous voir ici. Jamais. C'est compris ? Comme je vous l'ai dit l'autre jour, je crois que vous confondez cette affaire avec autre chose. C'est votre problème. Vous vous imaginez qu'il s'est passé quelque chose entre nous, mais tout est dans votre tête, et c'est en train de fausser votre jugement. Laissez tomber cette histoire.

— Jack, fit Eve d'une voix étranglée, j'aimerais seulement que vous vous concentriez sur Ben, que vous essayiez de vous rappeler...

— Non ! coupa-t-il. J'en ai assez de vos conneries. Allez-vous-en et laissez-moi tranquille. Et foutez la paix à Ben, aussi.

Il ne raccrocha pas tout de suite et continua de la regarder fixement, incapable de détacher les yeux de son visage. Finalement, il reposa le combiné et se tourna vers le gardien.

Eve rentra sur Denver, stupéfaite de se sentir aussi calme, surtout quand elle songeait à la manière dont elle avait réagi la dernière fois qu'elle était allée voir Jack à Canon City. Mais aujourd'hui, c'était différent. Croyait-il vraiment pouvoir la berner ? Ne comprenait-il pas, après tout ce qu'ils avaient partagé, qu'elle le connaissait mieux que ça ? Et cet entêtement à vouloir protéger Ben ! Il refusait de voir la réalité en face !

Une fois de plus, elle était partagée entre un sentiment

d'amour et de respect pour son intégrité, et une profonde colère devant l'obstination dont il faisait preuve. C'était pourtant un homme intelligent. Il aurait dû se rendre compte qu'il ne faisait qu'aggraver les choses en se retranchant ainsi dans cet espace qui semblait lui apporter une sorte de paix étrange.

Mais, à mi-chemin, Eve s'avisa qu'il n'allait pas pouvoir rester beaucoup plus longtemps dans son petit coin. Tôt ou tard, il repenserait à ce qu'elle lui avait révélé aujourd'hui. Il ne pourrait pas se voiler indéfiniment la face. De plus en plus, Ben apparaissait comme le coupable évident, et Jack finirait bien par s'en rendre compte. Peut-être pas aujourd'hui ni même demain. Mais tôt ou tard...

Restait un autre problème, autrement plus difficile à résoudre, celui-là. Comment allait-elle prouver que Ben était l'assassin de sa mère ?

Elle était si absorbée par ses réflexions qu'elle ne remarqua pas, en s'arrêtant devant chez elle, la voiture qui se trouvait juste derrière elle et l'homme installé au volant. Elle avait gravi les marches de son perron et glissait la clé dans la serrure, quand une voix la fit sursauter.

— Mademoiselle Marchand, je vous salue.

Eve fit volte-face, et aussitôt son cœur chavira. C'était l'agent du FBI, Ralph Hawley.

— Oh, non ! murmura-t-elle.

Il la rejoignit, le visage fendu d'un large sourire. Il tenait une grande enveloppe à la main.

— Vous permettez que j'entre ? demanda-t-il.

— Pourquoi pas ? répondit Eve avec un soupir. Vous mettrez un point d'orgue à cette belle journée.

A peine à l'intérieur, Hawley sortit une photo de l'enveloppe tandis qu'Eve posait son manteau sur le dossier du canapé.

— Vous n'allez pas le croire, déclara-t-il sans cesser de sourire, mais figurez-vous que j'ai fini par dénicher une preuve que vous vous êtes rendue coupable de recel de criminel.

— Bien sûr, fit Eve en prenant la photo.

Plusieurs secondes passèrent avant qu'elle ne comprenne ce qu'elle était en train de regarder. Un juron franchit alors ses lèvres.

— Où ? demanda-t-elle, les yeux fixés sur l'agrandissement qui les montrait, Jack et elle, dans la voiture de location.

— Le tunnel de Glenwood Canyon. Ils filment tout. On a l'heure, la date, et même le numéro de la plaque d'immatriculation. Vous voyez cette plaque, là ? Eh bien, elle a été volée sur une voiture, à Pinecrest. Qui a fait ça, mademoiselle Marchand ? Vous ou Devlin ? Mais qu'est-ce que ça peut faire ? Je vous tiens, de toute façon.

Eve s'appuya contre le canapé. Elle se sentait très faible, d'un seul coup.

— Alors, que dois-je faire, à votre avis ? renchérit Hawley. Apporter ça à votre patron, au barreau, ou encore au procureur général ?

Elle haussa les épaules.

— Faites ce que bon vous semblera.

— Dire que vous aviez une belle carrière devant vous ! Vraiment, j'ai presque des scrupules...

Eve avait peine à croire à ce qui lui arrivait. On les avait filmés dans le tunnel, alors qu'ils se rendaient à Aspen. Hawley avait dû passer des heures à visionner ces cassettes, à regarder passer des centaines de voitures, jusqu'à ce que, finalement, il les retrouve. Mais elle aurait dû le savoir. Après tout, ne venait-elle pas de recevoir une contravention, à la sortie de ce même tunnel ? Le policier lui avait dit qu'elle avait été filmée sur vidéo...

Soudain, elle écarquilla les yeux.

— Mon Dieu ! s'exclama-t-elle en sentant son visage s'illuminer.

— Quoi ? fit Hawley.

— Où avez-vous obtenu ceci ? demanda-t-elle, le cœur battant à se rompre.

— Au quartier général de la police.

— Combien de temps gardent-ils les cassettes, à votre avis ?

Hawley haussa les épaules.

— Au moins deux ans, j'imagine. Pour le cas où un crétin voudrait contester une contravention devant le juge.

— Deux ans..., répéta Eve, avant de se retourner et d'attraper son manteau. Allons-y !

— Pardon ?

— Nous allons au quartier général de la police.

Hawley fronça les sourcils.

— Vous savez, enchaîna Eve en lui prenant le bras et en l'entraînant à l'extérieur de la maison, je crois que je vous aime bien, dans le fond. Et maintenant, allons nous servir de votre pouvoir d'agent du FBI pour faire un peu de bien, histoire de changer.

Comme Hawley secouait la tête, elle éclata de rire.

— Je vous expliquerai en route.

Eve fit un bond, renversant un gobelet de café sur les genoux de l'agent Hawley.

— Arrêtez ! cria-t-elle. Revenez en arrière !

— Merde, marmonna Hawley, regardez mon pantalon !

— Revenez en arrière. Pour ce qui est de votre pantalon, je le ferai nettoyer.

Sans cesser de maugréer, Hawley pressa le bouton stop, puis celui permettant de rembobiner la cassette.

— Ouais, c'est ça, dit-il. Vous le donnerez dans ce beau pressing Colfax...

Mais Eve l'écoutait à peine, les yeux fixés sur l'écran vidéo. Ils étaient au quartier général de la police de Denver, il était 21 h 10, et ils regardaient passer des voitures depuis presque 4 heures.

— Là ! fit-elle en pointant le doigt.

Aussitôt, Hawley stoppa la bande.

— Voilà l'ancienne Taurus de Ben Richards, indiqua Eve. Regardez les plaques : ZG440. C'est lui !

— Vous êtes sûre ?

— Absolument. Et regardez l'heure : 0 h 37 du matin. Ça colle parfaitement. Il parle à sa petite amie à 22 heures, et il s'en va. Il arrive au tunnel à 0 h 37 et à Aspen environ une heure plus tard. Je vous fiche mon billet qu'on doit le retrouver sur cassette dans le sens inverse, vers 4 heures du matin. Vous pouvez imprimer cette image ?

Hochant la tête, Hawley se leva et pressa un bouton sur l'imprimante, à côté du magnétoscope.

Eve se laissa aller contre le dossier de sa chaise et croisa les bras, radieuse.

— Vous savez, si vous n'aviez pas cherché à nous coincer comme ça, je n'y aurais jamais pensé. Jamais. Jack va vous devoir sa vie.

Quand la photo agrandie de Ben Richards sortit de l'imprimante, Hawley la prit et la considéra un instant.

— Bah merde alors ! murmura-t-il.

Eve obtint une autorisation spéciale pour assister à l'interrogatoire de Ben, au quartier général de la police de Long Beach. Hawley était également présent, mais il lui expliqua qu'il ne voulait pas marcher sur les pieds des flics locaux ; il les laisserait mener l'opération.

— Comme ça, tout le monde est content, conclut-il, et je ne me fais pas taper sur les doigts par mes chefs.

— Vous êtes sûr qu'ils sauront quelles questions poser ? s'inquiéta Eve.

— Je les ai préparés comme je le faisais avec mes gosses. Ils connaissent leur leçon par cœur.

Un inspecteur de la police d'Aspen se trouvait aussi sur place, mais de l'autre côté d'un miroir sans tain. Il avait été décidé qu'Eve serait plus utile à l'intérieur de la petite pièce où aurait lieu l'interrogatoire — afin d'augmenter la pression sur Ben.

La nervosité d'Eve était à son comble. Tout allait se jouer maintenant. Si Ben tenait le coup, s'il était assez fort, rien ne disait que la photo serait considérée comme une preuve suffisante pour imposer l'ouverture d'un nouveau procès.

— Il n'a pas été arrêté, souligna Hawley. On lui a juste demandé de venir répondre à quelques questions.

— Après la visite que nous lui avons rendue, Hank et moi, il doit tout de même se douter qu'il est dans le collimateur, remarqua Eve.

Hawley haussa les épaules.

— Il doit s'imaginer qu'il est passé entre les mailles du filet, comme vous pensiez vous-même ne jamais être inquiétée pour le recel de Devlin.

— Mmm.

— J'aime assez la sensation de tenir cette épée de Damoclès au-dessus de votre tête, mademoiselle Marchand, remarqua Hawley en souriant. Je me sens plus en sécurité.

— Je vous en prie, appelez-moi Eve, répliqua-t-elle d'un ton glacé. Nous faisons pratiquement équipe, maintenant...

Peu après, deux inspecteurs entrèrent dans la pièce en compagnie de Ben. Inspirant profondément, Eve s'efforça de dénouer la tension qui crispait ses épaules. Le spectacle allait commencer.

Ben portait un short et un T-shirt avec le logo de l'équipe de hockey de l'université de Denver. Il souriait et bavardait avec un des deux hommes, l'air très détendu, mais lorsqu'il aperçut Eve, une expression de choc et de colère passa sur son visage.

— Que fait-elle ici ? s'exclama-t-il.

— Elle a demandé à être présente, répondit un des inspecteurs, un garçon très blond aux allures de surfeur californien. Et voici l'agent spécial Hawley, du bureau du FBI, à Denver. Il va juste assister à l'entretien.

— Le FBI ? répéta Ben.

— C'est de la routine, intervint le deuxième inspecteur.

C'était un bel homme d'origine latino-américaine, avec une épaisse moustache noire.

— Je ne répondrai à aucune question tant que mon avocat ne sera pas là, déclara Ben. Il doit me retrouver ici.

— Pas de problème. Nous ne sommes pas pressés.

— Alors, vous ne me lisez pas mes droits ? demanda encore Ben.

— Pour quoi faire ? s'étonna le surfeur. Vous n'êtes pas en état d'arrestation. Vous n'êtes pas même suspect.

— Pas encore, marmonna Hawley, si bas que seule Eve l'entendit.

L'avocat de Ben arriva quelques minutes plus tard. Il avait le crâne dégarni, des yeux très noirs et un superbe complet de soie. Son attaché-case en peau de serpent avait dû coûter plus cher que ce qu'Eve gagnait en un mois. Mais après tout, Ben avait les moyens. En tout cas pour le moment.

Les présentations furent faites et l'avocat, Conrad Whelan, haussa un sourcil en apprenant qui étaient Eve et Ralph Hawley. Toutefois, il ne fit aucun commentaire. Il s'assit à la table, croisa les mains et déclara :

— On commence, messieurs ?

Les deux inspecteurs posèrent d'abord des questions innocentes : nom, adresse, statut professionnel, voiture, permis de conduire...

— Oh ! vous avez encore un permis du Colorado, remarqua l'inspecteur latino-américain. Il faut vous en faire faire un nouveau, pour la Californie. C'est la loi.

— Je viens juste de m'installer ici, expliqua Ben. Je ne sais même pas si je vais devenir résident de l'Etat de Californie.

Et les questions se succédèrent, des questions précises mais sans grande importance, seulement destinées à tester Ben, à l'ennuyer, à endormir ses soupçons.

— Vraiment, messieurs, intervint Whelan au bout d'un moment, tout cela est-il nécessaire ? Vous faites perdre son temps à mon client, et vous me faites perdre le mien, qui est très précieux.

— Nous y venons, répondit le surfeur.

— A quoi ? demanda Whelan.

— Au meurtre d'Allison Wickwire Devlin.

— De l'histoire ancienne, marmonna l'avocat.

— Juste quelques questions de routine.

Whelan eut un geste de la main, comme pour les encourager à continuer.

— Bon, reprit le surfeur. Où étiez-vous cette nuit-là, monsieur Richards ?

Ce dernier leva les yeux au plafond.

— Ça ne va pas recommencer ! J'ai répondu à cette question des dizaines de fois. J'étais chez moi, terrassé par la grippe.

— C'est pratique, commenta l'inspecteur.

— J'étais malade, reprit Ben. Sarah l'a dit à tout le monde. Elle m'a vu vomir. J'avais de la fièvre. Elle m'a vu.

— Elle vous a vu à 18 h 45, pour être précis, et puis vous l'avez appelée à 22 heures.

— Exactement.

— Et puis, elle est revenue vous voir à 7 h 30, le lendemain matin.

— C'est ça.

— Et entre 22 heures et 7 h 30 du matin, vous étiez malade, dans votre lit.

— Exactement.

— Vraiment, messieurs..., intervint Whelan.

L'inspecteur latino-américain leva une main.

— Je vous en prie, soyez patients avec nous.

Whelan poussa un soupir.

— Voyez-vous, enchaîna le surfeur en affichant une mine perplexe, nous avons un petit problème.

— Lequel ? demanda Ben.

— Eh bien, c'est en rapport avec un document que l'agent Hawley nous a apporté. Nous aimerions savoir ce que vous en pensez, conclut l'homme en sortant un agrandissement photo d'une enveloppe et en le posant devant Ben et son avocat.

Eve vit le choc du jeune homme. Elle vit son visage virer au gris. Et elle vit Whelan lui jeter un coup d'œil surpris.

— Est-ce que vous pouvez nous aider ? demanda le surfeur d'un air très candide.

Ben essaya de parler, mais aucun mot ne franchit ses lèvres.

— Nous avons celle-ci, aussi, renchérit l'inspecteur en posant sur la table la deuxième photo — celle de Ben sur le trajet du retour.

— Mon client n'a rien à ajouter, déclara Whelan. Ben, allons-nous-en.

Ben, toutefois, semblait incapable de bouger. Il demeurait immobile, les yeux fixés sur les photos. Ses lèvres remuaient sans cesse, sans qu'il émette aucun son.

— Ben, allons-nous-en, répéta Whelan.

— Mon Dieu ! murmura Ben. Mon Dieu.

— Ne dites rien, Ben ! l'avertit son avocat.

— Mais enfin, maître Whelan, vous devez comprendre que nous avons besoin d'une petite explication. Ben Richards a juré, devant la cour, qu'il était chez lui, au fond de son lit... à 0 h 37 et à 3 h 47 du matin, le 17 mai, précisa le surfeur en consultant les deux photos. Et pourtant, le voici, sur vidéo, dans le tunnel de Glenwood Canyon. Comment est-ce possible ?

— C’est Jack qui l’a tuée ! déclara Ben, d’une voix si grave, si rauque, qu’on l’entendait à peine.

— Taisez-vous, chuchota Whelan.

— Pardon, qu’avez-vous dit ? s’enquit l’inspecteur latino-américain.

— C’est Jack qui l’a tuée.

— Taisez-vous, Ben ! répéta Whelan.

— J’étais malade. Sarah vous l’a dit.

— Mais... et ces photos ? interrogea le surfeur.

Ben secoua la tête.

— C’est Jack qui l’a tuée. J’étais malade. J’étais chez moi.

— Ben ! intervint encore son avocat. Je vous avertis que...

Soudain, Ben se leva d’un bond, et les inspecteurs portèrent aussitôt la main à leur arme ; Hawley eut le même geste. Mais le jeune homme n’esquissa pas le moindre geste menaçant ; il se tenait là, secouant la tête, tremblant de tous ses membres, le visage en sueur.

— C’est Jack qui l’a tuée, répéta-t-il.

— Dans ce cas, où vous rendiez-vous quand on vous a filmé ? Et pourquoi avoir menti ?

Se levant à son tour, Whelan se plaça devant son client.

— Ça suffit, messieurs ! Soit vous inculpez mon client, soit vous le laissez tranquille.

Eve retint son souffle.

Le surfeur ouvrit les mains, les paumes tournées vers le ciel.

— Nous voulons juste quelques réponses. Vous devriez comprendre, non ? Un peu de coopération.

— Nous partons. Allons, Ben, dit Whelan en prenant le jeune homme par le bras pour l’entraîner vers la porte.

Mais Ben paraissait cloué au sol. Il tremblait, transpirait.

— Votre client a l’air plutôt secoué, remarqua l’inspecteur latino-américain. Je me demande pourquoi.

Soudain, un son inhumain jaillit de la gorge de Ben. Tous le regardèrent fixement tandis que des larmes jaillissaient de ses yeux.

— C'est Jack qui l'a tuée ! hurla-t-il.

— Allons, allons, Ben ! murmura Whelan, non sans inquiétude.

— Pourquoi est-ce que vous ne me laissez pas tranquille ? lança Ben d'une voix sanglotante. C'est Jack le coupable. Il a été condamné. Il est en prison. Pourquoi est-ce que vous ne me laissez pas tranquille ?

— Pardon, monsieur Richards, mais...

— Je n'ai rien fait ! J'étais chez moi ! Malade ! Foutez-moi la paix.

— Les photos...

— Ce sont des mensonges !

— Les photos ne mentent pas, monsieur Richards.

— Ben, partons d'ici, reprit Whelan.

— Ils ne me laisseront pas tranquille !

— Nous ne pouvons pas vous laisser tranquille, monsieur Richards, intervint l'inspecteur moustachu. Un homme innocent a peut-être été condamné pour un meurtre qu'il n'a pas commis. Votre beau-père. Votre ami. Vous ne voudriez pas...

— Faites-les taire ! hurla Ben.

— Messieurs, ça suffit ! s'exclama Whelan.

— Ils sont en train de me rendre fou ! Ils viennent chez moi, ils n'arrêtent pas de me poser des questions, encore et encore. Je n'en peux plus !

— Ben ! fit Whelan d'un ton sec.

Le visage dans les mains, le jeune homme pleurait, maintenant. Des larmes coulaient entre ses doigts, et il se balançait d'avant en arrière.

L'inspecteur blond lui récita ses droits.

— Benjamin Wickwire Richards, vous avez le droit de garder le silence. Vous avez droit à la présence d'un avocat. Quand vous...

Ben s'effondra sur sa chaise et posa la tête sur la table, sans cesser de pleurer.

Finalement, après ce qui parut durer des heures, il se redressa et regarda les inspecteurs. Son nez coulait, et il avait les yeux rouges et enflés.

— Je l'ai tuée ! avoua-t-il d'une voix torturée.

— Taisez-vous ! cria Whelan.

— Je ne peux pas, répondit Ben. C'est moi qui l'ai fait. Je ne peux pas continuer comme ça. Je n'en peux plus.

— Monsieur Richards, avez-vous entendu que je vous ai lu vos droits ? demanda le surfeur.

Ben hocha la tête.

— Non ! intervint Whelan. Il n'est pas en état de...

— Taisez-vous, monsieur Whelan, lui lança Ben d'une voix sans timbre.

Hawley se leva, alors, et marcha vers lui.

— Ben Richards, je vais vous placer sous la garde du FBI et vous renvoyer à Aspen, où vous serez inculpé du meurtre de votre mère, Allison Wickwire Devlin. Est-ce que vous comprenez ?

— Je l'ai frappée, et elle est tombée.

— Est-ce que vous comprenez ?

— Oui.

— Mais d'abord, enchaîna Hawley, il faut que vous écriviez et signiez vos aveux. D'accord ?

Il poussa une feuille de papier et un stylo vers le jeune homme.

— Tout de suite.

Ben prit le stylo et se mit à écrire.

Hawley croisa le regard d'Eve, par-dessus la tête de Ben, et il lui fit un clin d'œil. Elle lui répondit par un petit sourire, puis ferma les yeux, ne pensant qu'à Jack. Jack enfermé dans sa cellule.

« Tiens bon, songea-t-elle avec ferveur. Encore juste un petit moment. »

26.

Tout alla très vite, ensuite. Eve et Hawley rentrèrent à Denver. Ben se trouvait dans le même avion qu'eux, relié par des menottes à l'inspecteur d'Aspen qui avait assisté à l'interrogatoire, derrière le miroir sans tain. Quand ils arrivèrent, Marty Cohen et Howie Bernhard avaient déjà déposé une requête auprès du juge de la Neuvième Cour Fédérale de grande instance ; elle comprenait les aveux de Ben, un rapport établi par les inspecteurs de Long Beach, et déclarait, notamment, que « le bureau d'aide judiciaire, conformément à l'article 35(c)(2)(V) du code de procédure criminelle du Colorado, affirmait qu'il existait désormais des preuves de faits matériels ne pouvant être connus auparavant, et suffisantes pour que la cour déclare Jack Devlin innocent du meurtre d'Allison Wickwire Devlin ».

Il fallait maintenant attendre que le juge étudie cette requête, et là, nul ne pouvait savoir combien de temps cela prendrait. Un jour ? Une semaine ? Des mois ? A la suite de quoi, le juge fixerait — ou non — une audience, qui aurait lieu à Aspen, là où la première sentence avait été prononcée, et en présence de Jack.

Toutes ces étapes faisaient partie de la routine, pour Eve ; elle les connaissait bien. Mais jamais, jusqu'alors, elles n'avaient revêtu une telle importance à ses yeux.

Dès qu'il avait appris la nouvelle de la confession de Ben, Marty était allé voir Jack à la prison.

— Comment a-t-il réagi ? lui demanda Eve avec anxiété.

Aussitôt après son arrivée à l'aéroport, elle avait gagné le bureau d'aide judiciaire, où elle avait retrouvé Marty, qui travaillait là pendant le temps qu'il était à Denver.

— Mal, lui répondit-il. C'était vraiment dur. Comme s'il se brisait. J'ai eu peur qu'il craque complètement.

— Mon Dieu..., murmura Eve.

— Et puis, il est devenu très silencieux.

— Il aime Ben. Il s'en est probablement plus et mieux occupé que ses propres parents, pendant toutes ces années.

— Il a demandé à lui parler, indiqua Marty en secouant la tête. C'est vraiment un type bien. J'espère que le juge va enfin s'en rendre compte.

— Il le faut.

— Oui. En tout cas, il n'y a plus grand-chose à faire. Sinon attendre.

— Oui. Attendre.

Eve rentra chez elle et dormit douze heures d'affilée. Quand elle se réveilla, il neigeait dehors ; c'était une de ces tempêtes qui s'abattent sur les Rocheuses, durant l'automne, sans que nul puisse jamais les prévoir.

Elle se rendit au bureau. Tout plutôt que rester seule, chez elle. Elle aurait voulu parler à Jack ; elle s'inquiétait à son sujet, et le son de sa voix lui manquait terriblement. Mais il était trop tôt. Après tous ces mois durant lesquels il avait lutté désespérément dans l'espoir de trouver le vrai meurtrier, il allait maintenant devoir s'habituer à l'idée que cet homme n'était autre que Ben, son propre beau-fils, le gosse qui l'avait aimé comme un père... Il lui faudrait du temps pour accepter la vérité, et peut-être aussi pour ne pas la blâmer, elle, d'avoir tout découvert.

Le vendredi de la même semaine, le juge annonça qu'il fixait une audience pour le mardi suivant. Des arrangements seraient pris pour faire transférer le prisonnier jusqu'à Aspen.

— On a gagné ! hurla Marty, quand il reçut la lettre de convocation.

Howie jeta une chemise de carton en l'air et les feuilles de papier volèrent dans le bureau. Tout le monde, y compris Bob Calpin, se retrouva dans un bar voisin, après le travail.

Hank était là, bien sûr, qui sirotait un whisky et fumait cigarette sur cigarette.

— Alors, tu as réussi, dit-il à Eve.

— Tout n'est pas terminé, répondit-elle avec une prudence presque superstitieuse.

— Voyons, il ne s'agit plus que d'une formalité ! En tout cas, je suis drôlement vexé. J'aurais voulu que ce soit Mochlin. Je continue de ne pas aimer ce type.

Eve se mit à rire, avant de faire la grimace.

— J'ai encore un problème, moi.

— Ah bon ?

— Hawley. Notre ami du FBI. Je suis sûr qu'il va m'inculper. Il prend son temps, histoire de me torturer un peu. Mais il a le choix : recel de criminel évadé, complicité par assistance, obstruction à la justice.

— Mais non ! fit Hank en secouant la tête.

— Non ?

— Il ne fera rien.

— J'aimerais être aussi optimiste que toi.

Hank se contenta de sourire et changea de sujet.

— Alors, qu'est-ce qui se passe entre Devlin et toi ?

— Il ne se passe rien du tout. Il m'a virée.

— C'est ça ! Qu'arrivera-t-il, une fois qu'il sera libéré ?

Eve baissa les yeux.

— Rien du tout.

— Bah voyons !

— Hank !

— Tout ce que je te demande, c'est de ne pas oublier ton vieil ami, quand tu auras six enfants et un chien sur les bras.

— N'importe quoi ! s'exclama Eve en levant les yeux au ciel.

Puis elle se pencha en avant et murmura avec un sourire :

— Crois-tu que je renoncerais à ces petits dîners si sympathiques, ou aux vieux films que nous allons voir ensemble ?

Hank eut une moue éloquente, et l'échange s'arrêta là.

Une heure plus tard, Eve rentra chez elle, un petit peu soûle, en espérant qu'un policier n'allait pas l'arrêter.

Le samedi matin, l'équipe se remit au travail, afin de préparer une stratégie pour l'audience. Il s'agissait de prévoir toutes les questions que le juge poserait, tous les arguments qu'il présenterait peut-être. Car il pouvait encore considérer les photos de Ben comme des preuves indirectes ; il pouvait également estimer que les aveux avaient été arrachés sous la contrainte.

Ils travaillèrent fiévreusement tout le week-end, et encore le lundi. Ce soir-là, Marty rentra chez lui, pour la première fois depuis une semaine. Howie devait quant à lui prendre l'avion jusqu'à Glenwood Springs, le lendemain matin, et ils se rendraient ensemble à Aspen, pour l'audience.

— Je serai là aussi, déclara Eve. Rien ni personne ne m'empêchera de venir.

Elle sourit.

— Mais ne vous inquiétez pas, ajouta-t-elle. Je me tiendrai bien sagement à l'écart.

Elle avait les nerfs à vif. Selon elle, trois scénarios étaient possibles : dans le pire des cas, le juge décidait l'ouverture d'un nouveau procès ; il pouvait aussi exiger une autre audience ; et si tout se passait pour le mieux, il infirmerait la condamnation de Jack sur-le-champ. Sans cesse, Eve se répétait qu'il allait forcément se montrer raisonnable et voir que le prisonnier était innocent. Il ne pouvait pas faire autrement.

Chaque fois, cependant, une vague de doutes l'assaillait. Et si le juge repoussait la requête ? Et s'il refusait de croire aux aveux de Ben ? Et si...

Elle dormit mal, cette nuit-là, et se leva très tôt en prévision de son voyage jusqu'à Aspen. Le jour J était enfin arrivé. Si tout se passait bien, s'ils avaient bien fait leur travail, Marty, Howie et elle-même, Jack serait bientôt un homme libre. Sa libération pouvait intervenir dans la journée.

Sachant que l'audience risquait de se prolonger jusqu'au lendemain, elle jeta quelques effets dans un sac, et se prépara à sortir. Il faisait encore nuit, dehors, et lorsqu'elle éteignit les lumières de la maison, elle faillit ne pas voir l'enveloppe par terre, devant la porte : on avait dû la glisser dans l'ouverture prévue pour le courrier.

Il n'y avait pas de timbre. Pas de nom ni d'adresse.

Les sourcils froncés, Eve posa son sac, ramassa l'enveloppe et l'ouvrit. Quatre morceaux d'une photo en noir et blanc s'en échappèrent. Il lui fallut plusieurs secondes pour comprendre ce dont il s'agissait : c'était le cliché qui la représentait avec Jack, dans le tunnel.

Hawley.

Elle sourit, puis éclata de rire. Hawley ! Décidément, c'était un drôle de type !

Elle sortit de chez elle, jeta l'enveloppe et son contenu dans la poubelle, dehors, et se glissa au volant de sa voiture. La journée commençait bien.

Jack était assis dans la salle d'audience du tribunal de Pitkin County, celle-là même où il avait été jugé et condamné pour un meurtre qu'il n'avait pas commis. On lui avait ôté ses chaînes et ses menottes, mais il portait toujours l'uniforme vert de la prison de haute sécurité, avec son numéro inscrit sur le torse ; il ne s'agissait que d'une audience, après tout. La presse n'était pas autorisée à entrer ; il n'y avait pas de caméras de télévision, pas de jury, et pratiquement personne, en dehors du procureur et de son assistant, à une table, et de Marty Cohen, Howie Bernhard et lui-même, à une autre. Le juge était celui qui avait présidé les débats, lors du procès, et il faisait également partie du jury de magistrats professionnels, lors de la phase pénale. Aujourd'hui, le destin de Jack reposait entièrement entre ses mains.

Avant de parler, le juge les regarda un à un, par-dessus ses verres en demi-lune.

— J'ai étudié votre requête, dit-il en s'adressant à la défense, et je l'ai trouvée très convaincante.

Jack vit le visage de Marty se fendre d'un large sourire. Lui-même se sentait engourdi, comme paralysé ; il s'était passé trop de choses — et trop vite. D'abord Ben, puis l'annonce de l'audience, le voyage depuis Canon City...

Durant tout le trajet, il n'avait remarqué, bêtement, que le soleil. Il était fou de bonheur à l'idée d'être en mesure de le voir, de sentir sa chaleur sur sa peau. Il n'avait pas pensé au fait qu'il allait peut-être recouvré la liberté, il n'avait pas pensé à ce qu'Eve avait fait pour lui, ni à la culpabilité de Ben... Non, il ne s'était intéressé qu'au soleil. Après tous ces jours, toutes ces semaines passées dans la prison de haute sécurité, il avait du mal à assimiler ce qui lui arrivait. Alors il était là, l'esprit et le corps un peu engourdis, écoutant à moitié, en partie vivant. Revenir totalement à la vie lui paraissait encore trop difficile.

Il avait vu Eve, aussi, assise au fond de la grande salle vide, seule, silencieuse. Mais il ne pouvait pas penser à elle, non plus.

C'était de sa vie qu'il était question. Et pourtant, il n'arrivait pas vraiment à se sentir concerné.

— J'ai relu le compte rendu de procès, disait le juge. J'ai parlé à M. Richards. Ben Richards. Et je suis convaincu que ses aveux ne lui ont pas été arrachés sous la contrainte. Je me suis également entretenu avec Mlle Glick et avec les inspecteurs de Long Beach. J'ai consulté mes confrères...

Il marqua une pause et s'éclaircit la gorge.

— Enfin, j'ai passé en revue nos options avec M. Makelky, reprit-il en faisant un signe de tête au procureur, et nous sommes parvenus à un accord.

Le silence était absolu. Personne ne parlait. Personne ne bougeait. Le seul signe de vie était le bruit des canalisations de chauffage.

— J'approuve la requête du bureau d'aide judiciaire et je pense aussi que nous nous trouvons en présence de preuves irréfutables qui ne pouvaient pas être connues plus tôt. Donc, conformément à l'article... euh, de quel article s'agit-il ?

— L'article 35(c)(2)(V), monsieur le juge, déclara Marty.

— C'est cela, l'article concernant de nouvelles preuves, en l'occurrence les aveux de M. Richards et les photos. Je suis convaincu qu'un nouveau procès ne servirait à rien, et représenterait un coût inutile pour les contribuables de notre district. Par conséquent, je déclare la condamnation de M. Devlin infirmée.

Il posa les yeux sur Jack.

— Vous êtes libre, monsieur Devlin. La cour vous offre ses excuses et ses meilleurs vœux.

Jack avait du mal à comprendre les mots. Si son esprit avait accroché le terme « libre », s'il le savourait, le concept demeurait vague, comme privé de réalité. Libre. Avait-il jamais été libre ?

Il sentit Marty lui taper dans le dos et le féliciter. Howie le serra dans ses bras.

— Hé, vous êtes libre ! s'exclama-t-il.

Bill Makelky vint serrer la main de Marty et offrit à Jack ce qui pouvait passer pour un regard d'excuse ; mais ce dernier le remarqua à peine.

— Sortons par-derrière, suggéra Marty. Je suis sûr qu'il y a tout un attroupement, à l'entrée. Jack ? Jack, j'ai pris des vêtements, pour vous. Ils sont à la prison. Vous pourrez vous changer là-bas. Jack ?

Ce dernier demeurait assis, en état de choc. Il était libre. Il était innocent du meurtre de sa femme. Il se répétait ces mots, encore et encore, et sentait monter, du plus profond de lui-même, une étrange envie de rire.

— Jack ? répéta Marty.

— Oui, oui, répondit-il en faisant un effort pour se lever. Sortons d'ici.

Ses jambes n'étaient guère solides, mais il se sentit mieux après quelques pas.

Libre ! Il était libre !

Eve était là, bien sûr, qui attendait dans le fond de la salle. Elle pleurait, et son visage exprimait une multitude d'émotions. Elle n'essaya pas de l'arrêter ; Jack, lui, se contenta de marquer une courte pause, le temps de la regarder un instant, avant de poursuivre son chemin.

Il réussit à entrer dans la prison sans se faire repérer par les journalistes et il se changea, enfilant un jean, une chemise, un blouson et des chaussures. Rien de tout cela ne lui paraissait réel. Il fut autorisé à appeler ses parents à Mauï, où il était encore très tôt. En fait, il les réveilla.

Quand il raccrocha, Debby était là, luttant pour ne pas pleurer.

— Je le savais, ne cessait-elle de répéter. Je l'ai toujours su.

Bev et Ross Grafton étaient présents, aussi, qui le félicitèrent. Bon sang ! se dit Jack. Cette prison était presque devenue comme sa maison. Presque.

— Ecoutez, les médias sont là, dehors, déclara Marty. Ils vous attendent. Vous voulez sortir d'ici dans une voiture de police, ou vous préférez les affronter ?

Jack réfléchit un instant.

— Autant m'en débarrasser une bonne fois pour toutes. Ils ne me lâcheront pas, sinon.

— C'est probable. Mais vous vous sentez d'attaque ? Ce ne sont pas des tendres.

— Ne vous inquiétez pas. Je suis d'attaque.

Ils retournèrent au palais de justice, dans lequel ils entrèrent par-derrière, et ils traversèrent le bâtiment, avant de sortir sur les marches du perron, où les attendaient les journalistes.

Dès qu'ils apparurent, ces derniers fondirent sur eux comme un essaim de mouches. Les voix fusaient de toutes parts, chacun essayant de pousser son micro sous le nez de Jack.

— Monsieur Devlin... Monsieur Devlin... Que ressentez-vous ? Quel effet cela fait-il d'être libre ? D'être vengé ? Monsieur Devlin, saviez-vous que Ben Richards avait tué votre femme ? Essayiez-vous de le protéger ? Monsieur Devlin, que pensez-vous de la peine de mort, maintenant... ?

Marty leva la main et prononça quelques mots d'apaisement. Il faisait froid, et le vent soulevait des feuilles mortes tout autour d'eux.

— Monsieur Devlin va faire une déclaration. Après quoi, nous vous serions reconnaissants de le laisser tranquille.

Il se tourna alors vers Jack, lui laissant la parole.

Jack considéra la scène : les caméras vidéo en équilibre sur des épaules, les camionnettes de télévision garées devant le palais de justice, les journalistes qui attendaient, suspendus à ses lèvres.

— Je vous remercie pour votre attention, commença-t-il. A l'heure qu'il est, je peux seulement vous dire que je suis vraiment heureux que la vérité ait éclaté, et heureux d'être un homme libre. Malheureusement, quelqu'un va payer pour ce crime. C'est une tragédie, et mon cœur est avec Ben, quoi qu'il ait fait. Je tiens à remercier le bureau d'aide judiciaire — Marty Cohen, Howie Bernhard, ainsi que tous les hommes et les femmes qui ont travaillé si dur sur mon dossier. Je n'oublie pas Hank Thurgood et Frank Iverson. Enfin...

Il marqua une pause et chercha, parmi tous les visages levés vers lui, celui d'Eve. Elle était dans le fond.

— Je voudrais remercier Eve Marchand. Tous m'ont rendu ma vie.

Inspirant profondément, il poursuivit :

— Je voudrais aussi saisir cette opportunité pour vous donner mon opinion — et il s'agit de l'opinion d'un homme bien informé — sur la peine de mort.

Lentement, il regarda autour de lui, essayant de croiser d'autres regards, le plus possible.

— Je suis contre. Pour n'importe qui, n'importe où, à n'importe quel moment, et cela indépendamment du crime qui a été commis. Tuer, c'est tuer, et cela ne change rien que l'acte soit commis par un homme ou par une institution. Cela ne résout rien. Voilà, c'est tout. Merci et...

— Attendez, monsieur Devlin ! s'écria un journaliste. Une question ! Comptez-vous rester à Aspen ?

— Je n'en sais rien. Franchement, je n'y ai pas réfléchi.

— Allez-vous reprendre votre carrière ? demanda un autre.

— Là non plus, je ne sais pas. Peut-être. Mais si c'est le cas, je ne pense pas que je continuerai à construire des palais pour les riches. Et, quoi que je fasse, vous pouvez être sûr que je passerai le restant de mes jours à militer contre la peine de mort.

— Comment envisagez-vous votre avenir, monsieur Devlin ?

— Aucune idée. Il y a encore quelques minutes, je n'avais pas d'avenir. Et maintenant, si vous voulez bien m'excuser...

Ils rentrèrent dans le palais de justice tandis que dehors un cordon de police maintenait la foule.

— Seigneur ! fit Howie.

— Vous avez été superbe, déclara Marty. Vraiment.

— Et maintenant ? demanda Jack.

— Eh bien... je vais vous reconduire chez vous, pardi !

— Chez moi ? s'exclama Jack avec un rire amer. J'ai abandonné mon appartement, l'année dernière, quand j'étais en prison. Je n'ai pas de chez moi.

— Je voulais parler de votre maison de Red Mountain, expliqua Marty. Elle est à vous, maintenant.

— La maison d'Allison ?

— Votre maison. Ben ne peut plus en hériter, à présent, et vous n'avez jamais signé les papiers du divorce. Elle est donc à vous.

Jack écarquilla les yeux.

— Allez, reprit Marty, je vais vous conduire.

— Non, intervint une voix, derrière eux. Je vais le conduire, moi, si cela ne vous dérange pas.

Pivotant sur ses talons, Jack se trouva nez à nez avec Eve. Cette fois, il n'y avait plus d'échappatoire possible.

— Euh... non, pas du tout, répondit Marty.

Elle sembla à peine l'entendre ; elle avait les yeux fixés sur le visage de Jack, comme si elle cherchait à lire dans ses pensées.

— Je suis tellement heureuse pour vous, dit-elle. Tellement heureuse.

Jack déglutit avec peine. Il fallait qu'il réponde quelque chose ; ils étaient tous en train de le regarder. Sa honte, sa douleur et son amour transparaissaient-ils sur ses traits ?

— Merci, murmura-t-il enfin, incapable d'en dire plus.

— Bon, allez-y, intervint Howie. Moi, je repars avec Marty, qui me déposera à l'aéroport.

— Encore merci pour ce que vous avez fait, lui dit Jack. Vraiment. Je ne l'oublierai jamais.

— Pas de problème, répondit Marty.

Les deux hommes s'éloignèrent, et Jack demeura seul avec Eve.

— Allons-y, conseilla-t-elle, avant que les journalistes ne trouvent un moyen d'arriver jusqu'à vous.

— D'accord, approuva-t-il en hochant la tête.

Sa gêne était telle qu'il avait envie de disparaître sous terre. Il ne cessait de repenser aux paroles cruelles qu'il lui avait lancées au visage, à la manière dont il l'avait rejetée. Il l'avait renvoyée !

— Je tenais à vous parler de toute façon, lui dit-elle avec douceur. Je sais que vous étiez en colère contre moi, mais...

— Instinct de conservation, murmura-t-il.

Il y eut un silence, qu'Eve rompit de nouveau.

— Je suis désolée, dit-elle. Vous étiez mon client, et j'ai fait ce que j'avais à faire. Je...

— Moi aussi, l'interrompit Jack.

S'il baissait sa garde maintenant, il était perdu.

— Allons-y, fit Eve en hochant la tête.

Sa voiture était garée derrière la prison.

— Qu'allez-vous faire, maintenant ? demanda-t-elle quand ils se furent tous les deux installés à bord et que le véhicule se mêla à la circulation.

— Je ne sais pas. Comme je l'ai dit aux journalistes, je n'ai pas eu le temps d'y réfléchir.

Comme Eve demeurait silencieuse, Jack s'aperçut soudain que les doigts de la jeune femme étaient crispés sur le volant. Etait-elle nerveuse ?

Il se tourna légèrement vers elle.

— Je ne vous ai pas encore remerciée pour ce que vous avez fait pour moi. Vous m'avez sauvé la vie. Je vous en serai toujours reconnaissant.

— Je suis désolée, au sujet de Ben. Vraiment.

Jack se contenta de hocher la tête.

— Vous ne le saviez pas, n'est-ce pas ?

— Non. Et je n'arrive toujours pas à le croire.

— Je ferai tout pour qu'il ne soit pas condamné à mort, Jack. Vous pouvez me faire confiance.

— Merci.

Il se tut un instant, puis reprit :

— Eve ?

— Oui ?

— N'abandonnez jamais ce travail. Vous êtes faite pour ça. C'est tellement important. Mais vous le savez déjà, n'est-ce pas ?

— Oui, je le sais. Il n'empêche que je vous remercie pour votre confiance.

Ils n'étaient plus qu'à quelques minutes de la propriété, à présent, avec ses colonnes de pierre, à l'entrée, et la plaque sur laquelle était encore inscrit le nom de Devlin.

— Marty a prévenu le couple d'employés qui travaille là maintenant, indiqua Eve. Ils vous attendent.

— Je ne peux pas vivre dans cette maison...

— Je comprends. Néanmoins, vous y aurez le temps de réfléchir à ce que vous allez faire.

Elle s'arrêta devant l'entrée.

— C'est une très belle maison, Jack.

— Pour quelqu'un d'autre, peut-être.

Ils sortirent. Un soleil pâle brillait dans le ciel et le vent faisait craquer les branches des arbres.

— Merci de m'avoir accompagné, murmura Jack.

Il était à l'agonie. Il aurait voulu lui dire tant de choses ; lui révéler les espoirs et les rêves qu'il avait créés autour d'elle. Si seulement ils s'étaient connus dans des circonstances différentes... Si seulement Eve avait pu l'aimer sans que son sens du devoir vienne se glisser entre eux... Son sens du devoir et le besoin qu'il avait d'elle.

— Ça ira ? lui demanda-t-elle.

— Oui, bien sûr.

Elle fit un pas vers lui, et Jack vit briller des larmes dans ses yeux.

— Non, chuchota-t-il d'une voix rauque.

Au prix d'un effort visible sur elle-même, Eve hocha la tête, s'essayant à sourire.

— Je vous souhaite bonne chance, Jack. Toute la chance du monde.

L'entourant de ses bras, elle posa la tête contre son torse.

— Vous la méritez, murmura-t-elle encore.

Jack l'écouta sans bouger, sans rien dire, planté là comme un idiot, tremblant de l'intérieur, les bras ballants.

Finalement, elle le lâcha, recula, et il put respirer de nouveau.

— Si jamais vous passez par Denver..., dit-elle encore.

Puis elle secoua la tête, se détourna et regagna sa voiture.

Jack la regarda disparaître au bout de l'allée, puis il se tourna vers la porte d'entrée de la maison d'Allison — sa maison — et frappa.

Il était libre.

Un homme libre.

Pourtant, étrangement, son cœur était vide.

Eve retourna sur Aspen et s'engagea dans Main Street.

Une douleur violente lui déchirait le ventre. Elle ne pouvait pas croire qu'elle avait laissé Jack s'en aller — comme ça, sans rien lui dire, sans lui expliquer à quel point elle l'aimait. Après tous ces mois passés à lutter pour lui, elle s'était révélée incapable de mener cette dernière bataille.

Que s'était-il passé ? Ou, plutôt, s'était-il vraiment passé quelque chose ? Une nuit de passion pouvait-elle suffire pour bâtir une relation ? Mais il y avait aussi toutes les semaines, les mois qu'elle avait passés à travailler avec lui, à le voir chaque jour, dans les conditions les plus éprouvantes qui soient. Elle avait commencé par l'admirer, avant de l'aimer.

Dieu, qu'elle était lâche !

Elle quitta la ville, les yeux fixés sur la route, sans rien voir du paysage qui changeait autour d'elle. L'hiver arrivait. Un hiver qui s'annonçait froid, sombre, et terriblement solitaire. Elle allait continuer à travailler, bien sûr, mais elle n'était plus certaine que cela suffirait. Pour la première fois de sa vie, elle aspirait à autre chose.

Il lui faudrait affronter les médias, aussi. Si elle était restée dans l'ombre, aujourd'hui, elle allait pouvoir utiliser cette affaire comme l'exemple parfait de l'absurdité, de la barbarie de la peine de mort. Pourtant, même cette perspective la laissait froide, comme indifférente. Le feu sacré l'avait quittée.

Elle envisagea l'avenir ; mais, sans Jack, plus rien ne lui paraissait avoir le moindre sens. Elle avait besoin de lui pour rester forte, pour pouvoir concentrer son énergie. Elle avait besoin de lui pour trouver l'amour et le bonheur. Elle avait besoin de Jack, désespérément.

Ne méritait-il pas de le savoir ?

Il était trop tôt ; il venait juste de recouvrer sa liberté. Sans doute le moment était-il mal choisi pour lui imposer un nouveau fardeau. Et d'ailleurs, il n'avait peut-être pas du tout envie d'entendre ses déclarations d'amour ; plus sûrement, il avait besoin de temps pour réfléchir, pour décider ce qu'il allait faire de sa vie.

Elle continua de rouler, passa devant l'aéroport. Il n'y avait presque pas de circulation, et elle serait chez elle d'ici à la fin de l'après-midi. Chez elle. Cette pensée lui arracha un rire rauque, teinté de désespoir. Brutalement, elle s'avisait du vide de sa vie. Elle n'avait rien. Pas de mari, pas d'enfants, peu d'amis, pas de loisirs ou d'intérêt véritable... en dehors du droit. Rien. Elle avait eu Gary, pendant des années, mais il était parti — parce qu'elle n'avait rien à lui donner.

Un sanglot s'échappa de sa gorge, et, l'instant d'après, elle dut arrêter sa voiture sur le bas-côté, incapable de continuer. Elle posa la tête contre le volant et demeura immobile, un moment.

Cela ne pouvait pas durer. Non, cela ne pouvait pas durer. Elle était trop lâche !

Finalement, elle se redressa, inspira profondément et appuya sur la pédale de l'accélérateur. Elle fit demi-tour, trop vite, dérapant sur la chaussée et envoyant une volée de gravier sur le bas-côté. Puis elle reprit la direction d'Aspen. Elle roulait à tombeau ouvert.

Les yeux secs, résolue, elle repassa devant l'aéroport, rentra dans la ville, suivit Main Street et s'arrêta à un feu rouge, attendant avec impatience qu'il repasse au vert. Elle fit de nouveau toute la route en sens inverse, jusqu'à Red Mountain, jusqu'à la maison de Jack. Là, elle s'arrêta et jaillit de la voiture, sans même prendre la peine de refermer la portière. Elle courut jusqu'à la porte d'entrée et abattit ses deux poings sur la cloison.

— Jack ! Jack !

L'instant d'après il était là, qui la regardait, le visage impassible, figé dans cette expression indéchiffrable qu'elle lui avait vue si souvent.

Et, brusquement, toute l'anxiété, toutes les émotions accumulées durant ces derniers mois la prirent à la gorge, et Eve se jeta sur lui, prête à le frapper.

— Merde, Jack ! cria-t-elle.

Il lui bloqua le bras, et ils demeurèrent ainsi un instant, les yeux dans les yeux, jusqu'à ce qu'Eve laisse échapper une exclamation inarticulée et se retrouve dans les bras de Jack, riant et pleurant à la fois, s'accrochant à lui de toutes ses forces.

— Oh ! Jack, je t'aime. Ne me renvoie pas, je t'en supplie. J'ai besoin de toi. J'ai besoin d'être avec toi.

Il la serra contre lui à l'étouffer et lui murmura des mots à l'oreille — des mots qu'elle pouvait à peine croire, des mots qui lui donnèrent l'impression que son cœur allait exploser de bonheur.

— Mon Dieu, Jack, mon Dieu ! s'écria-t-elle en lui couvrant le visage de baisers. Si tu savais comme je t'aime.

L'obligeant à se calmer, il plongea son regard dans le sien.

— Je t'ai aimée dès l'instant où tu es entrée dans cette prison, dit-il. Tu ne t'en étais pas rendu compte ?

Eve secoua la tête, et Jack la serra de nouveau contre lui.

— Reste avec moi, murmura-t-il. Reste avec moi.

— Pour toujours, répondit-elle dans un souffle.

— Je ne veux plus habiter à Aspen. Je peux essayer Denver. Mais, où que nous allions, tu dois continuer ton travail, Eve. Je t'aiderai comme je le pourrai. Je te soutiendrai. C'est ma cause, maintenant. Je n'avais jamais eu de cause, jusqu'à aujourd'hui, et tu peux compter sur moi. J'y consacrerai toute mon énergie.

— Je t'aime, chuchota Eve pour toute réponse.

Jack sourit. Le premier vrai sourire qu'elle lui voyait — un sourire qui transforma son visage, lui donnant un air incroyablement juvénile.

— C'est fou ce qu'on était bêtes, pas vrai ? s'exclama-t-il.

— Bêtes comme nos pieds, renchérit Eve.

— Hé ! mais c'est qu'il fait froid, ici. Viens, entrons.

Bras dessus bras dessous, ils franchirent le seuil de la maison et fermèrent la porte sur le reste du monde.

BEST SELLERS

Les Best-Sellers Harlequin, c'est la promesse d'une lecture intense, qui vous tient en haleine jusqu'à la dernière page : émotions fortes, rebondissements inattendus, il y a là de quoi combler les amateurs de romans captivants. Au sein de ce programme, vous trouverez des romans policiers, des thrillers médicaux, des drames psychologiques, des sagas...

Ne manquez pas, ce mois-ci :

Sur la route de Houston, *de Curtiss Ann Matlock • N°145*

Au volant de l'étonnant van que lui a légué sa mère, Rainey Valentine part à l'aventure sur les chemins du Texas. Deux divorces et la mort récente de sa mère l'ont profondément marquée, et la voilà seule face au désordre de son passé. Quand un homme, lui-même tourmenté par un choix difficile, croise inopinément sa route, Rainey sent ses peurs se réveiller comme une horde de démons. Et cette fois, plus moyen de fuir: ils ont tous deux rendez-vous avec eux-mêmes. Mais les blessures secrètes peuvent être fatales à une passion naissante...

La traque, *de Carla Neggers • N° 146*

A peine remise du naufrage de l'*Encounter* qui a coûté la vie à plusieurs personnes, Riley St Joe découvre par hasard le cadavre de l'ancien capitaine du bateau. Au même moment, son grand-père, propriétaire de l'*Encounter*, disparaît sans laisser de trace. Tandis que la police enquête sur la mort du capitaine, Riley refuse de croire à la culpabilité de son grand-père, un vieux loup de mer à qui elle voue une tendresse sans limite. Une tendresse que partage, heureusement, John Straker, un agent du FBI en convalescence. Car ils ne seront pas trop de deux pour éviter les pièges tendus par le vrai coupable...

Le refuge irlandais, *de Emilie Richards* • *N° 147*

Une ancienne tragédie familiale a marqué trois jeunes femmes d'un sceau indélébile. Les soeurs Donaghue tiennent aujourd'hui un bar irlandais, un endroit qui est devenu de génération en génération le rendez-vous des Irlandais de Cleveland. C'est justement à proximité de ce lieu presque mythique que surgit contre toute attente la tragédie d'autrefois: un vieil homme, un bracelet retrouvé, un journal intime tenu par le prêtre de la paroisse cent ans plus tôt, et voilà un siècle de drames, de mystères et de culpabilité qui se dévoile aux yeux des jeunes femmes, libérant enfin leur avenir...
Une grande saga irlandaise, qui nous emmène du Cleveland misérable du XIXe siècle au Cleveland moderne, à travers une passionnante intrigue.

L'enfant du chantage, *de Margot Dalton* • *N° 76* ***Réédition***

A Spokane, dans l'Etat de Washington, l'enlèvement du petit Michael bouleverse tout le monde: la ville, les médias, l'inspecteur Jackie Kaminski chargée de l'enquête... Tout le monde, sauf les parents de l'enfant, divorcés depuis peu, qui affichent une angoisse modérée. Trop calmes, de l'avis de Jackie, pour être tout à fait innocents. Mais qui est vraiment l'auteur du forfait? De visite en visite, Jackie tente de démêler l'écheveau, et quand enfin elle parvient à en tirer le premier fil, le dénouement ne laisse pas de la surprendre jusqu'à l'horreur...

—des immigrées pour la plupart— au cœur du Colorado. Très vite, elle découvre une faille dans cet établissement à la réputation au-dessus de tout soupçon : des disparitions inexpliquées, des comportements suspects l'incitent à creuser le mystère, ne serait-ce que pour racheter les méfaits commis par sa famille. Mais l'affaire se révèle dangereuse et menace de lui coûter la vie...

Hasard et passion, *de Debbie Macomber • N° 150*

En choisissant de s'installer comme son amie Lindsay à Buffalo Valley, Maddy Washburn ne croit guère y trouver un défi pour l'assistante sociale aguerrie qu'elle était naguère. Et pourtant, Jeb McKenna en est un, et de taille. Victime d'un grave accident qui l'a poussé à se couper de ses amis pour se retirer sur ses terres, il semble totalement enfermé dans sa douleur. Et déteste être pris en pitié. Pour Maddy, la situation est plus délicate que tout ce qu'elle a pu connaître par le passé. Mais cette fois, elle est décidée à se battre et à gagner. Elle est amoureuse...

Enquête sous tension, *de Margot Dalton • N° 91* ***Réédition***

Tout a commencé par des lettres anonymes et de grossières menaces censées affoler les destinataires, Maribel Lewis et son fils. Mais avec l'assassinat de ces derniers, l'affaire prend une tournure tragique. Et, en rencontrant les proches des victimes, l'inspecteur Jackie Kaminski s'aperçoit que chacun d'eux a potentiellement le profil du tueur. De même qu'un vrai mobile. Mais bientôt, eux-mêmes deviennent la proie de sombres menaces, et les meurtres se succèdent. Pour Jackie, chaque heure qui passe peut coûter la vie à un innocent. Y compris à elle-même, se dit-elle, bouleversée, en recevant à son tour un message de l'assassin.

— des humiliés dont la plupart — au cœur du [illegible]. Très vite, elle découvre une telle masse d'intrigues [illegible] la répartition du [illegible] des [illegible] inexpliquées, des enregistrements [illegible] à [illegible] le mystère, ne semble être [illegible] pour [illegible] les [illegible] par [illegible] et menace de lui [illegible].

Sombre passion, de [illegible]

Tout a commencé par des lettres anonymes et de [illegible] et, sur les destinataires [illegible] et son fils, [illegible] avec l'assassinat de ces derniers, [illegible] une [illegible] tragique. Et [illegible] les proches des victimes, [illegible] qu'à [illegible] chances [illegible] le profil du tueur. [illegible] deviennent [illegible] et les meurtres se succèdent [illegible] qui [illegible] peut coûter la vie à un [illegible] y compris [illegible] un message de l'assassin.

[illegible]

Composé sur le serveur d'Euronumérique, à Montrouge
par les Éditions Harlequin
Achevé d'imprimer en mars 2002

BUSSIÈRE

GROUPE CPI
à Saint-Amand-Montrond (Cher)
Dépôt légal : avril 2002
N° d'imprimeur : 20629 — N° d'éditeur : 9172

Imprimé en France

LYNN ERICKSO

Sous le pseudony
femmes: Carla Pelt
à la fin des années s
de gérer leurs resta
Depuis, elles sont l
ce succès à deux?
caractères, Molly a
risque, Carla une p

DÉLIT d'innocence

Jamais Eve Marchand n'oubliera la première affaire qu'elle a plaidée en tant qu'avocate. Son client avait été condamné à mort et exécuté quelques semaines avant que le véritable assassin n'avoue son crime. Depuis, Eve mène une croisade sans répit contre la peine capitale, se faisant la spécialiste des causes les plus délicates. Et l'affaire Jack Devlin en est une. Dès son premier entretien avec ce célèbre architecte, Eve a la certitude qu'en prenant sa défense, elle ne s'engage pas dans une simple affaire de plus. D'abord, elle est convaincue que Jack Devlin est innocent du meurtre de sa femme. Ensuite, elle éprouve une intense curiosité à l'égard de cet homme replié sur lui-même, presque résigné à se laisser broyer par l'impitoyable engrenage qui fait de lui un coupable parfait – trop parfait, justement. Mais alors qu'elle a livré bataille pour le sauver, la sentence tombe comme un couperet : il est condamné à mort. Pour Eve, l'idée de voir un innocent exécuté est insupportable. Vite, très vite, elle doit trouver les preuves susceptibles de permettre l'ouverture d'un nouveau procès, tout en luttant contre la démission progressive de Jack, et contre ce mur qu'il a édifié entre le monde et lui, entre elle et lui. Désormais, elle est prête à tout pour innocenter cet homme. Y compris à braver la loi qu'elle a pourtant juré de défendre.

9 782280 165808

ROMAN SPÉCIALEMENT RÉÉDITÉ

Prix en euros : 4,50 €
Prix en francs français : 29,52 FF
Suisse : SFr.7.90

2002.04.57.1282.3

4 titres tous les 2 mois le 1er du mois